A Batalha de SHARPE

Obras do autor publicadas pela Editora Record

1356
Azincourt
O condenado
Stonehenge
O forte

Trilogia *As Crônicas de Artur*

O rei do inverno
O inimigo de Deus
Excalibur

Trilogia *A Busca do Graal*

O arqueiro
O andarilho
O herege

Série *As Aventuras de um Soldado nas Guerras Napoleônicas*

O tigre de Sharpe (Índia, 1799)
O triunfo de Sharpe (Índia, setembro de 1803)
A fortaleza de Sharpe (Índia, dezembro de 1803)
Sharpe em Trafalgar (Espanha, 1805)
A presa de Sharpe (Dinamarca, 1807)
Os fuzileiros de Sharpe (Espanha, janeiro de 1809)
A devastação de Sharpe (Portugal, maio de 1809)
A águia de Sharpe (Espanha, julho de 1809)
O ouro de Sharpe (Portugal, agosto de 1810)
A fuga de Sharpe (Portugal, setembro de 1810)
A fúria de Sharpe (Espanha, março de 1811)
A batalha de Sharpe (Espanha, maio de 1811)

Série *Crônicas Saxônicas*

O último reino
O cavaleiro da morte
Os senhores do norte
A canção da espada
Terra em chamas
Morte dos reis
O guerreiro pagão
O trono vazio
Guerreiros da tempestade

Série *As Crônicas de Starbuck*

Rebelde
Traidor

BERNARD CORNWELL

A Batalha de SHARPE

Tradução de
ALVES CALADO

3ª edição

EDITORA RECORD
RIO DE JANEIRO • SÃO PAULO

2016

CIP-BRASIL. CATALOGAÇÃO NA PUBLICAÇÃO
SINDICATO NACIONAL DOS EDITORES DE LIVROS, RJ

C835b
3ª ed.

Cornwell, Bernard, 1944-
  A batalha de Sharpe / Bernard Cornwell; tradução de Alves Calado. – 3ª ed.
  – Rio de Janeiro: Record, 2016.

  Tradução de: Sharpe's Battle
  Sequência de: A fúria de Sharpe
  ISBN 978-85-01-10304-8

  1. Ficção histórica inglesa. I. Alves-Calado, Ivanir, 1953-. II. Título.

14-18867

CDD: 823
CDU· 821.111-3

Título original:
SHARPE'S BATTLE

Copyright © Bernard Cornwell, 1995

Texto revisado segundo o novo Acordo Ortográfico da Língua Portuguesa.

Todos os direitos reservados. Proibida a reprodução, no todo ou em parte, através de quaisquer meios. Os direitos morais do autor foram assegurados.

Direitos exclusivos de publicação em língua portuguesa somente para o Brasil adquiridos pela
EDITORA RECORD LTDA.
Rua Argentina, 171 – Rio de Janeiro, RJ – 20921-380 – Tel.: (21) 2585-2000, que se reserva a propriedade literária desta tradução.

Impresso no Brasil

ISBN 978-85-01-10304-8

Seja um leitor preferencial Record.
Cadastre-se e receba informações sobre nossos lançamentos e nossas promoções.

EDITORA AFILIADA

Atendimento e venda direta ao leitor:
mdireto@record.com.br ou (21) 2585-2002

A batalha de Sharpe *é*
dedicado a Sean Bean

PRIMEIRA PARTE

CAPÍTULO I

Sharpe soltou um palavrão. Depois, desesperado, virou o mapa de cabeça para baixo.

— É o mesmo que não ter porcaria nenhuma de mapa. Essa porcaria é inútil.

— Podíamos acender uma fogueira com ele — sugeriu o sargento Harper. — É difícil arranjar uma boa acendalha nessas montanhas.

— Ele não serve para nada além disso.

O mapa desenhado à mão mostrava povoados esparsos, algumas linhas finas indicando estradas, riachos ou rios e umas hachuras vagas para indicar colinas, mas tudo que Sharpe conseguia ver eram montanhas. Nenhuma estrada ou povoado, apenas montanhas monótonas repletas de rochas cinza, seus picos encobertos por névoa e vales cortados por riachos brancos e volumosos devido às chuvas da primavera. Sharpe havia levado sua companhia para o terreno alto na fronteira entre a Espanha e Portugal e lá se perdera. Seus homens, quarenta soldados carregando mochilas, sacos, caixas de cartuchos e armas, pareciam não se importar. Eles se sentiam gratos pelo descanso, e, portanto, sentaram ou deitaram ao lado da trilha coberta de grama. Alguns acendiam cachimbos, outros dormiam, enquanto o capitão Richard Sharpe virava o lado direito do mapa para cima e depois, com raiva, amassava-o numa bola.

— Estamos perdidos, maldição — declarou, e depois, para ser justo, corrigiu-se. — Eu estou perdido.

— Meu avô se perdeu uma vez — observou Harper, tentando ajudar. — Ele tinha comprado um bezerro de um sujeito da paróquia de Cloghanelly e decidiu pegar um atalho para casa, pelas montanhas de Derryveagh. Então veio uma neblina e meu avô não sabia onde ficava a direita nem a esquerda. Ficou perdido que nem um cordeirinho, e aí o bezerro fugiu, disparou para o meio da névoa e saltou de um penhasco no vale de Barra. Meu avô disse que dava para ouvir o berro do coitado do bicho até chegar lá embaixo, e então houve uma pancada, como se uma gaita de foles tivesse sido jogada de cima da torre de uma igreja, só que mais barulhenta, meu avô contou, porque achou que devem ter ouvido a pancada até em Ballybofey. Um tempo depois a gente até riu disso, mas, na época, não. Por Deus, não; na época foi uma tragédia. A gente não podia se dar ao luxo de perder um bom bezerro.

— Pelo amor de Deus! — interrompeu Sharpe. — Posso me dar ao luxo de perder um sargento que não tem nada melhor a fazer do que tagarelar sobre a porcaria de um bezerro!

— Era um animal valioso! — protestou Harper. — Além disso, estamos perdidos. Não temos nada melhor para fazer, a não ser passar o tempo, senhor.

O tenente Price havia ocupado o final da coluna, mas agora se reunia ao oficial comandante na frente.

— Estamos perdidos, senhor?

— Não, Harry, vim aqui por diversão. Onde quer que ela esteja. — Sharpe olhou desanimado para o vale úmido e sombrio. Tinha orgulho de seu senso de direção e de sua habilidade para percorrer territórios desconhecidos, mas agora estava tremenda e absolutamente perdido, e as nuvens eram suficientemente densas para cobrir o sol, de modo que nem podia dizer em que direção ficava o norte. — Precisamos de uma bússola.

— Ou de um mapa? — sugeriu o tenente Price, entusiasmado.

— Já temos a porcaria de um mapa. Aqui. — Sharpe enfiou o mapa embolado nas mãos do tenente. — O major Hogan desenhou para mim, mas não consigo entender nada.

— Nunca fui bom com mapas — confessou Price. — Uma vez me perdi marchando com alguns recrutas de Chelmsford para o alojamento, e olha que é uma estrada reta. Naquela ocasião, eu tinha um mapa também. Acho que devo ter talento para me perder.

— Meu avô era assim — comentou Harper com orgulho. — Ele conseguia se perder entre um lado de um portão e o outro. Eu estava contando ao capitão aqui sobre quando ele guiou um bezerro pelo Slieve Snaght. O tempo estava feio, sabe, e ele pegou o atalho...

— Cale a boca — interrompeu Sharpe rudemente.

— Viramos errado naquela aldeia destruída — afirmou Price, franzindo a testa para o mapa amassado. — Acho que deveríamos ter ficado do outro lado do riacho, senhor. — Price mostrou o mapa a Sharpe. — Se é que isso é a aldeia. É difícil dizer. Mas tenho certeza de que não deveríamos ter atravessado o riacho, senhor.

Sharpe teve uma leve suspeita de que o tenente estava certo, mas não queria admitir. Atravessaram o riacho duas horas antes, então só Deus sabia onde se encontravam agora. O fuzileiro nem fazia ideia se estavam em Portugal ou na Espanha, apesar de tanto a paisagem quanto o clima parecerem mais os da Escócia. Supostamente, estava a caminho de Vilar Formoso, onde sua companhia, a Companhia Ligeira do Regimento de South Essex, seria anexada ao comando militar da cidade como unidade de guarda, uma perspectiva que o deprimia. O serviço de guarnição de cidade era pouco melhor que ser um policial, a vida menos digna do exército. Porém, o South Essex estava com poucos homens, por isso o regimento havia sido tirado da linha de batalha e posto em serviço administrativo. A maior parte do regimento escoltava carros de boi carregados com suprimentos que subiam o Tejo de barca, desde Lisboa, ou então fazia a guarda de prisioneiros franceses a caminho dos navios que iriam levá-los à Inglaterra, mas a Companhia Ligeira estava perdida, e tudo porque Sharpe tinha ouvido um bombardeio distante que lembrava trovões ao longe e marchado na direção do som, acabando por descobrir que seus ouvidos o enganaram. O barulho da escaramuça, se era de fato um combate e não trovões de verdade, havia desaparecido e agora Sharpe estava perdido.

— Tem certeza de que isso é a aldeia arruinada? — perguntou a Price, apontando para o local marcado no mapa por linhas cruzadas, que Price havia indicado.

— Não posso dar certeza, senhor, já que não sou capaz de ler mapas. Pode ser qualquer um desses rabiscos, senhor, ou talvez nenhum.

— Então por que diabos está me mostrando?

— Na esperança de inspirá-lo, senhor — respondeu Price, com a voz ressentida. — Estava tentando ajudar, senhor. Tentando aumentar nossas esperanças. — Ele olhou de novo para o mapa. — Talvez não seja um mapa muito bom.

— Seria uma acendalha muito boa — repetiu Harper.

— Uma coisa é certa — declarou Sharpe enquanto pegava o mapa de volta. — Não atravessamos o divisor de águas, o que significa que esses riachos devem fluir para o oeste. — Ele fez uma pausa. — Ou provavelmente fluem para o oeste. A não ser que a porcaria do mundo esteja de cabeça para baixo, o que provavelmente é verdade. Mas, supondo que não esteja, vamos seguir a porcaria dos riachos. Aqui. — Jogou o mapa para Harper. — Acendalha.

— Foi o que meu avô fez — comentou Harper, enfiando o mapa embolado dentro de sua jaqueta verde desbotada e rasgada. — Ele seguiu a água...

— Cale a boca — reagiu Sharpe, mas dessa vez sem raiva. Em vez disso, falou baixo, e ao mesmo tempo sinalizou com a mão esquerda para que os companheiros se agachassem. — Porcarias de franceses — avisou baixinho — ou alguma outra coisa. Nunca vi um uniforme assim.

— Diabos! — exclamou Price, e se agachou no caminho.

Porque um cavaleiro havia aparecido a apenas 180 metros de distância. O sujeito não tinha visto os soldados britânicos nem parecia estar à procura de inimigos. Em vez disso seu cavalo simplesmente trotou de um vale lateral até que as rédeas o contiveram, então o cavaleiro saltou para o chão, cansado, pendurando-as num dos braços enquanto desabotoava a calça larga e urinava à beira do caminho. A fumaça de seu cachimbo pairava no ar úmido.

O fuzil de Harper estalou enquanto ele puxava o cão totalmente para trás. Os homens de Sharpe, até os que haviam adormecido, agora se encontravam em alerta, deitados imóveis na grama, mantendo-se tão abaixados que, mesmo se o cavaleiro tivesse se virado, provavelmente não notaria os soldados. A companhia de Sharpe era uma unidade veterana de escaramuçadores, endurecidos por dois anos de luta em Portugal e na Espanha, e seus homens estavam entre os soldados mais bem-treinados da Europa.

— Reconhece o uniforme? — perguntou Sharpe baixinho a Price.

— Nunca vi antes, senhor.

— Pat? — perguntou Sharpe a Harper.

— Parece um maldito russo. — Harper nunca vira um soldado russo, mas tinha uma ideia perversa de que tais criaturas usavam cinza, e esse cavaleiro misterioso se vestia todo assim. Tinha uma jaqueta de dragão cinza, calça cinza e um rabo de crina de cavalo no capacete de aço cinza. Ou talvez, pensou Sharpe, fosse apenas uma capa de pano destinada a impedir que o metal do capacete refletisse a luz.

— Espanhol? — perguntou Sharpe.

— Os espanhóis sempre foram espalhafatosos, senhor — respondeu Harper. — Nunca gostaram de morrer usando roupas sem graça.

— Talvez seja um guerrilheiro — sugeriu Sharpe.

— Ele tem armas francesas — indicou Price. — E calças francesas.

O cavaleiro que mijava estava de fato armado como um dragão francês. Usava uma espada reta, tinha uma carabina de cano curto enfiada no coldre da sela e um par de pistolas presas no cinto. Além disso, usava as calças saruel, largas, das quais os dragões franceses gostavam, mas Sharpe nunca tinha visto um soldado desses usando calças cinza, e certamente jamais uma jaqueta cinza. Os dragões inimigos sempre usavam casacos verdes. Não verde-escuro, de caça, como o dos fuzileiros britânicos, mas sim um verde mais claro e luminoso.

— Talvez os idiotas estejam ficando sem tinta verde — sugeriu Harper, depois ficou em silêncio enquanto o cavaleiro abotoava a calça larga e montava de novo com esforço.

O sujeito olhou cuidadosamente o vale ao redor, não viu nada que o alarmasse, por isso esporeou o cavalo de volta para o escondido vale lateral.

— Ele estava fazendo um reconhecimento — disse Harper, baixinho. — Foi mandado para ver se havia alguém aqui.

— E fez uma porcaria de trabalho — comentou Sharpe.

— Mesmo assim — interveio Price com fervor —, é uma coisa boa estarmos indo na outra direção.

— Não estamos, Harry — retrucou Sharpe. — Vamos ver quem são esses desgraçados e o que eles estão fazendo. — Apontou para cima do morro. — Você primeiro, Harry. Pegue seus rapazes e suba até a metade, depois espere.

O tenente Price liderou os casacas-vermelhas da companhia de Sharpe, subindo a encosta íngreme. Metade da companhia usava as vestes rubras da infantaria britânica, enquanto a outra, como o próprio Sharpe, usava os casacos verdes dos regimentos de elite dos fuzileiros. Um acaso da guerra havia deixado Sharpe e seus fuzileiros no meio de um batalhão de casacas-vermelhas, no entanto a pura inércia burocrática os mantivera ali, e agora às vezes era difícil identificar quais homens eram fuzileiros e quais eram casacas-vermelhas, de tão desbotados e maltrapilhos que estavam os uniformes. À distância, todos pareciam uniformes marrons por causa do tecido português barato que os homens eram obrigados a usar para fazer os remendos.

— O senhor acha que atravessamos as linhas? — perguntou Harper a Sharpe.

— Provavelmente não — respondeu Sharpe de forma azeda, ainda com raiva de si mesmo. — Não que alguém saiba onde ficam as malditas linhas — acrescentou defensivamente, e em parte estava certo. Os franceses se retiravam de Portugal.

Durante todo o inverno de 1810, o inimigo havia ficado na frente das Linhas de Torres Vedras, a apenas meio dia de marcha de Lisboa, e lá eles congelaram e quase morreram de fome em vez de recuar para seus depósitos de suprimentos na Espanha. O marechal Masséna sabia que a retirada entregaria Portugal inteiro aos ingleses, ao passo que atacar as

Linhas de Torres Vedras seria suicídio certo, por isso simplesmente tinha permanecido no lugar, sem avançar nem recuar, apenas morrendo de fome lentamente durante o inverno e encarando as enormes barreiras de terra das linhas, que foram arrancadas e raspadas de uma cadeia de morros que atravessava a península estreita pouco ao norte de Lisboa. Os vales entre as colinas haviam sido bloqueados por represas enormes ou com barricadas de espinheiros embolados, ao passo que o topo dos morros e as longas encostas foram tomados por trincheiras com troneiras e armadas com baterias e mais baterias de canhões. As Linhas de Torres Vedras, a fome do inverno e os ataques implacáveis dos guerrilheiros finalmente derrotaram a tentativa francesa de capturar Lisboa, e em março eles começaram a se retirar. Agora era abril e a retirada ficava mais lenta nas colinas da fronteira com a Espanha, porque era lá que o marechal Masséna decidira resistir. Ele lutaria e derrotaria os ingleses nos morros cortados por rios; e às costas de Masséna se encontravam as fortalezas gêmeas de Badajoz e Ciudad Rodrigo. Essas duas cidadelas espanholas transformavam a fronteira numa barreira poderosa, mas por enquanto a preocupação de Sharpe não era a sombria campanha de fronteira que viria, mas sim o misterioso cavaleiro cinza.

O tenente Price havia chegado a um ponto cego para o inimigo, na metade da colina, onde seus casacas-vermelhas se esconderam enquanto Sharpe sinalizava para os fuzileiros avançarem. A encosta era íngreme, porém os homens de casacos verdes subiam depressa porque, como todo soldado de infantaria experiente, sentiam um medo saudável da cavalaria e sabiam que morros íngremes eram uma barreira eficaz contra cavaleiros. E assim, quanto mais os fuzileiros subiam, mais seguros e satisfeitos ficavam.

Sharpe passou pelos casacas-vermelhas que descansavam e continuou até o topo de um pico que separava os dois vales. Quando estava perto do topo, sinalizou para seus casacos-verdes se abaixarem no capim curto, depois se arrastou até em cima para olhar o vale menor, onde o cavaleiro cinza havia desaparecido.

E, 60 metros abaixo, viu franceses.

Todos os homens usavam aquele estranho uniforme cinza, mas agora Sharpe sabia que eram franceses porque um cavaleiro carregava um *guidon*, um pequeno estandarte em forma de cauda de andorinha preso numa lança, usado como marca de reunião no caos da batalha, e aquela bandeira específica, velha e puída, mostrava o vermelho, branco e azul do inimigo. O porta-estandarte estava montado a cavalo no centro de uma pequena aldeia abandonada, enquanto os cavaleiros apeados revistavam a meia dúzia de casas de pedra e palha que pareciam ter sido construídas para abrigar famílias nos meses de verão, quando os camponeses das terras baixas traziam os rebanhos para pastar no alto.

Havia apenas meia dúzia de cavaleiros naquela aldeia, no entanto com eles estava um punhado de soldados de infantaria franceses, também usando os casacos cinza, sem graça e simples, em vez de o azul usual. Sharpe contou 18 infantes.

Harper se arrastou morro acima para se juntar a Sharpe.

— Jesus, Maria e José — declarou ao ver os soldados. — Uniformes cinza?

— Talvez você esteja certo. Talvez os idiotas tenham ficado sem tinta.

— Gostaria que tivessem ficado sem balas de mosquete. E o que vamos fazer?

— Dar o fora — afirmou Sharpe. — Não faz sentido lutar só por lutar.

— Amém, senhor. — Harper começou a deslizar do topo do morro. — Vamos agora?

— Me dê um minuto.

Sharpe tateou as costas para pegar sua luneta, guardada numa bolsa no interior de sua mochila francesa, de couro de boi. Depois, com a proteção contra o sol estendida para proteger a lente da luneta e impedir que até mesmo a luz desse dia úmido se refletisse na parte inferior do morro, apontou o instrumento para as cabanas minúsculas. Sharpe não era nem de longe um homem rico, mas a luneta era um instrumento muito fino e caro, fabricado por Matthew Berge, de Londres, com todas as peças feitas de latão: a ocular, o obturador e uma pequena placa com uma inscrição, engastada no tubo de nogueira. "Em gratidão", lia-se nela, "AW. 23 de setembro de 1803." AW era Arthur Wellesley, agora visconde de Wellington, general de divisão e comandante dos exércitos britânico e português que perseguiram o marechal Masséna até a fronteira da Espanha, mas em 23 de setembro de 1803 o general honorável Arthur Wellesley havia montado num cavalo que levara um golpe de lança no peito, derrubando o cavaleiro sobre a fileira da frente do inimigo. Sharpe ainda se lembrava dos gritos agudos de triunfo dos indianos enquanto o general de casaca vermelha caía entre eles, porém lembrava pouquíssimo dos segundos que se seguiram. Mas foram esses poucos segundos que o arrancaram do posto de soldado raso e o transformaram, um homem nascido na sarjeta, num oficial do Exército britânico.

Agora focalizava o presente de Wellington nos franceses lá embaixo e observou um cavalariano a pé carregar um balde de lona cheio d'água desde o riacho. Por um ou dois segundos, o fuzileiro britânico pensou que o sujeito estivesse levando água para seu cavalo amarrado, porém, em vez disso, o dragão parou entre duas casas e começou a derramar a água no chão.

— Eles estão forrageando — avisou Sharpe —, usando o truque da água.

— Filhos da mãe famintos — observou Harper.

Os franceses tinham sido expulsos de Portugal mais pela fome que pela força das armas. Quando Wellington recuara para Torres Vedras havia deixado para trás um campo devastado com celeiros vazios, poços envenenados e depósitos de grãos cheios de ecos. Os franceses suportaram cinco meses de fome em parte saqueando cada povoado deserto, buscando comida escondida. Um modo de encontrar jarros de grãos enterrados era derramando água no chão, porque, no ponto onde o solo tinha sido cavado e enchido de novo, a água sempre drenava mais depressa, revelando a localização desses jarros escondidos.

— Ninguém esconderia comida nesses morros — comentou Harper com desprezo. — Quem eles acham que carregaria alguma coisa até aqui em cima?

Então uma mulher gritou.

Durante alguns segundos, Sharpe e Harper presumiram que o som vinha de algum animal. O grito tinha soado abafado e distorcido pela distância, e não havia nenhum sinal de civis no povoado minúsculo, porém, enquanto o ruído terrível ecoava de volta da encosta distante, todo o horror daquele som foi registrado pelos dois.

— Filhos da mãe — reagiu Harper, baixinho.

Sharpe fechou a luneta.

— Ela está numa das casas. Dois homens com ela? Talvez três? O que significa que não pode haver mais de trinta desgraçados lá embaixo.

— Somos quarenta — observou Harper, em dúvida. Não que estivesse com medo dos números, mas a vantagem não era tão avassaladora a ponto de garantir uma vitória sem sangue.

A mulher gritou de novo.

— Chame o tenente Price — ordenou Sharpe. — Diga a todos para carregarem as armas e ficarem longe do topo. — Em seguida se virou. — Dan! Thompson! Cooper! Harris! Aqui em cima! — Os quatro eram seus melhores atiradores. — Fiquem com a cabeça abaixada! — alertou aos quatro, então esperou até que chegassem ao topo. — Num minuto vou levar o restante dos fuzileiros lá para baixo. Quero que vocês quatro fiquem aqui e derrubem qualquer filho da mãe que pareça uma ameaça.

— Os desgraçados já estão indo — avisou Daniel Hagman, que era o homem mais velho da companhia e o melhor atirador. Era um caçador ilegal de Cheshire, que havia recebido a chance de se alistar no Exército em vez de enfrentar a prisão por ter roubado dois faisões de um proprietário de terras ausente.

Sharpe se virou. Os franceses estavam indo embora, ou melhor, a maioria estava, porque, a julgar pelo modo como os homens na parte de trás da coluna de infantaria se viravam e gritavam para as casas, tinham deixado alguns companheiros dentro da cabana onde a mulher havia gritado. Com a meia dúzia de cavalarianos na frente, o grupo principal seguiu o riacho em direção ao vale maior.

— Eles estão ficando descuidados — apontou Thompson.

Sharpe assentiu. Deixar homens no povoado era um risco, e não era do feitio dos franceses correr riscos em terreno desconhecido. Espanha e Portugal estavam repletos de guerrilheiros, e a guerrilha era muito mais amarga e cruel que as batalhas mais formais entre os franceses e os britânicos. Sharpe sabia exatamente o quão cruel, porque no ano anterior tinha entrado no território ermo ao norte para encontrar ouro espanhol, com companheiros cuja selvageria causava arrepios. Uma guerrilheira, Teresa Moreno, era amante de Sharpe, só que agora ela se chamava de La Aguja, a Agulha, e cada francês que matava com sua faca comprida e fina era uma pequena parte da vingança interminável que ela havia prometido infligir aos soldados que a estupraram.

Agora Teresa estava muito longe, lutando no território ao redor de Badajoz, enquanto no povoado abaixo de Sharpe outra mulher sofria os cuidados dos franceses e de novo Sharpe se perguntava se aqueles soldados de uniforme cinza achavam seguro deixar homens para terminar seu crime na aldeia isolada. Eles tinham certeza de que não havia guerrilheiros espreitando naquelas montanhas?

Harper voltou, ofegando depois de guiar os casacas-vermelhas de Price morro acima.

— Deus salve a Irlanda — declarou enquanto se deixava cair ao lado de Sharpe. — Os filhos da mãe já estão indo embora.

— Acho que deixaram alguns homens para trás. Está preparado?

— Claro que sim. — Harper puxou para trás o cão do fuzil.

— Tirem as mochilas — ordenou Sharpe a seus fuzileiros enquanto retirava a dele dos ombros, depois se virou para olhar o tenente Price. — Espere aqui, Harry, e preste atenção ao apito. Dois toques significam que quero que você abra fogo aqui de cima, e três significam que quero vocês lá embaixo na aldeia. — Ele olhou para Hagman. — Não abra fogo até que eles nos vejam, Dan. Se pudermos chegar lá embaixo sem que os sacanas saibam, vai ser mais fácil. — Sharpe ergueu a voz para que o restante dos fuzileiros ouvisse. — Vamos descer depressa. Estão todos prontos? Todos com as armas carregadas? Então venham! Agora!

Os fuzileiros passaram pelo cume da colina e desceram correndo a encosta íngreme atrás de Sharpe, que a todo momento olhava à esquerda, para onde a pequena coluna francesa recuava ao lado do riacho, mas nenhum soldado se virou, e o barulho dos cascos dos cavalos e das botas com pregos dos soldados de infantaria devem ter abafado o som dos casacas-verdes correndo morro abaixo. Apenas quando Sharpe estava a poucos metros da casa mais próxima um francês se virou e gritou, alarmado. Hagman disparou no mesmo instante e o som de seu fuzil Baker ecoou primeiro na outra encosta do pequeno vale, depois do flanco longínquo do vale maior. O eco estalou mais vezes, cada vez mais fraco, até ser abafado quando os outros fuzileiros no topo do morro abriram fogo.

Sharpe saltou pelos últimos metros. Caiu ao pousar, levantou-se e passou correndo por um monte de esterco encostado na parede de uma casa. Um cavalo estava amarrado num pino de aço enfiado no chão, ao lado de uma casinha onde um soldado francês apareceu de repente à porta. O sujeito usava uma camisa e um casaco cinza, mas nada abaixo da cintura. Ele levantou seu mosquete ao ver Sharpe surgindo, mas então notou os fuzileiros atrás do capitão, largou a arma e ergueu as mãos, rendendo-se.

Sharpe havia desembainhado a espada enquanto corria até a porta da casa. Assim que chegou, empurrou de lado o sujeito que tinha se rendido e entrou na choupana, que era uma câmara de pedra nua, com traves de madeira e teto de pedras e turfa. Estava escuro no interior, mas não a ponto de Sharpe não ver uma jovem nua engatinhando no chão de terra até um canto. Havia sangue nas pernas dela. Um segundo francês, este com um macacão da cavalaria em volta dos tornozelos, tentou se levantar e pegar a espada embainhada, porém Sharpe deu um chute no saco do homem. O golpe foi tão forte que o sujeito gritou e depois não conseguiu respirar para gritar de novo, tombando no chão ensanguentado onde ficou gemendo, deitado com os joelhos encolhidos junto ao peito. Havia outros dois homens no chão de terra batida, mas, quando Sharpe se virou para eles com a espada empunhada, viu que eram ambos civis e estavam mortos. As gargantas foram cortadas.

Tiros de mosquetes soaram no vale. Sharpe retornou para a porta onde o soldado de infantaria francês sem calça estava agachado com as mãos na nuca.

— Pat! — gritou Sharpe.

Harper organizava os fuzileiros.

— Dominamos os desgraçados, senhor — anunciou o sargento, tranquilizando-o, antecipando a pergunta de Sharpe. Os fuzileiros estavam agachados ao lado das cabanas, de onde disparavam, recarregavam e disparavam de novo. Os canos dos fuzis Baker soltavam grossas lufadas de fumaça branca que fedia a ovo podre. Os franceses atiravam de volta, as balas de mosquete atingindo as casas de pedra enquanto Sharpe se enfiava de novo na choupana. Pegou as armas dos dois franceses e as jogou pela porta.

— Perkins! — gritou.

O fuzileiro Perkins correu para a porta. Era o mais jovem dos homens de Sharpe, ou devia ser, porque, apesar de não saber o dia nem o ano em que havia nascido, ainda não precisava se barbear.

— Senhor?

— Se algum desses filhos da mãe se mexer, atire neles.

Perkins podia ser jovem, mas a expressão de seu rosto magro apavorou o francês incólume, que estendeu a mão como se implorasse que o jovem fuzileiro não atirasse.

— Eu cuido dos filhos da mãe, senhor — declarou Perkins, depois prendeu o sabre-baioneta com cabo de latão no cano do fuzil.

Sharpe viu as roupas da jovem, que tinham sido jogadas sob uma mesa rústica. Pegou as vestimentas engorduradas e as entregou. Ela estava pálida, aterrorizada e chorando, era uma coisinha jovem, mal havia saído da infância.

— Desgraçados — falou Sharpe aos dois prisioneiros, depois correu para a luz úmida. Uma bala de mosquete passou sibilando sobre sua cabeça enquanto ele se abaixava para se proteger ao lado de Harper.

— Os filhos da mãe são bons, senhor — comentou o irlandês, pesaroso.

— Achei que você tinha dominado todos eles.

— Eles têm ideias diferentes sobre isso. — Em seguida, Harper saiu da cobertura, mirou, disparou e se abaixou de novo. — Os filhos da mãe são bons — repetiu, enquanto começava a recarregar a arma.

E os franceses eram bons. Sharpe havia esperado que o pequeno grupo fugisse dos tiros de fuzil, mas em vez disso eles se organizaram numa linha de escaramuça e assim transformaram o alvo fácil de uma coluna em marcha numa série de alvos difíceis e espalhados. Ao mesmo tempo, a meia dúzia de dragões que acompanhava a infantaria tinha apeado e começado a lutar a pé, enquanto um homem levava os cavalos a galope para longe do alcance dos fuzis; e agora as carabinas dos dragões e os mosquetes da infantaria ameaçavam suplantar os fuzileiros de Sharpe. Os fuzis Baker eram muito mais precisos que os mosquetes e as carabinas dos franceses e podiam matar a uma distância quatro vezes maior, porém eram desesperadoramente lentos para carregar. As balas, cada uma enrolada num retalho de couro destinado a agarrar os sulcos do cano do fuzil, precisavam ser forçadas pelos sulcos e relevos apertados do cano, ao passo que a bala de mosquete podia ser socada rapidamente pelo cano liso. Os homens de Sharpe já estavam abandonando os retalhos de couro para carregar mais depressa, no entanto, sem o couro os sulcos não podiam fazer a bala girar, e com isso o fuzil deixava de ter sua grande vantagem: a precisão mortal. Hagman e seus três companheiros continuavam atirando de cima do morro, mas seu número era reduzido demais para fazer muita diferença. Tudo que impedia a dizimação dos fuzileiros de Sharpe era a proteção das paredes de pedra da aldeia.

Sharpe pegou o pequeno apito na bolsa do cinturão diagonal. Soprou-o duas vezes, depois tirou o fuzil das costas, virou a esquina da casa e mirou contra um sopro de fumaça mais adiante no vale. Disparou. O fuzil deu um coice no instante em que uma bala de mosquete francesa batia na parede ao lado de sua cabeça. Uma lasca de pedra raspou sua bochecha com a cicatriz, tirando sangue e errando o olho por menos de 2 centímetros.

— Os filhos da mãe são muito bons. — Sharpe ecoou com má vontade o elogio de Harper, e então uma saraivada de mosquetes anunciou que Harry Price havia enfileirado seus casacas-vermelhas no topo do morro e disparava contra os franceses.

A primeira saraivada de Price bastou para decidir a luta. Sharpe escutou uma voz francesa gritando ordens e um segundo depois a linha de escaramuça inimiga começou a se desfazer e desaparecer. Harry Price só teve tempo para mais uma saraivada antes que o inimigo vestido de cinza tivesse recuado para fora do alcance.

— Green! Horrell! McDonald! Cresacre! Smith! Sargento Latimer! — gritou Sharpe a seus fuzileiros. — Cinquenta passos pelo vale, façam uma linha de piquete lá, mas voltem para cá se os sacanas retornarem querendo mais. Andem! O resto fique onde está.

— Meu Deus, senhor, o senhor deveria ver isso aqui.

Harper havia aberto a porta da casa mais próxima com a boca de sua arma de sete canos. A arma, originalmente projetada para ser disparada do topo dos mastros dos navios da Marinha britânica, era um conjunto de sete canos de meia polegada disparados com uma pederneira única. Era como um canhão em miniatura, e só os homens maiores e mais fortes podiam dispará-la sem danificar permanentemente os ombros. Harper era um dos homens mais fortes que Sharpe já conhecera mas também um dos mais sentimentais, e agora o enorme irlandês parecia à beira das lágrimas.

— Ah, meu Deus! — exclamou Harper fazendo o sinal da cruz. — Que desgraçados!

Sharpe já havia sentido o cheiro de sangue. Agora olhava para além do sargento e percebia o nojo criar um bolo na garganta.

— Minha nossa — disse baixinho.

Porque a casinha estava encharcada de sangue, as paredes manchadas e o chão ensopado, e no chão estavam esparramados corpos frouxos de crianças. Sharpe tentou contar os corpinhos, mas nem sempre conseguia saber onde terminava um cadáver ensanguentado e começava outro. Evidentemente as crianças foram despidas e depois tiveram as gargantas cortadas. Um cachorrinho também havia sido morto, e seu cadáver sujo de sangue, com pelos encaracolados, fora jogado sobre as crianças, cuja pele possuía uma brancura não natural, contrastando com as marcas vívidas de um sangue que parecia preto.

— Ah, meu Deus — disse Sharpe conforme recuava para longe das sombras fétidas, para respirar o ar puro.

Já havia visto horror o suficiente. Tinha nascido de uma prostituta pobre numa sarjeta de Londres e seguira os tambores britânicos desde Flandres até Madras, passando pelas guerras na Índia e agora desde as praias de Portugal até as fronteiras da Espanha, mas nunca, nem mesmo nas câmaras de tortura do sultão Tipu, em Seringapatam, tinha visto crianças jogadas numa pilha de mortos como se fossem animais abatidos.

— Tem mais aqui, senhor — gritou o cabo Jackson, que havia acabado de vomitar na porta de uma choupana em que estavam os corpos de dois velhos caídos numa confusão sangrenta. Era bastante evidente que foram torturados.

Sharpe pensou em Teresa, que lutava contra essa mesma escória que estripava e atormentava as vítimas; depois, incapaz de suportar as imagens que rasgavam seus pensamentos, pôs as mãos em concha e gritou morro acima:

— Harris! Aqui embaixo!

O fuzileiro Harris era o homem instruído da companhia. Já havia sido professor, até mesmo um professor respeitado, mas o tédio o tinha levado a beber, e a bebida fora sua ruína, ou pelo menos o motivo para entrar para o Exército, onde ainda adorava demonstrar sua erudição.

— Senhor? — perguntou Harris ao chegar à aldeia.

— Você fala francês?

— Sim, senhor.

— Há dois comedores de lesma nessa casa. Descubra de que unidade eles são e o que os desgraçados fizeram aqui. E... Harris!

— Senhor? — O lúgubre e ruivo Harris se virou.

— Não precisa ser gentil com os desgraçados.

Até mesmo Harris, acostumado com Sharpe, pareceu chocado com o tom de seu capitão.

— Certo, senhor.

Sharpe atravessou de volta a praça minúscula do povoado. Seus homens revistaram as duas choupanas do outro lado do riacho, mas não encontraram corpos lá. Evidentemente o massacre havia se confinado às três casas na margem mais próxima, onde o sargento Harper estava parado com uma expressão soturna e ferida. Patrick Harper era de Donegal, em Ulster, e tinha sido impelido às fileiras do exército britânico pela fome e pela pobreza. Era um homem enorme, 10 centímetros mais alto que Sharpe, que possuía mais de 1,80m. Na batalha, Harper era uma figura espantosa, mas na verdade era um sujeito gentil, bem-humorado e afável, cuja benevolência disfarçava a contradição central de sua vida, que era não sentir amor pelo rei por quem lutava e ter pouco amor pelo país cuja bandeira defendia. Porém, havia poucos soldados melhores em todo o exército do rei Jorge e nenhum que fosse mais leal aos amigos. E era por esses amigos que Harper lutava, e o amigo mais íntimo, apesar da disparidade de postos, era o próprio Sharpe.

— Eram só criancinhas. Quem faria uma coisa dessas?

— Eles. — Sharpe virou a cabeça bruscamente para o pequeno vale onde o riacho se unia a uma corrente mais larga. Os franceses de cinza pararam lá; longe demais para serem ameaçados pelos fuzis, mas ainda suficientemente perto para verem o que acontecia na aldeia onde saquearam e assassinaram.

— Algumas daquelas criancinhas foram estupradas — comentou Harper.

— Eu vi — respondeu Sharpe, soturno.

— Como eles puderam fazer isso?

— Não há resposta, Pat. Só Deus sabe.

Sharpe sentia náuseas, assim como Harper, porém indagar sobre as raízes do pecado não traria vingança pelas crianças mortas. Nem salvaria a sanidade da garota estuprada, nem enterraria os mortos encharcados de sangue. Nem encontraria o caminho de volta às linhas britânicas para uma pequena companhia ligeira, que agora Sharpe percebia estar perigosamente exposta na borda da linha francesa.

— Pergunte a resposta a algum maldito capelão, se puder encontrar um mais perto que os bordéis de Lisboa — declarou com violência, depois se virou para olhar as choupanas. — Como diabos vamos enterrar todos eles?

— Não podemos, senhor. Só vamos derrubar as paredes das casas em cima — respondeu Harper. E olhou pelo vale. — Eu poderia assassinar aqueles desgraçados. O que vamos fazer com os dois que estão aqui?

— Matar — sentenciou Sharpe peremptoriamente. — Agora vamos obter uma ou duas respostas — indicou enquanto via Harris sair da choupana. Ele carregava um capacete de dragão, de aço cinza, que agora Sharpe viu que não estava coberto de pano, era mesmo feito daquele metal e tinha um comprido rabo de crina de cavalo.

Harris passou a mão direita pela crina enquanto ia até Sharpe.

— Descobri quem são eles, senhor — avisou ao chegar mais perto. — Pertencem à Brigada Loup, a Brigada Lobo. O nome é por causa do oficial comandante, senhor. Um sujeito chamado Loup, o general de brigada Guy Loup. Loup quer dizer lobo em francês, senhor. Eles se consideram uma unidade de elite. O serviço deles era manter a estrada pelas montanhas aberta durante o inverno passado, e fizeram isso chacinando os nativos. Se algum homem de Loup é morto, ele mata cinquenta civis, por vingança. Era isso que estavam fazendo aqui, senhor. Dois homens dele foram emboscados e mortos, e esse é o preço. — Harris indicou as casas com os mortos. — E Loup não está longe, senhor — acrescentou, alertando. — A não ser que os sujeitos estejam mentindo, algo que duvido. Ele deixou um destacamento aqui e levou um esquadrão para caçar alguns fugitivos no outro vale.

Sharpe olhou para o cavalo do cavalariano, ainda amarrado no centro da aldeia, e pensou no soldado de infantaria capturado.

— Essa tal de Brigada Loup é de cavalaria ou infantaria?

— A brigada tem as duas coisas, senhor. É uma força especial, formada para lutar contra os guerrilheiros, e Loup tem dois batalhões de infantaria e um regimento de dragões.

— E todos usam cinza?

— Como lobos, senhor — explicou Harris.

— Sabemos muito bem o que fazer com lobos — decretou Sharpe, depois se virou enquanto o sargento Latimer gritava um alerta.

Latimer comandava a minúscula linha de piquete entre Sharpe e os franceses, mas não era um novo ataque que o havia levado a gritar o alerta, e sim a aproximação de quatro cavaleiros franceses. Um deles carregava o *guidon* tricolor, apesar de agora o estandarte com asa de andorinha estar obscurecido por uma camisa branca e suja que tinha sido presa na ponta da lança do *guidon*.

— Os filhos da mãe querem falar com a gente.

— Eu falo com eles — prontificou-se Harper em tom maligno, e puxou o cão de sua arma de sete canos.

— Não! — reagiu Sharpe. — E vá até a companhia e diga para ninguém atirar, e isso é uma ordem.

— Sim, senhor. — Harper baixou a pederneira, depois, com um olhar maldoso para os franceses que se aproximavam, foi avisar aos casacos verdes para conter a raiva e manter os dedos longe dos gatilhos.

Sharpe, com o fuzil pendurado no ombro e a espada à cintura, caminhou em direção aos quatro franceses. Dois cavaleiros eram oficiais, enquanto a dupla que os flanqueava era de porta-estandartes, e a relação entre bandeiras e homens parecia impertinentemente alta, quase como se os dois oficiais que se aproximavam se considerassem mais importantes que os outros mortais. O *guidon* tricolor seria um estandarte suficiente, mas o segundo era extraordinário. Era uma águia francesa com as asas douradas abertas empoleirada num mastro com uma cruzeta pregada logo abaixo do pedestal. A maioria das águias carregava uma bandeira de seda tricolor no mastro, porém essa carregava seis caudas de lobo presas na cruzeta. O estandarte era um tanto bárbaro, sugerindo os dias longínquos em que exércitos pagãos de soldados montados trovejavam das estepes para estuprar e arruinar o mundo cristão.

E, se o estandarte com caudas de lobo fez o sangue de Sharpe gelar, não era nada comparado ao homem que agora esporeava o cavalo à frente dos companheiros. Apenas as botas do sujeito não eram cinza. O casaco era cinza, o cavalo era cinza, o capacete possuía um rabo luxuriante cinza e a peliça cinza tinha a borda de pele de lobo cinzento. Tiras de pele lupina serviam de acabamento para o cano das botas, a manta da sela era uma pele cinza, a bainha longa e reta da espada e o coldre de sela da carabina eram cobertos de pele de lobo, ao passo que o cabresto do cavalo era uma tira de pele cinza. Até a barba do sujeito era cinza. Era curta e bem-aparada, mas o restante do rosto era selvagem e implacável, com cicatrizes dignas de um pesadelo. Um olho injetado de vermelho e o outro cego e leitoso o encaravam daquele rosto golpeado pelo tempo e endurecido pelas batalhas, enquanto o sujeito parava o cavalo ao lado de Sharpe.

— Meu nome é Loup — anunciou ele. — General de brigada Guy Loup, do Exército de Sua Majestade Imperial. — Seu tom era estranhamente afável, a fala cortês e o inglês tocado por um leve sotaque da Escócia.

— Sharpe — respondeu o fuzileiro. — Capitão Sharpe. Exército britânico.

Os três franceses restantes pararam a pouco mais de 10 metros de distância. Observavam enquanto seu brigadeiro tirava o pé do estribo e saltava com leveza no caminho. Não era alto como Sharpe, mas ainda assim era um sujeito grande, musculoso e ágil. O fuzileiro britânico supôs que o brigadeiro francês tivesse uns 40 anos, seis a mais que o próprio Sharpe. Agora Loup pegava dois charutos em sua *sabretache* com acabamento em pele e oferecia um a Sharpe.

— Não aceito presentes de assassinos — recusou Sharpe.

Loup riu da indignação de Sharpe.

— Idiotice sua, capitão. É assim que vocês dizem? Idiotice sua. Fui prisioneiro, veja bem, na Escócia. Em Edimburgo. Uma cidade muito fria, mas com mulheres lindas, muito lindas. Algumas me ensinaram inglês e eu lhes ensinei a mentir para os insípidos maridos calvinistas. Nós, os oficiais sob condicional, morávamos perto da Candlemaker Row. Conhece o lugar? Não? Você deveria visitar Edimburgo, capitão. Apesar dos calvinistas e da comida, é uma bela cidade, muito culta e hospitaleira. Quando a paz de Amiens foi assinada, quase fiquei lá. — Loup fez uma pausa para bater com uma pederneira em aço, depois soprou a acendalha de pano no isqueiro até obter uma chama com a qual acendeu o charuto. — Quase fiquei, mas você sabe como é. Ela era casada com outro homem e eu sou um amante da França, por isso estou aqui, e ela está lá, e sem dúvida sonha muito mais comigo que eu com ela. — Loup suspirou. — Mas esse clima me fez lembrar dela. Costumávamos ficar deitados na cama olhando a chuva e a névoa passar diante das janelas da Candlemaker Row. Está frio hoje, hein?

— Você está vestido para isso, brigadeiro. Tem tanta pele quanto uma puta no Natal.

Loup sorriu. Não era um sorriso agradável. Faltavam dois dentes, e os que restavam eram manchados de amarelo. Ele havia falado com Sharpe de modo bastante agradável, até mesmo charmoso, no entanto era o charme suave de um gato prestes a matar. Levou a fumaça do charuto à boca, fazendo a ponta reluzir em vermelho, enquanto o único olho injetado encarava Sharpe com dureza, por baixo da viseira cinza do capacete.

Loup viu um homem alto com um fuzil bastante desgastado num dos ombros e uma velha espada com uma lâmina feia à cintura. O uniforme de Sharpe estava rasgado, manchado e remendado. O cordão preto da casaca pendia esfarrapado entre alguns botões de prata seguros por fiapos, e por baixo Sharpe usava um macacão da cavalaria francesa reforçado com couro. Os restos de uma faixa vermelha, de oficial, envolviam a cintura, e em torno do pescoço havia uma gravata preta com nó frouxo. Era o uniforme de um homem que havia descartado muito tempo antes os atavios de soldado em tempos de paz em troca dos confortos utilitários de um lutador. E era um homem duro também, supôs Loup, não somente pela cicatriz evidente no rosto, mas pela postura do fuzileiro, desajeitada e rígida, como se Sharpe preferisse lutar a conversar. Loup deu de ombros, abandonou as amabilidades e foi direto ao ponto.

— Vim pegar meus dois homens.

— Esqueça-os, general — respondeu Sharpe. Estava decidido a não dignificar esse homem chamando-o de "senhor" ou "monsieur".

Loup ergueu as sobrancelhas.

— Eles estão mortos?

— Estarão.

Loup afastou uma mosca insistente. As tiras do capacete, com placas de metal, pendiam soltas nas laterais do rosto, lembrando as *cadenettes* de cabelo trançado que os hussardos franceses gostavam de usar pendendo das têmporas. Deu outra tragada no charuto e sorriu.

— Preciso lembrá-lo das regras da guerra, capitão?

Sharpe ofereceu a Loup uma palavra que ele duvidava que o francês tivesse escutado muito na sociedade culta de Edimburgo.

— Não aceito lições de assassinos — continuou —, nem com relação às regras da guerra. O que seus homens fizeram nessa aldeia não foi guerra. Foi um massacre.

— Claro que foi guerra — retrucou Loup em tom equânime. — E não preciso de sermões seus, capitão.

— Talvez não precise de um sermão, general, mas precisa de uma boa lição.

Loup gargalhou. Virou-se e andou até a beira do riacho, onde esticou os braços, deu um bocejo enorme e se curvou para levar um pouco d'água à boca.

— Deixe-me dizer qual é meu serviço, capitão, e o senhor irá se colocar em meu lugar. Desse modo, talvez perca suas tediosas certezas morais inglesas. Meu serviço, capitão, é policiar as estradas dessas montanhas e com isso tornar segura a passagem para as carroças de munição e comida com que planejamos expulsar vocês, britânicos, de volta ao mar. Meu inimigo não é um soldado vestindo uniforme com uma cor e um código de honra, e sim uma ralé de civis ressentidos de minha presença. Bom! Podem se ressentir de mim, é um direito deles, mas, se me atacarem, capitão, vou me defender, e vou fazer isso de modo tão feroz, tão implacável, que vão pensar mil vezes antes de atacar meus homens outra vez. Sabe qual é a principal arma da guerrilha? O terror, capitão, o puro terror. Por isso me certifico de ser mais terrível que meu inimigo, e meu inimigo nessa área é de fato horrível. Já ouviu falar de El Castrador?

— O Castrador?

— Sim. Porque é isso que ele faz com os soldados franceses, só que faz enquanto eles estão vivos e depois os deixa sangrar até a morte. Lamento dizer que El Castrador ainda vive, mas garanto que nenhum de meus homens é castrado há três meses, e sabe por quê? Porque os homens de El Castrador têm mais medo de mim que dele. Em toda a Espanha, capitão, essas são as únicas montanhas onde os franceses podem cavalgar em segurança, e por quê? Porque usei a arma dos guerrilheiros contra eles. Eu os castro, assim como eles me castrariam, só uso uma faca mais cega. — O general Loup lançou um sorriso sério a Sharpe. — Agora diga, capitão, se o senhor estivesse em meu lugar, e se seus homens estivessem sendo castrados, cegados, estripados e esfolados vivos e deixados para morrer, não faria como eu?

— Com crianças? — Sharpe apontou o polegar na direção da aldeia.

O olho único de Loup se arregalou de surpresa, como se achasse a objeção de Sharpe estranha num soldado.

— O senhor pouparia um rato porque ele é jovem? Pragas são pragas, capitão, não importa a idade.

— Achei que você tivesse dito que as montanhas estavam seguras. Então por que matar?

— Porque semana passada dois de meus homens foram emboscados e mortos num povoado que não fica longe daqui. As famílias dos assassinos vieram até aqui para se refugiar, achando que não iria encontrá-las. Eu as encontrei, e agora garanto, capitão, que mais nenhum de meus homens será emboscado em Fuentes de Oñoro.

— Serão, se eu encontrá-los lá.

Loup balançou a cabeça com tristeza.

— Você é tão rápido com suas ameaças, capitão! Mas lute comigo e acho que aprenderá a ter cautela. Mas, por enquanto, devolva meus homens e iremos embora.

Sharpe fez uma pausa, pensando. Finalmente deu de ombros e se virou.

— Sargento Harper!

— Senhor?

— Traga os dois comedores de lesma para fora!

Harper hesitou como se quisesse saber o que Sharpe pretendia antes de obedecer à ordem, mas então se virou relutante na direção das casas. Um instante depois surgiu com os dois cativos franceses, ambos ainda nus da cintura para baixo e um deles ainda dobrado ao meio, de dor.

— Ele está ferido? — indagou Loup.

— Dei um chute no saco dele — respondeu Sharpe. — Ele estava estuprando uma menina.

Loup pareceu achar divertido.

— Você sente asco de estupro, capitão Sharpe?

— Isso é engraçado num homem, não é? Sim, sinto.

— Temos alguns oficiais assim, mas alguns meses na Espanha curam logo essa delicadeza. As mulheres daqui lutam como os homens, e, se uma mulher imagina que as saias irão protegê-la, está enganada. E o estupro faz parte do terror mas também serve a um propósito secundário. Se você liberar os soldados para estuprar, eles não se importam se estão com fome ou se o soldo está um ano atrasado. O estupro é uma arma como outra qualquer, capitão.

— Vou me lembrar disso quando entrar marchando na França, general — replicou Sharpe, depois se virou de volta para as casas. — Pare aí, sargento! — Os dois prisioneiros tinham sido escoltados até a entrada da aldeia. — Atenção, sargento!

— Senhor?

— Apanhe as calças deles. Faça com que se vistam de forma decente.

Satisfeito com o encaminhamento de sua missão, Loup sorriu para Sharpe.

— Você está sendo sensato, isso é bom. Eu odiaria ter de lutar contra você como luto contra os espanhóis.

Sharpe observou o uniforme pagão de Loup. Era uma fantasia para amedrontar crianças, pensou, a fantasia de um homem-lobo saindo de um pesadelo, porém a espada do homem-lobo não era mais comprida que a de Sharpe, e sua carabina era muito menos precisa que o fuzil de Sharpe.

— Não creio que pudesse lutar conosco, general. Somos um exército de verdade, veja bem, e não um bando de mulheres e crianças desarmadas.

Loup se enrijeceu.

— Você vai descobrir, capitão Sharpe, que a Brigada Loup pode lutar contra qualquer homem, em qualquer lugar, de qualquer modo. Eu não perco, capitão, para ninguém.

— Se nunca perde, general, como foi feito prisioneiro? — zombou Sharpe. — Estava dormindo?

— Eu era passageiro a caminho do Egito, capitão, quando nosso navio foi capturado pela Marinha Real. Isso não conta como derrota. — Loup ficou olhando enquanto seus dois homens vestiam as calças. — Onde está o cavalo do soldado Godin?

— O soldado Godin não vai precisar de cavalo para onde vai — respondeu Sharpe.

— Ele consegue andar? Acho que sim. Muito bem, deixo o cavalo com você — disse Loup, magnânimo.

— Ele vai para o inferno, general. Estou vestindo os dois porque ainda são soldados, e até mesmos seus soldados sujos merecem morrer com calças. — Em seguida se virou de volta para o povoado. — Sargento! Encoste-os na parede! Quero um pelotão de fuzilamento, quatro homens para cada prisioneiro! Carregar!

— Capitão! — gritou Loup, e sua mão foi para o punho da espada.

— Você não me amedronta, Loup. Nem você nem sua roupinha chique. Se desembainhar essa espada, vamos limpar seu sangue com sua bandeira de trégua. Tenho atiradores de elite no topo daquele morro, capazes de arrancar o olho bom de seu rosto a 200 metros de distância, e um desses atiradores está com a mira em você agora mesmo.

Loup olhou para o alto do morro. Podia ver os casacas-vermelhas de Price lá, e um homem de casaco verde, mas obviamente não podia saber quantos faziam parte do grupo do britânico. Olhou de volta para Sharpe.

— Você é um capitão, apenas um capitão. O que significa que tem o quê? Uma companhia? Talvez duas? Os britânicos não confiariam mais de duas companhias a um mero capitão, mas a 800 metros daqui tenho o restante de minha brigada. Se matar meus homens, vocês serão caçados como cães e vão morrer como cães. Vou isentá-lo das regras da guerra, capitão, assim como você propõe isentar meus homens, e garantirei que morra como meus inimigos espanhóis. Com uma faca muito cega, capitão.

Sharpe ignorou a ameaça, e em vez disso se virou para a aldeia.

— O esquadrão está preparado, sargento?

A BATALHA DE SHARPE

— Preparado, senhor. E ansioso, senhor!

Sharpe olhou de volta para o francês.

— Sua brigada está a quilômetros daqui, general. Se estivesse mais perto, o senhor não estaria aqui falando comigo, e sim comandando o ataque. Agora, se me desculpa, tenho um pouco de justiça para exercer.

— Não! — exclamou Loup, com ênfase suficiente para Sharpe se virar. — Fiz uma barganha com meus homens. Você entende isso, capitão? Você é um líder, eu sou um líder, e prometi jamais abandonar meus homens. Não me faça violar minha promessa.

— Não me importo nem um pouco com sua promessa.

Loup havia esperado essa resposta, por isso deu de ombros.

— Então talvez ligue para isso, capitão Sharpe. Sei quem você é, e, se não devolver meus homens, colocarei sua cabeça a prêmio. Vou dar a cada homem em Portugal e na Espanha um motivo para caçá-lo. Mate esses dois e estará assinando sua própria sentença de morte.

Sharpe sorriu.

— Você é um mau perdedor, general.

— E você não é?

Sharpe se afastou.

— Nunca perdi — gritou de volta, por cima do ombro. — Então, não sei.

— Sua sentença de morte, Sharpe! — gritou Loup.

Sharpe ergueu dois dedos. Aprendera que os arqueiros ingleses em Azincourt, ameaçados pelos franceses de, no fim da batalha, perderem os dedos usados para puxar a corda, primeiro venceram o combate e depois inventaram o gesto provocador para mostrar aos filhos da mãe presunçosos quem eram os melhores soldados. Agora Sharpe o usou de novo.

Então foi matar os soldados do homem-lobo.

O major Michael Hogan encontrou Wellington inspecionando uma ponte sobre o rio Turones, onde uma força de três batalhões franceses havia tentado conter o avanço britânico. A batalha resultante tinha sido rápida e brutal, e agora uma trilha de mortos dos dois lados contava a história da escaramuça. Uma linha de maré inicial de corpos marcava o ponto onde os lados se chocaram, uma pavorosa mancha de terra ensanguentada mostrava onde os dois canhões britânicos trucidaram os inimigos, e depois mais corpos espalhados indicavam a retirada francesa através da ponte que seus engenheiros não tiveram tempo de destruir.

— Fletcher acha que a ponte é uma obra romana, Hogan — comentou Wellington, recebendo o major irlandês.

— Às vezes me pergunto, milorde, se alguém construiu uma ponte em Portugal e na Espanha desde os romanos. — Hogan, envolto numa capa por causa do frio úmido do dia, assentiu amigavelmente para os três ajudantes do lorde, então entregou uma carta lacrada ao general. O lacre, que mostrava o brasão de armas espanhol, havia sido erguido. — Tomei a precaução de ler a carta, milorde — explicou Hogan.

— Problema?

— Caso contrário eu não o teria incomodado, milorde — respondeu Hogan, soturno.

Wellington franziu a testa conforme lia. O general era um homem bonito, com 42 anos, mas em melhor forma que a maior parte dos integrantes de seu exército. E, pensou Hogan, mais sábio que a maioria. Hogan sabia que o exército britânico possuía uma capacidade espantosa de encontrar os homens menos qualificados e promovê-los ao alto-comando, porém de alguma maneira o sistema tinha dado errado e Sir Arthur Wellesley, agora visconde de Wellington, recebera o comando do Exército de Sua Majestade em Portugal, assim fornecendo a melhor liderança possível a essa força. Ao menos era o que Hogan pensava, embora admitisse que podia ser tendencioso nesse sentido. Afinal de contas, Wellington havia promovido sua carreira, tornando o astuto irlandês chefe de seu Departamento de Inteligência, e o resultado tinha sido um relacionamento próximo e frutífero.

O general leu a carta de novo, agora olhando uma tradução que Hogan havia fornecido. Enquanto isso, o chefe da Inteligência observava o campo de batalha onde destacamentos de faxina limpavam os restos da escaramuça. A leste da ponte, onde a estrada descia suavemente a encosta da montanha numa série de curvas amplas, uma dúzia de equipes de trabalho revistava os arbustos à procura de corpos e suprimentos abandonados. Os mortos franceses eram despidos e empilhados como lenha perto de uma sepultura longa e rasa que um grupo de cavadores tentava aumentar. Outros homens empilhavam mosquetes franceses ou então jogavam cantis, caixas de cartuchos, botas e cobertores numa carroça. Parte da pilhagem era bastante exótica, porque os franceses em retirada carregavam o saque de mil aldeias portuguesas, e agora os homens de Wellington recuperavam vestes, castiçais e bandejas de prata de igrejas.

— É espantoso o que um soldado carrega durante a retirada — comentou o general com Hogan. — Encontramos um morto com um banquinho de ordenha. Um banco de ordenha comum! O que ele estava pensando? Em levá-lo de volta à França? — Estendeu a carta a Hogan. — Maldição — disse baixinho; depois, com mais força: — Maldição! — Wellington dispensou seus ajudantes, ficando a sós com o chefe da Inteligência. — Quanto mais fico sabendo sobre Sua Majestade Católica, o rei Fernando VII, mais me convenço de que ele devia ter sido afogado ao nascer.

Hogan sorriu.

— O método reconhecido é o sufocamento, milorde.

— É?

— É, milorde, e ninguém fica sabendo. A mãe simplesmente explica que rolou no sono e prendeu a criaturinha abençoada sob o corpo. E, assim, como explica a santa Igreja, nasce outro anjo precioso.

— Em minha família, as crianças indesejadas são colocadas no exército — declarou o general.

— Tem mais ou menos o mesmo efeito, milorde, a não ser na questão dos anjos.

Wellington deu um sorriso breve, depois fez um gesto com a carta.

— E como isso chegou a nós?

— Do modo usual, milorde. Foi retirada clandestinamente de Valençay pelos serviçais de Fernando e trazida ao sul, até os Pirineus, onde foi dada aos guerrilheiros para ser entregue a nós.

BERNARD CORNWELL

— Com uma cópia para Londres, não é? Há alguma chance de interceptar a cópia que vai para lá?

— Infelizmente, senhor, ela já partiu há duas semanas. Provavelmente já chegou.

— Diabos, maldição e diabos de novo. Maldição! — Wellington olhou carrancudo para a ponte, onde uma carreta resgatava o cano caído de um canhão francês desmontado. — Então o que fazer, hein, Hogan? O que fazer?

O problema era bem simples. A carta, com cópia para o príncipe regente em Londres, viera do exilado rei Fernando da Espanha, agora prisioneiro de Napoleão no castelo francês de Valençay. A carta tinha o prazer de anunciar que Sua Majestade Católica, num espírito de cooperação com seu primo da Inglaterra e em seu grande desejo de expulsar o invasor francês do solo sagrado de seu reino, havia ordenado que a Real Compañía Irlandesa, da guarda pessoal de Sua Majestade Católica, se juntasse às forças de Sua Majestade Britânica sob o comando do visconde de Wellington. Esse gesto, apesar de parecer generoso, não agradava o visconde. Ele não precisava de uma companhia desgarrada de guardas palacianos. Um batalhão de infantaria com equipamento de combate completo serviria de alguma coisa, mas uma companhia de tropas cerimoniais possuía quase tanta utilidade para Wellington quanto um coro de eunucos entoando salmos.

— E eles já chegaram — avisou Hogan em tom ameno.

— Eles o quê? — A pergunta de Wellington pôde ser ouvida a 100 metros dali, onde um cachorro, achando que estava levando uma bronca, afastou-se de algumas tripas cobertas de moscas que escorriam do corpo eviscerado de um oficial de artilharia francês. — Onde estão? — perguntou com ferocidade.

— Em algum lugar no Tejo, milorde, sendo transportados de barca para cá.

— Como diabos eles chegaram aqui?

— Segundo meu correspondente, de navio, milorde. Nossos navios. — Hogan pôs uma pitada de rapé na mão esquerda, depois fungou o pó, uma narina de cada vez. Parou um segundo, com os olhos subitamente lacrimejando, então espirrou. As orelhas de seu cavalo se sacudiram para trás com o barulho. — O comandante da Real Compañía Irlandesa diz que marchou com seus homens até o litoral leste da Espanha, milorde, depois pegou um navio até Menorca, onde nossa Marinha Real os recolheu.

Wellington fungou com desprezo.

— E os franceses simplesmente deixaram isso acontecer? O rei José só ficou olhando metade da guarda real marchar para longe?

José era o irmão de Bonaparte e havia sido elevado ao trono da Espanha, mas estavam sendo necessárias 300 mil baionetas francesas para mantê-lo lá.

— Um quinto da guarda real, milorde — corrigiu Hogan, com gentileza. — E sim, é exatamente isso que lorde Kiely diz. Kiely, claro, é o *comandante* deles.

— Kiely?

— Ele é um par da Irlanda, milorde.

— Maldição, Hogan, eu conheço a aristocracia irlandesa. Kiely. Conde de Kiely. Exilado, certo? E a mãe dele, pelo que me lembro, deu dinheiro a Tone, nos anos 1790.

Wolfe Tone havia sido um patriota irlandês que tentara levantar dinheiro e homens na Europa e na América para comandar uma rebelião contra os britânicos em sua Irlanda natal. A rebelião se transformou em guerra em 1798 quando Tone invadiu Donegal com um pequeno exército francês, que foi severamente derrotado, e o próprio Tone cometeu suicídio na prisão em Dublin, para não ser enforcado com uma corda britânica.

— Não creio que Kiely seja melhor que a mãe — comentou Wellington, carrancudo —, e ela é uma bruxa que deveria ter sido sufocada ao nascer. O lorde é de confiança, Hogan?

— Pelo que ouvi dizer, milorde, é um bêbado e um esbanjador. Recebeu o comando da Real Compañía Irlandesa porque é o único aristocrata irlandês em Madri e porque sua mãe tinha influência sobre o rei. Agora ela está morta, que Deus a tenha. — Ele olhou um soldado tentando fisgar com a baioneta os intestinos derramados do oficial francês. As tripas ficavam escorregando da lâmina e finalmente um sargento gritou para o sujeito pegá-las com as mãos ou então deixar para os corvos.

BERNARD CORNWELL

— O que essa tal guarda irlandesa vinha fazendo desde que Fernando saiu de Madri? — quis saber Wellington.

— Vivia da tolerância, milorde. Vigiando o Escorial, polindo as botas, ficando fora de encrenca, procriando, frequentando prostíbulos, bebendo e prestando continência aos franceses.

— Mas não lutando contra os franceses.

— Não mesmo. — Hogan fez uma pausa. — Isso é conveniente demais, milorde. A Real Compañía Irlandesa tem a permissão de deixar Madri, pegar um navio e vir até nós, e enquanto isso uma carta é contrabandeada da França, dizendo que o grupo é um presente para o senhor de Sua Majestade aprisionada. Sinto cheiro de patas francesas em tudo isso.

— Então dizemos à porcaria desses guardas para ir embora?

— Duvido que possamos. Em Londres, o príncipe regente sem dúvida ficará lisonjeado pelo gesto, e pode ter certeza de que o Ministério das Relações Exteriores considerará qualquer deslize relacionado à Real Compañía Irlandesa um insulto a nossos aliados espanhóis, o que significa, milorde, que estamos presos aos filhos da mãe.

— Eles servem para alguma coisa?

— Tenho certeza de que serão decorativos — admitiu Hogan, em dúvida.

— E decoração custa dinheiro. Acho que o rei da Espanha não pensou em mandar o baú de pagamento de sua guarda, não é?

— Não, milorde.

— O que significa que vou pagar a eles? — perguntou Wellington perigosamente, e, quando a única resposta de Hogan foi um sorriso beatífico, o general xingou. — Que se danem! Eu devo pagar aos sacanas? Enquanto eles me esfaqueiam pelas costas? É para isso que eles estão aqui, Hogan?

— Não sei. Mas suspeito que sim.

Uma gargalhada soou, vinda de um destacamento de faxina que havia acabado de descobrir alguns desenhos íntimos escondidos nas abas da casaca de um francês. Wellington se encolheu ao ouvir e afastou o cavalo mais um pouco do grupo barulhento. Alguns corvos lutavam por uma pilha de entranhas que antes foram um escaramuçador francês. O general olhou para a visão desagradável e fez uma expressão de nojo.

— E o que você sabe sobre essa guarda irlandesa, Hogan?

— Hoje em dia eles são principalmente espanhóis, senhor, mas até mesmo os guardas nascidos na Espanha precisam ser descendentes de exilados irlandeses. A maioria deles é recrutada dos três regimentos irlandeses a serviço da Espanha, porém imagino que um punhado seja de desertores de nosso exército. Eu suspeitaria que a maior parte deles seja patriótica com relação à Espanha e provavelmente está disposta a lutar contra os franceses, mas sem dúvida haverá um punhado de *afrancesados*, e nesse aspecto suspeito mais dos oficiais que dos subordinados. — Um *afrancesado* era um espanhol que apoiava os franceses, e quase todos esses traidores vinham das classes mais instruídas. Hogan deu um tapa num moscão que pousou no pescoço do cavalo. — Tudo bem, Jeremiah, era só uma mosca faminta — explicou ao cavalo espantado, depois se virou de novo para Wellington. — Não sei por que eles foram mandados para cá, no entanto tenho certeza de duas coisas. Primeiro: será uma impossibilidade diplomática se livrar deles; e segundo: precisamos presumir que os franceses é que os querem aqui. O rei Fernando, sem dúvida, foi trapaceado para escrever a carta. Ouvi dizer que ele não é muito inteligente, milorde.

— Mas você é, Hogan. É por isso que eu o suporto. Então, o que fazemos? Vamos colocá-los para cavar latrinas?

Hogan balançou a cabeça.

— Se o senhor empregar a guarda pessoal do rei da Espanha em tarefas indignas, milorde, isso será considerado um insulto a nossos aliados espanhóis e também à Sua Majestade Católica.

— Dane-se Sua Majestade Católica — rosnou Wellington, depois olhou maligno para a sepultura em forma de trincheira, onde os mortos franceses eram postos sem cerimônia numa fileira comprida, branca, nua. — E a *junta*? O que diz a *junta*?

A *junta*, em Cádis, era o conselho de regência que governava a Espanha não ocupada, na ausência do rei. De seu patriotismo não poderia haver dúvida, entretanto o mesmo não podia ser dito de sua eficiência. A *junta* era notória por suas disputas internas e pelo orgulho melindroso, e poucas questões melindraram mais esse orgulho que o pedido discreto de que Arthur Wellesley, visconde de Wellington, fosse nomeado *generalisimo* de todos os exércitos espanhóis. Wellington já era o marechal-general do Exército português e comandante das forças britânicas em Portugal, e ninguém sensato negaria que ele era o melhor general no lado dos aliados, sobretudo porque era o único que vencia as batalhas consistentemente, e ninguém negava que fazia sentido que todos os exércitos que se opunham aos franceses na Espanha e em Portugal estivessem sob um comando unificado. Mesmo assim, apesar do reconhecido bom senso da proposta, a *junta* relutava em conceder esse poder a Wellington. Seus integrantes protestavam dizendo que os exércitos espanhóis deviam ser comandados por um espanhol, e, se nenhum espanhol ainda havia se provado capaz de vencer uma campanha contra os franceses, isso não importava; era melhor um espanhol derrotado que um estrangeiro vitorioso.

— A *junta*, milorde — respondeu Hogan com cuidado —, pensará que essa é a ponta de uma cunha muito larga. Vai achar que isso é uma trama britânica para tomar os exércitos espanhóis por partes e ficará observando como um bando de falcões para ver como o senhor trata a Real Compañía Irlandesa.

— E o falcão é dom Luis — declarou Wellington, com uma expressão azeda.

— Exatamente, milorde.

O general dom Luis Valverde era o observador oficial da *junta* nos exércitos britânico e português, aquele cuja recomendação era necessária para que os espanhóis nomeassem Wellington como seu *generalisimo*. Era uma aprovação tremendamente improvável, porque o general Valverde concentrava todo o imenso orgulho e nem um pouco do pequeno bom senso da *junta*.

— Maldição! — exclamou Wellington pensando em Valverde. — E então, Hogan? Você é pago para me aconselhar, faça por merecer seu pagamento.

Hogan fez uma pausa para pensar.

— Acho que temos de receber bem lorde Kiely e seus homens — anunciou depois de alguns segundos —, mesmo desconfiando deles. Assim, milorde, me parece, que devemos nos esforçar ao máximo para deixá-los desconfortáveis. Tão desconfortáveis que voltem a Madri ou então que marchem para Cádis.

— Vamos expulsá-los? Como?

— Em parte, milorde, acantonando-os tão perto dos franceses que os guardas que desejem desertar achem isso fácil. Ao mesmo tempo, dizemos que os colocamos num local perigoso como elogio a sua reputação de combate, apesar de achar que devemos presumir que a Real Compañía Irlandesa, ainda que sem dúvida seja capaz de vigiar portões de palácios, irá se mostrar menos hábil com a tarefa mais mundana de lutar contra os franceses. Portanto, devemos insistir que eles se submetam a um período de treinamento rígido sob a supervisão de alguém em quem possamos confiar para tornar a vida deles um sofrimento.

Wellington deu um sorriso sombrio.

— Fazer esses soldados cerimoniais se curvarem, não é? Fazer com que provem da humildade até engasgar?

— Exato, senhor. Não tenho dúvida de que eles esperam ser tratados com respeito e até mesmo privilégio, por isso devemos desapontá-los. Teremos de lhes dar um oficial de ligação, alguém com posto suficiente para aplacar lorde Kiely e afastar as suspeitas do general Valverde, mas por que não lhes dar também um instrutor de disciplina? Um tirano, mas alguém suficientemente astuto para arrancar os segredos deles.

Wellington sorriu, então virou o cavalo para seus ajudantes. Sabia exatamente em quem Hogan havia pensado.

— Duvido que nosso lorde Kiely vá gostar muito do Sr. Sharpe — comentou o general.

— Não creio que um vá gostar do outro, milorde.

— Onde Sharpe está?

— Hoje deve estar a caminho de Vilar Formoso, milorde. Ele é um recruta infeliz do comando militar da cidade.

— Então vai ficar satisfeito em ser colocado com Kiely, não é? E quem vamos nomear como oficial de ligação?

— Qualquer idiota frouxo vai servir para esse posto, milorde.

— Muito bem, Hogan, eu encontro o idiota e você arranja o resto. — O general bateu os calcanhares nos flancos do cavalo. Seus ajudantes, vendo-o pronto para se mover, pegaram as rédeas. Então Wellington parou. — O que um homem pode querer com um banquinho de ordenha comum, Hogan?

— Mantém a bunda seca durante as noites úmidas de sentinela, milorde.

— Pensamento inteligente, Hogan. Não consigo imaginar por que não tive essa ideia. Muito bem. — Wellington girou o cavalo e o esporeou para longe do lixo da batalha.

Hogan observou o general se afastar, depois fez uma expressão de desagrado. Tinha certeza de que os franceses desejaram lhe causar encrenca, e agora, com a ajuda do bom Deus, ele devolveria parte do mal a eles. Receberia a Real Compañía Irlandesa com palavras doces e promessas extravagantes, em seguida entregaria os filhos da mãe a Richard Sharpe.

A garota se agarrou ao fuzileiro Perkins. Estava ferida por dentro, sangrava e mancava, mas havia insistido em sair da choupana para ver os dois franceses morrerem. Na verdade, provocou os dois, cuspindo e xingando, depois gargalhou quando um dos dois cativos se ajoelhou e ergueu as mãos amarradas na direção de Sharpe.

— Ele falou que não estava estuprando a garota, senhor — traduziu Harris.

— Então por que as calças do desgraçado estavam nos tornozelos? — perguntou Sharpe, olhando seu pelotão de fuzilamento com oito homens. Em geral era difícil encontrar soldados para os pelotões de fuzilamento, mas dessa vez não tinha havido dificuldade. — Apresentar armas! — gritou.

— *Non, monsieur, je vous prie! Monsieur!* — gritou o francês ajoelhado. Lágrimas escorriam por seu rosto.

Oito fuzileiros apontaram para os dois franceses. O outro prisioneiro cuspiu com desprezo e manteve a cabeça erguida. Era um homem bonito, mas seu rosto estava machucado devido aos cuidados de Harris. O primeiro, percebendo que suas súplicas não seriam atendidas, baixou a cabeça e soluçou incontrolavelmente.

— *Maman* — gritou, patético. — *Maman!* — O general de brigada Loup, de volta em sua sela com acabamento em pele, olhava as execuções a 50 metros de distância.

Sharpe sabia que não tinha direito legal de atirar em prisioneiros. Sabia que poderia até mesmo estar colocando sua carreira em risco com esse ato, mas depois pensou nos pequenos corpos enegrecidos de sangue das crianças violadas e assassinadas.

-— Fogo!

Os oito fuzis espocaram. A fumaça soprou, formando uma nuvem acre, fétida, obscurecendo os jatos de sangue que espirravam na parede de pedra da choupana enquanto os dois corpos eram lançados para trás com força, depois voltavam à frente para tombar no chão. Um dos homens estremeceu durante alguns segundos, em seguida ficou imóvel.

— Você é um homem morto, Sharpe! — gritou Loup.

Sharpe ergueu os dois dedos para o brigadeiro, sem se incomodar em se virar.

— Os malditos comedores de lesma podem enterrar esses dois. Mas vamos derrubar as casas sobre os mortos espanhóis. Eles são espanhóis, não são? — perguntou a Harris.

Harris assentiu.

— Estamos na Espanha, senhor. Talvez 2 ou 3 quilômetros. Foi o que a garota disse.

Sharpe olhou a garota. Não era mais velha que Perkins, talvez tivesse 16 anos. Tinha cabelos úmidos, sujos, pretos e compridos, mas se fosse limpa, pensou ele, seria uma coisinha bem bonita. O fuzileiro se sentiu imediatamente culpado pelo pensamento. A garota estava sentindo dor. Vira a família ser trucidada, depois tinha sido usada por Deus sabe quantos homens. Agora, com as roupas em trapos apertadas em volta do corpo magro, olhava atentamente os dois soldados mortos. Cuspiu neles, em seguida enterrou a cabeça no ombro de Perkins.

— Ela terá de ir com a gente, Perkins — avisou Sharpe. — Se ficar aqui, será morta por esses desgraçados.

— Sim, senhor.

— Então cuide dela, garoto. Você sabe o nome dela?

— Miranda, senhor.

— Então cuide de Miranda. — Em seguida Sharpe foi até onde Harper organizava os homens que iriam demolir as casas em cima dos corpos. O cheiro de sangue era denso como o enxame de moscas que zumbia dentro das casas. — Os desgraçados vão nos caçar — declarou Sharpe, assentindo na direção dos franceses que espreitavam.

— Vão mesmo, senhor — concordou o sargento.

— Então vamos permanecer no alto dos morros. — A cavalaria não podia chegar ao topo de colinas íngremes, pelo menos não em boa ordem, e certamente não antes que seus líderes fossem derrubados pelos melhores atiradores de Sharpe.

Harper olhou para os dois franceses mortos.

— O senhor deveria ter feito isso?

— Está perguntando se tenho permissão para executar prisioneiros de guerra sob os Regulamentos do Rei? Não, claro que não. Por isso não conte a ninguém.

— Nenhuma palavra, senhor. Não vi nada, senhor, e vou garantir que os rapazes digam o mesmo.

— E um dia — continuou Sharpe enquanto olhava a figura distante do general de brigada Loup — vou encostá-lo numa parede e atirar nele.

— Amém. Amém. — Harper se virou e olhou o cavalo francês que ainda estava amarrado na aldeia. — O que fazemos com o animal?

— Não podemos levar. — Os morros eram íngremes demais, e ele planejava se manter nas altitudes rochosas onde os cavalos dos dragões não poderiam ir atrás. — Mas de jeito nenhum vou devolver ao inimigo um animal de cavalaria em boas condições. — Sharpe engatilhou o fuzil.

— Odeio fazer isso.

A BATALHA DE SHARPE

— Quer que eu faça, senhor?

— Não — recusou Sharpe, apesar de querer dizer que sim, porque realmente não desejava matar o cavalo. Mas mesmo assim matou. O tiro ecoou nos morros, sumindo e estalando enquanto o animal se sacudia nos estertores da morte sangrenta.

Os fuzileiros cobriram os mortos espanhóis com pedras e palha, mas deixaram os dois soldados franceses para serem enterrados pelos companheiros. Então subiram até as altitudes nevoentas para ir em direção ao oeste. Ao anoitecer, quando desceram ao vale do rio Turones, não havia sinal de perseguição. Não havia fedor de cavalos feridos por selas, nenhum vislumbre de aço cinza. Na verdade, não houvera sinal nem cheiro de perseguição durante toda a tarde, a não ser uma vez, quando a luz se desbotava e as primeiras chamas de velas brilharam amarelas nas cabanas junto ao rio, quando de repente um lobo uivou seu grito melancólico nos morros escurecidos.

O uivo foi longo e desolado, o eco, demorado.

E Sharpe estremeceu.

CAPÍTULO II

A vista a partir do castelo em Ciudad Rodrigo passava pelo rio Águeda, em direção aos morros onde as forças britânicas se reuniam, mas aquela noite estava tão escura e úmida que nada era visível, a não ser o tremular de duas tochas ardendo no interior de um túnel em arco, que atravessava a enorme muralha da cidade. A chuva tremeluzia em prata avermelhada passando pela luz das chamas, deixando as pedras do calçamento escorregadias. De vez em quando, uma sentinela aparecia na entrada do túnel, e a luz feroz se refletia na ponta brilhante de sua baioneta calada, mas afora isso não havia sinal de vida. A bandeira tricolor da França balançava sobre o portão, porém não havia luz para mostrá-la tremulando desanimada na chuva lançada pelo vento contra as paredes do castelo e às vezes até impelida contra a janela funda, onde um homem se inclinava para olhar o arco. A luz bruxuleante da tocha se refletia nas grossas lentes de cristal de seus óculos com aro metálico.

— Talvez ele não venha — arriscou a mulher junto à lareira.

— Se Loup disse que estaria aqui, ele estará — respondeu o homem sem se virar.

O sujeito tinha uma voz muito profunda que não combinava com sua aparência, porque era magro, quase frágil, com rosto fino e erudito, olhos míopes e bochechas marcadas pelas cicatrizes de varíola na infância. Usava um uniforme azul-escuro e simples, sem insígnias de patente. Mas Pierre Ducos não precisava de correntes ou estrelas espalhafatosas, nem de borlas, dragonas ou agulhetas para indicar sua autoridade. O major Ducos era o homem de Napoleão na Espanha e todos que importavam, do rei José para baixo, sabiam disso.

— Loup — repetiu a mulher. — Quer dizer "lobo", não é?

Dessa vez Ducos se virou.

— Seus compatriotas o chamam de El Lobo, e ele os amedronta.

— O povo supersticioso se amedronta com facilidade — declarou a mulher, com desprezo.

Ela era alta e magra, com um rosto mais marcante que belo. Uma face dura, inteligente e singular, que uma vez vista jamais era esquecida, com lábios grossos, olhos fundos e expressão de desprezo. Devia ter uns 30 anos, mas era difícil dizer, porque a pele havia sido tão escurecida pelo sol que parecia de camponesa. Outras mulheres bem-nascidas tinham o cuidado de manter a tez pálida como giz e macia como seda, mas essa não se importava com a aparência nem com roupas da moda. Sua paixão era a caça, e, quando seguia seus cães, montava escarranchada como um homem, por isso se vestia como um: calções, botas e esporas. Naquela noite estava uniformizada como hussardo francês, com um calção azul-celeste grudado à pele que possuía um intricado padrão de renda húngara descendo pela frente das coxas, um dólmã cor de ameixa com punhos azuis e cordões de seda branca trançados, e uma peliça escarlate com acabamento em pele preta. Segundo boatos, doña Juanita de Elia possuía um uniforme do regimento de cada homem com quem já havia dormido, e seu guarda-roupa precisava ser tão grande quanto a sala da maioria das pessoas. Aos olhos do major Ducos, doña Juanita de Elia não passava de uma puta extravagante e um joguete de soldados, e, em seu mundo sombrio, a extravagância era um defeito mortal, porém aos próprios olhos de Juanita ela era aventureira e *afrancesada*, e qualquer espanhol que se dispusesse a ser partidário da França naquela guerra era útil para Pierre Ducos. E, como ele admitia com má vontade, essa aventureira amante da guerra estava disposta a correr grandes riscos pela França, por isso o major se dispunha a tratá-la com um respeito que normalmente não concedia às mulheres.

— Fale sobre El Lobo — pediu doña Juanita.

— Ele é brigadeiro dos dragões, começou a carreira como cavalariço do exército real. É corajoso, exigente, bem-sucedido e, acima de tudo, implacável.

No geral, Ducos tinha pouco tempo para soldados que considerava românticos idiotas adeptos de poses e gestos, mas aprovava Loup, que era obcecado, feroz e absolutamente desprovido de ilusões, qualidades que o próprio Ducos possuía. Gostava de pensar que, se tivesse sido um soldado de verdade, seria como Loup. Era verdade que o brigadeiro, como Juanita de Elia, possuía certa extravagância, mas Ducos o perdoava em suas pretensões de pele de lobo porque, ele era simplesmente, o melhor soldado que o major havia descoberto na Espanha, e estava decidido a que Loup fosse recompensado adequadamente.

— Um dia Loup será marechal da França. E, quanto antes, melhor.
— Mas não se o marechal Masséna impedir, não é?

Ducos resmungou. Ele coletava fofocas mais assiduamente que qualquer um, porém não gostava de confirmá-las. No entanto, a aversão do marechal Masséna por Loup era tão conhecida no exército que o major não precisava disfarçar.

— Os soldados são como cervos, madame. Lutam para provar que são os melhores de sua tribo e sentem aversão pelos rivais mais ferozes, muito mais que pelos animais que não oferecem competição. Portanto eu sugeriria, madame, que a aversão do marechal pelo brigadeiro é uma confirmação das capacidades genuínas de Loup. — Também era uma típica demonstração de desperdício de pose, pensou Ducos. Não era de espantar que a guerra na Espanha estivesse demorando tanto e se mostrando tão problemática, quando um marechal da França desperdiçava petulância contra o melhor brigadeiro do Exército.

Virou-se de volta para a janela quando o som de cascos ecoou no túnel de entrada da fortaleza. Ducos ouviu quando a interpelação foi feita, depois, o guincho das dobradiças se abrindo e então viu um grupo de cavaleiros de cinza surgindo na passagem em arco iluminada pelas tochas.

Doña Juanita de Elia tinha se aproximado de Ducos. Estava tão perto que ele sentia o perfume do uniforme espalhafatoso que ela usava.

— Qual deles é o brigadeiro? — perguntou ela.

— O da frente.

— Ele monta bem — comentou Juanita de Elia com respeito relutante.

— É um cavaleiro nato. Não é chique. Não faz o cavalo dançar, faz lutar. — Ducos se afastou da mulher. Tinha tanta aversão por perfume quanto por prostitutas cheias de opinião.

Os dois esperaram num silêncio incômodo. Juanita de Elia havia sentido, muito antes, que suas armas não funcionavam com Ducos. Achava que ele não gostava de mulheres, mas a verdade era que Pierre Ducos nem as percebia. De vez em quando, usava um bordel de soldados, mas só depois que o cirurgião lhe desse o nome de uma jovem limpa. Na maior parte do tempo passava sem essas distrações, preferindo uma dedicação monástica à causa do imperador. Agora sentava-se à mesa e folheava papéis enquanto tentava ignorar a presença da mulher. Em algum lugar na cidade um relógio de igreja marcou nove horas da noite, então a voz de um sargento retumbou num pátio interno enquanto um esquadrão de soldados marchava para a muralha. A chuva caía implacável. Finalmente, botas e esporas soaram altas na escada que dava para a grande câmara de Ducos, e doña Juanita ergueu os olhos com expectativa.

O brigadeiro Loup não perdeu tempo em bater à porta de Ducos. Irrompeu, já fumegando de raiva.

— Perdi dois homens! Maldição! Dois bons homens! Perdi para fuzileiros, Ducos, para fuzileiros britânicos. Executados! Foram encostados numa parede e mortos a tiros, como se fossem animais! — Ele havia atravessado a sala até a mesa do major e se serviu da garrafa de conhaque. — Quero pôr um prêmio pela cabeça do capitão, Ducos. Quero os testículos do sujeito na panela dos meus homens. — O brigadeiro parou de repente, contido pela visão exótica da mulher uniformizada junto à lareira. Por um segundo, Loup havia pensado que a figura com uniforme da cavalaria era um rapaz bastante afeminado, um dos dândis parisienses que gastavam mais dinheiro com o alfaiate que com o cavalo e as armas, mas então percebeu que o janota era uma mulher e que a crina cascateante era o cabelo, e não o enfeite de um capacete. — Ela é sua, Ducos? — perguntou Loup, com maldade.

— Monsieur — começou o major com muita formalidade —, permita-me apresentar doña Juanita de Elia. Madame? Esse é o general de brigada Guy Loup.

O brigadeiro Loup encarou a mulher junto à lareira e gostou do que viu. E doña Juanita de Elia devolveu o olhar do general dragão, também gostando do que viu. Um homem atarracado, caolho, com um rosto brutal marcado pelo tempo, que usava os cabelos grisalhos e a barba cortados curtos, e o uniforme cinza, com acabamento em pele, como uma fantasia de carrasco. A tez brilhava com a água da chuva, que revelava o cheiro das peles de lobo, um odor que se misturava aos aromas inebriantes de selas, tabaco, suor, óleo de armas, pólvora e cavalos.

— Brigadeiro — saudou ela educadamente.

— Madame — cumprimentou Loup, depois olhou desavergonhadamente o uniforme justo, de cima a baixo. — Ou será coronel?

— Pelo menos brigadeiro — respondeu Juanita. — Se não for *maréchal*.

— Dois homens? — perguntou Ducos interrompendo o flerte. — Como você perdeu dois homens?

Loup contou a história de seu dia. Andou de um lado para o outro pela sala ao falar, mordendo uma maçã que tirou da mesa de Ducos. Disse que havia levado um pequeno grupo de homens às montanhas, para encontrar fugitivos do povoado de Fuentes de Oñoro, e que, tendo se vingado dos espanhóis, foi surpreendido pela chegada dos casacos-verdes.

— Eram comandados por um capitão chamado Sharpe.

— Sharpe — repetiu Ducos, depois folheou um imenso livro em que registrava cada informação sobre os inimigos do imperador. Era trabalho do major saber sobre esses inimigos e com isso recomendar como eles poderiam ser destruídos, e suas informações eram tão copiosas quanto seu poder. — Sharpe — disse de novo, enquanto encontrava a anotação que procurava. — Fuzileiro, você disse? Suspeito que possa ser o mesmo homem que capturou uma águia em Talavera. Ele estava somente com casacos-verdes? Ou tinha casacas-vermelhas também?

— Tinha casacas-vermelhas.

— Então é o mesmo. Por algum motivo que nunca descobrimos, ele serve num batalhão de casacas-vermelhas.

Ducos acrescentou anotações ao livro que continha informações semelhantes sobre mais de quinhentos oficiais inimigos. Algumas estavam riscadas com uma linha preta, indicando que os homens estavam mortos, e às vezes Ducos imaginava um dia glorioso em que todos aqueles heróis inimigos, britânicos, portugueses e espanhóis, seriam riscados de preto por um feroz exército francês.

— O capitão Sharpe é um homem famoso nas linhas de Wellington. Ele subiu de baixo, brigadeiro, o que é um feito raro na Inglaterra.

— Não me importa que ele tenha vindo da ralé, Ducos, quero o escalpo e os testículos dele.

O major desaprovava essas rivalidades particulares, temendo que interferissem nos deveres mais importantes. Fechou o livro.

— Não seria melhor se você me permitisse fazer uma reclamação formal sobre a execução? — sugeriu com frieza. — Wellington não vai aprovar.

— Não — reagiu Loup. — Não preciso de advogados se vingando por mim.

Sua raiva não era causada pela morte dos dois homens, pois era um risco que todos os soldados aprendiam a correr, mas sim pelo modo como morreram. Soldados deveriam morrer em batalha ou na cama, não encostados numa parede como criminosos comuns. Loup também estava irritado porque outro militar tinha levado a melhor contra ele.

— Mas, se eu não puder matá-lo nas próximas semanas, Ducos, você pode escrever a porcaria de sua carta. — A permissão era de má vontade. — Os soldados são mais difíceis de matar que os civis, e nós lutamos durante tempo demais contra civis. Agora minha brigada precisará aprender a destruir inimigos uniformizados também.

— Eu achava que a maioria dos soldados franceses preferia lutar contra outros soldados do que contra *guerrilleros* — comentou doña Juanita.

Loup assentiu.

— A maioria, sim, mas não eu, madame. Eu me especializei em lutar contra a *guerrilla*.

— Diga como.

Loup olhou para Ducos como se pedisse permissão, e o major assentiu. Ducos estava irritado com a atração que sentia haver entre os dois. Era tão simples quanto a luxúria de um gato, uma luxúria tão palpável que Ducos quase torceu o nariz com o fedor. Se deixasse aqueles dois sozinhos durante meio minuto, pensou, os uniformes deles formariam uma pilha no chão. Não era a luxúria que o ofendia, e sim o fato de que doña Juanita era uma distração para os negócios de verdade.

— Vá em frente — disse a Loup.

O brigadeiro deu de ombros, como se não houvesse um segredo real envolvido.

— Tenho as tropas mais bem-treinadas do exército. Melhores que a Guarda Imperial. Eles lutam bem, matam bem e são bem-recompensados. Eu os mantenho separados. Eles não dividem acampamento com outras tropas, não se misturam com outras tropas, e desse modo ninguém sabe onde eles estão nem o que estão fazendo. Se seiscentos homens forem enviados marchando daqui até Madri, garanto que cada *guerrillero* entre aqui e Sevilha saberá antes que eles partam. Mas não com os meus homens. Não contamos a ninguém o que vamos fazer nem aonde vamos, só vamos e fazemos. E temos nossos lugares para viver. Tirei todos os habitantes de um povoado e o transformei em meu depósito, mas não ficamos simplesmente lá. Viajamos para onde quisermos, dormimos onde quisermos, e se os *guerrilleros* nos atacarem, morrem, e não só eles, mas as mães, os filhos, os sacerdotes e os netos junto com eles. Nós os aterrorizamos, madame, assim como eles tentam nos aterrorizar, e nesse momento minha matilha é mais aterrorizante que os guerrilheiros.

— Bom — limitou-se a dizer Juanita.

— A área de patrulha do brigadeiro Loup é notavelmente livre de guerrilheiros — comentou Ducos, generoso.

— Mas não totalmente — acrescentou Loup, sério. — El Castrador sobrevive, mas ainda vou usar sua própria faca contra ele. Talvez a chegada dos ingleses o encoraje a mostrar a cara de novo.

— Motivo pelo qual estamos aqui — explicou o major, assumindo o comando da conversa. — Nosso trabalho é garantir que os ingleses não permaneçam, que sejam mandados embora.

E então, em sua voz profunda e quase hipnótica, ele descreveu a situação militar como a compreendia. O general de brigada Loup, que havia passado o ano anterior lutando para manter as passagens através das montanhas da fronteira livres de guerrilheiros e que, com isso, tinha sido poupado dos desastres que afligiram o exército do marechal Masséna em Portugal, ouviu fascinado Ducos contar a história real, não as mentiras patrióticas vendidas nas colunas do *Moniteur*.

— Wellington é inteligente — admitiu Ducos. — Não é brilhante, mas é inteligente e nós o subestimamos.

A existência das Linhas de Torres Vedras havia permanecido desconhecida dos franceses até que eles marcharam ao alcance dos canhões das defesas e lá esperaram, cada vez com mais fome, com mais frio, durante um longo inverno. Agora o exército estava de volta à fronteira com a Espanha e aguardando o ataque de Wellington.

Um ataque que seria duro e sangrento por causa das duas enormes fortalezas que barravam as únicas estradas transitáveis pelas montanhas da fronteira. Ciudad Rodrigo era a mais ao norte, e Badajoz a mais ao sul. Badajoz estivera em mãos espanholas até um mês antes, e os engenheiros de Masséna desanimaram diante da tarefa de reduzir as muralhas enormes. Porém, através de um suborno gigantesco, Ducos tinha conseguido as chaves da fortaleza com o comandante espanhol. Agora as duas chaves para a Espanha, Badajoz e Ciudad Rodrigo, estavam firmemente sob o domínio do imperador.

Além disso havia uma terceira fortaleza na fronteira, também em mãos francesas. Almeida ficava em Portugal e, mesmo não sendo tão importante quanto Ciudad Rodrigo ou Badajoz, e ainda que seu enorme castelo tivesse sido destruído junto a catedral vizinha numa explosão que sacudiu a terra no ano anterior, as grossas muralhas em forma de estrela e sua forte guarnição francesa ainda representavam um obstáculo formidável. Qualquer força britânica que sitiasse Ciudad Rodrigo teria de usar milhares de homens para conter a ameaça das rotas de suprimento serem atacadas pela guarnição de Almeida. E Ducos achava que Wellington jamais admitiria essa ameaça na retaguarda de seu exército.

— A primeira prioridade de Wellington será capturar Almeida — declarou Ducos mais para Loup que para doña Juanita. — Haverá uma batalha perto de Almeida. Não existem muitas garantias na guerra, mas acho que podemos ter certeza disso.

Loup olhou o mapa, depois assentiu.

— A não ser que o marechal Masséna retire a guarnição, não é? — perguntou num tom de desprezo, sugerindo que Masséna, seu inimigo, era capaz de qualquer idiotice.

— Ele não fará isso — retrucou Ducos com a certeza de alguém com o poder de ditar estratégia aos marechais da França. — E o motivo para não fazer isso está aqui. — O major bateu no mapa enquanto falava. — Olhe — disse, e Loup se curvou obediente sobre o mapa. A fortaleza de Almeida era representada por uma estrela imitando suas fortificações repletas de pontas. Ao redor havia os riscos que indicavam morros, porém atrás, entre Almeida e o restante de Portugal, passava um rio profundo. O Côa. — Ele corre num desfiladeiro e é atravessado por uma única ponte em Castello Bom, Brigadeiro.

— Conheço bem a ponte.

— Assim, se derrotarmos o general Wellington desse lado do rio, os fugitivos serão obrigados a recuar através de uma única ponte, com meros 3 metros de largura. É por isso que deixaremos a guarnição em Almeida, porque sua presença obrigará lorde Wellington a lutar desse lado do rio Côa. E, quando ele lutar, nós o destruiremos. E assim que os ingleses se forem, brigadeiro, empregaremos suas táticas de terror para acabar com qualquer resistência em Portugal e na Espanha.

Loup se empertigou. Estava impressionado com a análise de Ducos mas também em dúvida. Precisava de alguns segundos para articular sua objeção e ganhou o tempo acendendo um charuto comprido e escuro. Soprou fumaça, depois decidiu que não havia um modo político de verbalizar a dúvida, por isso a declarou explicitamente:

— Não lutei contra os ingleses em batalha, major, mas ouvi dizer que são uns filhos da mãe teimosos quando se defendem. — Loup bateu no mapa. — Conheço bem essa região. É cheia de montanhas e vales de rios. Dê um morro a Wellington e você pode morrer de velhice antes de arrancar o desgraçado. Ao menos foi o que ouvi dizer. — Loup terminou dando de ombros, como se quisesse depreciar a própria opinião.

O major sorriu.

— Suponha, brigadeiro, que o exército de Wellington apodreça por dentro.

Loup pensou na questão, depois assentiu.

— Ele se partiria — confirmou simplesmente.

— Bom! Porque é exatamente por isso que eu queria que você conhecesse doña Juanita — explicou Ducos, e a dama sorriu para o dragão. — Doña Juanita vai atravessar as linhas e viver entre nossos inimigos. De vez em quando, brigadeiro, ela irá procurá-lo para pegar alguns suprimentos que vou fornecer. Quero que a entrega desses suprimentos a doña Juanita seja sua tarefa mais importante.

— Suprimentos? — pergunto Loup. — Quer dizer armas? Munição?

Doña Juanita respondeu por Ducos:

— Nada que não possa ser carregado nos alforjes de um cavalo de carga.

Loup olhou para Ducos.

— Você acha que é fácil cavalgar de um exército ao outro? Diabos, Ducos, os ingleses têm uma barreira de cavalaria e há guerrilheiros, nossos próprios piquetes e Deus sabe quantas sentinelas britânicas. Não é como cavalgar no Bosque de Bolonha.

Ducos pareceu despreocupado.

— Doña Juanita fará seus próprios arranjos e tenho fé neles. O que você precisa, brigadeiro, é fazer com que a dama tome conhecimento de seu covil. Ela deve saber onde encontrá-lo e como. Pode providenciar isso?

Loup assentiu, depois encarou a mulher.

— Você pode cavalgar comigo amanhã?

— O dia inteiro, brigadeiro.

— Então cavalgaremos amanhã, e talvez no dia seguinte também.

— Talvez, general, talvez — respondeu a mulher.

De novo, Ducos interrompeu o flerte dos dois. Era tarde, seu jantar estava esperando e ele ainda tinha várias horas de trabalho com a papelada.

— Seus homens são agora a linha de piquete do exército — anunciou a Loup. — Por isso, quero que vocês estejam alertas à chegada de uma nova unidade no exército britânico.

Suspeitando que Ducos estivesse tentando ensinar o padre a rezar a missa, Loup franziu a testa.

— Sempre estamos alertas a esse tipo de coisa, major. Somos soldados, lembra?

— Especialmente alertas, brigadeiro. — Ducos não se abalou com o desprezo de Loup. — Uma unidade espanhola, a Real Compañía Irlandesa, deve se juntar em breve aos britânicos, e quero saber quando ela chega e onde será posicionada. Isso é importante, brigadeiro.

Loup olhou para Juanita, desconfiando que a Real Compañía Irlandesa estivesse de algum modo ligada à missão dela, porém o rosto da mulher nada revelou. Não tinha problema, pensou Loup, a mulher iria lhe contar tudo antes que as duas próximas noites acabassem. Olhou de volta para Ducos.

— Se um cachorro peidar nas linhas britânicas, major, o senhor saberá.

— Bom! — exclamou Ducos, encerrando a conversa. — Não vou retê-lo, brigadeiro. Tenho certeza de que o senhor possui planos para a noite.

Dispensado, Loup pegou o capacete com a cauda de crina cinza.

— Doña — disse ao chegar à porta da escada. — Esse não é o tratamento dado a uma mulher casada?

— Meu marido, general, está enterrado na América do Sul. — Juanita deu de ombros. — Febre amarela, infelizmente.

— E minha esposa, madame, está enterrada em sua cozinha em Besançon — declarou Loup. — Infelizmente. — Ele estendeu a mão para a porta, oferecendo-se para escoltá-la pela escada em caracol, mas o major conteve a espanhola.

— Está pronta para ir? — perguntou Ducos a Juanita, quando Loup havia se afastado o bastante para não ouvir.

— Tão cedo? — questionou Juanita.

Ducos deu de ombros.

— Suspeito que a Real Compañía Irlandesa já deve ter chegado às linhas britânicas. Certamente terá chegado até o fim do mês.

Juanita assentiu.

— Estou pronta. — Ela fez uma pausa. — E os ingleses, Ducos, com certeza suspeitarão dos verdadeiros motivos da unidade, não é?

— Claro que sim. Seriam idiotas se não suspeitassem. E quero que suspeitem. Nossa tarefa, madame, é inquietar nosso inimigo, por isso deixe que fiquem cautelosos com a companhia. Assim, talvez não enxerguem a verdadeira ameaça, não é? — O major tirou os óculos e limpou as lentes na aba do paletó simples. — E lorde Kiely? Você tem certeza da submissão dele?

— Ele é um idiota bêbado, major. Fará o que eu mandar.

— Não o deixe com ciúme — alertou Ducos.

Juanita sorriu.

— Você pode me dar um sermão sobre muitas coisas, Ducos, mas, quando se trata dos homens e seus humores, acredite, sei tudo que há para saber. Não se preocupe com meu lorde Kiely. Ele permanecerá muito doce e obediente. É só?

Ducos recolocou os óculos.

— Só. Posso lhe desejar uma boa noite de descanso, madame?

— Tenho certeza de que será uma noite esplêndida, Ducos.

Doña Juanita sorriu e saiu da sala. Ducos ouviu as esporas dela chacoalharem escada abaixo, depois a ouviu gargalhar quando encontrou Loup, que estivera esperando ao pé da escada. O major fechou a porta dando fim ao som dos risos e retornou lentamente para a janela. A chuva continuava caindo na noite, mas em sua mente ocupada não havia nada além da visão da glória.

Isso não dependia somente de Juanita e Loup cumprirem com seu dever, mas sim do plano inteligente de um homem que até mesmo ele considerava seu igual, um homem cuja paixão por derrotar os britânicos era equivalente à paixão de Ducos por ver a França triunfante, um homem que já estava além das linhas inimigas, onde semearia o ardil que primeiro apodreceria o exército britânico, depois o levaria a uma armadilha ao lado de uma ravina estreita. O corpo magro do major pareceu tremer enquanto a visão se desdobrava em sua imaginação. Ele via um exército britânico insolente erodido por dentro, em seguida preso e derrotado. Via a França triunfante. Via o desfiladeiro de um rio apinhado com carcaças ensanguentadas até a borda rochosa. Via seu imperador governando toda a Europa e então, possivelmente, todo o mundo conhecido. Alexandre havia feito isso, por que não Bonaparte?

E tudo começaria com um pouco de esperteza de Ducos e seu agente mais secreto, às margens do rio Côa, perto da fortaleza de Almeida.

— Isso é uma chance, Sharpe, juro, é uma chance. Uma verdadeira chance. Não acontecem muitas oportunidades na vida de um homem, e a gente precisa agarrá-la. Meu pai me ensinou isso. Ele era bispo, veja bem, e um sujeito não ascende desde vigário até bispo sem agarrar suas oportunidades. Compreende?

— Sim, senhor.

As nádegas enormes do coronel Claud Runciman estavam bem-acomodadas no banco da estalagem enquanto a sua frente, numa mesa simples de madeira, encontravam-se os restos de uma farta refeição. Havia ossos de frango, os cabinhos eriçados de um cacho de uvas, cascas de laranja, vértebras de coelho, um pedaço de cartilagem não identificável e um odre de vinho caído. A comida copiosa tinha obrigado o coronel Runciman a desabotoar a casaca, o colete e a camisa para afrouxar os cordões da cinta, e a distensão subsequente da barriga havia esticado uma corrente de relógio repleta de sinetes, atravessada diante de uma faixa de carne pálida, retesada como um tambor. O coronel arrotou com prodigalidade.

— Há uma garota corcunda em algum lugar por aí que serve a comida, Sharpe. Se você a vir, diga que vou querer um pouco de torta. Com um pouco de queijo, talvez. Mas não se for queijo de cabra. Não suporto queijo de cabra; me deixa indisposto, sabe?

A casaca vermelha de Runciman tinha acabamentos em amarelo e rendas prateadas do 37º, um bom regimento de linha de Hampshire, que não via a sombra ampla do coronel havia mais de um ano. Recentemente, ele fora o intendente-geral de Diligências, encarregado dos cocheiros e das parelhas do Comboio Real de Diligências e dos muleteiros portugueses auxiliares, mas agora tinha sido nomeado oficial de ligação com a Real Compañía Irlandesa.

— É uma honra, claro — comentou com Sharpe. — Mas não é uma coisa inesperada nem imerecida. Eu disse a Wellington quando me tornou intendente-geral de Diligências que faria o serviço como favor a ele, mas que esperava uma recompensa por isso. Ninguém quer passar a vida enfiando bom senso em carroceiros burros, santo Deus, não. Ali está a corcunda, Sharpe! Ali está ela! Faça com que ela pare, Sharpe, por gentileza! Diga que quero torta e um queijo de verdade!

A torta e o queijo foram arranjados e outro odre de vinho trazido, junto de uma tigela de cerejas, para satisfazer os últimos vestígios possíveis do apetite de Runciman. Um grupo de oficiais da cavalaria, sentados a uma mesa no lado oposto do pátio, apostava quanta comida Runciman conseguia consumir, mas o coronel não percebia a zombaria deles.

— É uma chance — repetiu quando estava bem enfiado na torta. — Não sei o que há nisso para você, é claro, porque um sujeito como você provavelmente não espera muito da vida mesmo, mas acho que tenho uma chance de receber uma comenda do Velocino de Ouro. — Ele espiou Sharpe. — Você sabe o que significa *real* em espanhol, não é?

— Da realeza, senhor.

— Então você não é totalmente ignorante, hein? Da realeza, de fato, Sharpe. A guarda real! Esses tais irlandeses são da realeza! Não são um bando de carroceiros e guias de mulas comuns. Eles têm ligações com a realeza, Sharpe, e isso significa recompensas reais! Acredito que a corte espanhola possa até dar uma pensão junto da Ordem do Velocino de Ouro. A coisa vem com uma bela estrela e um colar de ouro, mas uma pensão seria muito aceitável. Uma recompensa por um serviço bem-feito, não vê? E isso é somente dos espanhóis! Só o bom Deus sabe o que Londres pode dar. Um título de cavaleiro? O príncipe regente vai querer saber que fiz um bom trabalho, Sharpe, ele vai se interessar, não vê? Ele espera que tratemos direito esses sujeitos, como deve ser feito com uma guarda real. No mínimo a Ordem do Banho, acho. Quem sabe até um título de visconde? E por que não? Só há um problema. — O coronel Runciman arrotou de novo, depois ergueu uma nádega por alguns segundos. — Meu Deus, assim está melhor. Deixe as efusões saírem, é o que diz meu médico. Não há futuro mantendo as efusões nocivas dentro do corpo, é o que ele diz, para que o corpo não apodreça por dentro. Agora, Sharpe, a mosca em nossa sopa é o fato de que todos esses guardas reais são irlandeses. Você já comandou irlandeses?

— Alguns, senhor.

— Bom, comandei dezenas daqueles patifes. Desde que juntaram o comboio ao Corpo de Carroceiros Irlandeses, e não há muito que eu não saiba sobre os irlandeses. Você já serviu na Irlanda, Sharpe?

— Não, senhor.

— Estive lá uma vez. Serviço de guarnição no castelo de Dublin. Seis meses de sofrimento, Sharpe, sem uma única refeição bem-preparada. Deus sabe, Sharpe, eu luto para ser um bom cristão e amo meus irmãos, mas às vezes os irlandeses dificultam isso. Não que alguns não sejam as pessoas mais gentis que se possa conhecer, mas eles conseguem ser obtusos! Nossa, Sharpe, às vezes eu me perguntava se estavam me enganando. Fingindo não entender as ordens mais simples. Você acha que isso acontecia? E há outra coisa, Sharpe. Nós dois precisamos ser políticos. Os irlandeses — e aqui Runciman se inclinou desajeitadamente, como se confidenciasse algo importante a Sharpe — são tremendamente ligados a Roma, Sharpe. São papistas! Precisamos cuidar de nosso discurso teológico para não tirá-los do sério! Você e eu podemos saber que o papa é a reencarnação da Prostituta Escarlate da Babilônia, mas dizer isso em voz alta não ajudaria nossa causa. Entende o que quero dizer?

— Quer dizer que não haverá Velocino de Ouro, senhor?

— Parabéns, eu sabia que você iria compreender. Exatamente. Precisamos ser diplomáticos, Sharpe. Precisamos ser compreensivos. Precisamos tratar esses sujeitos como se fossem ingleses. — Runciman pensou nessa declaração, depois franziu a testa. — Ou quase ingleses, pelo menos. Você veio de baixo, não foi? Então essas coisas podem não ser óbvias para você, mas, se ao menos se lembrar de ficar em silêncio com relação ao papa, não errará muito. E diga o mesmo a seus companheiros — acrescentou rapidamente.

— Muitos de meus homens são católicos, senhor. E irlandeses.

— Devem ser, devem ser. Um terço do exército é irlandês! Se algum dia houver um motim, Sharpe... — O coronel Runciman estremeceu com essa perspectiva de casacas-vermelhas papistas à solta. — Bom, não dá nem mesmo para pensar, não é? — continuou. — Portanto, ignore as heresias infames deles, Sharpe, simplesmente ignore. A ignorância é a única causa possível para o papismo, como sempre dizia meu querido pai, e a queima na fogueira é a única cura conhecida. Ele era bispo, por isso entendia disso. Ah, e mais uma coisa, Sharpe: eu ficaria agradecido se você não me chamasse de coronel Runciman. Eles ainda não me substituíram, dessa forma ainda sou o intendente "general" de Diligências, por isso devo ser chamado de general Runciman.

— Claro, general — concordou Sharpe, escondendo um sorriso.

Depois de 19 anos no Exército, ele conhecia tipos como o coronel Runciman. O sujeito havia comprado as promoções até a de tenente-coronel, e lá ficou preso porque as promoções acima desse posto dependiam totalmente do tempo de serviço e do mérito. Porém, se Runciman quisesse ser chamado de intendente general, em vez de intendente-*geral*, Sharpe concordaria durante um tempo. Também sentia que Runciman tinha pouca probabilidade de ser um homem difícil, de modo que havia pouco sentido em contrariá-lo.

— Muito bem! Ah! Está vendo aquele sujeito magricelo saindo? — Runciman apontou para um homem que deixava a estalagem pela porta em arco. — Juro que ele deixou meio odre de vinho na mesa. Está vendo? Vá pegá-lo, Sharpe, meu amigo forte, antes que aquela garota corcunda ponha as patas nele. Eu mesmo iria, mas a maldita gota está me incomodando demais hoje. Vá, homem, estou com sede!

Sharpe foi salvo da indignidade de rapinar pelas mesas, como um mendigo, pela chegada do major Michael Hogan, que sinalizou para ele voltar aos destroços do almoço de Runciman.

— Boa tarde, coronel — saudou Hogan. — Está um dia ótimo, não? — Sharpe notou que Hogan exagerava deliberadamente seu sotaque irlandês.

— Quente — respondeu Runciman, enxugando com o guardanapo o suor que pingava pelas bochechas gordas, e então, subitamente cônscio da barriga nua, tentou inutilmente puxar as bordas da cinta. — Tremendamente quente.

— É o sol, coronel — comentou Hogan, muito sério. — Notei que o sol parece esquentar o dia. Já reparou nisso?

— Ora, claro que é o sol! — exclamou Runciman, confuso.

— Então estou certo! Não é incrível? Mas e no inverno, coronel?

Runciman lançou um olhar de angústia para o odre de vinho abandonado. Já ia ordenar que Sharpe o pegasse quando a garçonete o levou.

— Maldição — disse com tristeza.

— Falou algo, coronel? — perguntou Hogan, servindo-se de um punhado das cerejas de Runciman.

— Nada, Hogan, nada além de uma pontada de gota. Preciso de um pouco mais de Água de Husson, mas é tremendamente difícil de achar. Você poderia fazer um pedido à Guarda Montada em Londres? Eles devem perceber que precisamos de medicação aqui, não é? E mais uma coisa, Hogan.

— Fale, coronel. Estou sempre a seu dispor.

Runciman enrubesceu. Sabia que estava sendo zombado, porém, apesar de possuir um posto superior ao do irlandês, temia a intimidade de Hogan com Wellington.

— Como você sabe, ainda sou intendente-geral de Diligências — comentou em tom pesado.

— É mesmo, coronel, é mesmo. E um intendente muito bom, devo dizer. O par comentou isso comigo um dia desses. Hogan, ele disse, você já viu carroças tão bem-comandadas em toda a sua vida?

— Wellington disse isso? — perguntou Runciman, atônito.

— Disse, coronel, disse.

— Bom, não estou surpreso de fato. Minha querida mãe sempre dizia que eu tinha talento para organização, Hogan. Mas o negócio, major, é que até que seja encontrado um substituto, ainda sou o intendente general de Diligências — Runciman enfatizou a palavra "general" — e agradeceria muito se você se dirigisse a mim como...

Hogan interrompeu o pedido laborioso de Runciman.

— Meu caro intendente de Diligências. Ora, por que não disse antes? Claro que vou me dirigir a você como intendente de Diligências, e peço desculpas por não ter pensado sozinho nessa cortesia. Mas agora, intendente de Diligências, se me der licença, a Real Compañía Irlandesa chegou aos limites da cidade e precisamos fazer a revista nela. Está pronto? — Hogan fez um gesto em direção à entrada da estalagem.

Runciman gemeu diante da perspectiva de realizar algum esforço.

— Agora, Hogan? Nesse instante? Mas não posso. Ordens do médico. Um homem de minha constituição precisa descansar depois... — Ele fez uma pausa, procurando a palavra certa. — Depois... — continuou e fracassou de novo.

— Descansar depois dos labores? — sugeriu Hogan, com docilidade. — Muito bem, intendente de Diligências, direi a lorde Kiely que você vai se encontrar com ele e seus oficiais na recepção do general Valverde essa noite, enquanto Sharpe leva os homens até San Isidro.

— Essa noite no Valverde, Hogan — confirmou Runciman. — Muito bem. E, Hogan, quanto a ser o intendente general de Diligências...

— Não precisa agradecer, intendente de Diligências. Você só me deixaria envergonhado com sua gratidão, portanto, nem uma palavra a mais! Respeitarei seus desejos e direi a todos que façam o mesmo. Agora venha, Richard! Onde estão seus companheiros verdes?

— Numa taverna diante da estalagem, senhor — respondeu Sharpe. Seus fuzileiros iriam se juntar a ele no forte de San Isidro, uma fortaleza abandonada na fronteira de Portugal, onde ajudariam a treinar a Real Compañía Irlandesa com mosquetes e em escaramuças.

— Meu Deus, Richard, Runciman é um imbecil! — declarou Hogan, animado, enquanto os dois passavam pela entrada da estalagem. — É um imbecil afável, mas deve ter sido o pior intendente-geral de Diligências de toda a história. O cachorro de McGillian faria um serviço melhor, e o cachorro de McGillian era famoso por ser cego, epilético e viver bêbado. Você não conheceu McGillian, conheceu? Era um bom engenheiro, mas caiu do Velho Molhe em Gibraltar e se afogou depois de beber dois quartilhos de xerez, que Deus o tenha. O pobre cachorro ficou inconsolável e teve de ser sacrificado. O 73º Regimento das Terras Altas resolveu a situação com um pelotão inteiro e honras militares em seguida. Runciman é o sujeito ideal para lisonjear os irlandeses e fazer com que pensem que são levados a sério, mas esse não é o seu serviço. Está entendendo?

— Não, senhor, não entendo nem um pouco.

— Você está sendo chato, Richard — comentou Hogan, depois parou e segurou um dos botões de prata da casaca de Sharpe para enfatizar as palavras seguintes. — O objetivo de tudo que fazemos agora é incomodar lorde Kiely. Seu trabalho é se enfiar no alicerce de lorde Kiely e ser uma irritação. Não queremos que ele esteja aqui e não queremos a porcaria da companhia real dele, mas não podemos dizer para dar o fora porque não seria diplomático, por isso seu trabalho é fazer com que eles partam voluntariamente. Ah! Desculpe — disse ele, porque o botão havia saído em seus dedos. — Aqueles idiotas não servem para nada, Richard, e precisamos encontrar um modo diplomático de nos livrarmos deles, portanto tudo que puder fazer para incomodá-los, faça, e confie em Runciman, o Rotundo, para suavizar as coisas de modo que eles não pensem que estamos sendo deliberadamente grosseiros. — Hogan sorriu. — Eles só vão culpar você por não ser cavalheiro.

— Mas eu não sou, não é?

— Por acaso, é, e esse é um de seus defeitos, mas não vamos nos preocupar com isso agora. Apenas se livre de Kiely para mim, Richard, e de todos os seus homens alegres. Faça com que se encolham! Faça com que sofram! Mas, acima de tudo, Richard, por favor, faça os desgraçados irem embora.

A Real Compañía Irlandesa podia ser chamada de companhia, mas na verdade era um pequeno batalhão, um dos cinco que compunham a guarda pessoal da realeza espanhola. Trezentos e quatro guardas estiveram nos livros da companhia quando ela havia servido pela última vez no Palácio do Escorial, perto de Madri. Porém o aprisionamento do rei da Espanha e a negligência benigna por parte dos franceses ocupantes tinham reduzido as fileiras, e a viagem pelo mar ao redor da Espanha para se juntar ao exército britânico as diminuíra ainda mais, de modo que, quando a Real Compañía Irlandesa desfilou nos arredores de Vilar Formoso, restavam meros 163 homens. Os 163 homens eram acompanhados por 13 oficiais, um capelão, 89 esposas, 74 crianças, 16 serviçais, 22 cavalos, uma dúzia de mulas "e uma amante", disse Hogan a Sharpe.

— Uma amante? — perguntou Sharpe, incrédulo.

— Provavelmente há vinte amantes, quarenta! Um bordel ambulante, com certeza, mas o lorde me disse que temos de arranjar acomodações adequadas para ele e uma dama amiga. Não que ela já esteja aqui, você entende, porém o lorde me disse que ela está vindo. Doña Juanita de Elia deve abrir caminho com o charme através das linhas inimigas para esquentar a cama do lorde, e, se ela for a mesma Juanita de Elia de quem ouvi falar, é bem-treinada no assunto. Sabe o que dizem sobre ela? Que coleciona um uniforme do regimento de cada homem com quem dorme! — Hogan deu um risinho.

— Se ela atravessar as linhas aqui terá uma tremenda sorte caso escape da Brigada Loup.

— Como diabos você sabe sobre Loup? — perguntou Hogan imediatamente. Na maior parte do tempo o irlandês era uma alma afável e espirituosa, mas Sharpe tinha consciência de que a bonomia disfarçava uma mente muito aguçada, e o tom da pergunta foi uma revelação súbita dessa perspicácia.

No entanto Hogan também era um amigo, e por uma fração de segundo Sharpe se sentiu tentado a confessar como havia conhecido o brigadeiro e tinha executado ilegalmente dois de seus soldados de uniformes cinza. Porém decidiu que era melhor deixar isso em segredo.

— Aqui todo mundo sabe sobre Loup — respondeu. — Não se pode passar um dia nessa fronteira sem ouvir falar de Loup.

— É bem verdade — admitiu Hogan, com as suspeitas aplacadas. — Mas não fique tentado a inquirir mais, Richard. Ele é um sujeito ruim. Deixe que eu me preocupo com Loup enquanto você se preocupa com essa bagunça.

Hogan e Sharpe, seguidos pelos fuzileiros, viraram uma esquina e viram a Real Compañía Irlandesa descansando em ordem de revista num trecho de terreno aberto diante de uma igreja inacabada.

— Nossos novos aliados — disse o chefe da Inteligência, com azedume. — Acredite ou não, com uniforme operacional.

O uniforme operacional deveria ser o uniforme de serviço para uso cotidiano do soldado, mas o da Real Compañía Irlandesa era muito mais espalhafatoso e elegante que a vestimenta de gala da maioria dos batalhões britânicos. Os guardas usavam casacas vermelhas curtas com caudas de andorinha que possuíam bordas pretas e debruns dourados atrás. O mesmo cordão com acabamento em dourado cercava as casas dos botões e os colarinhos, enquanto as lapelas, os punhos e os forros das casacas eram verde-esmeralda. Os calções e os coletes já foram brancos, as botas que iam até os tornozelos, os cintos e os cinturões diagonais eram de couro preto, ao passo que as faixas de cintura eram verdes, o mesmo verde da pluma alta que cada homem usava na lateral do chapéu bicorne preto. As insígnias douradas nos chapéus mostravam uma torre e um leão empinado, os mesmos símbolos que apareciam nas estupendas faixas de ombro verdes e douradas usadas pelos sargentos e pelos meninos dos tambores. Enquanto Sharpe se aproximava, viu que os esplêndidos uniformes estavam esgarçados, remendados e desbotados, mas ainda assim eram uma visão admirável ao forte sol da primavera. Os homens, propriamente, não pareciam nem um pouco admiráveis, em vez disso mostravam-se desanimados, cansados e chateados.

— Onde estão os oficiais? — perguntou Sharpe a Hogan.

— Foram almoçar numa taverna.

— Eles não comem junto dos soldados?

— Evidentemente não. — A desaprovação de Hogan era ácida, mas não tão amarga quanto a de Sharpe. — Agora, não vamos sentir simpatia, Richard — alertou Hogan. — Você não deve gostar desses rapazes, lembra?

— Eles falam inglês?

— Tão bem quanto você ou eu. Cerca de metade nasceu na Irlanda, a outra metade é descendente de imigrantes irlandeses, e um bom número, devo dizer, já usou casacas vermelhas — respondeu Hogan, querendo dizer que eram desertores do exército britânico.

Sharpe se virou e chamou Harper.

— Vamos dar uma olhada nessa guarda palaciana, sargento. Coloque-os em ordem aberta.

— Como devo chamá-los? — perguntou Harper.

— Batalhão?

Harper respirou fundo.

— 'Talhão! Sentido! — Sua voz era suficientemente alta para fazer os homens mais próximos se encolherem e os mais distantes pularem surpresos, mas apenas uns poucos ficaram em posição de sentido. — Para inspeção! Ordem aberta, marchem! — berrou Harper, e de novo poucos guardas se moveram. Alguns apenas olharam boquiabertos para Harper, enquanto a maioria olhava para seus próprios sargentos em busca de orientação. Um daqueles sargentos vestidos com extravagância veio na direção de Sharpe, evidentemente para indagar que autoridade os fuzileiros possuíam, porém Harper não esperou por explicações. — Vocês estão em guerra agora, e não guardando o penico real. Comportem-se como as boas putas que todos somos e mexam-se, agora!

Bernard Cornwell

— E eu me lembro de quando você não queria ser sargento — comentou Sharpe com Harper, baixinho, enquanto os guardas espantados finalmente obedeciam ao comando do sargento de casaco verde. — O senhor vem, major? — perguntou Sharpe a Hogan.

— Vou esperar aqui, Richard.

— Então venha, Pat — chamou Sharpe, e os dois começaram a inspecionar a primeira fila da companhia. Um inevitável bando de meninos brincalhões da cidade acompanhou o passo dos dois fuzileiros, fingindo serem oficiais, mas uma pancada na orelha dada pelo irlandês fez o garoto mais ousado sair choramingando, e os outros se dispersaram, para não enfrentar mais castigo.

Sharpe inspecionou os mosquetes e não os homens, mas se certificou de olhar nos olhos de cada soldado, numa tentativa de avaliar que tipo de confiança e disposição aqueles homens possuíam. Os soldados devolveram a inspeção ressentidos, e não era de se espantar, pensou Sharpe, porque muitos daqueles guardas eram irlandeses que deviam sentir todo tipo de confusão por serem anexados ao exército britânico. Ofereceram-se como voluntários para a Real Compañía Irlandesa para proteger o rei católico, no entanto estavam sendo oprimidos pelo exército de um monarca protestante. Pior ainda, muitos deviam ser ávidos patriotas irlandeses, ferozes defensores de seu país como apenas os exilados conseguem ser, mas agora deveriam lutar junto das fileiras daqueles opressores estrangeiros. Porém, enquanto andava pelas fileiras, Sharpe sentiu mais nervosismo que raiva, e se perguntou se aqueles homens estariam simplesmente com medo de terem de se tornar soldados de verdade visto que, se os mosquetes servissem como indicação, os homens da Real Compañía Irlandesa haviam abandonado há muito tempo a pretensão de agir como tal. As armas eram uma desgraça. Os homens carregavam os confiáveis e fortes mosquetes espanhóis de percussor reto; no entanto, aquelas armas eram tudo menos confiáveis, pois havia ferrugem nos ferrolhos e sujeira de pólvora acumulada nos canos. Alguns não possuíam pederneiras, outros não tinham suportes de couro para as pederneiras, e um deles não possuía nem o parafuso que mantinha a pederneira no lugar.

— Você já atirou com esse mosquete? — perguntou Sharpe ao soldado.

— Não, senhor.

— Já disparou algum mosquete, filho?

O garoto olhou nervoso para seu sargento.

— Responda ao oficial, garoto! — rosnou Harper.

— Uma vez, senhor. Um dia. Só uma vez.

— Se você quisesse matar alguém com essa arma, filho, teria de bater com ela na cabeça do sujeito. Veja bem — Sharpe devolveu o mosquete para as mãos do soldado —, você parece ter tamanho para isso.

— Qual é seu nome, soldado? — perguntou Harper.

— Rourke, senhor.

— Não me chame de "senhor". Sou sargento. De onde você vem?

— Meu pai é de Galway, sargento.

— E eu sou de Tangaveane, no Condado de Donegal, e estou com vergonha, garoto, com vergonha, porque um colega irlandês não consegue manter uma arma em condições minimamente decentes. Meu Deus, garoto, você não poderia disparar num francês com essa coisa, quanto mais num inglês. — Harper tirou seu fuzil do ombro e o segurou sob o nariz de Rourke. — Olhe isso, garoto! Limpo o suficiente para tirar meleca do nariz do rei Jorge. É assim que uma arma deve ficar! A sua direita, senhor — acrescentou Harper, baixinho.

Sharpe se virou e viu dois cavaleiros galopando pelo terreno vazio em sua direção. Os cascos dos cavalos levantavam poeira. O animal da frente era um belo garanhão preto montado por um oficial que usava o uniforme suntuoso da Real Compañía Irlandesa e cujos casaca, manta de sela, chapéu e atavios praticamente respingavam com borlas, franjas e laços dourados. O segundo cavaleiro estava uniformizado e montado de modo igualmente esplêndido, e atrás deles um pequeno grupo de outros cavaleiros detia as montarias quando Hogan os interceptou. O major irlandês, ainda a pé, correu em direção aos dois cavaleiros da frente, mas era tarde demais para impedir que encontrassem Sharpe.

— O que diabos você está fazendo? — perguntou o primeiro homem puxando as rédeas acima de Sharpe. Tinha o rosto magro, bronzeado, com bigode aparado e reluzente com pontas finas. O fuzileiro britânico supôs que ele teria menos de 30 anos, mas apesar da juventude possuía um rosto azedo e devastado, com toda a superioridade sem esforço de uma criatura nascida para um cargo importante.

— Estou fazendo uma inspeção — respondeu Sharpe, com frieza.

O segundo homem puxou as rédeas do outro lado de Sharpe. Era mais velho que o companheiro e usava a casaca e os calções amarelos e brilhantes de um dragão espanhol, porém o uniforme era tão incrustado com correntes entrelaçadas e alamares que Sharpe presumiu que o sujeito fosse no mínimo general. O rosto magro, com bigode, possuía o mesmo ar do companheiro.

— Não aprendeu a pedir a permissão de um oficial comandante antes de inspecionar os homens dele? — indagou com perceptível sotaque, então gritou uma ordem em espanhol para o companheiro mais jovem.

— Primeiro-sargento Noonan — gritou o homem mais jovem, evidentemente repassando a ordem do mais velho. — Ordem fechada, agora!

O primeiro-sargento da Real Compañía Irlandesa fez os homens marcharem obedientemente para a ordem fechada, assim que Hogan chegou ao lado de Sharpe.

— Aí estão os senhores, milordes. — Hogan se dirigia aos dois cavaleiros. — E como foi o almoço dos lordes?

— Foi uma merda, Hogan. Eu não o serviria nem a um cachorro — respondeu o homem mais jovem, que Sharpe presumiu ser lorde Kiely, em voz esganiçada que exalava presunção mas que também era tocada pelo leve engrolado do álcool. O lorde havia bebido bastante no almoço, decidiu Sharpe, o suficiente para afrouxar qualquer inibição que poderia possuir. — Você conhece essa criatura, Hogan? — O lorde acenou na direção de Sharpe.

— Conheço. Permita-me apresentar o capitão Richard Sharpe, de South Essex, o homem que o próprio Wellington escolheu para ser seu conselheiro tático. E, Richard? Tenho a honra de apresentar o conde de Kiely, coronel da Real Compañía Irlandesa.

Kiely olhou carrancudo para o fuzileiro maltrapilho.

— Então você deve ser nosso instrutor? — Ele parecia em dúvida.

— Também dou lições sobre como matar, milorde — declarou Sharpe.

O espanhol mais velho, com uniforme amarelo, fez um muxoxo diante da afirmação de Sharpe.

— Esses homens não precisam de lições sobre matança — disse em seu inglês com sotaque. — São soldados da Espanha e sabem matar. Precisam de lições sobre como morrer.

Hogan interrompeu:

— Permita-me apresentar Sua Excelência, dom Luis Valverde — disse a Sharpe. — O general é o representante mais valioso da Espanha em nosso exército. — Hogan deu uma piscadela para Sharpe, que nenhum dos dois cavaleiros pôde ver.

— Lições sobre como morrer, milorde? — perguntou Sharpe ao general, perplexo com a declaração do sujeito e imaginando se ela decorria de pouca fluência no inglês.

Como resposta o general de uniforme amarelo tocou os flancos do cavalo com as pontas das esporas para fazer o animal andar obedientemente ao longo da primeira fila da Real Compañía Irlandesa e, de forma soberba, sem se importar se Sharpe o estava seguindo ou não, falou em tom de sermão para o fuzileiro:

— Esses homens vão para a guerra, capitão Sharpe — declarou o general Valverde numa voz suficientemente alta para que boa parte da guarda ouvisse. — Vão lutar pela Espanha, pelo rei Fernando e por são Tiago, e lutar significa se manter de pé e com postura diante do inimigo. Lutar significa encarar o inimigo nos olhos enquanto ele atira contra você, e o lado que vence, capitão Sharpe, é o que fica mais tempo de pé e com postura. Portanto, não ensine os homens a matar ou a lutar, e sim a ficar imóveis enquanto o inferno baixa sobre eles. É isso que você ensina, capitão Sharpe. Ensina ordem-unida. Ensina obediência. Ensina a ficar de pé mais tempo que os franceses. Ensina — finalmente o general se virou na sela para olhar o fuzileiro — a morrer.

— Eu preferiria ensinar a atirar — retrucou Sharpe.

O general zombou disso.

— Claro que eles sabem atirar. São soldados!

— Eles podem atirar com esses mosquetes? — perguntou Sharpe com escárnio.

Valverde olhou para Sharpe com uma expressão de pena.

— Nos últimos dois anos, capitão Sharpe, esses homens permaneceram em seu posto com o consentimento dos franceses. — Valverde falava num tom que poderia usar para uma criança pequena e pouco inteligente. — Acha mesmo que teriam permissão de ficar lá se representassem uma ameaça a Bonaparte? Quanto mais as armas se desfaziam, mais os franceses confiavam neles, porém agora que estão aqui você pode lhes fornecer armas novas.

— Para fazerem o que com elas? Ficarem parados e morrer como bois?

— E como você gostaria que eles lutassem? — Lorde Kiely havia seguido os dois homens e fez a pergunta atrás de Sharpe.

— Como meus homens, senhor, com inteligência. E se começa a lutar com inteligência matando os oficiais inimigos. — Sharpe ergueu a voz de modo que toda a Real Compañía Irlandesa o ouvisse. — Não vamos para a batalha e ficamos parados para morrer como cabeças de gado num matadouro, vamos para vencer, e começamos a vencer quando derrubamos os oficiais inimigos. — Sharpe havia se afastado de Kiely e Valverde e usava a voz que tinha desenvolvido quando era sargento, uma voz destinada a atravessar pátios de treinamento castigados pelo vento e o clamor mortal dos campos de batalha. — Começamos procurando os oficiais inimigos. São fáceis de reconhecer porque são uns filhos da mãe que recebem dinheiro demais e se vestem com extravagância demais, com espadas, e miramos primeiro neles. Matamos de qualquer jeito que pudermos. Com tiro, porretada, baioneta, estrangulamos se pudermos, mas matamos os desgraçados, e depois disso matamos os sargentos, e então podemos começar a assassinar o resto dos pobres coitados sem liderança. Não é, sargento Harper?

— É assim mesmo, sem dúvida, senhor.

— E quantos oficiais você matou em batalha, sargento? — perguntou Sharpe, sem olhar para o sargento fuzileiro.

— Mais do que posso contar, senhor.

— E eram todos oficiais franceses, sargento Harper? — indagou Sharpe, e Harper, surpreso com a pergunta, não respondeu, e o próprio capitão falou: — Claro que não. Matamos oficiais com casacas azuis, oficiais com casacas brancas e até oficiais com casacas vermelhas, porque não me importo em saber por qual exército o oficial luta, ou a cor da casaca dele, ou a que rei serve. É melhor que um mau oficial esteja morto, e é melhor que um oficial bom aprenda a matá-lo. Não está certo, sargento Harper?

— Absolutamente certo, senhor.

— Meu nome é capitão Sharpe. — Sharpe parou no centro da primeira fila da Real Compañía Irlandesa. Os rostos que o encaravam mostravam uma mistura de perplexidade e surpresa, mas agora ele tinha toda a atenção, e nem Kiely nem Valverde ousaram interferir. — Meu nome é capitão Sharpe — repetiu — e comecei onde vocês estão. Como soldado raso, e vou terminar onde ele está, na sela. — Apontou para lorde Kiely. — Mas no momento meu trabalho é ensinar vocês a serem soldados. Imagino que haja alguns bons matadores entre vocês, assim como alguns bons lutadores, mas logo também serão bons soldados. Mas por enquanto todos temos um bom caminho a percorrer antes do anoitecer, e ao chegarmos vocês terão comida, abrigo e vamos descobrir quando receberam o pagamento pela última vez. Sargento Harper! Terminaremos a inspeção mais tarde. Faça-os se mexer!

— Senhor! — gritou Harper. — 'Talhão irá girar à direita. Direita, volver! Pela esquerda! Marche!

Sharpe nem olhou para lorde Kiely, muito menos pediu sua permissão para levar embora a Real Compañía Irlandesa. Em vez disso, apenas observou enquanto Harper guiava a guarda para fora do terreno vazio seguindo para a estrada principal. Ouviu passos atrás, mas mesmo assim não se mexeu.

— Por Deus, Richard, você arriscou a sorte. — Quem falava era o major Hogan.

— É só isso que tenho para apostar, senhor — declarou Sharpe com azedume. — Não nasci num posto elevado, senhor, não disponho de dinheiro para comprar um e não tenho os privilégios para atraí-lo, por isso preciso arriscar o pouco de sorte que tenho.

— Fazendo discursos sobre como assassinar oficiais? — A voz de Hogan estava gélida com desaprovação. — O par não vai gostar disso, Richard. Tem cheiro de republicanismo.

— Que se dane o republicanismo — disse Sharpe violentamente. — Foi o senhor que me disse que a Real Compañía Irlandesa não é de confiança. Mas eu lhe digo, senhor, se há algo ruim aqui, não vem dos soldados rasos. Esses homens não recebiam a confiança dos franceses. Não têm poder suficiente. Esses homens são o que os soldados sempre são: vítimas dos oficiais, e se quiser descobrir onde os franceses semearam sua discórdia, senhor, olhe para a porcaria daqueles oficiais bem-pagos demais, bem-vestidos demais, bem-alimentados demais. — E Sharpe lançou um olhar de desprezo para os oficiais da Real Compañía Irlandesa que não pareciam saber se deveriam ou não seguir seus homens para o norte. — É lá que estão suas maçãs podres, senhor, e não nas fileiras. Eu lutaria de boa vontade junto daqueles guardas, tanto quanto com qualquer outro soldado no mundo, mas não confiaria minha vida àquela ralé de idiotas cheios de perfume.

Hogan fez um gesto de calma com a mão, como se temesse que a voz de Sharpe chegasse aos oficiais preocupados.

— Entendi seu argumento, Richard.

— Meu argumento, senhor, é que o senhor me disse para fazê-los sofrer. E é isso que estou fazendo.

— Eu só não tinha certeza se queria que, nesse processo, você iniciasse uma revolução, Richard. E certamente não na frente de Valverde. Você precisa ser gentil com Valverde. Um dia, com sorte, você poderá matá-lo para mim, mas até esse dia feliz você precisa adular o sujeito. Se quisermos ter o comando dos exércitos espanhóis, Richard, sacanas como dom Luis Valverde precisam ser bem-tratados, portanto não pregue uma revolução na frente dele. Ele não passa de um aristocrata obcecado incapaz de pensar muito além de sua próxima refeição ou da última amante, mas se quisermos derrotar os franceses vamos precisar da ajuda dele. E Valverde espera que tratemos bem a Real Compañía Irlandesa. Por isso, quando ele estiver por perto, Richard, seja diplomático, está bem?

Hogan se virou enquanto o grupo de oficiais da companhia, liderado por lorde Kiely e pelo general Valverde, se aproximava. Cavalgando entre os dois aristocratas estava um padre alto, gordo, de cabelos brancos, montado numa magra égua ruã.

— Esse é o padre Sarsfield — apresentou Kiely a Hogan, explicitamente ignorando Sharpe —, nosso capelão. O padre Sarsfield e o capitão Donaju viajarão com a companhia essa noite, o restante dos oficiais comparecerá à recepção do general Valverde.

— Onde o senhor conhecerá o coronel Runciman — prometeu Hogan. — Creio que o senhor irá considerá-lo de seu gosto.

— Quer dizer que ele sabe como lidar com tropas reais? — perguntou o general Valverde, olhando descaradamente para Sharpe.

— Eu sei lidar com guardas reais, senhor — interveio Sharpe. — Essa não é a primeira guarda real que encontro.

Kiely e Valverde encararam Sharpe com expressões que mal passavam de desprezo, porém Kiely não pôde resistir à isca do comentário de Sharpe.

— Imagino que você se refira aos lacaios de Hanover, não? — perguntou em sua voz meio bêbada.

— Não, milorde. Foi na Índia. Eram guardas reais que protegiam um idiota gordo real chamado sultão Tipu.

— E você os treinou também, sem dúvida? — indagou Valverde.

— Eu os matei — respondeu Sharpe. — E matei o idiota também.

Suas palavras apagaram a expressão presunçosa dos rostos finos dos dois, enquanto o próprio Sharpe ficava subitamente dominado por uma lembrança do túnel de água de Tipu cheio com os guarda-costas gritando, armados com mosquetes cravejados de joias e sabres de lâmina larga. Sharpe tinha ficado enfiado até as coxas na água espumosa, lutando nas sombras, arrancando os guarda-costas um a um até chegar ao desgraçado gordo, de olhos cintilantes e pele oleosa, que havia torturado alguns de seus companheiros até a morte. Lembrou-se dos gritos que ecoavam, dos clarões dos mosquetes refletindo-se na água agitada e do brilho das pedras preciosas penduradas sobre as roupas de seda de Tipu. Lembrou-se também da morte do sultão, uma das poucas que ficaram gravadas na memória de Sharpe como algo reconfortante.

— Ele era um tremendo sacana real — comentou Sharpe com sentimento —, mas morreu como um homem.

— O capitão Sharpe tem certa reputação em nosso exército — interveio Hogan rapidamente. — Na verdade, talvez o senhor mesmo tenha ouvido falar dele. Foi o capitão Sharpe que tomou a águia em Talavera.

— Com o sargento Harper — acrescentou Sharpe, e os oficiais de Kiely olharam para Sharpe com nova curiosidade. Qualquer soldado que tivesse tomado um estandarte inimigo era um homem de renome, e o rosto da maior parte dos oficiais da guarda demonstrou esse respeito, mas foi o capelão, o padre Sarsfield, que reagiu com mais intensidade.

— Meu Deus, e não é que eu me lembro! — exclamou, entusiasmado. — E não é que isso empolgou todos os patriotas espanhóis em Madri? — Ele apeou desajeitadamente e estendeu a mão gorducha a Sharpe. — É uma honra, capitão, uma honra! Mesmo você sendo um protestante pagão! — Essa última frase foi dita com um riso largo e amistoso. — Você é pagão, Sharpe? — perguntou o padre, mais sério.

— Não sou nada, padre.

— Todos somos algo aos olhos de Deus, meu filho, e somos amados por isso. Você e eu devemos conversar, Sharpe. Vou lhe falar de Deus e você vai me dizer como arrancar as águias dos franceses desgraçados. — O capelão virou o rosto sorridente para Hogan. — Por Deus, major, o senhor nos orgulha nos dando um homem como Sharpe! — A aprovação do padre ao fuzileiro havia relaxado os outros oficiais da Real Compañía Irlandesa, embora o rosto de Kiely continuasse soturno, transparecendo aversão.

— Terminou, padre? — perguntou Kiely, com sarcasmo.

— Irei com o capitão Sharpe, milorde, e nós o veremos de manhã?

Kiely assentiu, depois virou o cavalo para o outro lado. Seus outros oficiais o acompanharam, deixando Sharpe, o padre e o capitão Donaju para seguirem a coluna irregular formada pela bagagem, pelas esposas e pelos serviçais da companhia.

Ao anoitecer, a Real Compañía Irlandesa estava em segurança dentro do remoto forte de San Isidro, que Wellington havia escolhido para ser seu novo alojamento. A construção era antiga, ultrapassada e tinha sido abandonada muito antes pelos portugueses, de modo que os homens cansados e recém-chegados precisavam primeiro limpar os imundos cômodos de pedra que seriam seu novo lar. A enorme casa da guarda do forte foi reservada para os oficiais, e o padre Sarsfield e Donaju se acomodaram lá enquanto Sharpe e seus fuzileiros tomavam posse de um dos paióis. Sarsfield havia trazido uma bandeira real da Espanha em sua bagagem, que foi orgulhosamente içada na muralha do antigo forte, perto da bandeira da união da Grã-Bretanha.

— Estou com 60 anos — declarou o capelão a Sharpe, parado sob a bandeira britânica — e nunca pensei que chegaria o dia em que serviria sob essa bandeira.

Sharpe olhou a bandeira britânica.

— Isso o preocupa, padre?

— Napoleão me preocupa mais, filho. Primeiro temos que derrotar Napoleão, depois podemos começar a tratar de inimigos menores, como vocês! — O comentário foi feito em tom amigável. — O que também me preocupa, filho, é que tenho oito garrafas de vinho tinto decente e um punhado de bons charutos, e só o capitão Donaju para compartilhá-los. Você me faria a honra de se juntar a nós para o jantar? E diga, você toca algum instrumento? Não? Que pena. Eu tinha um violino, que se perdeu em algum lugar, mas o sargento Connors é um flautista raro, e os homens da seção dele cantam lindamente. Cantam sobre o lar, capitão.

— Sobre Madri? — perguntou Sharpe maliciosamente.

Sarsfield sorriu.

— Sobre a Irlanda, capitão, nosso lar do outro lado do mar, onde poucos de nós puseram os pés e a maioria jamais porá. Venha, vamos jantar.

O padre Sarsfield passou um braço amigável pelos ombros de Sharpe e o guiou para a casa da guarda. Um vento frio soprava nas montanhas nuas, a noite caía e as primeiras fogueiras para cozinhar lançavam sua fumaça azul encaracolada para o céu. Lobos uivavam nos morros. Havia lobos por toda a Espanha e Portugal, e no inverno às vezes eles chegavam à linha de piquete na esperança de roubar a refeição de algum soldado incauto, mas nessa noite os animais faziam Sharpe se lembrar dos franceses com uniforme cinza, da brigada de Loup. Sharpe jantou com o capelão e depois, sob um céu estrelado, percorreu as fortificações com Harper. Abaixo deles a Real Compañía Irlandesa resmungava sobre as acomodações e sobre o destino que a havia abandonado nessa fronteira inóspita entre a Espanha e Portugal. Porém Sharpe, que tinha a ordem de fazer com que eles se sentissem péssimos, imaginou se, em vez disso, poderia transformá-los em soldados de verdade que iriam segui-lo sobre os morros e invadir a Espanha, onde um lobo precisava ser caçado, encurralado e morto.

Pierre Ducos esperava nervoso notícias da chegada da Real Compañía Irlandesa ao exército de Wellington. O maior temor do francês era que a unidade fosse posicionada muito distante da frente de batalha, que se tornasse inútil para seus propósitos, mas era um risco que Ducos tinha de correr. Desde que a inteligência francesa havia interceptado a carta de lorde Kiely requisitando a permissão para levar a companhia para a guerra pelo lado aliado, Ducos soubera que o sucesso de seu plano dependia tanto da cooperação involuntária dos aliados quanto da esperteza dele. No entanto, a esperteza de Ducos não alcançaria nada se os irlandeses não chegassem, por isso ele esperava com impaciência crescente.

Poucas notícias chegavam de trás das linhas britânicas. Houvera um tempo em que os homens de Loup podiam cavalgar com impunidade dos dois lados da fronteira, no entanto agora os exércitos britânico e português estavam agarrados com firmeza ao longo da linha divisória. Para obter informações, Loup precisava contar com o punhado minúsculo e pouco confiável de civis dispostos a vendê-las aos odiados franceses, com interrogatórios de desertores e suposições baseadas nas observações de seus homens que espiavam através de lunetas por cima da fronteira montanhosa.

E foi um desses batedores que trouxe a Loup notícias da Real Compañía Irlandesa. Uma tropa de dragões cinza tinha chegado a um dos topos solitários de montanha que proporcionava uma visão profunda do interior de Portugal, e de lá, com sorte, uma patrulha poderia ver alguma evidência de uma concentração de forças britânicas que sinalizasse um novo avanço. O posto de vigilância dominava um vale amplo e estéril onde um riacho reluzia antes que a terra subisse até as montanhas atarracadas onde ficava o abandonado forte de San Isidro. A fortaleza tinha pouco valor militar, pois a estrada que ela vigiava caíra em desuso, e um século de negligência havia erodido as muralhas e os fossos, transformando-os em escombros de sua força antiga, de modo que agora San Isidro era um lar de corvos, raposas, morcegos, pastores viajantes, homens sem lei e uma patrulha ocasional dos dragões cinza de Loup que poderia passar uma noite nos alojamentos enormes para se abrigar da chuva.

Contudo, agora havia homens no forte, e o líder da patrulha trouxe notícias deles a Loup. A nova guarnição não era um batalhão inteiro, disse ele, apenas uns duzentos homens. O forte propriamente dito, como Loup bem sabia, precisaria de pelo menos mil homens para ocupar suas muralhas meio arruinadas, de modo que meros duzentos não constituíam uma guarnição, mas estranhamente os recém-chegados trouxeram esposas e filhos. O líder da tropa dos dragões, um tal de capitão Braudel, achou que os homens eram britânicos.

— Estão usando casacas vermelhas. Mas não os chapéus usuais, parecidos com chaminés. — Estava falando das barretinas. — Eles têm bicornes.

— São de infantaria?

— Sim, senhor.

— Sem cavalaria? Têm alguma artilharia?

— Não vi nenhuma.

Loup palitou os dentes com uma lasca de madeira.

— E o que estavam fazendo?

— Exercícios — respondeu Braudel. Loup resmungou. Não se interessava muito por um grupo de soldados estranhos que assumisse residência em San Isidro. O forte não o ameaçava, e se os recém-chegados se contentassem em se acomodar, ficando confortáveis, Loup não iria provocá-los. Então o capitão Braudel provocou o próprio Loup. — Mas alguns deles estavam desbloqueando um poço, só que não usavam casacas vermelhas. Usavam verde.

Loup o encarou.

— Verde-escuro?

— Sim, senhor.

Fuzileiros. Fuzileiros malditos. E Loup se lembrou do rosto insolente do homem que o havia insultado, o homem que um dia insultara toda a França tomando uma águia tocada pelo próprio imperador. Talvez Sharpe estivesse no forte de San Isidro. Ducos tinha denegrido a sede de Loup por vingança, dizendo que era indigna de um grande soldado, porém o brigadeiro acreditava que um soldado ganhava reputação escolhendo suas lutas e vencendo-as para obter fama. Sharpe havia desafiado Loup, era o primeiro homem a desafiá-lo abertamente em muitos meses, e o britânico era um dos principais inimigos da França, por isso a vingança de Loup não era somente pessoal, mas provocaria ondas por todos os exércitos que esperavam para travar a batalha que decidiria se a Inglaterra entraria na Espanha ou se seria mandada de volta para Portugal.

Assim, naquela tarde, o próprio Loup visitou o topo da montanha, levando sua melhor luneta, que apontou para o antigo forte com suas muralhas cobertas de hera e com o poço meio vazio. Duas bandeiras pendiam frouxas no ar sem vento. Uma era britânica, a outra Loup não conhecia. Para além das bandeiras, os soldados de casacas vermelhas faziam exercícios com mosquetes, mas o brigadeiro não os observou por muito tempo. Em vez disso, virou a luneta para o sul até que, finalmente, viu dois homens de casacos verdes caminhando pelas fortificações desertas. Dessa distância não podia enxergar os rostos, no entanto dava para ver que um deles usava uma espada longa e reta, e Loup sabia que os oficiais da infantaria ligeira britânica usavam sabres curvos.

— Sharpe — disse em voz alta, enquanto fechava a luneta.

Um barulho atrás o fez se virar. Quatro de seus homens vestidos de cinza-lobo vigiavam dois prisioneiros. Um cativo usava uma casaca vermelha com acabamento espalhafatoso e o outro era presumivelmente sua esposa ou amante.

— Encontrei-os escondidos nas pedras ali embaixo — explicou o sargento, que segurava um braço do soldado.

— Ele diz que é um desertor, senhor — acrescentou o capitão Braudel —, e que essa é a esposa dele. — Braudel cuspiu um jato de tabaco numa pedra.

Loup desceu do alto do morro. Viu agora que o uniforme do soldado não era britânico. O colete e a faixa de cintura, as botas curtas e o bicorne com pluma eram extravagantes demais para o gosto britânico, na verdade eram tão extravagantes que Loup se perguntou se o cativo era um oficial, depois percebeu que Braudel jamais trataria um oficial capturado com tamanho desdém. O capitão obviamente gostava da mulher, que agora erguia os olhos tímidos para encarar o brigadeiro. Tinha cabelos escuros, era atraente e Loup supôs que tivesse 15 ou 16 anos. Loup tinha ouvido dizer que os camponeses espanhóis e portugueses vendiam filhas assim como esposas para os soldados aliados, por cem francos cada, o custo de uma boa refeição em Paris. O exército francês, por outro lado, apenas tomava suas jovens em troca de nada.

— Qual é seu nome? — perguntou em espanhol ao desertor.

— Grogan, senhor. Sean Grogan.

— Sua unidade, Grogan?

— A Real Compañía Irlandesa, *señor*. — O guarda Grogan estava obviamente disposto a cooperar com seus captores, por isso Loup sinalizou para o sargento soltá-lo.

Loup interrogou Grogan durante dez minutos, ouvindo que a Real Compañía Irlandesa tinha viajado por mar desde Valência, e que os homens estavam bastante satisfeitos com a ideia de se juntar ao restante do exército espanhol em Cádis, mas agora se ressentiam de serem obrigados a servir com os britânicos. Muitos homens, segundo o fugitivo, escaparam da servidão britânica e não haviam se alistado com o rei da Espanha só para voltar à tirania do rei Jorge.

Loup interrompeu os protestos.

— Quando você fugiu?

— Ontem à noite, senhor. Éramos meia dúzia. E um bom número fugiu na noite anterior.

— Há um inglês no forte, um oficial fuzileiro. Você o conhece?

Grogan franziu a testa, como se estranhasse a pergunta, mas depois assentiu.

— É o capitão Sharpe, senhor. Ele deve treinar a gente.

— Para fazer o quê?

— Para lutar, senhor — respondeu Grogan, nervoso. Ele achava aquele francês de fala calma e caolho muito desconcertante. — Mas já sabemos lutar — acrescentou em tom de desafio.

— Tenho certeza de que sim — disse Loup, com simpatia. Em seguida cutucou os dentes por um segundo, depois cuspiu o palito improvisado. — Então você fugiu, soldado, porque não queria servir ao rei Jorge, é isso?

— Sim, senhor.

— Mas você certamente lutaria por Sua Majestade, o imperador?

Grogan hesitou.

— Eu lutaria, senhor — respondeu finalmente, mas sem convicção.

— Foi por isso que desertou? Para lutar pelo imperador? Ou estava esperando voltar para seu alojamento confortável no Escorial?

Grogan deu de ombros.

— Íamos para a casa da família dela em Madri, senhor. — Ele virou a cabeça para a esposa. — O pai dela é sapateiro, e não sou muito ruim com agulha e linha. Pensei em aprender uma profissão.

— É sempre bom ter uma profissão, soldado — comentou Loup com um sorriso. Em seguida, pegou uma pistola no cinto e brincou com ela por um momento antes de puxar para trás o pesado cão da arma. — Minha profissão é matar — acrescentou na mesma voz agradável e então, sem demonstrar nenhum traço de emoção, ergueu a pistola, mirou na testa de Grogan e puxou o gatilho.

A mulher gritou quando o sangue do marido espirrou no rosto dela. Grogan foi lançado violentamente para trás, com sangue espirrando e enevoando o ar, depois seu corpo tombou e escorregou, morro abaixo.

— Ele não queria mesmo lutar por nós — explicou-se Loup. — Seria apenas mais uma boca inútil para alimentar.

— E a mulher, senhor? — quis saber Braudel. Ela olhava morro abaixo para o marido morto e gritava com os franceses.

— Ela é sua, Paul. Mas só depois que você entregar uma mensagem a madame Juanita de Elia. Mande meus eternos cumprimentos à madame, diga que seus soldados irlandeses de brinquedo chegaram e estão convenientemente perto de nós, e que amanhã de manhã montaremos uma pequena tragédia para a diversão deles. Diga também que ela faria bem em passar a noite conosco.

Braudel deu um risinho.

— Ela ficará satisfeita, senhor.

— O que é mais do que sua mulher vai ficar — disse Loup, olhando para a jovem espanhola que uivava. — Paul, diga a essa viúva que se não calar a boca vou arrancar a língua dela e dar aos cães de doña Juanita. Agora venham.

Ele levou os homens morro abaixo, até onde os cavalos haviam sido amarrados. Naquela noite doña Juanita de Elia viria à fortaleza do lobo, e no dia seguinte cavalgaria para o inimigo como um rato contaminado com a peste, enviado para destruí-los por dentro.

E em algum lugar, algum tempo antes da vitória final, Sharpe sentiria a vingança da França por dois homens mortos. Porque Loup era um soldado e ele não esquecia, não perdoava e jamais perdia.

CAPÍTULO III

Onze homens desertaram na primeira noite que a Real Compañía Irlandesa passou no forte de San Isidro, e oito homens, incluindo quatro piquetes enviados para impedir esses desertores, fugiram na segunda noite. Os guardas forneciam suas próprias sentinelas e o coronel Runciman sugeriu que os fuzileiros de Sharpe assumissem a tarefa. O capitão argumentou contra essa mudança. Seus fuzileiros deveriam treinar a unidade e não podiam trabalhar o dia inteiro e montar guarda a madrugada toda.

— Tenho certeza de que o senhor está certo, general — retrucou Sharpe com tato —, mas, a não ser que o quartel-general nos mande mais homens, não podemos trabalhar 24 horas por dia.

O coronel Runciman, como Sharpe tinha descoberto, era maleável desde que fosse chamado de "general". Só queria ser deixado em paz e dormir, comer e resmungar sobre a quantidade de trabalho que esperavam dele.

— Até mesmo um general é apenas um ser humano — gostava de informar a Sharpe, depois indagava como deveria se desincumbir das custosas tarefas de servir como elemento de ligação com a Real Compañía Irlandesa enquanto também se esperava que ele fosse responsável pelo Comboio Real de Diligências. Na verdade, o substituto do coronel continuava comandando as carroças com a mesma eficiência que sempre havia demonstrado, mas até que um novo intendente-geral de Diligências fosse nomeado formalmente, a assinatura e o sinete do coronel Runciman eram necessários num punhado de documentos administrativos.

— O senhor poderia entregar os sinetes do cargo a seu substituto, general — sugeriu Sharpe.

— Jamais! Que jamais se diga que um Runciman fugiu ao dever, Sharpe. Jamais!

O coronel olhou ansiosamente para fora do alojamento para ver como seu cozinheiro estava se saindo com uma lebre caçada por Daniel Hagman. A letargia de Runciman significava que o coronel estava bastante contente em deixar que Sharpe cuidasse da Real Compañía Irlandesa, mas, mesmo para um homem com a despreocupação preguiçosa de Runciman, 19 desertores em duas noites era motivo para se preocupar.

— Maldição, homem. — Ele se recostou depois de inspecionar o progresso do cozinheiro. — Isso vai refletir em nossa eficiência, você não vê? Devemos fazer alguma coisa, Sharpe! Em mais 15 noites não restará ninguém!

O que era exatamente o desejo de Hogan, refletiu Sharpe. A Real Compañía Irlandesa deveria se autodestruir, no entanto Richard Sharpe tinha sido posto no comando de seu treinamento e havia um lado teimoso em sua alma que não lhe permitiria deixar que uma unidade pela qual era responsável deslizasse para a ruína. Maldição, ele transformaria os guardas em soldados, quer Hogan desejasse ou não.

Sharpe duvidava de que teria muita ajuda de lorde Kiely. A cada manhã o lorde acordava com um mau humor que durava até que a ingestão contínua de álcool lhe desse uma dose de ânimo que geralmente se conservava até a tarde, antes de ser substituída por uma disposição carrancuda agravada pelas perdas nos jogos de cartas. Então dormia no dia seguinte até tarde, assim recomeçando o ciclo.

— Como diabos ele obteve o comando da guarda? — perguntou Sharpe ao segundo em comando, o capitão Donaju.

— Por nascimento — respondeu Donaju. Era um homem pálido, magro, com rosto preocupado, que mais parecia um estudante empobrecido que um soldado. Ainda assim, de todos os oficiais da Real Compañía Irlandesa, parecia o mais promissor. — Não se pode ter uma guarda real comandada por um plebeu, Sharpe — comentou Donaju com um toque de sarcasmo. — Mas, quando Kiely está sóbrio, ele consegue ser bem impressionante. — A última frase não continha nenhum sarcasmo.

— Impressionante? — perguntou Sharpe, em dúvida.

— Ele é um bom espadachim. Detesta os franceses, e no fundo do coração gostaria de ser um bom homem.

— Kiely detesta os franceses? — perguntou Sharpe sem se importar em disfarçar o ceticismo.

— Os franceses, Sharpe, estão destruindo o mundo privilegiado de Kiely. Ele é do *ancien régime*, de modo que, claro, os odeia. Ele não tem dinheiro, mas sob o *ancien régime* isso não importava, porque nascimento e título bastavam para colocar um homem num cargo da realeza e isentá-lo de impostos. Mas os franceses pregam a igualdade e a promoção pelo mérito, e isso ameaça o mundo de Kiely, por isso ele escapa bebendo, procurando prostitutas e jogando. A carne é muito fraca, Sharpe, e é especialmente frágil quando se está entediado, subempregado e também desconfiado de que é uma relíquia de um mundo desaparecido.

Donaju deu de ombros, como se tivesse vergonha de ter feito um sermão tão longo e presunçoso para Sharpe. O capitão era um homem modesto, porém eficiente, e era nos ombros magros de Donaju que a administração cotidiana da guarda havia caído. Agora ele dizia a Sharpe como tentaria conter as deserções dobrando as sentinelas e usando apenas homens que ele acreditava serem confiáveis como piquetes, mas ao mesmo tempo culpava os britânicos pela situação de seus homens.

— Por que eles nos colocaram nesse lugar abandonado por Deus? É quase como se seu general quisesse que nossos homens fugissem.

Essa era uma boa pergunta, e Sharpe não tinha uma resposta verdadeira. Em vez disso, murmurou algo sobre o forte ser um posto avançado estratégico que precisava de guarnição, mas não foi convincente, e a única reação de Donaju foi ignorar educadamente a ficção.

Porque o forte de San Isidro era de fato um local esquecido por Deus. Poderia já ter tido um valor estratégico, no entanto agora a estrada principal entre Portugal e Espanha ficava léguas ao sul, de modo que a antiga fortaleza enorme havia sido abandonada para apodrecer. O mato crescia denso no fosso seco que fora erodido pela chuva, de modo que o que já tinha sido um obstáculo formidável se tornara pouco mais que uma vala rasa. O gelo do inverno havia feito a muralha desmoronar, jogando as pedras no fosso e formando pontes incontáveis para o que tinha restado da esplanada. Uma coruja branca se abrigava nos restos da torre do sino da capela, enquanto as sepulturas antigamente bem-cuidadas dos oficiais da guarnição se tornaram nada mais que reentrâncias rasas numa campina pedregosa. As únicas partes utilizáveis do forte de San Isidro eram as velhas construções do alojamento, que foram mantidas numa condição razoável graças às raras visitas dos regimentos portugueses estacionados ali em tempos de crise política. Durante essas crises, os homens tapavam os buracos nas paredes dos alojamentos e ocupavam a casa da guarda, com duas torres, que de algum modo havia sobrevivido aos anos de negligência. Havia até mesmo portões que Runciman ordenou solenemente que fossem fechados e trancados toda noite, ainda que essa precaução contra os desertores fosse como tapar o sol com a peneira.

No entanto, apesar de toda a decadência, o forte ainda possuía uma grandeza mofada. A impressionante entrada com duas torres tinha adereços de brasões reais e se chegava a ela através de um caminho elevado, com quatro arcos, que passava por cima da única parte do fosso seco ainda capaz de conter algum ataque. As ruínas da capela possuíam um rendilhado de cantaria delicada, ao passo que as plataformas dos canhões ainda eram enormes. O mais impressionante de tudo era a localização do forte, pois suas muralhas ofereciam vistas celestiais, por cima de picos sombreados até horizontes a distâncias inimagináveis. A muralha leste dava para o interior da Espanha, e foi nessa fortificação, sob as bandeiras da Espanha e da Grã-Bretanha, que Kiely encontrou Sharpe na terceira manhã da estada da guarda no forte. Parecia que até mesmo o lorde estava preocupado com o número de deserções.

— Não viemos aqui para ser destruídos pela deserção — afirmou Kiely rispidamente a Sharpe. O vento fazia tremer as pontas enceradas de seu bigode.

Sharpe lutou para não comentar que Kiely era responsável por seus homens, não ele. Em vez disso perguntou ao lorde por que ele tinha vindo se juntar às forças britânicas.

E, para sua surpresa, o jovem lorde Kiely levou a pergunta a sério.

— Quero lutar, Sharpe. Foi por isso que escrevi a Sua Majestade.

— Então está no lugar certo — disse Sharpe azedamente. — Os franceses estão do outro lado daquele vale.

Ele fez um gesto na direção do vale profundo e desnudo que separava o forte de San Isidro dos morros mais próximos. Sharpe suspeitava que batedores franceses deviam estar ativos do lado oposto do vale e já teriam visto o movimento no antigo forte.

— Não estamos no lugar certo, Sharpe. Pedi ao rei Fernando para ordenar que fôssemos a Cádis, para estarmos com nosso próprio exército e entre gente nossa, mas em vez disso ele nos enviou para Wellington. Não queremos estar aqui, mas temos ordens do rei e obedecemos a elas.

— Então dê a seus homens uma ordem real para não desertar — disse Sharpe com desembaraço.

— Eles estão entediados! Estão preocupados! Sentem-se traídos! — Kiely estremeceu, não pela emoção, mas porque tinha acabado de se levantar da cama e ainda tentava afastar a ressaca matinal. — Eles não vieram aqui para ser treinados, Sharpe — rosnou. — E sim para lutar! São homens orgulhosos, uma guarda real, e não um bando de recrutas bárbaros. O serviço deles é lutar pelo rei, mostrar à Europa que Fernando ainda possui dentes.

Sharpe apontou para o leste.

— Está vendo aquela trilha, milorde? A que sobe até aquela depressão entre os morros? Marche com seus homens até lá em cima, mantenha-os marchando durante meio dia e garanto que o senhor terá uma luta. Os franceses vão adorar. Vai ser mais fácil para eles que lutar contra meninos de um coro de igreja. Metade de seus homens nem tem mosquetes que funcionam! E a outra metade não sabe usá-los. O senhor me diz que eles são treinados? Já vi companhias de milícia mais bem-treinadas na Inglaterra! E tudo que aqueles filhos da mãe gorduchos das milícias fazem é desfilar na praça do mercado uma vez por semana e depois bater em retirada para a taverna mais próxima. Seus homens não são treinados, milorde, independentemente do que o senhor pense, mas se os entregar a mim durante um mês eu os deixarei mais afiados que a porcaria de uma navalha.

— Eles estão meramente fora de forma — argumentou Kiely, petulante. Seu imenso orgulho não lhe permitiria admitir que Sharpe estava certo e que seus alardeados guardas palacianos eram uma porcaria.

O lorde se virou e olhou para seus homens exercitando-se no calçamento cheio de mato da praça do forte. Para além da companhia, junto às torres da casa da guarda, cavalariços traziam animais arreados, prontos para os exercícios de montaria dos oficiais ao meio-dia. No lado de dentro do portão, num trecho de calçamento liso, o padre Sarsfield ensinava o catecismo a algumas crianças da companhia. O processo de aprendizado evidentemente envolvia muitas gargalhadas; de fato, Sharpe havia notado que, aonde quer que o capelão fosse, o bom humor o seguia.

— Se tivessem uma oportunidade — disse Kiely —, eles lutariam.

— Tenho certeza de que sim, e perderiam. O que o senhor quer deles? Suicídio?

— Se necessário — respondeu Kiely, sério. Ele estivera olhando para o leste, para o território inimigo, mas agora encarava Sharpe. — Se necessário — repetiu —, sim.

Sharpe olhou o rosto jovem, dissoluto e devastado.

— O senhor está louco, milorde.

Kiely não se ofendeu com a acusação.

— Você chamaria a defesa de Rolando em Roncesvalles de suicídio de um louco? Os espartanos de Leônidas não fizeram nada além de jogar fora a vida num ataque de imbecilidade? E o seu próprio Sir Richard Grenville? Estava simplesmente louco? Às vezes, Sharpe, um grande nome e uma fama eterna decorrem somente de um gesto grandioso. — Ele apontou para os morros distantes. — Existem 300 mil franceses lá, e quantos britânicos aqui? Trinta mil? A guerra está perdida, Sharpe, está perdida. Um grande reino cristão vai cair na mediocridade, e tudo por causa de um carreirista corso. Toda a glória, todo o valor e todo o esplendor de um mundo régio está para se tornar comum e sem graça. Todas as coisas malignas, abomináveis, como o republicanismo, a democracia, a igualdade, estão se arrastando para a luz e afirmando que podem substituir uma linhagem de grandes reis. Estamos vendo o fim da história, Sharpe, e o início do caos, mas talvez, somente talvez, a guarda pessoal do rei Fernando possa baixar a cortina com um último ato de glória reluzente. — Durante alguns segundos o Kiely bêbado havia traído seu eu mais jovem e mais nobre. — É por isso que estamos aqui, Sharpe, para fazer uma história que ainda será contada quando os homens esquecerem o próprio nome de Bonaparte.

— Meu Deus! — exclamou Sharpe. — Não é de espantar que seus rapazes estejam desertando. Meu Deus! Eu também desertaria. Se levo um homem à batalha, milorde, gosto de oferecer uma boa chance de que ele saia inteiro. Se eu quisesse matar os coitados, simplesmente os estrangularia no sono. É mais humano.

Ele se virou e olhou a Real Compañía Irlandesa. Os homens estavam se revezando para usar os cerca de quarenta mosquetes utilizáveis e, com um punhado de exceções, eram praticamente inúteis. Um bom soldado podia disparar um mosquete de cano liso a cada vinte segundos, porém aqueles homens tinham sorte se conseguissem um tiro a cada quarenta. Os guardas passaram tempo demais usando perucas empoadas e imóveis diante de portas douradas, e não haviam passado tempo suficiente aprendendo os hábitos simples de escovar, socar, disparar e carregar.

— Mas vou treiná-los — avisou Sharpe quando o eco de outra saraivada irregular havia se esvaído no forte — e vou impedir os filhos da mãe de desertar.

Sharpe sabia que estava solapando o estratagema de Hogan, mas gostava dos soldados rasos da Real Compañía Irlandesa. Eram homens como outros quaisquer, não tão bem-treinados, talvez, e com lealdades mais confusas que a maioria, no entanto a maior parte deles era bem-disposta. Não havia maldade ali, e ia contra a índole de Sharpe trair bons homens. Ele queria treiná-los. Queria tornar a companhia uma unidade da qual qualquer exército pudesse se orgulhar.

— E como você vai impedir que eles desertem? — perguntou Kiely.

— Com meu método, e o senhor não quer saber qual é, milorde, porque é um método do qual Rolando não gostaria muito.

Lorde Kiely não reagiu à provocação de Sharpe. Em vez disso olhava para o leste, para algo que havia acabado de atrair sua atenção. Pegou uma pequena luneta no bolso do uniforme, abriu-a e apontou para o vale amplo e estéril onde Sharpe, lutando contra o sol da manhã, mal conseguia vislumbrar a figura de um cavaleiro solitário descendo a trilha que ziguezagueava desde a depressão entre os morros.

— Senhores — gritou ele a seus oficiais. — Ao cavalo! — O lorde, energizado por uma empolgação súbita, desceu correndo uma das rampas de munição e gritou para um cavalariço trazer seu grande garanhão preto.

Sharpe se virou de novo para o leste e pegou a luneta. Demorou alguns instantes para apontar o instrumento desajeitado, então conseguiu capturar na lente o cavaleiro distante. Ele usava o uniforme da Real Compañía Irlandesa e também estava com problemas. Até então o sujeito estivera seguindo o curso da trilha íngreme serpenteando para a base do vale, mas agora a abandonava, colocava o cavalo na encosta escarpada e o golpeava com o chicote para impelir o animal por aquela descida perigosa. Meia dúzia de cães corria à frente do cavaleiro, porém Sharpe estava mais interessado no que incitava o mergulho súbito e perigoso do sujeito pela encosta, por isso ergueu a luneta para o horizonte, e lá, formando silhuetas contra o brilho duro do céu sem nuvens, viu dragões. Dragões franceses. O cavaleiro solitário era um fugitivo e os franceses vinham logo atrás.

— Você vem, Sharpe?

O coronel Runciman, montado em sua égua que parecia um animal de puxar carroça, havia destinado sua montaria de reserva a Sharpe. Runciman contava cada vez mais com Sharpe como companheiro para afastar a necessidade de lidar com o irônico lorde Kiely, cujos comentários ácidos o desanimavam com frequência.

— Sabe o que está acontecendo, Sharpe? — perguntou Runciman enquanto seu arqui-inimigo comandava uma procissão precária de oficiais montados para fora da entrada imponente do forte. — É um ataque? — A demonstração incomum de energia por parte do coronel era sem dúvida provocada mais pelo medo que pela curiosidade.

— Alguém com o uniforme da companhia está vindo para cá, general, com um bando de franceses atrás.

— Nossa! — Runciman parecia alarmado. Como intendente-geral de Diligências, ele havia recebido poucas oportunidades de ver o inimigo, e não tinha certeza se desejava remediar tão cedo essa carência, mas não poderia demonstrar timidez diante dos guardas, por isso esporeou a égua até um caminhar pesado. — Você ficará perto de mim, Sharpe! Como ajudante, entendeu?

— Claro, general.

Desconfortável como sempre quando a cavalo, Sharpe acompanhou Runciman pela ponte da entrada. O sargento Harper, curioso com a agitação que tinha posto o forte em atividade súbita, levou a Real Compañía Irlandesa ao topo das muralhas, supostamente para montar guarda, porém na verdade desejava que eles vissem o evento que havia provocado aquele súbito êxodo de oficiais para fora do San Isidro.

Quando Sharpe havia passado pelo caminho sobre o fosso seco e meio atulhado e convencido o cavalo a virar para o leste, saindo da estrada, a aventura parecia terminada. O fugitivo já havia atravessado o riacho e agora estava mais perto do grupo de resgate de Kiely que dos perseguidores franceses, e como o lorde seguia com uma dezena de oficiais e havia apenas meia dúzia de dragões, o cavaleiro estava obviamente em segurança. Sharpe percebeu os cães do fugitivo saltarem empolgados em volta da equipe de resgate, depois viu que os franceses que o perseguiam estavam vestidos com os misteriosos casacos cinza da brigada do general Loup.

— Aquele sujeito escapou por sorte, general — comentou Sharpe. — Aqueles são os dragões do Loup.

— Loop? — perguntou Runciman.

— Brigadeiro Loup, general. É um francês maligno que veste seus homens em peles de lobo e gosta de cortar os testículos dos inimigos antes deles morrerem.

— Nossa! — Runciman empalideceu. — Tem certeza?

— Eu o conheci, general. Ele ameaçou me capar.

Runciman foi impelido a se fortalecer pegando um punhado de amêndoas açucaradas num bolso e colocando-as uma a uma na boca.

— Às vezes me pergunto se meu querido pai não estava certo — disse mastigando —, e se talvez eu não devesse ter escolhido a carreira eclesiástica. Eu seria um bispo muito bom, acho, se bem que talvez a vida de bispo não bastasse para um homem com minha energia. Os prelados trabalham muito pouco, Sharpe. A gente prega um ou outro sermão, é claro, e se faz agradável para as melhores pessoas do condado, e de vez em quando é preciso chicotear o clero inferior para entrar na linha, porém não há muito mais a fazer. Não é uma vida exigente, Sharpe, e, francamente, a maioria dos palácios episcopais é habitada por homens muito medíocres. Com a exceção de meu querido pai, claro. Nossa, o que está acontecendo?

Lorde Kiely havia cavalgado adiante para cumprimentar o fugitivo. No entanto, depois de estender a mão e oferecer uma palavra rápida, o lorde tinha esporeado em direção aos perseguidores franceses que, reconhecendo que sua presa escapara, contiveram seus cavalos. Mas agora Kiely atravessou o riacho, desembainhou a espada e gritou um desafio aos franceses.

Todos os homens no vale sabiam o que Kiely pretendia. Desafiava o oficial inimigo para um duelo. Os homens com bom senso, como os soldados de infantaria ou qualquer pessoa com algum juízo, desaprovavam essa prática, porém os cavalarianos raramente resistiam ao desafio. Participar de um combate assim exigia orgulho e bravura, mas vencer uma dessas lutas era forjar um nome como guerreiro, e cada regimento de cavalaria de cada exército tinha oficiais cuja fama remontava a uma luta assim: um homem contra outro, espada contra espada, um duelo entre estranhos que convidava à fama ou à morte.

— Kiely está tentando ser morto, general — avisou Sharpe a Runciman. Sua voz saía azeda, mas ele não conseguia negar uma admiração relutante por Kiely que, pelo menos por esse momento, havia afastado a ressaca e o amargor mal-humorado para se tornar o que ele era apenas em seus próprios devaneios: o perfeito cavaleiro e campeão do rei. — Kiely tem a fantasia de morrer famoso. Quer ser Rolando ou aquele tal espartano que pisoteou os persas.

— Leônidas, Sharpe, o rei Leônidas. Veja bem, Sharpe, Kiely é um bom espadachim. Eu já o vi treinar, e a bebida não reduz sua velocidade! Não que vejamos qualquer evidência disso hoje — disse Runciman enquanto Kiely dava as costas para os franceses imóveis. — Nenhum deles lutará! — Runciman parecia surpreso mas também um pouco aliviado porque não testemunharia nenhum derramamento de sangue.

— Kiely nem lhes deu tempo de aceitar — reagiu Sharpe. E de fato Kiely havia ficado apenas alguns segundos, quase como se quisesse fazer o gesto de desafio, mas tivesse medo de que algum inimigo o aceitasse.

Então um inimigo aceitou. Kiely havia chegado à margem do riacho quando um grito soou atrás dele e um oficial dragão esporeou o cavalo afastando-se dos companheiros. O lorde girou na sela e Sharpe poderia jurar que empalideceu quando o francês cavalgou até ele.

— Nossa! — exclamou Runciman, alarmado.

Agora Kiely não podia recusar a luta, não sem perder o moral, por isso retornou até o dragão cinza, que jogou para trás a peliça com pele de lobo, baixou a aba do capacete e desembainhou a espada longa e reta. Torceu a tira de couro em volta do pulso, depois ergueu a lâmina numa saudação ao homem que seria seu matador ou sua vítima. Lorde Kiely devolveu a saudação com sua lâmina reta. O lorde podia ter feito um desafio como um gesto que jamais esperaria ser aceito, mas, agora que estava comprometido com a luta, não mostrava relutância nem nervosismo.

— São dois imbecis — comentou Sharpe —, morrendo por nada.

Ele e Runciman se juntaram aos oficiais da Real Compañía Irlandesa, assim como o padre Sarsfield, que havia abandonado a aula de catecismo para acompanhar Kiely até o vale. O padre ouviu o escárnio de Sharpe e lançou um olhar de surpresa ao fuzileiro. O padre, como Runciman, parecia desconfortável com o duelo iminente e passava as contas do rosário através dos dedos gorduchos enquanto via os dois cavaleiros a se encarar, separados por 50 metros. Lorde Kiely baixou a espada depois da saudação e os dois esporearam os flancos dos cavalos.

— Nossa! — exclamou Runciman. E pegou outro punhado de amêndoas no bolso.

As duas montarias se aproximaram devagar, a princípio. Só no último instante os cavaleiros as liberaram para o galope total. Os dois eram destros, e para Sharpe pareciam equilibrados em tamanho, embora o cavalo preto de lorde Kiely fosse pelo menos um palmo maior.

O dragão golpeou primeiro. Parecia ter posto a fé num corte selvagem e longo, capaz de estripar um boi, porém no último instante conteve o golpe para reverter a lâmina e voltá-la contra a nuca desprotegida do inimigo. Isso foi feito num piscar de olhos e montado num cavalo a pleno galope. Contra qualquer outro cavaleiro poderia ter dado certo, mas lorde Kiely simplesmente voltou seu cavalo contra a montaria do oponente sem ao menos tentar aparar o golpe. O cavalo menor do dragão cambaleou quando o peso do garanhão bateu em seu quarto traseiro. O golpe para trás do francês feriu apenas o ar, então os cavalos se separaram com os duelistas puxando as rédeas com força. Kiely girou mais depressa e cravou as esporas para acrescentar o peso do cavalo à estocada de sua espada reta. Os mestres de armas sempre ensinavam que a ponta é melhor que o gume, e agora Kiely lançou a ponta da espada contra a barriga do dragão cinza. Por um segundo Sharpe achou que o golpe certamente atravessaria a defesa do francês, mas de algum modo o dragão o aparou e um segundo depois o tinido das lâminas chegou ao capitão. Quando o som áspero havia ecoado nos morros distantes, os dois cavalos já estavam separados por 20 metros e sendo virados para atacar outra vez. Nenhum dos dois tinha ousado se afastar muito do oponente, para não ser perseguido e atacado por trás, de modo que de agora em diante o duelo seria travado de perto, e dependeria tanto do treinamento das duas montarias quanto da capacidade dos dois homens como espadachins.

— Nossa! — exclamou Runciman. Ele temia assistir ao horror de um homem morrendo, mas não se atrevia a afastar os olhos do espetáculo. Era uma visão tão antiga quanto a guerra: dois campeões se chocando à vista dos companheiros. — É um espanto que Kiely possa lutar, considerando o quanto bebeu ontem à noite. Cinco garrafas de vinho clarete, pelo que contei.

— Ele é jovem — comentou Sharpe, amargo — e nasceu com dons naturais para montar e lutar com espadas. Mas, à medida que ficar mais velho, general, esses dons vão se esvair, e Kiely sabe disso. Está vivendo um tempo emprestado. É por isso que quer morrer jovem.

— Não acredito — respondeu Runciman, e então se encolheu quando os dois homens se golpearam mutuamente com as espadas.

— Kiely deveria acertar o cavalo do desgraçado, não o homem — observou Sharpe. — É sempre possível vencer um cavaleiro aleijando o maldito cavalo.

— Não é assim que um cavalheiro luta — comentou o padre Sarsfield. Ele havia aproximado seu cavalo dos dois oficiais britânicos.

— Não existe futuro em ser cavalheiro numa luta, padre — retrucou Sharpe. — Se vocês acham que as guerras só podem ser travadas por cavalheiros, deveriam parar de recrutar pessoas como eu na sarjeta.

— Não precisa mencionar suas origens, Sharpe — sibilou Runciman, reprovando. — Agora você é um oficial, lembre-se.

— Rezo pelo dia em que nenhum cavalheiro lute, nem qualquer outro homem — declarou o padre Sarsfield. — Sinto abominação pelas lutas.

— E mesmo assim é capelão do Exército? — perguntou Sharpe.

— Vou aonde a necessidade é maior. E onde um homem de Deus encontrará a maior concentração de pecadores fora de uma prisão? Num exército, é o que eu sugeriria, com sua licença.

Sarsfield sorriu, depois se encolheu enquanto os dois duelistas atacavam e suas espadas longas se chocavam de novo. O garanhão de lorde Kiely abaixou instintivamente a cabeça para evitar as lâminas que assobiavam acima de suas orelhas. Lorde Kiely estocou contra o oponente e um de seus oficiais aplaudiu por achar que o lorde havia ferido o francês, porém a espada meramente havia furado a capa enrolada na patilha da sela do dragão. Kiely a soltou da capa a tempo de aparar um golpe perverso da pesada lâmina do dragão.

— Você acha que Kiely vai vencer? — perguntou Runciman ansioso a Sharpe.

— Só Deus sabe, general.

Agora os dois cavalos estavam praticamente imóveis, enquanto os cavaleiros trocavam golpes. O som do aço era contínuo, e Sharpe sabia que os homens deviam estar se cansando, visto que lutar com espadas era um trabalho tremendamente duro. Os braços estariam exauridos com o peso, e Sharpe podia imaginar a respiração áspera nas gargantas, os grunhidos enquanto eles trocavam golpes, e a dor enquanto o suor ardia nos olhos. E de vez em quando, Sharpe sabia, cada um deles teria a estranha sensação de captar o olhar sereno do desconhecido que ele tentava matar. As lâminas se chocaram e rasparam por mais alguns segundos, então o dragão cinza abandonou essa fase da luta tocando as esporas no cavalo.

A montaria do francês saltou adiante, então enfiou uma pata numa toca de coelho.

O cavalo tropeçou. Kiely esporeou à frente ao ver a oportunidade. Golpeou para baixo, com força, erguendo-se da sela para colocar todo o peso do corpo por trás do golpe mortal, porém de algum modo o dragão aparou o movimento, ainda que a força do golpe quase o tivesse derrubado da sela. Seu cavalo cansado lutou para se levantar enquanto o dragão aparava de novo e de novo, e de repente o francês abandonou a defesa e deu uma estocada forte contra Kiely. A ponta de sua espada se prendeu no punho da espada de Kiely e a arrancou de sua mão. O lorde havia enrolado a tira da espada com borla de seda em volta do pulso, de modo que a arma simplesmente pendeu solta. Como demoraria alguns segundos para recuperar o punho enrolado em pele de cobra, e para ter esse tempo, ele afastou o cavalo em desespero. O francês sentiu o cheiro da vitória e esporeou o cavalo cansado atrás do oponente.

Foi quando uma carabina estalou. O tiro foi espantoso e ecoou na encosta íngreme antes que alguém reagisse.

O dragão ofegou quando a bala o acertou. O tiro havia atingido as costelas e o jogou para trás, na sela. O francês agonizante recuperou o equilíbrio e em seguida balançou a cabeça, incrédulo porque alguém tinha interferido no duelo. Sua espada caiu, pendurada na tira, enquanto os companheiros gritavam em protesto porque alguém ousara violar a convenção de que os duelistas deveriam ser deixados em paz no campo de batalha. Então a boca do dragão se escancarou e um jorro de sangue escuro encharcou a frente do casaco cinza e ele desmoronou para trás, caindo do cavalo exausto.

Atônito, lorde Kiely lançou um olhar aos dragões vingativos que esporeavam em direção ao companheiro caído, depois fugiu atravessando o riacho.

— Não entendo — comentou o coronel Runciman.

— Alguém violou as regras, general — observou Sharpe —, e salvou a pele de Kiely ao fazer isso. Ele era um homem morto, até o tiro ser disparado.

Os franceses ainda gritavam protestos, e um deles cavalgou até a margem do riacho e desafiou algum dos oficiais aliados a enfrentá-lo num segundo duelo. Ninguém aceitou, por isso ele começou a gritar provocações e insultos. Sharpe admitiu que eram merecidos, porque quem havia disparado a carabina tinha matado o francês de modo injusto.

— E quem disparou? — indagou Sharpe em voz alta.

Havia sido o oficial perseguido pelos dragões e cuja chegada ao vale provocara o duelo que tinha terminado de modo tão pouco leal. Sharpe podia ver a carabina nas mãos do fugitivo, mas o que o surpreendeu foi que ninguém censurava o oficial por sua interferência no duelo. Em vez disso, os outros oficiais da Real Compañía Irlandesa se reuniram em volta do recém-chegado numa recepção evidentemente amistosa. Sharpe instigou o cavalo para mais perto e percebeu que o fugitivo era um oficial jovem e esguio, com o que o britânico supôs ser um rabo de crina preta e reluzente descendo até as costas, mas então viu que não era o caso, e sim cabelos de verdade, e que o oficial não era tampouco um oficial, e sim uma mulher.

— Ele ia pegar a pistola — explicou a mulher —, por isso atirei.

— Bravo! — gritou um dos oficiais, admirado. O francês que havia provocado outro duelo se virou para longe, com nojo.

— Aquilo é...? Ela é...? Isso é...? — perguntou Runciman, incoerente.

— É uma mulher, general — respondeu Sharpe, com secura.

— Nossa, Sharpe! Ele é... Ela é mesmo.

A Batalha de Sharpe
103

E era uma mulher impressionante, pensou Sharpe, cuja aparência feroz ficava mais notável ainda pelo uniforme masculino cortado sob medida para seu corpo gracioso. Ela tirou o chapéu emplumado para saudar lorde Kiely, depois se inclinou para beijá-lo.

— É a amante, general — comentou Sharpe. — O major Hogan me falou sobre ela. Ela coleciona uniformes dos regimentos de todos os amantes.

— Nossa! Quer dizer que eles não são casados e que vamos ser apresentados? — perguntou Runciman alarmado, mas era tarde demais para escapar, porque lorde Kiely já estava chamando os dois oficiais ingleses. Apresentou Runciman primeiro, depois fez um gesto na direção de Sharpe.

— Capitão Richard Sharpe, minha cara, nosso tutor de guerra moderna. — Kiely não tentou disfarçar o riso de desprezo ao descrever Sharpe assim.

— Madame — saudou Sharpe desajeitadamente. Juanita lançou um olhar gélido para Runciman, depois avaliou Sharpe por um longo tempo enquanto sua matilha de cães de caça farejava as patas do cavalo dele. O olhar da mulher era hostil e ela finalmente se voltou sem ao menos reconhecer a presença do fuzileiro. — E por que a senhora atirou no dragão, madame? — perguntou Sharpe, tentando provocá-la.

Juanita se virou para ele.

— Porque ele ia atirar em meu lorde Kiely — respondeu ela em desafio. — Eu o vi estender a mão para a pistola.

Ela não tinha visto nada disso, pensou Sharpe, mas ele não obteria nada questionando sua mentira deslavada. Havia disparado para preservar a vida do amante, nada mais, e Sharpe sentiu uma pontada de ciúme ao pensar que o perdulário Kiely encontrara uma mulher tão ousada, desafiadora e notável. Não era bonita, mas algo em seu rosto inteligente e feroz provocou Sharpe, ainda que ele preferisse ir para o inferno antes que ela soubesse que possuía esse poder.

— Veio de longe, senhora? — perguntou ele.

— De Madri, capitão — respondeu ela, gelidamente.

— E os franceses não a impediram? — indagou Sharpe de maneira objetiva.

— Não preciso de permissão dos franceses para viajar em meu país, capitão, nem preciso, em meu país, me explicar aos impertinentes oficiais britânicos. — Ela esporeou o cavalo, afastando-se, chamando seus cães de pelo áspero e pernas longas para segui-la.

— Ela não gosta de você, Sharpe — comentou Runciman.

— É um sentimento mútuo, general. Eu não confiaria por um segundo na meretriz. — Era principalmente o ciúme que o fazia dizer isso, e ele sabia.

— Mas é uma mulher de bela aparência, não é? — Runciman parecia pesaroso, como se entendesse que não era o homem que doaria um uniforme do 37º Regimento de Linha para o guarda-roupa de Juanita. — Não posso dizer que já tenha visto uma mulher de calções antes. Isso não acontece muito em Hampshire.

— E nunca vi uma mulher cavalgar de Madri a Portugal sem um serviçal ou um monte de bagagens. Eu não confiaria nela, general.

— Você não confiaria em quem, Sharpe? — perguntou lorde Kiely. Ele cavalgava de volta para os oficiais britânicos.

— No brigadeiro Loup, senhor — mentiu Sharpe descaradamente. — Eu estava explicando ao general Runciman o significado dos uniformes cinza. — Sharpe apontou para os dragões que agora carregavam o corpo do morto de volta para o alto do morro.

— Um uniforme cinza não ajudou aquele dragão hoje! — Kiely ainda estava animado com o duelo, e aparentemente não sentia vergonha pelo modo como havia terminado. Seu rosto parecia mais jovem e mais atraente, como se a chegada da amante tivesse restaurado o lustre da juventude às feições devastadas pela bebida.

— O cavalheirismo também não — comentou Sharpe, com rancor. Suspeitando que essas palavras pudessem provocar outro duelo, Runciman sibilou, censurando-o.

Kiely simplesmente deu um riso de desprezo para Sharpe.

— Ele violou as regras do cavalheirismo, Sharpe. Não eu! O dragão evidentemente ia pegar a pistola. Acho que ele sabia que morreria no instante em que eu recuperasse minha espada. — Sua expressão desafiava Sharpe a contradizê-lo.

— É engraçado como o cavalheirismo se torna sórdido, não é, milorde? — perguntou Sharpe em vez disso. — Mas afinal de contas a guerra é sórdida. Ela pode começar com intenções cavalheirescas, mas sempre termina com homens gritando pelas mães e tendo as tripas arrancadas por balas de canhão. O senhor pode vestir um homem em escarlate e ouro, milorde, e dizer que a causa que ele defende é nobre, mas mesmo assim ele vai terminar sangrando até a morte e se cagando de pânico. O cavalheirismo fede, milorde, porque é a porcaria mais sórdida do mundo.

Kiely ainda segurava a espada, mas agora enfiou a lâmina comprida na bainha.

— Não preciso de sermões sobre cavalheirismo de sua parte, Sharpe. Seu trabalho é ser instrutor. E impedir meus patifes de desertar. Se é que pode fazer isso.

— Posso, milorde — prometeu Sharpe. — Posso fazer isso.

E naquela tarde partiu para cumprir a palavra.

Sharpe caminhou para o sul, a partir do forte de San Isidro, seguindo os cimos dos morros que baixavam cada vez mais em direção à principal estrada de fronteira. No ponto em que os morros se desfaziam em campinas onduladas havia um pequeno povoado com ruas estreitas e sinuosas, quintais murados com pedras e cabanas de teto baixo amontoadas numa encosta que subia desde um riacho rápido até uma crista rochosa, onde a igreja da aldeia era coroada pelos gravetos irregulares de um ninho de cegonha. O lugar se chamava Fuentes de Oñoro, era o vilarejo que havia provocado a fúria de Loup, e ficava a apenas 3 quilômetros do quartel-general de Wellington na cidade de Vilar Formoso. Essa proximidade preocupava Sharpe, que temia que sua tarefa pudesse ser questionada por algum oficial curioso do estado-maior, porém as únicas tropas britânicas presentes eram um pequeno piquete do 60º Regimento de Fuzileiros posicionado pouco ao norte da aldeia, que não se importou com o capitão britânico. Na margem leste do riacho havia algumas casas espalhadas, alguns pomares de hortas e uma pequena capela, todos alcançados a partir da área principal do povoado através de uma ponte para pedestres, construída de lajes de pedra sustentadas sobre pedregulhos, ao lado de um vau onde uma patrulha de cavalaria da Legião Alemã do Rei dava de beber aos cavalos. Os alemães alertaram Sharpe de que não havia tropas aliadas na outra margem.

— Lá não há nada além de franceses — avisou o capitão da cavalaria, e então, ao descobrir a identidade de Sharpe, insistiu em compartilhar uma garrafinha de conhaque com o fuzileiro.

Os dois trocaram notícias sobre Von Lossow, um amigo de Sharpe na Legião, e então o capitão levou seus homens para longe do riacho, pela estrada longa e reta que ia na direção de Ciudad Rodrigo.

— Estou procurando encrenca — gritou ele por cima do ombro enquanto montava — e, com a ajuda de Deus, vou encontrar!

Sharpe virou para o outro lado e subiu a rua da aldeia até onde uma estalagem minúscula servia um vinho tinto robusto. Não era exatamente uma estalagem, mas, afinal de contas, Fuentes de Oñoro não era exatamente um povoado. O lugar ficava pouco depois da fronteira espanhola e havia sido saqueado pelos franceses enquanto marchavam para Portugal, depois revirado de novo quando marcharam de volta, e os aldeões tinham uma suspeita justificável contra todos os soldados. Sharpe levou seu odre de vinho para fora do interior enfumaçado da estalagem e foi até uma pequena horta onde se sentou embaixo de uma videira com o tronco meio cortado. O dano não parecia ter afetado a planta, da qual brotavam gavinhas novas e vigorosas e folhas frescas e brilhantes. Cochilou ali, quase cansado demais para erguer o odre.

— Os franceses tentaram cortar a videira — disse repentinamente uma voz em espanhol atrás de Sharpe. — Tentaram destruir tudo. Desgraçados.

O camarada arrotou. Era um arroto vasto, suficientemente alto para acordar um gato que dormia no muro oposto da horta. Sharpe se virou e viu uma criatura enorme vestindo calças marrons justas e imundas, uma camisa de algodão suja de sangue, um casaco verde de dragão francês que estava aberto em todas as costuras e um avental de couro com uma camada preta e rígida de sangue seco. O homem e suas roupas fediam a comida velha, mau hálito, sangue rançoso e podridão. Da cintura pendia um sabre antiquado — sem bainha, com uma lâmina tão escura, grossa e imunda quanto uma alabarda —, uma pistola de cavalaria, uma pequena faca com cabo de osso com a lâmina curiosamente curva e um apito de madeira.

— Você é o capitão Sharpe? — perguntou o grandalhão enquanto Sharpe se levantava para cumprimentá-lo.

— Sou.

— E meu apito lhe diz quem eu sou, não é?

Sharpe meneou a cabeça.

— Não.

— Quer dizer que os castradores da Inglaterra não sinalizam a chegada com um apito?

— Nunca soube nada disso.

El Castrador se sentou pesadamente num banco diante de Sharpe.

— Nada de apitos? Onde eu estaria sem meu apitinho? Ele diz à aldeia que estou chegando. Eu sopro e os aldeões trazem seus porcos, bezerros e potros, e pego minha faquinha. — O sujeito balançou a faca pequena, com lâmina perniciosamente curva, e gargalhou. Havia trazido seu próprio odre de vinho, que agora espirrou na boca antes de balançar a cabeça numa nostalgia pesarosa. — E nos velhos tempos, meu amigo, as mães traziam os menininhos para serem cortados, e dois anos depois os meninos viajavam a Lisboa ou Madri para cantar docemente! Meu pai cortou muitos meninos. Um dos pequenos dele cantou até para o papa! Dá para imaginar? Para o papa em Roma! E tudo por causa dessa faquinha. — Ele passou os dedos no pequeno cortador com cabo de osso.

— E algumas vezes os meninos morriam? — quis saber Sharpe.

El Castrador deu de ombros.

— Meninos são substituídos com facilidade, amigo. Não se pode dar ao luxo de ser sentimental com relação às crianças pequenas. — Ele entornou mais vinho tinto pela vasta goela. — Tive oito meninos, só três sobreviveram, e isso, acredite, é muito.

— Nenhuma menina?

— Quatro. — El Castrador ficou em silêncio por algum tempo, depois suspirou. — Aquele desgraçado francês, Loup, as pegou. Sabe quem é Loup?

BERNARD CORNWELL

— Eu o conheço.

— Ele pegou as garotas e deu aos homens dele. El Lobo e seus homens gostam de meninas. — Ele tocou a faca no cinto, depois lançou um olhar longo e especulativo para Sharpe. — Então você é o inglês de La Aguja.

Sharpe assentiu.

— Ah! Teresa! — O espanhol suspirou. — Ficamos com raiva quando soubemos que ela havia se dado a um inglês, mas agora que vejo você, capitão, posso entender. Como ela está?

— Lutando contra os franceses perto de Badajoz, mas mandou lembranças

Na verdade, fazia semanas que Teresa não escrevia a Sharpe, porém seu nome era um talismã entre os guerrilheiros e tinha sido suficiente para arranjar esse encontro com o homem que fora tão severamente derrotado por Loup. O brigadeiro havia dominado essa parte da fronteira espanhola, e, onde quer que Sharpe fosse, ouvia o nome do francês ser mencionado com um ódio repleto de espanto. Cada maldade que acontecia era culpa de Loup, cada morte, cada incêndio numa casa, cada enchente, cada criança que adoecia, cada colmeia roubada, cada bezerro natimorto, cada geada fora de época; tudo era obra do lobo.

— Ela sentirá orgulho de você, inglês — comentou El Castrador.

— Sentirá? Por quê?

— Porque El Lobo pôs sua cabeça a prêmio. Você sabia?

— Não.

— Cem dólares — disse El Castrador lentamente, com prazer, como se estivesse tentado pelo preço.

— Uma ninharia — observou Sharpe, injuriado. Vinte e cinco libras podiam significar uma pequena fortuna para muita gente, um bom ano de pagamento para a maioria dos trabalhadores, mas mesmo assim Sharpe achava que sua vida valia mais que 25 libras. — A recompensa pela cabeça de Teresa é de 200 dólares — argumentou, ressentido.

— Mas nós, guerrilheiros, matamos mais franceses que vocês, ingleses. Faz sentido a gente valer mais.

Sharpe se conteve, com tato, para não perguntar se havia uma recompensa pela cabeça desgrenhada e piolhenta de El Castrador. Suspeitava que o sujeito havia perdido a maior parte de seu poder por causa das derrotas, mas pelo menos, pensou, El Castrador estava vivo, ao contrário da maioria de seus homens, assassinados pelo Lobo depois de serem cortados do mesmo modo que El Castrador fazia com seus cativos. Havia ocasiões em que Sharpe ficava muito satisfeito por não lutar contra a *guerrilla*.

El Castrador ergueu o odre outra vez, espirrou o vinho na boca, engoliu, arrotou de novo, depois soltou um hálito copioso na direção de Sharpe.

— E por que você quis me ver, inglês?

Sharpe contou. A narrativa demorou um bom tempo, porque, apesar de ser um homem brutal, El Castrador não era muito inteligente e Sharpe teve de explicar seus pedidos várias vezes antes que o grandalhão entendesse. Mas no fim El Castrador assentiu.

— Essa noite, você disse?

— Eu ficaria satisfeito. E agradecido.

— Mas agradecido até que ponto? — El Castrador lançou um olhar espertalhão para o inglês. — Devo dizer do que preciso? De mosquetes! Ou mesmo de fuzis como esse! — Ele tocou o cano do fuzil Baker, encostado no tronco da videira.

— Posso trazer mosquetes — respondeu Sharpe, apesar de ainda não saber como. A Real Compañía Irlandesa precisava de mosquetes mais desesperadamente do que aquele grande açougueiro, e Sharpe nem sabia como fornecer as armas. Hogan jamais concordaria em dar mosquetes novos à unidade, mas, se Sharpe quisesse transformar a guarda palaciana do rei Fernando numa unidade de infantaria decente, precisaria obter as armas de algum modo. — Fuzis não posso conseguir, mas mosquetes, sim. Só que vou precisar de uma semana.

— Mosquetes, então — concordou El Castrador. — E tem mais uma coisa.

— Continue — encorajou Sharpe, cauteloso.

— Quero vingança pelas minhas filhas — respondeu El Castrador, com lágrimas nos olhos. — Quero que o brigadeiro Loup e essa faca se encontrem. — Ele levantou o cortador pequeno com cabo de osso. — Quero sua ajuda, inglês. Teresa diz que você sabe lutar, por isso lute comigo e me ajude a pegar El Lobo.

Sharpe suspeitou que esse segundo pedido seria mais difícil ainda que o primeiro, porém mesmo assim assentiu.

— Você sabe onde Loup pode ser encontrado?

El Castrador assentiu.

— Normalmente, num povoado chamado San Cristóbal. Ele expulsou os moradores, bloqueou as ruas e fortificou as casas. Nem uma toupeira poderia chegar perto sem ser vista. Sanchez diz que seriam necessários mil homens e uma bateria de artilharia para tomar San Cristóbal.

Sharpe resmungou, ouvindo isso. Sanchez era um dos melhores líderes *guerrilleros*, e, se Sanchez acreditava que San Cristóbal era praticamente inexpugnável, Sharpe acreditava.

— Você disse "normalmente". Então ele não fica sempre em San Cristóbal?

— Ele vai aonde quer, *señor* — respondeu El Castrador, carrancudo. — Às vezes ocupa uma aldeia durante algumas noites, às vezes colocava os homens dele no forte onde você está agora, às vezes usava o forte Concepción. Loup, *señor*, faz suas próprias leis. — El Castrador fez uma pausa. — Mas La Aguja diz que você também faz suas próprias leis. Se algum homem pode derrotar El Lobo, *señor*, deve ser você. E há um lugar perto de San Cristóbal, um desfiladeiro, onde ele pode ser emboscado.

El Castrador ofereceu esse último detalhe como um atrativo, no entanto Sharpe ignorou a isca.

— Farei tudo que for possível — prometeu.

— Então vou ajudá-lo essa noite — garantiu El Castrador, em troca. — Procure meu presente de manhã, *señor* — disse, em seguida se levantou e gritou uma ordem para os homens que ele evidentemente havia deixado do lado de fora da estalagem. Cascos soaram ruidosos na ruazinha. — E na semana que vem — acrescentou o guerrilheiro — virei pegar minha recompensa. Não me decepcione, capitão.

Sharpe olhou o grosseiro guerrilheiro se afastar, depois sopesou o odre. Sentia-se tentado a tomar tudo, mas sabia que uma barriga cheia de

A BATALHA DE SHARPE

vinho azedo tornaria sua jornada de volta a San Isidro duplamente difícil. Por isso derramou o líquido nas raízes da videira devastada. Talvez, pensou, isso a ajudasse a se reparar. Do vinho às uvas, das cinzas às cinzas e do pó ao pó. Pegou o chapéu, pendurou o fuzil no ombro e caminhou para casa.

Naquela noite, apesar das precauções do capitão Donaju, outros três guardas desertaram. Mais homens poderiam ter tentado, porém pouco depois da meia-noite uma série de gritos terríveis soou no vale, e qualquer outro soldado atraído a se arriscar atravessando a fronteira decidiu esperar o próximo dia. No amanhecer seguinte, quando o fuzileiro Harris levava um comboio montanha abaixo para pegar água do riacho a fim de acrescentar à pouca que o poço do forte oferecia, encontrou os três homens. Voltou a Sharpe com o rosto branco.

— É horrível, senhor. Horrível.

— Está vendo aquela carroça de mão? — Sharpe apontou para o outro lado do pátio do forte. — Desça lá, coloque-os em cima e traga de volta.

— É preciso? — perguntou o fuzileiro Thompson, consternado.

— É, é preciso sim. Harris?

— Senhor?

— Ponha isso junto deles. — E Sharpe entregou a Harris um saco com um objeto pesado. Harris começou a desamarrar a boca do saco. — Aqui não, Harris. Faça isso lá embaixo. E só você e nossos rapazes devem ver o que você está fazendo.

Às oito horas Sharpe estava com os 127 guardas que restavam arrumados para a revista, junto de todos os oficiais inferiores. Sharpe era o oficial de maior posto que restava dentro do forte, visto que lorde Kiely e o coronel Runciman passaram a noite no quartel-general do exército, onde foram pedir mosquetes e munição ao comissário-general assistente. O padre Sarsfield estava visitando um sacerdote amigo em Guarda e os dois majores e os três capitães de Kiely tinham ido caçar. Doña Juanita de Elia tinha levado seus cães em busca de lebres, mas havia rejeitado a companhia dos oficiais irlandeses.

— Eu caço sozinha — declarou, e depois desprezou o aviso de Sharpe sobre patrulheiros franceses. — Para vir aqui, capitão, escapei de cada francês na Espanha. Preocupe-se com o senhor, não comigo. — Depois esporeou afastando-se com os cães saltitando atrás.

De modo que agora, sem os oficiais superiores, a Real Compañía Irlandesa estava arrumada em quatro fileiras atrás de uma das plataformas de canhão vazias que serviam de pódio para Sharpe. Havia chovido à noite e as bandeiras na muralha meio desmoronada balançavam relutantes ao vento da manhã, enquanto Harris e Thompson manobravam a carroça de mão subindo uma das rampas que ia dos depósitos de munição até as plataformas dos canhões. Empurraram o veículo com sua carga sórdida até o lado de Sharpe, depois levantaram os cabos fazendo o leito da carroça se virar para as quatro fileiras. Houve um som ofegante, e então um gemido comunal vindo das fileiras. Ao menos um guarda vomitou, enquanto a maioria simplesmente desviava o olhar ou fechava os olhos.

— Olhem para eles! — exclamou Sharpe rispidamente. — Olhem!

Obrigou os guardas a olhar para os três corpos nus e mutilados, especialmente para a confusão de tripas ensanguentadas tiradas do meio de cada cadáver e o ricto de horror e dor em cada rosto. Então Sharpe estendeu a mão para além de um dos ombros frios, brancos e rígidos, para pegar um capacete de aço cinza com uma cauda de crinas cinza. Colocou em cima de uma das traves inclinadas da carroça. Era o mesmo capacete que Harris havia recolhido como lembrança no alto povoado onde Sharpe tinha descoberto os aldeões massacrados e onde Perkins encontrara Miranda, que agora seguia o jovem fuzileiro com uma devoção tocante e patética. Era o mesmo capacete que Sharpe havia devolvido a Harris no saco, mais cedo naquela manhã.

— Olhem os corpos! — ordenou Sharpe à Real Compañía Irlandesa. — E ouçam! Os franceses acreditam que existem dois tipos de pessoas na Espanha: os que são a favor deles e os que são contra, e não há nenhum de vocês que possa escapar desse julgamento. Ou vocês lutam pelos franceses ou contra eles, e essa decisão não é minha, os franceses decidiram. — Ele apontou para os três corpos. — É isso que os franceses fazem. Eles sabem onde vocês estão agora. Os franceses vigiam vocês, perguntam-se quem e o que vocês são, e até saberem as respostas vão tratá-los como inimigos. E é assim que os comedores de lesma tratam os inimigos.

Sharpe apontou para os buracos sangrentos abertos próximos às virilhas dos mortos.

— O que deixa vocês com três opções — continuou Sharpe. — Podem fugir para o leste e ter sua virilidade arrancada pelos franceses, ou podem fugir para o oeste e se arriscar a serem presos por meu exército e morrer como desertores, ou podem ficar aqui e se tornar soldados. E não me digam que essa guerra não é de vocês. Vocês fizeram um juramento de servir ao rei da Espanha, que é prisioneiro na França. Vocês deveriam ser a guarda dele. Por Deus, essa guerra é muito mais de vocês que minha. Nunca jurei proteger a Espanha, nunca tive uma mulher estuprada por um francês nem um filho assassinado por um dragão, nem uma colheita roubada e uma casa queimada por um grupo de forrageadores franceses. Seu país sofreu tudo isso, e seu país é a Espanha, e, se preferem lutar pela Irlanda a lutar pela Espanha, por que, em nome do Deus Todo-Poderoso, fizeram o juramento espanhol?

Sharpe fez uma pausa. Sabia que nem todo homem da companhia desejava desertar. Muitos, como o próprio lorde Kiely, queriam lutar, no entanto havia encrenqueiros suficientes para minar a utilidade da unidade, e Sharpe havia decidido que esse tratamento de choque era o único modo de obrigá-los a obedecer.

— Ou será que o juramento não significa nada para vocês? — perguntou Sharpe. — Porque vou dizer o que o restante desse exército pensa de vocês, e estou falando do resto desse exército, inclusive os Rangers de Connaught, os Dragões de Inniskilling, o Regimento Real Irlandês, o Regimento Real do Condado de Down, o Regimento Irlandês do Príncipe de Gales, o Regimento Tipperary, o Regimento do Condado de Dublin e o Regimento Irlandês do Duque de York. Eles dizem que vocês são frouxos. Dizem que são soldados pó de arroz, bons para vigiar um penico num palácio, mas não para lutar. Dizem que vocês fugiram da Irlanda e que vão fugir de novo. Dizem que vocês têm tanta utilidade para um exército quanto um bando de freiras cantoras. Dizem que vocês se vestem com exagero e são mimados demais. Mas isso vai mudar, porque um dia vocês e eu vamos juntos para a batalha e nesse dia terão de ser bons! Muito bons!

Sharpe odiava fazer discursos, no entanto tinha conseguido a atenção daqueles homens, ou pelo menos os três corpos castrados atraíram o interesse deles e as palavras de Sharpe faziam algum sentido para os homens.

— Lá — indicou Sharpe, e pegou o capacete na trave da carroça — há um homem chamado Loup, um francês que comanda um regimento de dragões chamado de matilha do lobo, eles usam esses capacetes e deixam essa marca nos homens que matam. Por isso vamos matá-los. Vamos provar que não existe um regimento francês no mundo que possa enfrentar um regimento irlandês, e vamos fazer isso juntos. E vamos fazer porque essa guerra é de vocês, e sua única porcaria de opção é entre morrer como cães castrados ou lutar como homens. Agora decidam o que vão fazer. Sargento Harper?

— Senhor!

— Meia hora para o café da manhã. Quero uma equipe de enterro para esses três homens, depois começamos a trabalhar.

— Sim, senhor!

Harris atraiu o olhar de Sharpe enquanto este se virava.

— Nenhuma palavra, Harris — disse Sharpe, empurrando o capacete contra a barriga do fuzileiro. — Nem uma maldita palavra.

O capitão Donaju parou Sharpe quando este se afastava da muralha.

— Como vamos lutar sem mosquetes?

— Vou conseguir mosquetes, Donaju.

— Como?

— Do mesmo modo que um soldado consegue tudo que não é dado a ele: roubando.

Naquela noite nenhum homem desertou.

E, na manhã seguinte, apesar de Sharpe não reconhecer a princípio, os problemas começaram.

*

— É uma coisa ruim, Sharpe — comentou o coronel Runciman. — Meu Deus, homem, é uma coisa ruim.

— O que, general?

— Você não soube?

— Quer dizer, sobre os mosquetes? — perguntou Sharpe, presumindo que Runciman devia estar se referindo à visita ao quartel-general do exército, uma visita que havia terminado em um fracasso previsível. Runciman e Kiely voltaram sem mosquetes, sem munição, sem cobertores, sem argila branca, sem botas, sem mochilas e sem mesmo uma promessa de dinheiro para o pagamento da unidade. A parcimônia de Wellington se destinava, sem dúvida, a provocar a irritação da Real Compañía Irlandesa, porém isso causava problemas horrendos a Sharpe. Ele estava lutando para levantar o moral dos guardas, mas, sem armas e equipamentos, a disposição deles estava condenada. Pior ainda, Sharpe sabia que estava perto das linhas inimigas, e, se os franceses atacassem, não seria um consolo saber que a derrota da Real Compañía Irlandesa fazia parte dos planos de Hogan, nem se o próprio Sharpe estivesse envolvido no fracasso. Hogan podia querer que a Real Compañía fosse destruída, no entanto Sharpe precisava dela armada e perigosa, para o caso de o brigadeiro Loup aparecer.

— Eu não estava falando dos mosquetes, Sharpe — disse Runciman —, e sim das notícias da Irlanda. Você não soube mesmo?

— Não, senhor.

Runciman balançou a cabeça, fazendo as papadas balançarem.

— Parece que estão ocorrendo problemas na Irlanda, Sharpe. Algo tremendamente ruim. Tropas rebeldes causando encrenca, tropas lutando, mulheres e crianças mortas. O rio Erne foi bloqueado com corpos em Belleek. Falam em estupros. Nossa! Eu realmente achava que o ano de 1798 havia resolvido as coisas na Irlanda de uma vez por todas, mas parece que não. Os papistas malditos estão criando problemas de novo. Nossa, nossa! Por que Deus permitiu que os papistas prosperassem? Eles afligem demais os cristãos. Ah, bom. — Runciman suspirou. — Precisaremos quebrar alguns crânios por lá, assim como fizemos quando Tone se rebelou em 1798.

Sharpe refletiu que, se o remédio tinha falhado em 1798, era igualmente provável que fosse ineficaz em 1811, mas pensou que não seria uma boa dizer isso.

— Talvez isso signifique problemas aqui, general — declarou em vez disso. — Quando as tropas irlandesas souberem.

— É por isso que temos a rédea curta, Sharpe.

— Podemos ter a rédea, general, mas não temos mosquetes. E eu estava imaginando, senhor, exatamente como um intendente-*general* de Diligências ordena o movimento de seus comboios.

Runciman arregalou os olhos para Sharpe, pasmo com a pergunta aparentemente inadequada.

— Com papéis, é claro, com papéis! Ordens!

Sharpe sorriu.

— E o senhor ainda é o intendente-*general* de Diligências, senhor, não é? Porque eles não o substituíram. Duvido que possam encontrar um homem para seu lugar, senhor.

— É gentileza sua, Sharpe, muita gentileza. — Runciman pareceu ligeiramente surpreso ao receber um elogio, mas tentou não demonstrar muita falta de familiaridade com essa experiência. — E provavelmente é verdade — acrescentou.

— E eu estava imaginando, general, como poderíamos desviar uma carroça ou duas de armas até o forte, aqui.

Runciman encarou Sharpe, boquiaberto.

— Quer dizer, roubá-las?

— Eu não chamaria isso de roubo, general — respondeu Sharpe, com censura. — Não quando elas estão sendo empregadas contra o inimigo. Só estamos realocando as armas, senhor, se é que me entende. Afinal, senhor, o exército irá nos equipar, então por que não antecipamos a ordem agora? Sempre podemos resolver a papelada mais tarde.

Runciman balançou a cabeça freneticamente, deslocando os cuidadosos fios do cabelo comprido escovados obsessivamente sobre a careca.

— Isso não pode ser feito, Sharpe, não pode ser feito! Vai contra todos os precedentes. Contra todos os arranjos! Maldição, homem, vai contra os regulamentos! Eu poderia ir parar na corte marcial! Pense na desgraça! — Runciman estremeceu ao pensar. — Estou atônito, Sharpe, até mesmo desapontado, por você fazer uma sugestão dessas. Sei que teve negado um nascimento de cavalheiro, até mesmo a educação, mas ainda assim eu esperava coisa melhor de sua parte! Um cavalheiro não rouba, não mente, não deprecia uma mulher, honra Deus e o rei. Esses atributos não estão fora de seu alcance, Sharpe!

Sharpe foi até a porta do alojamento de Runciman. A sala do coronel era a antiga sala da guarda numa das torres da casa da guarda e, com o antigo portão da fortaleza aberto, a visão para o sul era estonteante. Sharpe se encostou num batente.

— O que acontece quando uma carroça é perdida, general? — perguntou quando o sermão de Runciman arrefeceu — O senhor já deve ter perdido algumas carroças para ladrões, não é?

— Poucas, muito poucas. Praticamente nenhuma. Duas, talvez. Um punhado, possivelmente.

— Então... — incitou Sharpe.

O coronel Runciman ergueu a mão para interrompê-lo.

— Não sugira isso, Sharpe! Sou um homem honesto, um homem temente a Deus, e não vou contribuir para trapacear arrancando uma carroça de mosquetes do tesouro de Sua Majestade. Não, não vou. Nunca lidei com mentiras e não começarei agora. Na verdade, proíbo-o expressamente de continuar a falar sobre isso, e essa é uma ordem direta, Sharpe!

— Duas carroças de mosquetes — corrigiu Sharpe — e três de munição.

— Não! Já o proibi de falar disso, e acabou. Você não falará mais!

Sharpe pegou o canivete que usava para limpar a sujeira do fecho do fuzil. Desdobrou a lâmina e passou o polegar no gume.

— O brigadeiro Loup sabe que estamos aqui, general, e vai ficar chateado por causa daquele rapaz que a prostituta do Kiely matou. Eu não ficaria surpreso se ele tentasse se vingar. Vejamos agora. Um ataque noturno? Provavelmente. E ele tem dois batalhões de infantaria inteiros, e cada um daqueles desgraçados estará tentando ganhar a recompensa que Loup ofereceu por minha cabeça. Se eu fosse Loup, atacaria pelo norte, porque ali a muralha praticamente desapareceu, e teria os dragões esperando lá embaixo para matar os sobreviventes. — Sharpe assentiu em direção à estrada íngreme, depois deu um risinho. — O senhor consegue imaginar? Ser caçado ao alvorecer por um bando de dragões cinza, cada um deles com uma faca de castração recém-afiada, na *sabretache*. Loup não oferece misericórdia, veja bem. Ele não é conhecido por fazer prisioneiros, general. Simplesmente pega a faca, baixa suas calças e corta o seu...

— Sharpe! Por favor! Por favor! — Runciman olhava pálido para o canivete de Sharpe. — Você precisa ser tão explícito?

— General! Estou falando de uma coisa séria! Não posso sustentar uma brigada de franceses com meu punhado de fuzileiros. Poderia causar algum dano se os rapazes irlandeses tivessem mosquetes, mas sem mosquetes, baionetas e munição? — Sharpe balançou a cabeça, depois fechou a lâmina. — A escolha é sua, general, mas, se eu fosse o oficial britânico mais importante nesse forte, arranjaria um modo de conseguir algumas armas decentes o mais rápido possível. A não ser, é claro, que eu quisesse cantar as notas agudas no coro da igreja quando voltasse a Hampshire.

Runciman olhou para Sharpe, boquiaberto. Agora o coronel suava, dominado por uma visão de franceses castradores correndo feito loucos pelo forte meio desmoronado.

— Mas eles não vão nos dar mosquetes, Sharpe. Nós tentamos! Kiely e eu tentamos juntos! E aquele homem desagradável, o general Valverde, também pediu por nós, mas o intendente-geral diz que há uma escassez temporária de armas. Ele esperava que o general Valverde pudesse convencer Cádis a nos mandar alguns mosquetes espanhóis.

Sharpe balançou a cabeça diante do desespero de Runciman.

— Então precisaremos pegar alguns mosquetes emprestados até a chegada dos espanhóis, general. Só precisamos desviar uma carroça ou duas com a ajuda daqueles sinetes que o senhor ainda tem.

— Mas não posso dar ordens ao comboio de carroças, Sharpe! Não mais! Tenho novos deveres, novas responsabilidades.

— O senhor possui responsabilidades demais, general, porque é um homem valioso demais, porém realmente o senhor não deveria estar preocupado com os detalhes. Seu trabalho é cuidar das grandes decisões e deixar que eu cuide das pequenas. — Sharpe ativou o canivete para o ar e o pegou. — E me deixe cuidar dos franceses se eles vierem, senhor. O senhor tem coisas melhores a fazer.

Runciman se recostou em sua cadeira dobrável, fazendo-a estalar perigosamente.

— Você tem certa razão, Sharpe, tem mesmo certa razão. — Runciman estremeceu ao contemplar a enormidade do crime. — Mas acha que estou meramente antecipando uma ordem, em vez de violando as regras?

Sharpe encarou o coronel com admiração fingida.

— Eu gostaria de ter sua mente, general, de verdade. Esse é um modo brilhante de colocar a situação. "Antecipando uma ordem." Eu gostaria de ter pensado nisso.

Runciman se envaideceu com o elogio.

— Minha querida mãe sempre disse que eu poderia ter sido advogado — comentou com orgulho. — Talvez até um lorde chanceler! Mas meu pai preferia que eu assumisse uma carreira honesta. — Ele puxou alguns papéis sobre a mesa improvisada e começou a redigir ordens. De vez em quando, o horror de sua conduta o fazia parar, mas cada vez que Sharpe abria e fechava a pequena lâmina com um estalo, o barulho instigava o coronel a mergulhar a ponta da pena no tinteiro.

E no dia seguinte quatro carroças puxadas por bois, com cocheiros perplexos e carregadas de armas, munição e suprimentos, chegaram ao forte de San Isidro.

E finalmente a Real Compañía Irlandesa estava armada.

E pensando em um motim.

CAPÍTULO IV

Na manhã seguinte, logo depois do alvorecer, uma delegação descobriu Sharpe na extremidade norte do forte, que estava deserta. A luz do sol atravessava o vale diagonalmente, dourando a leve névoa que escorria sobre o riacho, onde o capitão observava um falcão flutuar sem esforço ao vento fraco, com o olhar apontado para a colina. Os oito homens da delegação pararam de forma desajeitada atrás de Sharpe que, após um olhar ferino para os rostos sérios, virou-se de novo para o vale.

— Há alguns coelhos lá embaixo — comentou Sharpe a ninguém em particular —, e aquele pássaro idiota os fica perdendo na névoa.

— Mas ele não vai ficar faminto por muito tempo — declarou Harper. — Nunca vi um falcão mais idiota que um coelho. — O sargento casaco-verde era o único delegado que fazia parte da companhia de Sharpe: os outros eram todos da Real Compañía Irlandesa. — É uma bela manhã — disse Harper, parecendo sentir um nervosismo pouco característico. Obviamente acreditava que o padre Sarsfield, o capitão Donaju ou o capitão Lacy deveriam puxar o assunto delicado que havia feito com que essa delegação procurasse Sharpe, mas o capelão e os dois oficiais, embaraçados, permaneceram em silêncio. — Uma manhã fantástica! — exclamou Harper, rompendo o silêncio de novo.

— É mesmo? — respondeu Sharpe. Ele estivera de pé num merlão ao lado de uma bombardeira, mas agora pulou para a plataforma de tiro e de lá para o leito do fosso seco. Anos de chuva erodiram a esplanada e entupiram o fosso, assim como a geada degradara e desmoronara as pedras da muralha. — Já vi choupanas mais bem-construídas que isso. — Sharpe chutou a base da muralha e uma das pedras maiores se mexeu perceptivelmente. — Não tem bosta nenhuma de argamassa aqui.

— Não havia água suficiente na mistura — explicou Harper. Em seguida, respirou fundo e, percebendo que seus companheiros não iriam falar, irrompeu. — Queríamos vê-lo, senhor. É importante.

Sharpe subiu de volta para a muralha e limpou as mãos uma na outra.

— É sobre os mosquetes novos?

— Não, senhor. Os mosquetes são ótimos.

— O treinamento?

— Não, senhor.

— Então o homem que vocês querem ver é o coronel Runciman — avisou Sharpe peremptoriamente. — Chamem-no de "general" e ele vai lhes dar qualquer coisa. — Sharpe disfarçava de propósito. Sabia exatamente por que a delegação estava ali, mas tinha pouca disposição para as preocupações deles. — Falem com Runciman depois do café da manhã e ele vai estar de bom humor.

— Nós falamos com o coronel — declarou enfim o capitão Donaju. — E ele disse que deveríamos falar com você.

O padre Sarsfield sorriu.

— Acho que sabíamos que ele diria isso quando o procuramos, capitão. Não creio que o coronel Runciman tenha uma simpatia especial pelos problemas da Irlanda.

Sharpe olhou de Sarsfield para Donaju, de Donaju para Lacy, e de Lacy para os rostos carrancudos dos quatro soldados.

— Então isso tem a ver com a Irlanda, é? Bom, continuem. Não tenho mais nenhum problema para resolver hoje.

O capelão ignorou o sarcasmo e ofereceu a Sharpe um jornal dobrado.

— É sobre isso, capitão Sharpe — declarou Sarsfield respeitosamente.

Sharpe pegou o jornal, que, para sua surpresa, vinha da Filadélfia. A primeira página era uma densa massa de letras pretas: listas de navios que chegavam e partiam dos cais da cidade, notícias da Europa, informes do Congresso e histórias de atrocidades cometidas por índios contra colonos nos territórios do oeste.

— Está no fim da página — indicou Donaju.

— "Os efeitos da intemperança sobre a melancolia"? — leu Sharpe em voz alta.

— Não, Sharpe. Logo antes disso — corrigiu Donaju, e Sharpe suspirou lendo as palavras "Novos massacres na Irlanda".

O que vinha em seguida era uma versão mais assustadora da história que Runciman já havia lhe contado: uma lista de estupros e matanças, de crianças inocentes mortas por dragões ingleses e mulheres rezando enquanto eram arrastadas para fora de casa por granadeiros enlouquecidos pela bebida. O jornal afirmava que os fantasmas dos soldados de Cromwell voltaram à vida para transformar de novo a Irlanda num inferno sangrento. O governo inglês tinha anunciado que a Irlanda seria pacificada de uma vez por todas, e o jornal comentava que os ingleses optaram por realizar essa pacificação quando um número tão grande de irlandeses lutava contra a França no exército do rei inglês em Portugal. Sharpe leu a matéria duas vezes.

— O que lorde Kiely disse? — perguntou ao padre Sarsfield, não por dar a mínima para o que Kiely pensava, mas porque a pergunta lhe rendia alguns segundos para pensar no que responder. Também queria encorajar Sarsfield a falar pela delegação, porque o capelão da Real Compañía Irlandesa havia parecido um homem amigável, sensato e de cabeça fria, e, se Sharpe conseguisse ter o padre a seu lado, achava que o restante da companhia o seguiria.

— O lorde não viu o jornal — respondeu Sarsfield. — Foi caçar com doña Juanita.

Sharpe devolveu o jornal ao sacerdote.

— Bom, eu vi o jornal e posso dizer que é uma bobagem só. — Um dos guardas se agitou, indignado, depois se enrijeceu quando Sharpe lhe lançou um olhar ameaçador. — É um conto de fadas para idiotas — declarou com provocação. — Puro conto da carochinha.

— Como você sabe? — perguntou Donaju, ressentido.

— Porque se houvesse problemas na Irlanda, capitão, nós saberíamos antes dos americanos. E desde quando os americanos têm algo bom a dizer sobre os ingleses?

— Mas ouvimos dizer — interveio o capitão Lacy, um jovem atarracado, com postura belicosa e dedos cheios de cicatrizes. — Houve boatos — insistiu.

— Houve mesmo — acrescentou Harper com lealdade.

Sharpe olhou para o amigo.

— Ah, minha nossa! — exclamou ao perceber como Harper estava ofendido, mas também percebia que o amigo devia ter vindo a ele esperando que as histórias não fossem verídicas. Se Harper quisesse uma briga, não escolheria Sharpe, e sim outro representante da raça inimiga. — Ah, minha nossa — repetiu Sharpe. Já estava assolado com mais problemas que o necessário. A Real Compañía Irlandesa não tinha recebido o pagamento prometido; toda vez que chovia, a umidade escorria dos velhos alojamentos; a comida no forte era pavorosa e o único poço fornecia apenas um fio d'água. Agora, além de todos esses problemas e da ameaça de vingança por parte de Loup, havia essa ameaça súbita de um motim irlandês. — Me devolva o jornal, padre — pediu Sharpe ao capelão, depois bateu com uma unha suja na data impressa no topo da folha. — Quando isso foi publicado? — E mostrou a data a Sarsfield.

— Há um mês — respondeu o padre.

— E daí? — perguntou Lacy com beligerância.

— E quantos malditos de novos alistados chegaram da Irlanda no último mês? — indagou Sharpe, com a voz tão cheia de escárnio quanto veemente. — Dez? Quinze? E nenhum desses homens pensou em nos contar que sua irmã foi estuprada ou que a mãe foi comida por algum dragão até desmaiar? Mas de repente uma porcaria de jornal americano sabe tudo sobre isso? — Sharpe havia dirigido as palavras mais a Harper que aos outros, porque somente Harper poderia saber com que frequência os soldados substitutos chegavam da Irlanda. — Ora, Pat! Não faz nenhum sentido. Se não acredita em mim eu lhe dou uma dispensa e você pode ir até os acampamentos principais, encontrar algum irlandês recém-chegado e pedir notícias de casa. Talvez acredite neles, se não acreditar em mim.

Harper olhou a data no jornal, pensou nas palavras de Sharpe e assentiu com relutância.

— Não faz sentido, senhor. O senhor está certo. Mas nem tudo nesse mundo precisa fazer sentido.

— Claro que precisa — reagiu Sharpe rispidamente. — É assim que você e eu vivemos. Somos homens práticos, Pat, não malditos sonhadores! Acreditamos no fuzil Baker, no mosquete Tower e em 58 centímetros de baioneta. Você pode deixar as superstições para as mulheres e as crianças; e essas coisas — ele bateu no jornal — são piores que superstições. São mentiras deslavadas! — Em seguida olhou para Donaju. — Seu trabalho, capitão, é ir a seus homens e contar que isso é mentira. E, se não acredita em mim, vá aos acampamentos. Vá aos Rangers de Connaught e pergunte aos novos recrutas. Vá aos Inniskillings. Vá aonde quiser, mas volte antes do anoitecer. E nesse meio-tempo, capitão, diga a seus homens que eles têm um dia cheio treinando com os mosquetes. Carregando e atirando até os ombros ficarem em carne viva. Está claro?

Os homens da Real Compañía Irlandesa assentiram com hesitação. Sharpe havia vencido a discussão, ao menos até a noite, quando Donaju voltasse do reconhecimento. O padre Sarsfield pegou o jornal com Sharpe.

— Você está dizendo que esse jornal é falso?

— Como eu iria saber, padre? Só estou dizendo que não é verdade. Onde o senhor o conseguiu?

Sarsfield deu de ombros.

— Eles estão espalhados pelo exército, Sharpe.

— E quando você e eu já vimos um jornal vindo da América, Pat? — perguntou Sharpe a Harper. — E que engraçado, não é, que o primeiro que vemos seja todo sobre a Inglaterra tratando a Irlanda de modo sangrento. Isso me cheira a calúnia.

O padre Sarsfield dobrou o jornal.

— Acho que você tem razão, Sharpe, e louvado seja Deus por isso. Mas não se importa, não é, se eu for hoje com o capitão Donaju?

— Não é de minha conta o que o senhor faz, padre. Mas, quanto ao restante de vocês, vamos trabalhar!

Sharpe esperou enquanto a delegação partia. Sinalizou para Harper ficar, porém o padre Sarsfield também esperou.

— Desculpe, Sharpe — disse o padre.

— Por quê?

Sarsfield se encolheu diante do tom ríspido.

— Imagino que você não precise de problemas irlandeses se intrometendo em sua vida.

— Não preciso de problema nenhum, padre. Tenho um trabalho a fazer, e o trabalho é transformar seus rapazes em soldados, bons soldados.

Sarsfield sorriu.

— Acho você um tipo raro, Sharpe: um homem honesto.

— Claro que não sou — retrucou Sharpe, quase ruborizando ao se lembrar dos horrores feitos com os três homens pegos por El Castrador a seu pedido. — Não sou a porcaria de um santo, padre, mas gosto que as coisas sejam feitas. Se eu passasse a porcaria da vida sonhando, ainda seria um soldado raso. A pessoa só pode se dar ao luxo de sonhar se for rica e privilegiada. — Ele acrescentou as últimas palavras em tom maligno.

— Você fala de Kiely — comentou Sarsfield, e começou a voltar lentamente ao longo da muralha, junto de Sharpe. A bainha da batina do padre estava molhada com o orvalho do mato e do capim que cresciam no interior do forte. — Lorde Kiely é um homem muito fraco, capitão. Ele tinha uma mãe muito forte — o padre fez uma expressão de desagrado ao lembrar —, e você não saberia, capitão, como as mulheres fortes podem ser uma dificuldade para a Igreja, mas acho que podem ser mais difíceis ainda para os filhos. Lady Kiely queria que o filho fosse um grande guerreiro católico, um guerreiro irlandês! O senhor da guerra católico que teria sucesso onde o advogado protestante Wolfe Tone fracassou, mas em vez disso ela o levou a beber, à mesquinharia e às prostitutas. Eu a enterrei no ano passado — ele fez um rápido sinal da cruz — e temo que o filho não lamente sua morte como um filho deveria lamentar a morte da mãe, nem, infelizmente, jamais será o cristão que ela desejava. Ontem à noite ele me disse que pretende se casar com Lady Juanita, e acho que a mãe dele vai se revirar no túmulo ao pensar num casamento como esse. — O padre suspirou. — Mesmo assim não quero falar com você sobre Kiely. Em vez disso, capitão, imploro que seja um pouco paciente conosco.

— Achei que eu estava sendo paciente com você — retrucou Sharpe defensivamente.

— Conosco, os irlandeses — explicou o padre Sarsfield. — Você é um homem que tem um país, capitão, e não sabe como é ser exilado. Não pode saber como é ouvir as harpas junto às águas da Babilônia. — Sarsfield sorriu com a referência, depois deu de ombros. — É como uma ferida que jamais se cura, capitão Sharpe, e rezo a Deus para que você jamais tenha de sentir esse ferimento.

Sharpe experimentou uma pontada de pena embaraçada ao olhar o rosto gentil do sacerdote.

— O senhor nunca esteve na Irlanda, padre?

— Uma vez, meu filho, há anos. Há muitos anos, mas, se eu viver mil anos, aquela breve estada sempre parecerá que foi ontem. — Ele deu um sorriso pesaroso, depois arrepanhou a batina úmida. — Devo me juntar a Donaju para nossa expedição! Pense em minhas palavras, capitão! — O padre se afastou rapidamente, com os cabelos brancos se agitando à brisa.

Harper se juntou a Sharpe.

— É um bom homem, esse — comentou, assentindo para as costas do padre. — Ele me disse que já foi a Donegal. Em Lough Swilly. Eu tinha uma tia que morava por lá, que Deus a tenha. Ela estava em Rathmullen.

— Nunca estive em Donegal — disse Sharpe —, e provavelmente nunca irei lá, e francamente, sargento, nesse instante não ligo a mínima. Já tenho problemas suficientes sem que os malditos irlandeses fiquem mal-humorados comigo. Precisamos de cobertores, comida e dinheiro, o que significa que terei de fazer com que Runciman escreva outra de suas ordens mágicas, mas não vai ser fácil, porque o idiota gordo está se cagando de medo de ir para a corte marcial. O maldito do lorde Kiely não ajuda em nada. Só fica mamando conhaque, sonhando com a porcaria da glória e andando atrás daquela puta de cabelo preto como um débil mental. — Apesar do conselho de Sarsfield sobre a paciência, Sharpe perdia as estribeiras. — O padre me diz para sentir pena de todos vocês, Hogan quer que eu chute os dentes desses rapazes e há um espanhol gordo com uma faca de castrar que acha que vou segurar Loup enquanto ele corta os bagos do brigadeiro. Todos esperam que eu resolva os problemas de todo mundo, então, pelo amor de Deus, me dê alguma ajuda!

— Eu sempre ajudo — respondeu Harper, ressentido.

— É, ajuda, Pat, e desculpe.

— E se as histórias forem verdadeiras... — começou Harper.

— Não são! — gritou Sharpe.

— Certo! Certo! Deus salve a Irlanda. — Harper soltou o ar longamente, e em seguida houve um silêncio incômodo entre os dois. Sharpe apenas olhava carrancudo para o norte enquanto Harper descia para uma bombardeira ali perto e chutava uma pedra solta. — Deus sabe por que construíram um forte aqui em cima — disse finalmente.

— Antes havia uma estrada importante ali embaixo. — Sharpe indicou o desfiladeiro que ficava ao norte. — Era um modo de evitar Ciudad Rodrigo e Almeida, mas metade da via foi destruída, e o que resta não aguenta os canhões modernos, por isso não tem utilidade hoje em dia. Mas a estrada para o leste continua lá, Pat, e a porcaria da brigada de Loup pode usá-la. Ali embaixo — ele apontou para a rota enquanto falava —, subindo essa encosta, passando por cima dessa muralha e caindo direto em cima de nós, e vai ser o inferno impedi-los.

— Por que Loup faria isso?

— Porque é um sacana louco, corajoso, implacável, por isso. E porque me odeia. E porque acabar com a gente seria uma vitória barata para o maldito.

Sharpe estava preocupado com a ameaça de um ataque noturno por parte da brigada de Loup. De início, havia pensado no ataque meramente como um meio de amedrontar o coronel Runciman, levando-o a assinar as ordens fraudulentas para o comboio. Porém, quanto mais Sharpe pensava nisso, mais provável esse ataque parecia. E o forte de San Isidro estava pessimamente preparado para um ataque assim. Mil homens poderiam sustentar suas muralhas danificadas, mas a Real Compañía Irlandesa era uma unidade pequena demais para oferecer qualquer resistência verdadeira. Eles ficariam presos dentro dos grandes muros desmoronados como ratos num banquete de gatos.

— E é exatamente isso que Hogan e Wellington querem — disse em voz alta.

— O que, senhor?

— Eles não confiam em seus irlandeses, você não vê? Querem que eles saiam do caminho e eu deveria ajudá-los a se livrar dos desgraçados, mas o problema é que eu gosto deles. Maldição, Pat. Se Loup vier, estaremos todos mortos.

— O senhor acha que ele vem?

— Eu sei que ele vem — disse Sharpe, com fervor.

De repente as vagas suspeitas endureceram numa certeza absoluta. Ele podia ter acabado de fazer uma proclamação vigorosa de seu caráter prático, mas na verdade confiava nos instintos na maior parte do tempo. Às vezes, Sharpe sabia, o bom soldado ouvia suas superstições e seus temores porque eram um guia melhor que as meras questões práticas. O bom senso rígido ditava que Loup não desperdiçaria esforços valiosos atacando o forte de San Isidro, no entanto Sharpe rejeitava esse julgamento porque todos os seus instintos lhe diziam que havia problemas pela frente.

— Não sei quando ou como ele virá, mas não vou confiar num guarda de palácio para realizar o piquete. Quero nossos rapazes aqui em cima. — Sharpe queria dizer que desejava fuzileiros guardando a extremidade norte do forte. — E quero um piquete noturno também, por isso certifique-se de que alguns rapazes durmam um pouco hoje.

Harper olhou para baixo, para a longa encosta ao norte.

— O senhor acha que ele virá por aqui?

— É o caminho mais fácil. O oeste e o leste são muito íngremes, a extremidade sul está forte demais, porém um aleijado poderia dançar uma valsa por cima dessa muralha aqui. Meu Deus! — Essa última imprecação foi arrancada de Sharpe quando ele percebeu como o forte era vulnerável. Olhou para o leste. — Aposto que aquele sacana está vigiando a gente agora mesmo. — Dos picos distantes um francês armado com uma boa luneta poderia provavelmente contar os botões na casaca de Sharpe.

— O senhor acha mesmo que ele vem?

— Acho que temos uma maldita sorte por ele ainda não ter vindo. Acho que temos uma maldita sorte por estarmos vivos.

Sharpe saltou da muralha para o capim dentro do forte. Não havia nada além de capim e um terreno tomado de mato baixo por 100 metros, depois começavam os alojamentos feitos de pedra vermelha. Eram oito construções longas, e a Real Compañía Irlandesa se acomodava em duas que foram mantidas em melhores condições, enquanto os fuzileiros de Sharpe acampavam num dos paióis perto da torre do portão. Essa torre, decidiu Sharpe, era a chave para a defesa, porque quem a controlasse dominaria a luta.

— Só precisamos de um alerta de três ou quatro minutos, e podemos fazer com que o desgraçado deseje ter ficado na cama.

— O senhor pode derrotá-lo?

— Ele acha que pode nos surpreender. Acha que pode invadir os alojamentos e nos trucidar nas camas, Pat, mas se tivermos algum alerta podemos transformar aquela torre do portão numa fortaleza e sem artilharia Loup não pode fazer nada a respeito. — De repente, Sharpe estava entusiasmado. — Você não diz sempre que uma boa luta é um tônico para um irlandês?

— Só quando estou bêbado.

— Vamos rezar por uma luta de qualquer modo — declarou Sharpe, ansioso —, e por uma vitória. Meu Deus, isso daria alguma confiança a esses guardas!

Mas então, ao crepúsculo, justamente quando os últimos raios num tom de ouro avermelhado se encolhiam por trás dos morros do oeste, tudo mudou.

*

O batalhão português chegou sem ser anunciado. Eram caçadores, escaramuçadores como os casacos-verdes, só que essas tropas vestiam casacas marrom-sangue e calças inglesas cinza. Carregavam fuzis Baker e pareciam saber usá-los. Marcharam para o forte com o passo fácil e preguiçoso de tropas veteranas, seguidas por um comboio de três carroças puxadas por bois e carregadas de rações, lenha e munição de reserva. O batalhão tinha pouco mais de metade da força normal, com apenas quatrocentos soldados rasos, mas ainda assim os homens fizeram uma apresentação notável ao se formar na antiga praça do forte.

Seu coronel era um sujeito de rosto fino chamado Oliveira.

— Durante alguns dias a cada ano — explicou descuidadamente a lorde Kiely —, ocupamos o San Isidro. Só como um modo de nos lembrarmos de que o forte existe e para desencorajar os outros de se estabelecerem aqui. Não, não tire seus homens dos alojamentos. Meus homens não precisam de tetos. E não vamos atrapalhá-los, coronel. Vou exercitar meus patifes do outro lado da fronteira nos próximos dias.

Atrás da última carroça de suprimentos o portão do forte se fechou com um rangido. As duas folhas se chocaram juntas, e então um dos homens de Kiely posicionou a barra de tranca. O coronel Runciman saiu correndo da casa da guarda para cumprimentar o coronel Oliveira e convidar o oficial português para o jantar, porém Oliveira recusou.

— Eu compartilho o jantar de meus homens, coronel. Sem ofensa.

Oliveira falava um bom inglês e quase metade de seus oficiais era composta de britânicos, resultado da política de integrar o exército português às forças de Wellington. Para deleite de Sharpe, um dos oficiais caçadores era Thomas Garrard, um homem que havia servido com ele nas fileiras do 33º e que aproveitara a perspectiva de promoção oferecida aos sargentos britânicos dispostos a se juntar ao exército português. Os dois se encontraram pela última vez em Almeida, quando a grande fortaleza tinha explodido num horror que levara à rendição da guarnição. Garrard estivera entre os homens obrigados a largar as armas.

— Sacanas comedores de lesma desgraçados — xingou, ressentido. — Mantiveram a gente em Burgos com comida que não dava nem para alimentar um rato, e o pouco que havia estava podre. Meu Deus, Dick, você e eu já comemos comida ruim, mas aquilo era demais. E tudo porque a porcaria daquela catedral explodiu. Eu gostaria de conhecer o artilheiro francês que fez aquilo e torcer a porcaria do pescoço dele.

Na verdade, tinha sido Sharpe que fizera o paiol na cripta da catedral explodir, mas não pareceu político admitir isso.

— Foi uma coisa feia — concordou, afável.

— Você saiu na manhã seguinte, não foi? — perguntou Garrard. — Cox não deixou a gente sair. Queríamos lutar para sair, mas ele disse que tínhamos de fazer a coisa decente: nos render. — Ele balançou a cabeça, enojado. — Não que isso importe agora. Os franceses me trocaram e Oliveira pediu que eu entrasse para o regimento dele. Agora sou capitão, como você.

— Parabéns.

— Eles são bons rapazes — comentou Garrard, com orgulho de sua companhia, que acampava no espaço aberto dentro da muralha norte, onde as fogueiras dos portugueses ardiam no crepúsculo.

Os piquetes de Oliveira estavam em todas as fortificações, menos na torre do portão. Essas sentinelas eficientes significavam que Sharpe não precisava mais colocar seus fuzileiros no serviço de piquete, porém ainda estava apreensivo e contou a Garrard seus temores enquanto os dois caminhavam pelas muralhas que iam escurecendo.

— Ouvi falar de Loup — disse Garrard. — É um tremendo filho da mãe.

— Mau feito o diabo.

— E você acha que ele vem para cá?

— É só um instinto, Tom.

— Diabo, ignorar os instintos é o mesmo que cavar a própria sepultura, não? Vamos falar com o coronel.

Mas Oliveira não se convenceu tão facilmente dos temores de Sharpe, nem Juanita de Elia ajudou sua causa. Juanita e lorde Kiely voltaram de um dia de caçada e, com o padre Sarsfield, o coronel Runciman e meia dúzia de oficiais da Real Compañía Irlandesa, foram convidados do jantar dos portugueses. Juanita desprezou o alerta de Sharpe.

— Você acha que um brigadeiro francês iria se incomodar com um capitão inglês? — debochou.

Sharpe conteve uma pontada de mau humor. Havia se dirigido a Oliveira, e não à prostituta de Kiely, mas não era a hora nem o lugar para arrumar briga. Além disso, reconhecia que, de algum modo obscuro, a aversão entre ele e Juanita era profunda e provavelmente inevitável. Ela falava com qualquer outro oficial do forte, até com Runciman, mas bastava Sharpe aparecer e Juanita se virava e se afastava, para não ter de cumprimentá-lo educadamente.

— Acho que ele se incomodaria comigo, sim, senhora — retrucou Sharpe em tom ameno.

— Por quê? — perguntou Oliveira.

— Ande, homem, responda! — solicitou Kiely quando Sharpe hesitou.

— E então, capitão? — zombou Juanita. — Perdeu a língua?

— Acho que ele vai se incomodar comigo, senhora — disse Sharpe, aceitando a provocação. — Porque matei dois homens dele.

— Ah, meu Deus! — Juanita fingiu estar chocada. — Alguém imaginaria que tem uma guerra acontecendo!

Kiely e alguns oficiais portugueses sorriram, mas o coronel Oliveira apenas olhou para Sharpe como se avaliasse o aviso com cuidado.

— Por que ele se preocuparia por você ter matado dois homens dele?

Sharpe hesitou em confessar o que sabia ser um crime contra a justiça militar, mas agora não poderia voltar atrás. A segurança do forte e de todos os homens dentro dele dependiam de convencer Oliveira do perigo genuíno. Por isso, com muita relutância, Sharpe descreveu os habitantes da aldeia estuprados e massacrados e como havia capturado dois homens de Loup e os colocado contra uma parede.

— Você tinha ordens para atirar neles? — perguntou Oliveira, prevendo o que viria.

— Não, senhor — respondeu Sharpe, consciente dos olhares que o encaravam. Sabia que poderia ser um erro terrível admitir as execuções, mas precisava desesperadamente convencer Oliveira do perigo, por isso descreveu como Loup havia cavalgado até a pequena aldeia na montanha para implorar pela vida de seus homens e como ele, apesar desse apelo, tinha ordenado que fossem mortos. O coronel Runciman, ouvindo a história pela primeira vez, balançou a cabeça incrédulo.

— Você atirou nos homens na frente de Loup? — perguntou Oliveira, surpreso.

— Sim, senhor.

— Então essa rivalidade entre você e Loup é uma vingança pessoal, capitão Sharpe? — indagou o coronel português.

— De certa forma, senhor.

— Ou é ou não é! — exclamou Oliveira rispidamente. Ele era um homem enfático, de temperamento irritadiço, que fazia Sharpe se lembrar do general Craufurd, o comandante da Divisão Ligeira. Oliveira tinha a mesma impaciência com relação a respostas evasivas.

— Acredito que o brigadeiro Loup atacará em breve, senhor — insistiu Sharpe.

— Você tem provas?

— Nossa vulnerabilidade, e porque ele pôs minha cabeça a prêmio, senhor.

Ele sabia que isso parecia débil e ficou vermelho quando Juanita gargalhou. Ela usava seu uniforme da Real Compañía Irlandesa, mas havia desabotoado a casaca e a camisa, de modo que a luz da chama reluzia em seu pescoço longo. Cada oficial ao redor da fogueira parecia fascinado por ela, o que não era de espantar, pois era uma criatura extravagantemente exótica naquele lugar de armas, pólvora e pedra. Estava sentada perto de Kiely, com um braço apoiado no joelho dele, e Sharpe se perguntou se os dois teriam anunciado o noivado. Algo parecia ter colocado os convidados do jantar num clima de festa.

— Qual é o preço, capitão? — perguntou ela, zombando.

Sharpe se conteve para não responder que a recompensa seria mais que o bastante para contratar os serviços dela por uma noite.

— Não sei — mentiu em vez disso.

— Não pode ser muito — declarou Kiely. — Um capitão acima da idade, como você, Sharpe? Uns dois dólares, talvez? Um saco de sal?

Oliveira olhou para Kiely expressando desaprovação pela provocação bêbada do lorde. O coronel tragou a fumaça do charuto e depois a soprou sobre a fogueira.

— Eu dobrei as sentinelas, capitão — disse a Sharpe —, e se esse tal de Loup vier reivindicar sua cabeça, vamos lutar contra ele.

— Quando ele vier, senhor — insistiu Sharpe —, posso sugerir, com respeito, que o senhor ponha seus homens na casa da guarda?

— Você não desiste, não é, Sharpe? — interrompeu Kiely. Antes da chegada do batalhão português, Sharpe havia pedido a Kiely para levar toda a Real Compañía Irlandesa para a casa da guarda, um pedido que Kiely havia recusado peremptoriamente. — Ninguém vai nos atacar aqui — disse Kiely, reiterando o argumento anterior. — E, de qualquer modo, se atacar, vamos lutar contra os desgraçados a partir das muralhas, e não na casa da guarda.

— Não podemos lutar nas muralhas — retrucou Sharpe.

— Não me diga onde podemos lutar! Vá se danar! — gritou Kiely, assustando Juanita. — Você é um cabo metido a besta, Sharpe, e não um maldito general. Se os franceses vierem, maldição, vou lutar contra eles como eu quiser, vou vencê-los como eu quiser e não vou precisar de sua ajuda!

A explosão embaraçou os oficiais reunidos. O padre Sarsfield franziu a testa como se estivesse procurando palavras para acalmar os ânimos, mas foi Oliveira que por fim quebrou o silêncio desconfortável.

— Se eles vierem, capitão Sharpe — disse com seriedade —, buscarei o refúgio que você aconselha. E obrigado pelo conselho. — Oliveira assentiu, dispensando-o.

— Boa noite, senhor — despediu-se Sharpe, e saiu.

— Aposto 10 guinéus contra o preço posto na sua cabeça que Loup não virá, Sharpe! — gritou Kiely para as costas do fuzileiro. — O que foi? Perdeu a coragem? Não quer aceitar uma aposta como um cavalheiro? — Kiely e Juanita gargalharam. Sharpe tentou ignorá-los.

Tom Garrard havia seguido Sharpe.

— Sinto muito, Dick — declarou Garrard, e depois de uma pausa: — Você atirou mesmo em dois comedores de lesma?

— Atirei.

— Parabéns. Mas eu não contaria isso a muitas pessoas.

— Eu sei, eu sei. — Sharpe balançou a cabeça. — Maldito Kiely.

— Mas a mulher dele é única. Faz com que eu me lembre daquela garota em Gawilghur. Você se lembra?

— A diferença é que essa aqui é uma puta. — Meu Deus, pensou Sharpe, seu humor estava sendo esfolado até ficar em carne viva. — Desculpe, Tom, tentar colocar bom senso nessa porcaria de lugar é igual a lutar com pólvora molhada.

— Junte-se aos portugueses, Dick. Eles são bons como ouro e não têm nenhum sacana bem-nascido como Kiely para infernizar a vida. — Garrard ofereceu um charuto a Sharpe. Os dois baixaram a cabeça sobre o isqueiro e, quando o pano chamuscado captou a fagulha criando uma chama brilhante, Sharpe viu uma imagem na parte interna da tampa.

— Espere aí, Tom — pediu ele, impedindo o amigo de fechar a tampa. Olhou a imagem por alguns segundos. — Eu tinha me esquecido desses isqueiros.

Os isqueiros eram feitos de um metal barato que precisava ser protegido da ferrugem por óleo de armas, porém de algum modo Garrard havia mantido o seu em segurança durante 12 anos. Havia apenas algumas vintenas de isqueiros iguais, todos feitos por um artesão na capturada Seringapatam e todos com imagens explícitas gravadas grosseiramente na tampa. O de Garrard mostrava um soldado inglês em cima de uma garota de pernas compridas cujas costas estavam arqueadas em um êxtase evidente.

— O sacana devia ter tirado o chapéu primeiro.

Garrard gargalhou e fechou o isqueiro para preservar a mecha.

— Ainda tem o seu?

Sharpe balançou a cabeça.

— Foi roubado há anos, Tom. Acho que foi aquele desgraçado do Hakeswill. Lembra-se dele? Era um ladrãozinho sujo.

— Minha nossa, eu tinha quase me esquecido do desgraçado. — Garrard deu um trago no charuto e balançou a cabeça com espanto. — Quem acreditaria, Dick? Você e eu, capitães? E me lembro de quando você foi rebaixado de cabo por ter peidado no desfile para a igreja.

— Bons tempos, Tom.

— Só porque ficaram muito para trás. Não há nada como a lembrança distante para colocar cores numa vida opaca, Dick.

Sharpe segurou a fumaça na boca, depois a soprou.

— Esperemos que seja uma vida longa, Tom. Esperemos que Loup já não esteja vindo para cá. Seria uma tremenda pena vocês todos virem aqui para um exercício e acabarem sendo trucidados pela brigada dele.

— Na verdade, não estamos aqui para um exercício. — Houve um silêncio longo e incômodo. — Você consegue guardar segredo? — perguntou Garrard por fim. Os dois chegaram a um espaço escuro e aberto, fora do alcance dos ouvidos de qualquer caçador acampado. — Não viemos aqui por acaso, Richard. Fomos enviados.

Sharpe ouviu passos na muralha próxima, onde um oficial português fazia a ronda. Uma interpelação soou e foi respondida. Era reconfortante ouvir essa eficiência militar.

— Por Wellington?

Garrard deu de ombros.

— Imagino que sim. O lorde não fala comigo, mas não acontece muita coisa nesse exército sem que o Narigão autorize.

— E por que ele enviou vocês?

— Porque não confia em seus irlandeses espanhóis, por isso. Algumas histórias estranhas andaram circulando pelo exército nesses últimos dias. Histórias de tropas inglesas queimando padres irlandeses, estuprando mulheres irlandesas e...

— Ouvi isso — interrompeu Sharpe —, e elas não são verdadeiras. Diabos, até mandei um capitão aos acampamentos hoje e ele descobriu pessoalmente.

O capitão Donaju, ao voltar dos acantonamentos do exército com o padre Sarsfield, tivera a gentileza de pedir desculpas a Sharpe. Aonde quer que Donaju e Sarsfield tivessem ido e a quem quer que tivessem perguntado, até mesmo a homens recém-chegados da Irlanda, os dois não conseguiram a confirmação das histórias impressas no jornal americano.

— Ninguém pode acreditar naquelas histórias! — protestou Sharpe.

— Mas, verdadeiras ou não, as histórias preocupam algumas pessoas lá no alto, que acham que elas vêm de seus homens. Por isso fomos mandados para ficar de olho em vocês.

— Guardar a gente, você quer dizer? — questionou Sharpe, irritado.

— Ficar de olho em vocês — repetiu Garrard. — Ninguém tem certeza do que devemos fazer, além de ficar aqui até os lordes decidirem. Oliveira acha que seus rapazes provavelmente serão mandados para Cádis. Você não, Dick — apressou-se em acrescentar Garrard. — Você não é irlandês, é? Só vamos garantir que esses rapazes irlandeses não possam fazer tramoias, e então eles podem voltar a realizar serviço de soldado.

— Eu gosto desses rapazes irlandeses — declarou Sharpe de forma resoluta. — E eles não estão fazendo tramoias. Isso posso garantir.

— Não é a mim que você precisa convencer, Dick.

Era a Hogan ou a Wellington, supôs Sharpe. E como Hogan e Wellington eram espertos em mandar um batalhão português para fazer o serviço sujo! pois assim o general Valverde não poderia dizer que um regimento britânico havia perseguido a Real Compañía Irlandesa dos guardas pessoais do rei da Espanha. Sharpe soprou a fumaça do cachimbo.

— Então aquelas sentinelas na muralha não estão vigiando Loup, não é, Tom? Estão vigiando a gente.

— Estão olhando para os dois lados, Dick.

— Bom, então garanta que eles olhem para fora. Porque se Loup vier, Tom, será um inferno.

— Eles vão cumprir com o dever — disse Garrard, teimoso.

E cumpriram. Os diligentes piquetes portugueses vigiavam das muralhas enquanto o frio da noite se espalhava no vale ao leste, onde uma névoa fantasmagórica subia o rio. Olhavam as encostas distantes, sempre alertas ao menor movimento no escuro tomado pela neblina enquanto no forte algumas crianças, filhos de homens da Real Compañía Irlandesa, choravam no sono, um cavalo relinchava e um cão latia ferozmente. Duas horas depois da meia-noite as sentinelas foram trocadas e os novos homens se acomodaram nos postos, olhando morro abaixo.

Às três da madrugada a coruja voou de volta ao poleiro na capela arruinada, com as grandes asas brancas batendo acima das brasas das fogueiras dos portugueses. Sharpe estivera percorrendo o caminho das sentinelas e sondando a longa noite sombria em busca do primeiro sinal de perigo. Kiely e sua meretriz estavam na cama, assim como Runciman, no entanto Sharpe ficou acordado. Tinha tomado todas as precauções possíveis, movendo grandes quantidades da munição de reserva da Real Compañía Irlandesa para a sala do coronel Runciman e distribuindo o restante para os homens. Havia conversado por um longo tempo com Donaju, ensaiando o que deveriam fazer caso um ataque acontecesse, e depois, quando achou que tinha feito tudo que podia, caminhou com Tom Garrard. Agora, como a coruja, foi para a cama. Faltavam menos de três horas para o alvorecer e o fuzileiro decidiu que Loup não viria mais. Deitou-se e caiu no sono.

E dez minutos depois acordou com os disparos.

Enquanto o lobo finalmente atacava.

A primeira coisa que Sharpe percebeu do ataque foi quando Miranda, a garota resgatada do povoado na montanha da fronteira, gritou como se tivesse visto uma alma penada, e por um segundo o fuzileiro achou que estava sonhando, depois percebeu o tiro que havia precedido o grito por uma fração de segundo e abriu os olhos, vendo o fuzileiro Thompson morrendo, um tiro na cabeça que o fazia sangrar como um porco. Tinha sido jogado de cima dos dez degraus que vinham da entrada quase arruinada do paiol e agora se retorcia enquanto uma enchente de sangue jorrava de seu cabelo encharcado. Ele segurava o fuzil quando levou o tiro e a arma escorregou pelo chão, parando ao lado de Sharpe.

Sombras surgiram no alto da escada. A entrada principal do paiol dava num túnel curto que devia ter sido equipado com duas portas quando o forte possuía uma guarnição de verdade e seu depósito era cheio de balas e pólvora. Onde a segunda porta estaria, o túnel se virava num ângulo abrupto à direita, depois voltava para a base da escada. As duas curvas se destinavam a conter qualquer projétil inimigo que pudesse passar pela entrada do paiol, e na escuridão o ângulo duplo havia conseguido diminuir a velocidade dos assassinos de Thompson, que agora irromperam à luz fraca da vela que ardia na grande câmara subterrânea.

Uniformes cinza. Isso não era um sonho, antes um pesadelo, porque os matadores cinza chegaram.

Sharpe agarrou o fuzil de Thompson, apontou o cano e puxou o gatilho.

Uma explosão ressoou no porão enquanto uma torrente de chamas saltava através de uma nuvem de fumaça na direção do francês que estava no topo da escada. Patrick Harper havia disparado sua arma de sete canos e a saraivada de balas acertou os atacantes, lançando-os para trás contra o ângulo da última volta do corredor, onde caíram numa confusão de sangue e dor. Mais dois fuzileiros dispararam. O paiol ecoou com os tiros e o ar fedia e estava denso com a fumaça sufocante. Um homem gritava, assim como uma garota.

— Para os fundos! Para os fundos! — gritou Sharpe. — Cale a maldita boca dessa garota, Perkins!

Em seguida pegou seu próprio fuzil e disparou escada acima. Agora não podia ver nada, a não ser os pequenos pontos brilhantes onde as velas minúsculas reluziam na fumaça. Os franceses pareciam ter sumido, mas na verdade estavam meramente tentando atravessar a barricada de homens que gritavam, sangravam e se retorciam, lançados para trás pela saraivada de Harper e pela fuzilaria.

Havia uma segunda escada nos fundos do paiol, que serpenteava subindo até a muralha e era destinada a permitir que a munição fosse levada diretamente à plataforma de tiro, em vez de ser carregada pelo pátio do forte.

— Sargento Latimer! — gritou Sharpe. — Conte-os! Thompson está fora de combate. Vão, vão!

Se os franceses já tivessem dominado as muralhas, ele e seus fuzileiros estariam encurralados e condenados a morrer como ratos numa toca, refletiu Sharpe, mas não ousava abandonar a esperança.

— Vão! — berrou a seus homens. — Para fora! Para fora!

Havia dormido com as botas calçadas, por isso só precisou pegar o cinturão, as bolsas e a espada. Pendurou o cinturão no ombro e começou a recarregar o fuzil. Seus olhos ardiam por causa da fumaça. Um mosquete francês tossiu mais fumaça no alto da escada e a bala ricocheteou inofensiva na parede dos fundos.

— Só falta o senhor e Harps! — exclamou Latimer da escada dos fundos.

— Vá, Pat! — ordenou Sharpe.

Botas ressoaram na escada. Sharpe abandonou a tentativa de carregar o fuzil, virou a arma e acertou a coronha na sombra que surgiu no meio da fumaça. O homem caiu em silêncio e com violência, nocauteado instantaneamente pelo peso da coronha reforçada com latão. Harper, com o fuzil recarregado, disparou cegamente escada acima, então agarrou o cotovelo de Sharpe.

— Pelo amor de Deus, senhor. Venha!

Atacantes cinza jorravam escada abaixo para a escuridão enfumaçada. Uma pistola disparou, um homem gritou em francês e outro tropeçou no cadáver de Thompson. O espaço úmido, parecido com uma caverna, fedia a urina, ovos podres e suor. Harper puxou Sharpe em meio à fumaça sufocante até o pé da escada dos fundos, onde Latimer estava agachado.

— Ande, senhor! — Latimer tinha um fuzil carregado, que serviria como tiro final.

Sharpe subiu correndo a escada na direção do ar noturno fresco e abençoadamente limpo. Latimer disparou contra o caos, depois acompanhou Harper subindo pela escada torta. Cresacre e Hagman esperavam no topo com fuzis apontados.

— Não atirem! — gritou Sharpe, enquanto se aproximava do alto, depois passou pelos dois fuzileiros e correu até a borda interna da plataforma de tiro, para tentar entender todo o horror da noite.

Harper correu até a porta que levava à torre do portão e descobriu que ela estava trancada por dentro. Bateu na madeira com a coronha da arma de sete canos.

— Abram! — gritou. — Abram!

Hagman disparou para baixo da escada em caracol e um grito ecoou para o alto.

— Atrás de nós, senhor! — avisou Perkins. Ele abrigava Miranda, apavorada, num balestreiro. — E tem mais na estrada, senhor!

Sharpe xingou. A casa da guarda, que ele havia achado que seria a salvação da noite, já estava capturada. Podia ver o portão escancarado e guardado por soldados com uniformes cinza. Avaliou que duas companhias de *voltigeurs* de Loup, identificadas pelas dragonas vermelhas, comandaram o ataque e agora ambas estavam dentro do forte. Uma companhia tinha ido direto para o paiol onde Sharpe e seus homens estavam acantonados, ao passo que a maior parte da segunda se espalhara numa linha de escaramuça que agora avançava rapidamente entre os alojamentos. Outro esquadrão de infantaria vestido de cinza subia correndo uma rampa que levava à ampla plataforma de tiro da muralha.

Harper continuava tentando derrubar a porta, mas ninguém no interior da casa da guarda respondia. Sharpe colocou o fuzil meio carregado no ombro e desembainhou a espada.

— Deixe, Pat! — gritou. — Fuzileiros! Alinhar comigo!

Agora o verdadeiro perigo era o grupo de homens que chegava à muralha. Se eles conseguissem se alojar nas plataformas dos canhões, os fuzileiros de Sharpe estariam presos enquanto o restante dos homens de Loup enxameava para dentro do San Isidro. Essa força inimiga principal estava agora correndo pela estrada e, com o único relance rápido que pôde lançar em direção ao sul, Sharpe viu que Loup havia mandado toda a sua brigada nesse ataque, cuja ponta de lança era formada por duas companhias de infantaria ligeira. Maldição, pensou, tinha entendido tudo errado. Os franceses não atacaram pelo norte, e sim pelo sul, e ao fazer isso já haviam capturado o ponto mais forte de San Isidro, o local que Sharpe tinha planejado transformar numa fortaleza inexpugnável. Supôs que as duas companhias de elite teriam se esgueirado pela estrada principal e corrido pelo caminho elevado antes que qualquer sentinela desse o alarme. Além disso, sem dúvida, o portão tinha sido destrancado por dentro, pela mesma pessoa que traíra Sharpe informando onde o inimigo jurado de Loup poderia ser encontrado e para onde Loup, buscando vingança, havia mandado uma das duas companhias de ataque.

Mas agora não era hora de analisar a tática de Loup, e sim de expulsar os franceses do topo da muralha, que ameaçavam isolar os fuzileiros de Sharpe.

— Calar baionetas — ordenou, e esperou enquanto seus homens encaixavam as longas baionetas com cabos de espada nos canos dos fuzis.
— Calma, rapazes.

Ele sabia que seus fuzileiros estavam apavorados e excitados depois de serem despertados para um pesadelo por um inimigo inteligente, mas não era hora de entrar em pânico. Era hora de manter as cabeças muito frias e travar um combate assassino.

— Vamos pegar os filhos da mãe! Venham! — gritou, e levou seus homens numa linha irregular pela muralha banhada pela lua. Os primeiros franceses a chegar à plataforma de tiro se ajoelharam e miraram, mas estavam em menor número, no escuro e nervosos, por isso dispararam cedo demais e suas balas passaram alto. Depois, temendo ser dominados pela massa escura de fuzileiros, os *voltigeurs* se viraram e desceram correndo a rampa para se juntar à linha de escaramuça que avançava entre os alojamentos na direção dos caçadores de Oliveira.

Os portugueses teriam de se virar sozinhos, decidiu Sharpe. Seu dever era para com a Real Compañía Irlandesa, cujos dois alojamentos foram cercados pelos escaramuçadores franceses. Os *voltigeurs* atiravam contra os alojamentos a partir do abrigo de outras construções, mas não ousavam atacar, porque os guardas irlandeses começaram a contra-atacar. Sharpe presumiu que os oficiais da unidade irlandesa já estivessem mortos ou feitos prisioneiros, mas era possível que alguns tivessem escapado pelas portas da casa da guarda que davam para o topo da muralha enquanto os franceses penetravam nas salas inferiores.

— Ouçam, rapazes! — Sharpe levantou a voz para que todos os fuzileiros ouvissem. — Não podemos ficar aqui. Os desgraçados logo vão subir do paiol, por isso vamos nos juntar aos rapazes irlandeses. Vamos fazer uma barricada dentro e ficar atirando.

Sharpe gostaria de dividir seus fuzileiros em dois grupos, um para cada alojamento sitiado, mas duvidava de que algum pudesse chegar vivo ao alojamento mais distante. O mais próximo estava menos infestado por *voltigeurs* mas também era o alojamento onde as mulheres e crianças estavam abrigadas e, portanto, com mais necessidade de poder de fogo extra.

— Estão prontos? — gritou. — Vamos!

Desceram correndo a rampa no instante em que os escaramuçadores de Oliveira atacavam da direita. O surgimento dos caçadores distraiu os *voltigeurs*, dando aos fuzileiros de Sharpe uma pequena chance de trilhar o caminho até o alojamento sem se envolver numa luta no meio de uma companhia francesa, porque ao mesmo tempo que Harper começou a berrar em gaélico para ordenar que a Real Compañía Irlandesa abrisse a porta, uma gritaria de comemoração vinda da casa da guarda, à esquerda de Sharpe, anunciava a chegada da força principal de Loup. Sharpe estava agora entre os alojamentos, onde os *voltigeurs* recuavam do ataque dos escaramuçadores portugueses. O recuo dos franceses os colocou num ângulo reto no caminho de Sharpe. Os homens de Loup perceberam tarde demais o perigo. Um sargento gritou um alerta, depois foi derrubado por uma pancada da arma de sete canos de Harper. O francês tentou se levantar, então a coronha da arma pesada acertou seu crânio com um som repugnante. Outro francês tentou se virar e fugir na direção oposta, depois percebeu, no pânico, que corria para os portugueses, por isso se virou de volta e encontrou a baioneta do fuzileiro Harris na garganta.

— *Non, monsieur!* — gritou o francês enquanto largava o mosquete e erguia as mãos.

— Eu não falo essa porcaria de língua, não é? — mentiu Harris e puxou o gatilho.

Sharpe passou desviando do corpo que caía, aparou um golpe desajeitado de baioneta e acertou o atacante com sua espada pesada. O homem tentou estocar com a baioneta, porém Sharpe lhe deu dois cortes furiosos com a espada grande e o deixou gritando e sangrando, enrolado como um novelo. Cortou outro escaramuçador francês com um golpe em arco, depois correu até a sombra do alojamento seguinte projetada pela lua, onde um grupo de fuzileiros protegia Miranda. Harper continuava gritando em gaélico, uma das precauções que Sharpe havia combinado com Donaju, para o caso de os franceses usarem alguém que falasse inglês para confundir os defensores. Finalmente os gritos do sargento atraíram a atenção dos guardas no alojamento mais próximo, e uma fresta foi aberta na porta da extremidade. Um fuzil chamejou e espocou ao lado de Sharpe, uma bala sibilou na escuridão acima enquanto atrás dele um homem gritava. Hagman já estava junto à porta do alojamento, onde se agachou e contou os fuzileiros que entravam.

— Venha, Perks! — gritou, e Perkins e Miranda passaram pelo espaço aberto, seguidos por vários fuzileiros. — Estão todos em segurança, senhor — gritou o caçador de Cheshire para Sharpe. — Só faltam o senhor e o Harps.

— Vá, Pat — ordenou Sharpe e, no instante em que o irlandês começava a correr, um *voltigeur* virou a esquina do alojamento, viu o grande sargento fuzileiro correndo para longe e se abaixou sobre um dos joelhos e ergueu o mosquete.

Ele notou Sharpe um segundo depois, mas já era tarde demais. O fuzileiro saiu da sombra com a espada desferindo um golpe. A lâmina acertou o *voltigeur* pouco acima dos olhos, e tamanhas eram a raiva e a força do corte que o topo do crânio do sujeito saiu como um ovo cozido decapitado.

— Deus salve a Inglaterra — comentou Hagman, vendo o golpe da porta do alojamento. — Venha, Harps! Venha, senhor! Depressa!

O pânico provocado nos *voltigeurs* pelo contra-ataque português havia ajudado os fuzileiros a escapar do primeiro assalto de Loup, no entanto esse pânico diminuía à medida que a força principal do brigadeiro chegava pela casa da guarda, que tinha sido capturada. Essa força logo deixaria os homens de Sharpe encurralados nos alojamentos.

— Colchões! Mochilas! — gritou Sharpe. — Empilhem tudo atrás das portas! Pat! Cuide das janelas! Mexa-se, mulher! — rosnou ele para uma esposa que gritava e tentava sair do alojamento. Empurrou-a para trás, sem cerimônia. Balas estalavam nas paredes de pedra e lascavam a porta. Havia duas pequenas janelas dos dois lados do cômodo comprido que Harper estava enchendo de cobertores. O fuzileiro Cresacre enfiou seu fuzil por uma das janelas meio bloqueadas e disparou na direção da casa da guarda.

Antes Sharpe e Donaju discutiram o que poderia acontecer se os franceses atacassem, e os dois concordaram, de maneira soturna, que a Real Compañía Irlandesa poderia ficar presa dentro dos alojamentos, por isso Donaju havia ordenado que seus homens fizessem aberturas para tiros nas paredes. O trabalho tinha sido malfeito, mas pelo menos os buracos existiam e davam aos defensores uma chance de revidar. Mesmo assim, à penumbra das velas, o alojamento parecia um túnel e aquele era um lugar terrível para ficar preso. As mulheres e as crianças choravam, os guardas estavam nervosos e as barricadas nas duas portas eram frágeis.

— Vocês todos sabem o que fazer — gritou Sharpe para os guardas. — Os franceses não podem entrar aqui, não podem explodir as paredes e não podem atirar através da pedra. Mantenham um bom ritmo de disparos e vão expulsar os desgraçados. — Ele não tinha certeza de que algo que tinha dito fosse verdade, mas precisava se esforçar para restaurar o ânimo dos homens.

Havia dez buracos para as armas no alojamento, cinco em cada um dos lados mais compridos, e cada brecha era usada por pelo menos oito homens. Poucos eram tão eficientes na tarefa de carregar um mosquete quanto Sharpe gostaria, mas com tantos usando cada abertura, os disparos seriam praticamente contínuos. Ele esperava que os guardas do outro alojamento estivessem fazendo preparativos semelhantes, porque acreditava que os franceses assaltariam os dois alojamentos a qualquer momento.

— Alguém abriu a porcaria do portão para eles — disse Sharpe a Harper, que não teve tempo de responder, porque uma grande gritaria anunciou o avanço das tropas principais de Loup. Sharpe olhou através de uma fresta numa janela bloqueada e viu o mar de uniformes cinza passando pelos alojamentos. Atrás deles, pálidos ao luar, os cavaleiros de Loup vinham sob seu estandarte da cauda de lobo. — A culpa é minha — declarou Sharpe, com pesar.

— Sua. Por quê? — Harper estava socando a bala no último dos sete canos de sua arma.

— O que um bom soldado faz, Pat? Busca a surpresa. Era tão óbvio que Loup deveria atacar pelo norte que me esqueci do sul. Maldição.

Ele enfiou o fuzil na fresta e procurou o caolho Loup. Bastaria matar o brigadeiro francês, pensou, e esse ataque pararia, mas não conseguia vê-lo na massa de uniformes cinza contra a qual disparava o fuzil indiscriminadamente. Os tiros do inimigo estalavam inofensivos contra as paredes de pedra, enquanto no interior do alojamento os mosquetes espocavam ruidosos e crianças choravam.

— Façam essas crianças ficarem quietas! — gritou. O alojamento escuro e frio ficou fétido com o cheiro acre da fumaça de pólvora que amedrontava as crianças quase tanto quanto os disparos ensurdecedores. — Quietos! — berrou Sharpe, e houve um silêncio súbito e ofegante, a não ser por um bebê que gritava sem parar. — Faça esse danado ficar quieto! — gritou Sharpe para a mãe. — Bata nele, se for preciso! — A mãe mergulhou um seio na boca do bebê, silenciando-o com eficácia. Algumas mulheres e crianças mais velhas estavam sendo úteis carregando mosquetes e empilhando-os ao lado das janelas. — Não suporto malditas crianças chorando — resmungou Sharpe enquanto recarregava o fuzil. — Nunca suportei e nunca vou suportar.

— Também já foi um bebê, senhor — censurou Daniel Hagman. O caçador transformado em fuzileiro costumava ter desses momentos sentenciosos.

— Já estive doente uma vez, maldição, mas isso não quer dizer que preciso gostar da doença, não é? Alguém viu o desgraçado do Loup?

Ninguém tinha visto, e nesse ponto a massa da Brigada Loup havia passado pelos dois alojamentos perseguindo os portugueses que chamaram de volta sua linha de escaramuça e formaram duas fileiras de modo a trocar saraivadas com os atacantes. A luta era iluminada por uma meia-lua e pelo tremeluzir do que restava das fogueiras. Os franceses haviam cessado seus uivos de lobo à medida que a luta se acirrava, embora o lado oposto ainda sofresse mais. Os portugueses recém-acordados estavam em menor número e enfrentavam homens armados com mosquetes que podiam ser carregados rapidamente, ao passo que eles eram equipados com o fuzil Baker, de recarga lenta. Mesmo se carregassem o fuzil abandonando o socador e o retalho de couro que fazia a bala agarrar os sulcos do cano, ainda não poderiam competir com a velocidade da bem-treinada força francesa. Além disso, os caçadores de Oliveira eram hábeis para disparar em terreno aberto, para incomodar e se esconder, correr e atirar, e não para trocar saraivadas pesadas no confronto mortífero da linha de batalha principal.

Porém, mesmo assim a linha de caçadores não se rompia com facilidade. A infantaria francesa achava difícil identificar a portuguesa na penumbra, e, quando estabeleceu onde os caçadores estavam formados, demorou para a brigada dispersa se juntar e formar sua própria linha de três fileiras. Mas, assim que se organizaram, os dois batalhões franceses se sobrepuseram ao pequeno batalhão português, de modo que os flancos da Brigada Loup pressionaram para dentro. Os portugueses se defenderam furiosamente. As chamas dos fuzis golpeavam a noite. Os sargentos gritavam para as fileiras se fecharem ao centro à medida que homens eram lançados para trás pelas pesadas balas de mosquete. Um homem caiu nas brasas de uma fogueira e gritou de forma terrível quando sua bolsa de cartuchos explodiu abrindo um buraco do tamanho de uma mochila em suas costas. Seu sangue sibilou e borbulhou nas brasas incandescentes enquanto ele morria. O coronel Oliveira andava atrás de seus homens, avaliando o progresso da luta e considerando-a perdida. Aquele maldito fuzileiro inglês estivera certo. Deveria ter se refugiado nos alojamentos, no entanto agora os franceses estavam entre ele e a salvação. Oliveira sentiu a calamidade que se aproximava e sabia que não podia fazer muito para impedi-la. Teve menos opções ainda quando ouviu o som agourento e inconfundível de cascos. Os franceses possuíam até mesmo uma cavalaria dentro do San Isidro.

O coronel enviou sua equipe de bandeiras para trás, em direção à muralha norte.

— Encontrem algum lugar para se esconder — ordenou.

Havia antigos paióis nos bastiões e nas muralhas caídas que formavam cavernas escuras nas ruínas. Era possível que as bandeiras do regimento pudessem ser preservadas da captura caso fossem escondidas no emaranhado de porões úmidos e pedras desmoronadas. Oliveira esperou enquanto seus homens pressionados dispararam mais duas saraivadas, então deu a ordem para recuar.

— Firmes, agora! — gritou. — Firmes! De volta à muralha!

Foi obrigado a abandonar seus feridos, embora alguns homens sangrando e quebrados ainda tentassem se arrastar ou mancar de volta com a linha em recuo. Os uniformes franceses pressionavam mais perto, e então chegou o momento que Oliveira mais temia, quando uma trombeta soou no escuro acompanhando o ruído de espadas saindo das bainhas.

— Vão! — gritou para seus homens. — Vão!

Seus homens romperam as fileiras e correram para a muralha no instante em que a cavalaria atacava, e assim os caçadores se tornaram o alvo dos sonhos de todo cavaleiro: uma unidade rompida de homens espalhados. Os dragões cinza cortavam as fileiras em fuga com suas espadas pesadas. O próprio Loup comandava a ofensiva e deliberadamente a levou em linha ampla, de modo que pudesse dar a volta e arrebanhar os fugitivos para sua infantaria que avançava.

Algumas companhias de Oliveira, na esquerda, chegaram à muralha em segurança. Loup viu os uniformes escuros subindo por uma rampa de munição e ficou contente em deixá-los ir. Se atravessassem a muralha e fugissem para os vales, o restante de seus dragões iria caçá-los como ratos, ao passo que, se eles ficassem na muralha, seus homens dentro do forte de San Isidro fariam o mesmo. A preocupação imediata do brigadeiro era com os que tentavam se render. Dezenas de soldados portugueses com fuzis descarregados estavam com as mãos para cima. Loup cavalgou contra um desses homens, sorriu e depois deu um golpe violento que quase decepou a cabeça do sujeito.

— Sem prisioneiros! — gritou para seus homens. — Sem prisioneiros!

Sua retirada do forte não poderia se retardar por causa de prisioneiros. Além disso, a matança de todo um batalhão serviria para alertar o exército de Wellington de que, ao chegar à fronteira com a Espanha, ele tinha encontrado um inimigo novo e mais duro que as tropas que havia perseguido desde Lisboa.

— Matem todos!

Um caçador mirou Loup, disparou, e a bala passou a centímetros da barba curta e grisalha do brigadeiro. Loup gargalhou, esporeou seu cavalo cinza e abriu caminho em meio à infantaria em pânico para caçar o desgraçado que tinha ousado tentar matá-lo. O homem correu em desespero, porém o brigadeiro veio a meio-galope, por trás, e acertou a espada num golpe de cima para baixo que abriu a coluna do soldado na noite. O homem caiu, retorcendo-se e gritando.

— Deixe-o! — berrou Loup para um soldado de infantaria francês tentado a dar um golpe de misericórdia no infeliz. — Deixe-o morrer sofrendo. Ele merece.

Alguns sobreviventes do batalhão de Oliveira abriram fogo furiosos de cima da muralha, e Loup girou, afastando-se.

— Dragões! Apear!

Ele deixaria sua cavalaria a pé caçar os sobreviventes desafiadores enquanto a infantaria cuidava da Real Compañía Irlandesa e dos fuzileiros que pareciam ter se refugiado nos alojamentos. Era uma pena. Loup havia esperado que sua guarda avançada capturasse Sharpe e seus malditos casacos-verdes no paiol, e a essa altura Loup já teria tido o prazer de se vingar de forma exótica e dolorosa pelos dois homens mortos por Sharpe. No entanto, em vez disso, o fuzileiro havia escapado temporariamente e precisaria ser arrancado do alojamento como uma raposa sendo tirada da toca no fim de um bom dia de corrida. O brigadeiro francês inclinou o mostrador do relógio para a lua enquanto tentava deduzir quanto tempo lhe restava para romper os alojamentos.

— *Monsieur!* — gritou uma voz enquanto o brigadeiro fechava o relógio e descia da sela. — *Monsieur!*

Loup se virou e viu um oficial português de rosto fino e raivoso, seguro firmemente por um alto cabo francês.

— *Monsieur?* — respondeu Loup educadamente.

— Meu nome é coronel Oliveira, e devo protestar, *monsieur*! Meus homens estão se rendendo e seus soldados continuam a matá-los! Somos seus prisioneiros!

Loup apanhou um charuto na *sabretache* e se inclinou sobre uma fogueira agonizante, para encontrar uma brasa que servisse para acendê-lo.

— Bons soldados não se rendem — retrucou. — Eles morrem.

— Mas estamos nos rendendo — insistiu Oliveira, enfático. — Pegue minha espada.

Loup se empertigou, levou a fumaça do charuto à boca e assentiu para o cabo.

— Solte-o, Jean.

Oliveira se desvencilhou das mãos do cabo.

— Devo protestar, *monsieur* — disse irritado. — Seus soldados estão matando homens que estão com as mãos erguidas.

Loup deu de ombros.

— Coisas terríveis acontecem na guerra, coronel. Agora me dê sua espada.

Oliveira desembainhou o sabre, virou a lâmina ao contrário e estendeu o cabo na direção do dragão de rosto severo.

— Sou seu prisioneiro, *monsieur* — declarou numa voz embargada pela vergonha e pela raiva.

— Vocês ouviram isso! — gritou Loup, de modo que todos os seus homens escutassem. — Eles se renderam! São nossos prisioneiros, estão vendo? Tenho o sabre do coronel deles.

Em seguida, Loup pegou o sabre de Oliveira e o moveu com um floreio no ar enfumaçado. Agora a elegância insistia que ele devolvesse a arma ao inimigo derrotado dando sua palavra, mas em vez disso Loup sopesou a arma como se avaliasse sua eficácia.

— É uma arma passável — comentou relutante, depois fitou Oliveira nos olhos. — Onde estão suas bandeiras, coronel?

A BATALHA DE SHARPE

151

— Nós as destruímos — respondeu Oliveira em desafio. — Queimamos.

O sabre girou prateado ao luar e o sangue escorreu negro do rosto de Oliveira, onde a lâmina havia atingido, por cima do olho esquerdo e do nariz.

— Não acredito — refutou Loup, depois esperou até que o chocado e ensanguentado coronel tivesse recuperado o juízo. — Onde estão suas bandeiras, coronel? — perguntou de novo.

— Vá para o inferno — confrontou Oliveira. — Você e seu país imundo. — Ele estava com uma das mãos sobre o olho ferido.

Loup jogou o sabre para o cabo.

— Descubra onde estão as bandeiras, Jean, depois mate o idiota. Corte-o se ele não contar. Geralmente o homem perde a língua para manter os bagos no lugar. Quanto ao resto de vocês — gritou para seus homens que fizeram uma pausa para assistir ao confronto entre os dois oficiais comandantes —, isso não é a porcaria de uma colheita, é uma batalha. Então comecem a fazer seu serviço! Matem os desgraçados!

Os gritos recomeçaram. Loup tragou o charuto, limpou as mãos e andou na direção do alojamento.

Os cães de doña Juanita começaram a latir. O som fez mais crianças chorarem, porém um olhar de Sharpe bastou para fazer as mães subjugarem o sofrimento dos filhos. Um cavalo relinchou. Através de um buraco na parede, o fuzileiro viu que os franceses estavam levando para longe os cavalos capturados dos oficiais portugueses. Presumiu que as montarias da companhia irlandesa já teriam sido levadas. Fazia silêncio nos alojamentos. A maioria dos homens de Loup havia perseguido os portugueses, deixando apenas um número suficiente de soldados de infantaria para manter os homens encurralados nos alojamentos. A intervalos de alguns segundos uma bala de mosquete batia em pedra, uma lembrança a Sharpe e seus homens de que os franceses ainda vigiavam cada porta e janela bloqueada.

— Os malditos devem ter capturado o pobre velho Runcibalofo — comentou Hagman. — Não consigo ver o general vivendo à base de rações de prisioneiros.

— Runciman é um oficial, Dan — interveio Cooper, que apontava o fuzil através de uma abertura, procurando um alvo. — Ele não vai viver de rações. Dará sua palavra e vai se alimentar com acepipes dos comedores de lesma. Vai ficar mais gordo ainda. Peguei você, seu sacana. — Ele apertou o gatilho, depois puxou o fuzil para dentro, para deixar outro homem ocupar seu lugar. Sharpe suspeitou que o ex-intendente-geral de Diligências teria sorte se fosse prisioneiro, porque, se Loup estivesse honrando sua reputação, era mais provável que Runciman estivesse trucidado em sua cama, com a camisola de flanela e a touca de lã com borla encharcadas de sangue.

— Capitão Sharpe, senhor! — gritou Harper da outra extremidade do alojamento. — Aqui, senhor!

Sharpe foi andando por entre os colchões de palha no chão de terra batida. O ar no interior do alojamento bloqueado fedia, e as poucas velas ainda acesas estavam no final. Uma mulher cuspiu enquanto o fuzileiro passava e este se virou para ela.

— Você preferia estar lá fora sendo estuprada, sua puta idiota? Eu jogo você lá fora, se é isso que quer.

— Não, *señor*. — Ela se encolheu para longe da raiva dele.

O marido da mulher, agachado perto de um buraco na parede, tentou se desculpar pela esposa.

— É que as mulheres estão amedrontadas, senhor.

— Nós também. Só um idiota não estaria com medo, mas isso não quer dizer que você vá perder os modos. — Sharpe foi rapidamente até onde Harper estava ajoelhado, próximo a uma pilha de sacos cheios de palha que serviam como colchão e agora bloqueavam a porta.

— Há um homem chamando o senhor — avisou Harper. — Acho que é o capitão Donaju.

Sharpe se agachou perto do buraco junto à porta com barricada.

— Donaju! É você?

— Estou no alojamento dos homens, Sharpe. Só para você saber que estamos todos bem.

— Como escapou da casa da guarda?

— Pela porta da muralha. Há meia dúzia de oficiais aqui.

— Kiely está com vocês?

— Não. Não sei o que aconteceu com ele.

E Sharpe não se importava muito.

— Sarsfield está aí?

— Infelizmente não — respondeu Donaju.

— Mantenha a fé, Donaju! Esses desgraçados irão embora ao amanhecer! — Ele se sentia estranhamente aliviado por Donaju ter assumido a defesa do outro alojamento, porque o capitão, apesar de toda a aparência tímida e retraída, demonstrava-se um soldado muito bom. — Uma pena, o padre Sarsfield — declarou Sharpe a Harper.

— Aquele é um que deve ter ido direto para o céu — respondeu Harper. — Não existem muitos padres de quem a gente pode dizer isso. Na maioria são uns diabos que adoram uísque, mulheres ou meninos, mas Sarsfield era um bom homem, um bom homem de verdade. — Os tiros na extremidade norte do forte cessaram e Harper fez o sinal da cruz. — Uma pena os pobres coitados portugueses também — comentou, percebendo o que significava a interrupção na luta.

Pobre Tom Garrard, pensou Sharpe. A não ser que Garrard estivesse vivo. Tom Garrard sempre havia tido muita sorte. Ele e Sharpe se agacharam na poeira vermelha e feroz da brecha em Gawilghur enquanto o sangue dos cadáveres de seus companheiros escorria como riachos descendo de um penhasco. O sargento Hakeswill tinha estado lá, soltando uma algaravia feito um idiota enquanto tentava se esconder embaixo do cadáver de um menino tocador de tambor. Maldito Obadiah Hakeswill, que também havia afirmado ter muita sorte, mas Sharpe não acreditava que o desgraçado ainda vivesse. Estava morto de varíola, provavelmente, ou, se houvesse ao menos um traço de justiça no mundo, estripado pelas balas de um pelotão de fuzilamento.

— Vigie o teto — avisou a Harper. O teto do alojamento era um arco contínuo feito de pedras, destinado a resistir à queda de um obus inimigo, porém o tempo e a negligência enfraqueceram a construção robusta. — Eles vão encontrar um ponto fraco e tentar invadir.

BERNARD CORNWELL

E seria logo, pensou, porque o silêncio pesado no forte indicava que Loup havia acabado com Oliveira e agora viria em busca da verdadeira presa: Sharpe. A hora seguinte prometia ser feia. O fuzileiro ergueu a voz enquanto voltava à outra extremidade do cômodo.

— Quando o ataque vier, continuem atirando! Não mirem, não esperem, só atirem e abram espaço no buraco para outro homem. Eles vão chegar às paredes do alojamento, não podemos impedir isso, e vão tentar abrir o teto, por isso fiquem de ouvido atento ao que acontece em cima. Assim que virem a luz das estrelas, atirem. E lembrem-se: logo vai clarear, e os franceses não vão ficar depois disso. Vão ter medo de que nossa cavalaria corte a retirada deles. Agora boa sorte, rapazes.

— E que Deus abençoe todos vocês — acrescentou Harper na penumbra da outra extremidade.

O ataque veio com um rugido, como um jato d'água liberado por uma comporta. Loup havia reunido seus homens sob a proteção de alguns alojamentos próximos, depois os soltou numa carga desesperada contra as paredes dos dois alojamentos viradas para o norte. A profusão de soldados se destinava a levar a infantaria francesa rapidamente pelo trecho perigoso de terreno coberto pelos mosquetes e fuzis de Sharpe. Essas armas espocavam, enchendo os alojamentos com mais fumaça imunda, mas o terceiro ou o quarto tiro de cada buraco soou perversamente alto e de repente um homem recuou, xingando devido ao coice do mosquete, capaz de despedaçar o pulso.

— Eles estão bloqueando os buracos! — gritou outro homem.

Sharpe correu até o buraco mais próximo na parede norte e enfiou seu fuzil nele. O cano bateu em pedra. Os franceses estavam segurando blocos de pedra contra a abertura do buraco, anulando com eficácia os disparos de Sharpe. Mais franceses subiam no teto, onde suas botas ressoavam abafadas, raspadas, como ratos num sótão.

— Minha nossa! — Um homem olhou para cima, lívido. — Santa Maria, mãe de Deus — começou a rezar num gemido.

— Cale a boca! — gritou Sharpe. Ele podia ouvir o tinido de metal batendo em pedra. Quanto tempo iria se passar até que o teto desmoronasse e liberasse uma horda de franceses vingativos? Dentro do alojamento uma centena de rostos pálidos olhava para Sharpe, desejando uma resposta que ele não possuía.

Harper, em vez disso, veio com a solução. Subiu na monstruosa pilha de sacos cheios de palha junto à porta, de modo que pudesse chegar ao ponto mais alto da parede dos fundos, onde um pequeno buraco servia como chaminé e ventilação. O buraco era alto demais para os franceses bloquearem, e possuía altura suficiente para permitir a Harper um disparo limpo ao longo da linha do teto do alojamento de Donaju. As balas subiriam, de modo que seriam uma ameaça maior para os franceses mais próximos de Harper, porém, se conseguisse realizar disparos suficientes, poderia ao menos reduzir a velocidade do ataque contra Donaju e rezar para que Donaju devolvesse a gentileza.

Harper abriu fogo com sua arma de sete canos. O estrondo ecoou no alojamento como o som de um canhão de 32 libras. Um grito respondeu ao disparo, que açoitou como um tiro de metralha por cima do outro teto. Agora, um a um, os mosquetes e fuzis eram entregues ao grande sargento que disparava repetidamente, sem perder tempo em mirar, apenas mandando as balas contra a massa cinza que enxameava o teto vizinho. Depois de meia dúzia de tiros a massa começou a se esgarçar à medida que os homens procuravam abrigo no chão. O fogo de volta acertava ao redor do buraco de Harper, criando mais poeira que perigo. Perkins havia recarregado a arma de sete canos e agora Harper a disparava outra vez, justo quando um mosquete chamejou no buraco de ventilação equivalente no alojamento de Donaju. Sharpe ouviu um som raspado acima, quando as botas de um francês deslizaram pela curva externa até a base da parede.

Um homem gritou dentro do alojamento ao ser lançado para trás por uma bala de mosquete. Os franceses estavam liberando aleatoriamente os buracos e disparando para dentro do cômodo, onde esposas e filhos se agachavam e gemiam. Os sitiados se afastaram da linha de fogo das aberturas, a única defesa que possuíam. Harper continuou disparando enquanto um grupo de homens e mulheres recarregava as armas para ele, porém a maioria dos ocupantes do alojamento só podia esperar na penumbra enfumaçada e rezar. O barulho era infernal: uma cacofonia de estrondos, tinidos, estalos, e sempre, como uma promessa fantasmagórica da morte horrenda garantida pela derrota, o feroz uivo dos homens de Loup ao redor do alojamento.

Caiu poeira de um trecho do teto. Sharpe afastou todos da área ameaçada, depois a cercou com homens portando mosquetes carregados.

— Se uma pedra cair, atirem feito o diabo e continuem atirando — disse a eles.

O ar era difícil de respirar. Estava tomado de poeira, fumaça e fedor de urina. As velas baratas derretiam. Crianças choravam por toda a extensão do alojamento e Sharpe não conseguia impedi-las. Mulheres também choravam, enquanto vozes francesas abafadas zombavam das vítimas, sem dúvida prometendo darem às mulheres algo melhor para chorar que mera fumaça.

Hagman tossiu e então cuspiu no chão.

— Parece uma mina de carvão.

— Você já esteve numa mina de carvão, Dan? — perguntou Sharpe.

— Passei um ano numa mina em Derbyshire — respondeu Hagman, depois se encolheu quando o clarão de um mosquete passou por um buraco ali perto. A bala se achatou inofensiva na parede oposta. — Eu era só um garoto — continuou ele. — Se meu pai não tivesse morrido e minha mãe voltado para a casa da irmã dela em Handbridge, eu ainda estaria lá. Ou morto, mais provavelmente. Só os mais sortudos chegam aos 13 anos nas minas.

Hagman estremeceu quando um estrondo enorme, rítmico, começou a reverberar pelo alojamento que parecia um túnel. Ou os franceses trouxeram uma marreta ou então estavam usando uma pedra como aríete.

— A gente está igual aos porquinhos na casa, não é? — comentou Hagman no escuro cheio de ecos. — Com o lobo mau soprando e bufando lá fora.

Sharpe segurou seu fuzil. Ele suava, e o cabo da arma parecia engordurado.

— Quando eu era criança, nunca acreditei que os porquinhos conseguiram expulsar o lobo de verdade.

— Em geral os porcos não conseguem — observou Hagman carrancudo. — Se os desgraçados continuarem batendo desse jeito vão me dar dor de cabeça.

— O amanhecer não pode demorar muito — considerou Sharpe, mas não sabia se Loup realmente iria recuar às primeiras luzes. Tinha dito a seus homens que os franceses iriam embora quando o sol surgisse para lhes dar esperança, porém talvez não houvesse esperança. Talvez todos estivessem condenados a morrer numa luta maldita nas ruínas precárias de um alojamento abandonado, onde seriam crivados por baionetas e balas de uma brigada francesa de elite que tinha vindo destruir essa pequena força de irlandeses infelizes.

— Cuidado! — gritou um homem. Mais poeira caiu do teto. Até agora o velho alojamento havia suportado o ataque espantosamente bem, mas a primeira brecha nas pedras era iminente.

— Parem de atirar! — ordenou Sharpe. — Esperem até que eles quebrem.

Um grupo de mulheres ajoelhadas rezava terços, balançando para trás e para a frente de joelhos, orando a ave-maria. Ali perto um círculo de homens esperava com rostos ansiosos, mosquetes apontados para o trecho de teto ameaçado. Atrás deles um círculo externo de soldados esperava com mais armas carregadas.

— Eu odiava a mina de carvão — continuou Hagman. — Sempre morria de medo do momento em que descia pelo poço. Homens costumavam morrer lá sem motivo. Nenhum motivo! A gente encontrava os mortos, totalmente em paz, dormindo feito bebês. Eu achava que os diabos vinham do centro da terra para levar a alma deles.

Uma mulher gritou quando um bloco de alvenaria no teto se mexeu, ameaçando cair.

— Pelo menos vocês não tinham mulheres gritando nas minas — disse Sharpe a Hagman.

— Tínhamos sim, senhor. Algumas trabalhavam com a gente e outras eram damas que trabalhavam por conta própria, se é que o senhor entende. Havia uma chamada Babs Anã, eu lembro. Um pêni cada vez, era o que ela cobrava. Ela cantava para a gente todo domingo. Talvez um salmo ou talvez um dos hinos do Sr. Wesley. "Escondei-me, ó meu salvador, até que passe a tempestade da vida." — Hagman riu na escuridão opressiva. — Talvez o Sr. Wesley tivesse algum problema com os franceses, não é, senhor? É o que parece. O senhor conhece os hinos do Sr. Wesley?

— Nunca fui de ir à igreja, Dan.

— Babs Anã não era exatamente uma santa de igreja, senhor.

— Mas foi sua primeira mulher? — supôs Sharpe.

No escuro, Hagman enrubesceu.

— E nem me cobrou.

— Bom para Babs Anã — comentou Sharpe, depois ergueu o fuzil quando, finalmente, um trecho do teto cedeu e despencou no chão num torvelinho de poeira, gritos e barulho. O buraco irregular possuía de 60 a 90 centímetros e estava obscurecido pela poeira, atrás da qual as formas demoníacas dos soldados franceses pareciam gigantescas. — Fogo! — gritou Sharpe.

O ruído dos mosquetes estrondeou, acompanhado, um segundo depois, pelo segundo tinir de armas, à medida que mais homens disparavam para o vazio. A resposta francesa foi estranhamente abafada, como se os atacantes tivessem ficado surpresos com a quantidade de tiros de mosquete que agora brotavam pela abertura recente. Homens e mulheres recarregavam freneticamente e passavam as armas para adiante, e os franceses, afastados da beirada do buraco pelo simples volume dos tiros, começaram a jogar pedras dentro do alojamento, que batiam inofensivas no chão.

— Bloqueiem os buracos nas paredes! — ordenou Sharpe, e os homens enfiaram as pedras derrubadas pelos franceses nos espaços, para impedir as balas intermitentes. Melhor ainda, o ar começou a parecer mais puro. Até as chamas das velas assumiram vida nova e reluziram nos recessos mais escuros do alojamento apinhado e temeroso.

— Sharpe! — gritou uma voz do lado de fora. — Sharpe!

Os franceses pararam momentaneamente de atirar e Sharpe ordenou que os homens cessassem fogo.

— Recarreguem, rapazes! — Ele parecia animado. — É sempre um bom sinal quando os desgraçados querem falar, em vez de lutar. — Chegou mais perto do buraco no teto. — Loup? — gritou.

— Saia, Sharpe — rosnou o brigadeiro —, e vamos poupar seus homens.

Era uma oferta bastante astuta, mesmo que Loup imaginasse que Sharpe não aceitaria. O brigadeiro não esperava que o capitão aceitasse; ele queria, na verdade, que os companheiros do fuzileiro o entregassem, como Jonas havia sido entregue ao oceano por seus companheiros de navio.

— Loup? — gritou Sharpe. — Vá para o inferno. Pat? Abra fogo!

Harper disparou uma saraivada de balas de meia polegada contra o outro alojamento. Os homens de Donaju ainda estavam vivos e lutando. Nesse momento os soldados de Loup voltaram à vida enquanto o combate se renovava. Uma frustrada saraivada de mosquetes bateu na parede em volta do buraco de Harper. Uma das balas ricocheteou do lado de dentro e bateu no cano da arma do fuzileiro. Ele xingou porque o golpe ardeu, depois disparou contra o teto oposto.

Outros passos correndo no teto anunciaram um novo ataque. Os homens sob a alvenaria quebrada atiraram para cima, mas de repente um estrondo de tiros irrompeu pelo buraco. Loup havia mandado todos os soldados possíveis para o telhado e os atacantes conseguiram igualar a fúria da fuzilaria dos defensores. Os guardas da Real Compañía Irlandesa se encolheram para longe dos tiros de mosquete.

— Os desgraçados estão em toda parte! — exclamou Harper, depois se encolheu quando um estrondo soou no teto de pedra logo acima de sua cabeça. Agora os franceses tentavam atravessar o teto logo em cima do abrigo de Harper. Mulheres gritaram e cobriram os olhos. Uma criança sangrava por causa de uma bala ricocheteada.

Sharpe sabia que a luta estava terminando. Podia sentir a derrota. Supôs ser inevitável, desde o momento em que Loup havia enganado os defensores do San Isidro. A qualquer segundo, sabia, uma onda de franceses iria inundar o buraco no teto e, ainda que a primeira onda inimiga a entrar no alojamento certamente fosse morrer, a segunda viveria para lutar por cima dos corpos dos companheiros e vencer a batalha. E depois? Sharpe se encolheu ao pensar na vingança de Loup, a faca em sua virilha, o corte e a dor, maior que qualquer outra. Olhou o buraco no teto, com o fuzil pronto para um último disparo, e se perguntou se não seria melhor colocar o cano embaixo do queixo e estourar o alto do crânio.

E então o mundo tremeu. Poeira caiu de cada junta da alvenaria enquanto um clarão de luz atravessava o buraco no teto do alojamento. Um segundo depois o estrondo e o ribombar de uma grande explosão passou por cima da construção, abafando até mesmo os estalos furiosos dos mosquetes franceses do lado de fora e os soluços desesperados das crianças do lado de dentro. O longo ruído reverberou contra a torre do portão e ecoou de volta por cima do interior do forte, enquanto lascas de madeira caíam do céu, batendo no teto.

Seguiu-se uma espécie de silêncio entrecortado. O fogo francês havia sido interrompido. Em algum lugar perto do alojamento um homem suspirava enquanto inspirava e gemia ao expirar. O céu parecia mais claro, embora sua luz fosse vermelha e vívida. Um pedaço de pedra ou madeira raspou descendo pelo lado curvo do alojamento. Homens gemiam e choravam, e mais adiante soaram estalos de chamas. Daniel Hagman afastou alguns colchões de palha que bloqueavam a porta e espiou por um buraco de bala na madeira.

— É a munição dos portugueses — explicou ele. — Havia duas carroças paradas ali, senhor, e algum francês idiota devia estar brincando com fogo.

Sharpe desbloqueou um buraco na parede e descobriu que ele estava aberto do outro lado. Um francês, com o uniforme cinza pegando fogo, passou cambaleando por seu campo de visão. Agora, no silêncio após a explosão enorme, podia ouvir mais homens gritando e ofegando.

— A explosão arrancou os sacanas dos telhados, senhor! — gritou Harper.

Sharpe correu até o buraco no teto e ordenou que um homem se agachasse. Então, usando as costas do soldado como apoio, saltou e agarrou a orla quebrada da alvenaria.

— Me levantem! — ordenou.

Alguém empurrou suas pernas e ele passou desajeitadamente pela borda quebrada. O interior do forte parecia queimado e soltava fumaça. As duas carroças de munição se desfizeram completamente e lançaram os vitoriosos franceses no caos. Havia sangue manchando o teto e um emaranhado de mortos no chão perto do alojamento, onde os sobreviventes da explosão andavam atordoados. Um homem nu, enegrecido e sangrando, balançava-se no meio dos franceses em choque. Um dos confusos soldados de infantaria viu Sharpe no teto, mas não teve força ou talvez não tivesse o tino para erguer o mosquete. Parecia haver cerca de trinta ou quarenta mortos, e talvez um número equivalente de homens muito feridos; não eram baixas consideráveis para os mil homens que Loup tinha trazido ao forte de San Isidro, porém o desastre havia minado a confiança da brigada do lobo.

E Sharpe viu que havia notícias melhores ainda. Porque através da fumaça e da poeira em redemoinho, através da escuridão cinza da noite e do brilho carrancudo do fogo, uma linha prateada surgia no leste. A luz do alvorecer brilhava, e com o sol nascente viriam piquetes de cavalaria aliada para descobrir por que tanta fumaça subia do forte de San Isidro.

— Vencemos, rapazes! — gritou Sharpe, enquanto pulava para o chão do alojamento. Isso não era totalmente verdade.

Eles não haviam vencido, tinham meramente sobrevivido, mas a sobrevivência possuía uma semelhança incomum com a vitória, e mais ainda quando, meia hora depois, os homens de Loup saíram do forte. Fizeram mais dois ataques contra os alojamentos, porém débeis, meros gestos, porque a explosão tinha acabado com o entusiasmo da brigada de Loup. Assim, às primeiras luzes, os franceses foram embora e carregaram seus feridos. Sharpe ajudou a desmantelar a barreira no lado interno da porta do alojamento mais próxima, depois saiu cautelosamente numa manhã fria e enfumaçada que fedia a sangue e fogo. Levava seu fuzil carregado, para o caso de Loup ter deixado algum atirador para trás, no entanto ninguém disparou contra ele à luz perolada. Atrás de Sharpe, como libertos de um pesadelo, os guardas saíram cuidadosamente no alvorecer. Donaju emergiu do segundo alojamento e insistiu em apertar a mão de Sharpe, quase como se o fuzileiro tivesse alcançado algum tipo de vitória. Não tinha. Na verdade, Sharpe havia chegado à beira de uma derrota ignominiosa.

Mas agora, em vez disso, ele estava vivo e o inimigo havia partido.

O que significava, Sharpe sabia, que a verdadeira encrenca estava para começar.

CAPÍTULO V

Caçadores portugueses chegavam ao forte durante toda a manhã. Alguns haviam escapado escondendo-se em partes arruinadas da muralha norte, porém a maioria dos sobreviventes tinha fugido para o lado externo e encontrara refúgio no meio dos espinheiros ou no terreno morto e pedregoso ao pé da montanha dominada pelo forte de San Isidro. De seus esconderijos esses felizardos observaram, pasmos, outros fugitivos serem caçados e mortos pelos dragões cinza.

Oliveira havia trazido mais de quatrocentos fuzileiros para o forte. Agora, no mínimo 150 estavam mortos, setenta feridos e muitos outros desaparecidos. Apenas pouco mais de um quarto dos fuzileiros entrou em formação ao meio-dia. Sofreram uma derrota terrível depois de serem dominados num espaço confinado por um inimigo quatro vezes maior, no entanto não estavam totalmente destruídos e suas bandeiras ainda tremulavam. Elas ficaram ocultas a noite inteira, apesar dos esforços de Loup para encontrá-las. O coronel Oliveira fora assassinado e seu corpo tinha provas horrendas de como ele havia morrido. A maioria dos outros oficiais também estava morta.

A Real Compañía Irlandesa não perdera nenhum oficial, nenhum. Parecia que os franceses não tinham perdido tempo em atacar a torre. Os homens de Loup passaram pelo portão e saquearam o forte, porém nenhum deles havia tentado entrar na torre imponente. O inimigo nem tinha tirado os cavalos dos oficiais do estábulo perto da casa da guarda.

— Nós trancamos as portas — explicou sem convicção lorde Kiely, ao falar da sobrevivência dos ocupantes da casa da guarda.

— E os franceses não tentaram derrubá-las? — perguntou Sharpe, sem dissimular o ceticismo.

— Tenha cuidado com o que sugere, capitão — ameaçou Kiely em tom presunçoso.

Sharpe reagiu como um cão farejando sangue.

— Escute, seu filho da mãe — começou, atônito ao perceber que estava falando aquilo. — Eu lutei para subir da sarjeta e não me importo se tiver de lutar com você para subir mais um degrau. Eu mato você, seu desgraçado bêbado, e depois dou suas tripas malditas aos cachorros de sua prostituta.

Em seguida deu um passo na direção de Kiely que, com medo da súbita veemência do fuzileiro, recuou um passo atrás.

— O que estou sugerindo — continuou Sharpe — é que um de seus amigos desgraçados na porcaria da casa da guarda abriu a porcaria do portão para a porcaria dos franceses e que eles não atacaram vocês, milorde. — O fuzileiro disse o título honorífico com o máximo de grosseria que pôde. — Porque não queriam matar os amigos deles junto dos inimigos. E não me diga que estou errado! — A essa altura Sharpe andava atrás de Kiely, que tentava escapar da crítica severa que havia atraído a atenção de um grande número de fuzileiros e guardas. — Ontem à noite você disse que venceria o inimigo sem minha ajuda. — Sharpe agarrou Kiely pelo ombro e o virou com tanta violência que o lorde foi obrigado a se equilibrar. — Mas você nem lutou, seu filho da mãe. Ficou encolhido lá dentro enquanto seus homens lutavam por você.

A mão de Kiely foi até o punho da espada.

— Quer um duelo, Sharpe? — perguntou, com o rosto vermelho de embaraço.

Sua dignidade estava sendo açoitada diante de seus homens, e o que piorava a situação era ele saber que merecia o desprezo deles, no entanto o orgulho jamais lhe permitiria admitir isso. Por um segundo pareceu que lorde Kiely estenderia a mão para dar um tapa no rosto de Sharpe, mas em vez disso se conteve com palavras.

— Vou lhe mandar meu segundo em comando.

— Não! — refutou Sharpe. — Dane-se o seu segundo em comando, milorde. Se quer lutar comigo, lute agora. Aqui. Aqui mesmo! E não me importa que maldita arma vamos usar. Espadas, pistolas, mosquetes, fuzis, baionetas, punhos, pés. — Ele estava andando na direção de Kiely, que recuava. — Luto com você no chão, milorde, e arranco suas tripas por seu traseiro amarelo, mas só faço isso aqui e agora. Aqui. Agora! — Sharpe não havia pretendido perder as estribeiras, mas estava satisfeito com isso. Kiely parecia atordoado, impotente diante de uma fúria que nunca tinha suspeitado existir.

— Não vou lutar feito um animal — disse Kiely sem força.

— Você não vai lutar — reagiu Sharpe, depois gargalhou do aristocrata. — Fuja, milorde. Vá. Já acabei com você.

Absolutamente derrotado, Kiely tentou se afastar com alguma dignidade, mas enrubesceu quando alguns homens que observavam aplaudiram sua partida. Sharpe gritou para que calassem a boca, depois se virou para Harper.

— A porcaria da brigada francesa não tentou entrar na casa da guarda porque sabia que a porcaria dos amigos estava lá dentro, assim como não roubou os cavalos deles.

— Faz sentido, senhor — concordou Harper. Ele observava Kiely se afastar. — Ele é um covarde, não é?

— De cabo a rabo.

— Mas o que o capitão Lacy diz, senhor — prosseguiu Harper —, é que não foi o lorde que deu a ordem para não lutar ontem à noite, e sim a mulher dele. Ela falou que os franceses não sabiam que havia alguém na casa da guarda, e que por isso eles deveriam ficar quietos.

— Uma mulher dando ordens? — indagou Sharpe, enojado.

Harper deu de ombros.

— É uma mulher de uma dureza rara, senhor. O capitão Lacy disse que ela estava olhando a luta e adorando cada segundo.

— Eu colocaria a bruxa numa fogueira sem pensar — comentou Sharpe. — Maldita prostituta do inferno.

— Maldita o que, Sharpe?

Foi o coronel Runciman quem perguntou, mas não esperou a resposta. Em vez disso, Runciman, que finalmente tinha uma verdadeira história de guerra para contar, apressou-se em descrever como tinha sobrevivido ao ataque. Parecia que o coronel havia trancado sua porta e se escondido atrás de uma grande pilha de munição de reserva que Sharpe guardara em sua sala, embora agora, à luz do dia, ele atribuísse a salvação à intervenção divina, e não àquele esconderijo fortuito.

— Talvez eu esteja destinado a coisas mais elevadas, não é, Sharpe? Minha mãe sempre acreditou nisso. De que outro modo você explica minha sobrevivência?

Sharpe estava mais inclinado a acreditar que o coronel vivera porque os franceses tinham ordens de deixar todo o complexo da casa da guarda intocado, porém não achou gentil esclarecê-lo.

— Fico feliz pelo senhor estar vivo, general.

— Eu não teria morrido facilmente, Sharpe! Tinha minhas duas pistolas com carga dupla! Levaria alguns deles junto, acredite. Ninguém pode dizer que um Runciman vai para a eternidade sozinho! — O coronel estremeceu enquanto os horrores da noite lhe voltavam. — Você viu algum sinal de café da manhã, Sharpe? — perguntou numa tentativa de restaurar o ânimo.

— Tente com o cozinheiro de lorde Kiely, general. Ele estava fritando bacon há menos de dez minutos, e não creio que o lorde esteja com muito apetite. Acabei de desafiar o covarde desgraçado para uma luta.

Runciman pareceu estarrecido.

— Você fez o que, Sharpe? Um duelo? Você não sabe que duelos são ilegais no exército?

— Eu nunca disse nada sobre um duelo, general. Só me ofereci para lhe dar uma surra aqui e agora, mas parece que ele tinha outras coisas em mente.

Runciman balançou a cabeça.

— Nossa, Sharpe, nossa! Não consigo imaginar que seu final será feliz, mas ficarei triste quando ele chegar. Que canalha você é! Bacon? O cozinheiro de lorde Kiely, foi o que você disse?

Runciman se afastou bamboleando e Sharpe o observou.

— Daqui a dez anos, Pat — comentou Sharpe —, ele terá transformado a confusão de ontem numa ótima velha história. Como o general Runciman salvou o forte, armado até as papadas e derrotando toda a Brigada Loup.

— Runcibalofo é inofensivo.

— É inofensivo, Pat — concordou Sharpe —, desde que você mantenha o idiota fora de encrencas. E eu quase fracassei em fazer isso, não foi?

— O senhor? O senhor não fracassou ontem à noite.

— Ah, fracassei, Pat. Fracassei. Tremendamente. Não vi que Loup seria mais esperto que eu, não enfiei a verdade no crânio de Oliveira e não vi como estávamos perigosamente encurralados naqueles alojamentos. — Ele se encolheu, lembrando-se da escuridão fétida, úmida, empoeirada, da noite e do som medonho, entrecortado, dos franceses tentando romper a fina casca de alvenaria. — Sobrevivemos porque algum pobre idiota pôs fogo numa carroça de munição, e não porque lutamos melhor que Loup. Não. Ele venceu e nós fomos derrotados.

— Mas estamos vivos, senhor.

— Loup também, Pat. Loup também. Maldito seja.

No entanto, Tom Garrard não estava vivo. Tom Garrard havia morrido, ainda que a princípio Sharpe não tivesse reconhecido o amigo, porque o corpo estava mutilado e queimado demais pelo fogo. Garrard estava caído com o rosto voltado para baixo no centro do ponto enegrecido onde uma das carroças de munição havia ficado, e a princípio a única pista para sua identidade foi o pedaço de metal torto e queimado na mão estendida, que havia se encolhido com o fogo até parecer uma garra derretida. Sharpe viu o brilho de metal e passou pelas cinzas ainda quentes para arrancar o isqueiro da mão retorcida. Dois dedos se soltaram dela quando o fuzileiro tirou o isqueiro. Soltou os dedos pretos, depois abriu a tampa e viu que, ainda que toda a acendalha de pano tivesse sido consumida, a imagem do soldado estava incólume. Sharpe limpou a gravura com a mão, então enxugou uma lágrima do olho.

— Tom Garrard salvou nossas vidas ontem à noite, Pat.

— Foi?

— Ele explodiu a munição de propósito e se matou ao fazer isso.

A presença do isqueiro não poderia significar outra coisa. Depois da derrota de seu batalhão, Tom Garrard tinha conseguido chegar às carroças de munição e acendera uma chama que, ele sabia, mandaria sua alma direto para a eternidade.

— Ah, santo Deus! — exclamou Sharpe, depois ficou em silêncio ao lembrar os anos de amizade. — Ele esteve em Assaye comigo — continuou após um tempo. — E em Gawilghur também. Ele era de Ripon, um garoto do campo, só que o pai era arrendatário e o proprietário o expulsou quando ele atrasou o aluguel por três dias depois de uma colheita ruim, por isso Tom poupou a família da necessidade de alimentar outra boca entrando para o 33º. Ele costumava enviar dinheiro para casa, Deus sabe como, com o salário de soldado. Em mais dois anos, Pat, ele seria coronel no Exército português, e planejava retornar a Ripon e dar uma surra dos diabos no senhorio que o levou a se alistar, para começo de conversa. Foi o que ele me contou ontem à noite.

— Agora o senhor terá de fazer isso por ele — indicou Harper.

— É. Aquele filho da mãe vai receber uma sova com a qual nunca sonhou.

Sharpe tentou fechar o isqueiro, porém o calor havia deformado o metal. Olhou uma última vez para a gravura, depois jogou o isqueiro de volta nas cinzas. Então ele e Harper subiram à muralha onde atacaram o pequeno grupo de *voltigeurs* na noite anterior e de onde todo o horror da madrugada podia ser visto. O forte de San Isidro era um destroço enfumaçado, enegrecido, cheio de corpos e fedendo a sangue. O fuzileiro Thompson, o único casaco-verde a morrer durante o combate, era carregado num cobertor para uma sepultura cavada às pressas ao lado da igreja arruinada.

— Pobre Thompson — comentou Harper. — Eu lhe dei uma bronca dos diabos por ter me acordado ontem à noite. O pobre coitado só estava saindo para dar uma mijada e tropeçou em mim.

— Sorte ele ter feito isso — observou Sharpe.

Harper foi até a porta da torre, que ainda tinha as reentrâncias provocadas pela coronha de sua arma de sete canos. O grande irlandês passou os dedos nas marcas, pensativo.

— Aqueles sacanas deviam saber que estávamos tentando nos refugiar, senhor.

— Pelo menos um daqueles desgraçados queria que a gente morresse, Pat. E, se eu descobrir de quem se trata, que Deus o ajude. — Sharpe notou que ninguém havia pensado em içar nenhuma bandeira na muralha.

— Fuzileiro Cooper! — gritou.

— Senhor?

— Bandeiras!

Os primeiros de fora a chegar ao San Isidro faziam parte de uma poderosa tropa de cavalaria da Legião Alemã do Rei, que fez um reconhecimento no vale antes de subir até o forte. Seu capitão informou sobre uns vinte mortos ao pé da encosta, depois viu um número muito maior de corpos caídos na área aberta do forte.

— *Mein Gott!* O que aconteceu?

— Pergunte ao coronel lorde Kiely — respondeu Sharpe, apontando um polegar para Kiely, que estava visível na pequena torre da casa da guarda.

Outros oficiais da Real Compañía Irlandesa supervisionavam os esquadrões que recolhiam os mortos portugueses, enquanto o padre Sarsfield comandava uma dúzia de homens e suas mulheres, que cuidavam dos feridos portugueses, mas sem um cirurgião havia pouco que pudessem fazer, além de colocar bandagens, rezar e dar água. Um a um os feridos morreram, alguns gritando em delírio, porém a maioria permaneceu calma enquanto o padre segurava suas mãos, perguntava os nomes e lhes dava o viático.

Os próximos a chegar faziam parte de um grupo de oficiais do estado-maior, na maioria britânicos, alguns portugueses e um espanhol, o general Valverde. Hogan comandava o grupo, e durante uma solene meia hora o major irlandês andou em meio ao horror, com uma expressão pasma, mas, quando se afastou dos outros oficiais para se juntar a Sharpe, ria com uma alegria inadequada.

— Uma tragédia, Richard! — exclamou Hogan, animado.

Sharpe ficou ofendido com a alegria do amigo.

— Foi uma noite tremendamente difícil, senhor.

— Tenho certeza, tenho certeza — disse Hogan, tentando e não conseguindo parecer simpático. O major não era capaz de conter a felicidade. — Se bem que foi uma pena o que aconteceu com os caçadores de Oliveira. Ele era um bom homem, e aquele era um ótimo batalhão.

— Eu o avisei.

— Tenho certeza de que sim, Richard, tenho certeza de que sim. Mas na guerra é sempre desse jeito, não é? As pessoas erradas ganham a melhor teta. Se ao menos a Real Compañía Irlandesa pudesse ter sido dizimada, Richard, seria uma grande conveniência nesse momento, uma verdadeira conveniência. Mas, de qualquer modo, isso vai servir. Isso vai servir muito bem.

— Para quê? — perguntou Sharpe com ferocidade. — Sabe o que aconteceu aqui ontem à noite, senhor? Fomos traídos. Algum desgraçado abriu o portão para Loup.

— Claro que foi aberto, Richard! — disse Hogan, tentando aplacá-lo. — Eu não vinha dizendo o tempo todo que eles não eram de confiança? A Real Compañía Irlandesa não está aqui para nos ajudar, Richard, e sim para ajudar os franceses. — Ele apontou para os mortos. — Você precisa de mais provas? Mas, claro, essa notícia é boa. Até hoje de manhã era impossível mandar os desgraçados embora porque isso ofenderia Londres e a corte espanhola. Mas agora você vê? Podemos agradecer ao rei espanhol pelo valioso auxílio de sua guarda pessoal, podemos dizer que a Real Compañía Irlandesa foi fundamental para rechaçar um forte ataque francês através da fronteira e depois, com as honras devidas, podemos enviar os malditos traiçoeiros para Cádis e deixar que apodreçam. — Hogan estava positivamente exultante. — Estamos livres do anzol, Richard, a malevolência francesa foi derrotada, e tudo por causa de ontem à noite. Os franceses cometeram um erro. Deveriam ter deixado você em paz, mas sem dúvida o monsieur Loup não conseguiu resistir à isca. Isso é tão inteligente, Richard, que eu gostaria de ter pensado, mas não o fiz. Porém não importa; isso vai significar o adeus a nossos galantes aliados e um fim de todos aqueles boatos sobre a Irlanda.

— Meus homens não espalharam aqueles boatos — insistiu Sharpe.

— Seus homens? — zombou Hogan. — Eles não são seus homens, Richard. São de Kiely, ou, mais provavelmente, de Bonaparte, mas não são seus homens.

— São bons homens, senhor, e lutaram bem.

Bernard Cornwell

Hogan balançou a cabeça diante da raiva que havia na voz de Sharpe, depois guiou o amigo ao longo da muralha leste, com um toque no cotovelo do fuzileiro.

— Deixe-me tentar explicar uma coisa, Richard. Um terço desse exército é irlandês. Não existe um batalhão que não tenha as fileiras cheias de meus compatriotas, e a maioria desses irlandeses não ama o rei Jorge. Por que deveriam amar? Mas eles estão aqui porque não há trabalho em casa, porque não há comida em casa e porque o exército, que Deus o abençoe, tem o bom senso de tratar bem os irlandeses. No entanto, suponha, Richard, apenas suponha, que possamos incomodar todos esses bons homens do Condado de Cork e do Condado de Offaly, e todas aquelas bravas almas de Inniskilling e Ballybofey, e suponha que possamos incomodá-los tanto que eles se amotinem. Quanto tempo esse exército permaneceria intacto? Uma semana? Dois dias? Uma hora? Os franceses quase rasgaram esse exército em duas partes, e não pense que eles não tentarão isso de novo, porque tentarão. Só que o próximo boato será mais sutil, e o único modo de eu impedi-lo é livrando o exército da Real Compañía Irlandesa, porque, se você estiver certo e eles não espalharam as histórias de estupro e massacre, então alguém próximo deles o fez. Portanto amanhã de manhã, Richard, você vai marchar com esses filhos da mãe até o quartel-general, onde eles entregarão esses belos mosquetes novos que você afanou de algum modo e pegarão rações para uma longa marcha. De fato, Richard, eles estão presos até encontrarmos o transporte para levá-los a Cádis, e você não pode fazer nada a respeito. Tudo já foi ordenado. — Hogan pegou um pedaço de papel na bolsa e entregou ao fuzileiro. — E não é uma ordem minha, Richard, e sim do par.

Sharpe desdobrou o papel. Sentiu-se ferido pelo que considerava uma injustiça. Homens como o capitão Donaju só queriam lutar contra os franceses, mas em vez disso seriam postos de lado. Deveriam marchar até o quartel-general e ser desarmados como um batalhão de vira-casacas. Sharpe se sentiu tentado a amassar a ordem escrita por Wellington, porém de forma sensata resistiu ao impulso.

— Se o senhor quer se livrar dos encrenqueiros, comece com Kiely e a maldita meretriz dele, comece com o...

— Não me ensine meu serviço — interrompeu Hogan, irritado. — Não posso agir contra Kiely e sua prostituta porque eles não fazem parte do exército britânico. Valverde poderia se livrar dos dois, mas ele não fará isso, de modo que a coisa mais fácil a fazer, a mais política, é nos livrarmos de todo o bando. E amanhã de manhã, Richard, você fará exatamente isso.

Sharpe respirou fundo para conter a raiva.

— Por que amanhã? — perguntou, quando reuniu confiança para falar de novo. — Por que não agora?

— Porque vocês vão levar o resto do dia para enterrar os mortos.

— E por que ordenar que eu faça isso? — quis saber Sharpe, carrancudo. — Por que não Runciman ou Kiely?

— Porque aqueles dois cavalheiros voltarão comigo para fazer os relatórios. Haverá um tribunal de inquérito e preciso garantir que descubram exatamente o que quero que seja descoberto.

— Por que diabos o senhor quer um tribunal de inquérito? — indagou Sharpe, amargo. — Sabemos o que aconteceu. Fomos derrotados.

Hogan suspirou.

— Precisamos de um tribunal de inquérito, Richard, porque um batalhão português decente foi retalhado, e o governo de Portugal não vai gostar disso. Pior ainda, nossos inimigos na *junta* espanhola vão adorar. Dirão que os acontecimentos de ontem à noite provaram que as tropas estrangeiras não são confiáveis sob o comando britânico, e nesse momento, Richard, o que desejamos mais que qualquer coisa é que o par seja nomeado *generalisimo* da Espanha. De outra forma não iremos vencer. Portanto, o que precisamos fazer agora, só para garantir que o maldito Valverde não tenha andorinhas suficientes para fazer seu verão, é estabelecer um solene tribunal de inquérito e encontrar um oficial britânico em quem possa ser posta toda a culpa. Precisamos de um bode expiatório, e que Deus abençoe o pobre coitado.

Sharpe sentiu a longa e lenta aproximação do desastre. Os portugueses e os espanhóis queriam um bode expiatório, e Richard Sharpe seria uma bela vítima, uma vítima que seria amarrada e embrulhada pelos relatórios que Hogan montaria essa tarde no quartel-general.

— Tentei dizer a Oliveira que Loup iria atacar — argumentou Sharpe —, mas ele não quis acreditar em mim...

— Richard! Richard! — interrompeu Hogan num tom sofrido. — Você não é o bode expiatório! Santo Deus, homem, você não passa de um capitão, e mesmo assim é um capitão provisório. Na listagem você não é um tenente? Acha que podemos ir ao governo português e dizer que permitimos que um tenente fuzileiro destruísse um ótimo regimento de caçadores? Santo Deus, homem, se quisermos realizar um sacrifício, o mínimo que podemos é encontrar um animal grande, roliço, com gordura suficiente na carcaça para fazer o fogo chiar quando o jogarmos nas chamas.

— Runciman.

Hogan deu um sorriso lupino.

— Exato. Nosso intendente de Diligências será sacrificado para deixar os portugueses felizes e persuadir os espanhóis de que podem confiar que Wellington não irá massacrar seus preciosos soldados. Não posso sacrificar Kiely, mesmo adorando a ideia, porque isso chatearia os espanhóis, e não posso sacrificar você porque seu posto é baixo demais e, além disso, preciso de você para a próxima vez que eu tiver uma tarefa para um idiota, porém o coronel Runciman nasceu para esse momento, Richard. Esse é o único e orgulhoso propósito de Claud na vida: sacrificar sua honra, seu posto e sua reputação para manter Lisboa e Cádis felizes. — Hogan fez uma pausa, pensativo. — Talvez nós até atiremos nele. Só *pour encourager les autres*.

Sharpe achou que deveria reconhecer a expressão francesa, mas ela não significou nada. Ele estava deprimido demais para pedir que Hogan traduzisse. Também sentia uma pena desesperada de Runciman.

— O que quer que o senhor faça, não o mate. A culpa não foi dele. Foi minha.

— Se foi de alguém — interrompeu Hogan bruscamente —, a responsabilidade foi de Oliveira. Ele era um bom homem, mas deveria ter ouvido você, porém não ouso culpá-lo. Os portugueses precisam dele como herói, assim como os espanhóis precisam de Kiely. Portanto vamos escolher Runciman. Não é uma questão de justiça, Richard, e sim de política, e, como toda política, não é bonita, mas se for bem-feita pode produzir maravilhas. Vou deixar você para enterrar os mortos, e amanhã de manhã se apresente ao quartel-general com todos os seus irlandeses desarmados. Estamos procurando um lugar para acantoná-los, onde não possam arranjar encrenca, e você, claro, poderá voltar ao trabalho de soldado de verdade.

De novo Sharpe sentiu uma pontada com a injustiça daquela solução.

— E se Runciman quiser me convocar como testemunha? Não vou mentir. Gosto dele.

— Você tem gostos perversos. Runciman não vai chamar você, ninguém vai chamar você. Vou garantir isso. Esse tribunal de inquérito não é para estabelecer a verdade, Richard, e sim para liberar Wellington e a mim de um anzol doloroso que no momento está enfiado no fundo de nossa base conjunta. — Hogan riu, depois se virou e se afastou. — Vou lhe mandar algumas picaretas e pás para enterrar os mortos — gritou numa despedida insensível.

— O senhor não podia mandar as coisas de que nós precisávamos, não é? — gritou Sharpe, amargo, para o major. — Mas pôde arranjar a porcaria das pás bem rápido.

— É porque faço milagres! Venha almoçar comigo amanhã!

O cheiro dos mortos já era pútrido no forte. Aves de carniça giravam no alto ou se empoleiravam nas muralhas meio derrubadas. Já havia algumas ferramentas para cavar, e Sharpe ordenou que a Real Compañía Irlandesa começasse a abrir uma longa trincheira para servir como sepultura. Fez seus próprios fuzileiros se juntar aos cavadores. Os casacos-verdes resmungaram dizendo que esse serviço estava abaixo de sua dignidade como tropas de elite, porém Sharpe insistiu.

— Nós fazemos isso porque eles estão fazendo — declarou a seus homens infelizes, virando o polegar para os guardas irlandeses. Sharpe até mesmo ajudou, despindo-se da cintura para cima e pegando uma picareta como se fosse um instrumento de vingança. Golpeava com a ponta o solo duro, rochoso, soltava-a e golpeava de novo, até o suor brotar.

— Sharpe? — O coronel Runciman, triste e montado em seu cavalo enorme, olhou para o fuzileiro que suava com as costas nuas. — É você mesmo, Sharpe?

Sharpe se empertigou e afastou os cabelos dos olhos.

— Sim, general. Sou eu.

— Você foi açoitado? — Runciman olhava pasmo as grossas cicatrizes nas costas de Sharpe.

— Na Índia, general, por algo que não fiz.

— Você não deveria estar cavando! Cavar está abaixo da dignidade de um oficial, Sharpe. Você precisa aprender a se comportar como oficial.

Sharpe enxugou o suor do rosto.

— Eu gosto de cavar, general. É um trabalho honesto. Sempre achei que um dia poderia ter uma fazenda. Uma fazenda pequena, apenas com trabalho honesto para fazer do nascer do sol ao anoitecer. O senhor veio se despedir?

Runciman assentiu.

— Você sabe que haverá um tribunal de inquérito?

— Ouvi dizer, senhor.

— Acho que eles precisam de alguém a quem culpar. O general Valverde diz que alguém deveria ser enforcado por causa disso. — Runciman remexeu nas rédeas, depois se virou na sela para olhar o general espanhol que estava a cem passos de distância, imerso numa conversa com Kiely. O lorde era quem parecia falar mais, gesticulando sem parar mas também apontando para Sharpe a intervalos de alguns segundos. — Você acha que eles vão me enforcar, Sharpe? — Runciman parecia à beira das lágrimas.

— Eles não vão enforcá-lo.

— Mas de qualquer modo isso vai significar a desgraça — comentou Runciman, de coração partido.

— Então lute.

— Como?

— Diga que você ordenou que eu avisasse a Oliveira. Algo que fiz.

Runciman franziu a testa.

— Mas não ordenei que você fizesse isso, Sharpe.

— E daí? Eles não vão saber, senhor.

— Não posso mentir! — exclamou Runciman, chocado com o pensamento.

— É sua honra que está em jogo, senhor, e haverá um número suficiente de filhos da mãe contando mentiras a seu respeito.

— Não mentirei — insistiu Runciman.

— Então distorça a verdade, pelo amor de Deus, senhor. Diga que teve de realizar truques para conseguir alguns mosquetes decentes e que se não fosse por essas armas ninguém teria sobrevivido ontem à noite! Banque o herói, senhor, faça os desgraçados se retorcerem!

Runciman balançou a cabeça lentamente.

— Não sou um herói, Sharpe. Eu gostaria de achar que há uma colaboração valiosa que posso dar ao Exército, como meu querido pai fez para a Igreja, no entanto não sei se já encontrei minha verdadeira vocação. Mas não posso fingir ser o que não sou. — Ele tirou o chapéu bicorne para enxugar a testa. — Só vim me despedir.

— Boa sorte, senhor.

Runciman deu um sorriso pesaroso.

— Nunca tive isso, Sharpe, nunca. A não ser com meus pais. Tive sorte com meus pais e ao ser abençoado com um apetite saudável. Mas afora isso...?

Ele deu de ombros como se a pergunta fosse impossível de ser respondida, pôs o chapéu de novo, acenou com tristeza, virou-se e foi se juntar a Hogan. Dois carros de bois vieram ao forte com pás e picaretas, e assim que as ferramentas foram descarregadas o padre Sarsfield reivindicou os dois veículos para os feridos serem levados a médicos e hospitais.

Hogan acenou em despedida para Sharpe e saiu à frente das carroças. Os caçadores sobreviventes foram atrás, marchando sob suas bandeiras. Lorde Kiely não disse nada a seus homens, apenas cavalgou para o sul. Juanita, que não havia mostrado o rosto fora da casa da guarda durante toda a manhã, cavalgou ao lado dele com seus cães os seguindo. O general Valverde tocou no chapéu para cumprimentar Juanita, depois puxou as rédeas com força, girou o cavalo e esporeou passando pelo capim enegrecido do pátio do forte até chegar perto de onde Sharpe cavava.

— Capitão Sharpe?

— General? — Sharpe teve de proteger os olhos para mirar o homem alto, magro, de uniforme amarelo em sua sela alta.

— Que motivo o general Loup teve para atacar ontem à noite?

— O senhor deve perguntar a ele, general.

Valverde sorriu.

— Talvez eu pergunte. Agora volte a cavar, capitão. Ou seria tenente? — Valverde esperou uma resposta, mas, como ela não veio, virou seu cavalo e bateu as esporas com força outra vez.

— O que foi aquilo? — perguntou Harper.

— Só Deus sabe — respondeu Sharpe, olhando o elegante espanhol galopar para alcançar as carroças e os outros cavaleiros.

Mas ele sabia, e sabia que significava encrenca. Xingou, depois arrancou a picareta do chão e a golpeou com força de novo. Uma fagulha voou de um pedaço de sílex quando a ponta do instrumento golpeou fundo. Sharpe largou o cabo.

— Mas vou lhe dizer o que sei, Pat. Todos perderam com o que aconteceu ontem à noite, menos Loup, que ainda está por aí e isso me atormenta.

— E o que o senhor pode fazer a respeito?

— Nesse momento, Pat, nada. Nem sei onde encontrar o filho da mãe.

Então El Castrador chegou.

— El Lobo está em San Cristóbal, *señor* — avisou El Castrador.

O guerrilheiro tinha vindo com cinco homens recolher os mosquetes que Sharpe havia prometido. O espanhol disse que precisava de cem armas, porém Sharpe duvidava que ele tivesse ao menos uma dúzia de seguidores. No entanto, qualquer arma a mais seria vendida com grande lucro. Sharpe deu trinta mosquetes que tinha guardado na véspera no alojamento de Runciman.

— Não posso ceder mais — tinha dito a El Castrador, que aceitou dando de ombros, como alguém acostumado a desapontamentos.

Agora El Castrador cutucava os mortos portugueses, procurando o que saquear. Pegou um chifre de pólvora de um fuzileiro, virou-o e viu que havia sido perfurado por uma bala. Mesmo assim arrancou o bico de metal do chifre e enfiou num enorme bolso de seu avental manchado de sangue.

— El Lobo está em San Cristóbal — repetiu.

— Como você sabe?

— Eu sou El Castrador! — exclamou com alarde o sujeito grosseiro, depois se agachou ao lado de um corpo enegrecido. Abriu as mandíbulas do morto com os dedos grandes. — É verdade, *señor*, que a gente pode vender dentes dos mortos?

— Em Londres, sim.

— Em troca de ouro?

— Eles pagam em ouro, sim. Ou prata — respondeu Sharpe. Com os dentes saqueados eram feitas dentaduras para clientes ricos que desejavam algo melhor que dentes de osso ou marfim.

El Castrador puxou os lábios do cadáver, revelando um belo conjunto de incisivos.

— Se eu tirar os dentes, *señor*, o senhor compra? Depois o senhor pode mandá-los a Londres e obter lucro. O senhor e eu, hein? A gente pode fazer negócio.

— Estou ocupado demais para fazer negócio — respondeu Sharpe, escondendo a aversão. — Além disso, nós só pegamos dentes de franceses.

— E os franceses tiram dentes dos ingleses para vender em Paris, é? De modo que os franceses mordem com os dentes de vocês e vocês mordem com os deles, e ninguém morde com os próprios dentes. — El Castrador gargalhou enquanto se levantava. — Talvez comprem dentes em Madri — especulou.

— Onde fica San Cristóbal? — indagou Sharpe, mudando de assunto.

— Do outro lado das montanhas — respondeu vagamente El Castrador.

— Mostre. — Sharpe puxou o grandalhão para a muralha leste. — Mostre — repetiu quando chegaram à plataforma de tiro.

El Castrador indicou a trilha que serpenteava morro acima no outro lado do vale, a mesma por onde Juanita de Elia tinha fugido dos dragões que a perseguiam.

— Siga aquele caminho por 8 quilômetros e o senhor vai chegar a San Cristóbal. Não é um lugar grande, mas é o único aonde se chega por aquela estrada.

— E como você sabe que Loup está lá?

— Porque meu primo viu quando ele chegou hoje de manhã. Meu primo disse que ele carregava feridos.

Sharpe olhou para o leste. Oito quilômetros. Duas horas, se a lua estivesse sem nuvens ou seis horas se fosse uma escuridão de breu.

— O que seu primo estava fazendo lá?

— Ele já morou na aldeia, *señor*. Ele vai lá vigiar, de vez em quando.

Era uma pena que ninguém estivesse vigiando Loup na noite anterior, pensou Sharpe.

— Fale sobre San Cristóbal.

O espanhol disse que era um povoado no alto da montanha. Não era grande, mas era próspero, com uma bela igreja, uma praça e várias casas de pedra, substanciais. O lugar já havia sido famoso por criar touros destinados às touradas das pequenas cidades de fronteira.

— Mas agora não é mais — disse El Castrador. — Os franceses cozinharam os últimos touros.

— É uma aldeia no topo de uma montanha?

El Castrador balançou a cabeça.

— Fica num vale igual àquele. — Ele acenou em direção ao vale no leste. — Mas não tão fundo. Não crescem árvores lá, *señor*, e ninguém consegue chegar perto de San Cristóbal sem ser visto. E El Lobo construiu muros em todas as aberturas entre as casas e mantém vigias na torre do sino da igreja. Não dá para se aproximar. — El Castrador fez o alerta com a voz preocupada. — O senhor está pensando em ir lá?

Sharpe demorou um bom tempo para responder. Claro que estava pensando em ir, mas com que objetivo? Loup possuía uma brigada de homens, ao passo que Sharpe tinha meia companhia.

— A que distância posso chegar sem ser visto?

El Castrador deu de ombros.

— Oitocentos metros? Mas também tem um desfiladeiro lá, um vale por onde a estrada corre. Já pensei bastante que a gente poderia fazer uma armadilha para Loup lá. Ele costumava fazer um reconhecimento no vale antes de passar por lá, mas agora não. Agora ele está confiante demais.

Então vá ao desfiladeiro e vigie, pensou Sharpe. Só vigie. Nada mais. Nada de ataque, nem emboscada, nem desobediência, nem heroísmo, só um reconhecimento. E, afinal de contas, disse a si mesmo, a ordem de Wellington, de levar a Real Compañía Irlandesa ao quartel-general do exército em Vilar Formoso, não detalhava a rota que ele deveria usar. Nada proibia especificamente que Sharpe fizesse uma viagem longa, dando uma volta e passando por San Cristóbal, mas ele sabia, mesmo enquanto pensava nessa evasiva, que era capciosa. O mais sensato era esquecer Loup, porém ser derrotado e simplesmente se deitar e aceitar a surra ia contra todos os seus instintos.

— Loup tem artilharia em San Cristóbal?

— Não, *señor*.

Sharpe se perguntou se Loup teria arranjado para que essas informações chegassem a ele. Será que Loup o estaria atraindo para uma armadilha?

— O *señor* iria conosco? — perguntou a El Castrador, suspeitando que o guerrilheiro jamais iria se Loup estivesse por trás da notícia sobre o paradeiro da brigada francesa.

— Para vigiar Loup ou para lutar contra ele? — perguntou o espanhol com reservas.

— Para vigiar — respondeu Sharpe, sabendo que não era a resposta honesta.

O espanhol assentiu.

— O senhor não tem homens suficientes para lutar contra ele — acrescentou para explicar a pergunta cautelosa.

Sharpe concordou, em particular. Não tinha homens suficientes, a não ser que pudesse surpreender Loup ou talvez emboscá-lo no desfiladeiro. Uma bala de fuzil bem-mirada mataria um homem com tanta certeza quanto o ataque de um batalhão inteiro; e, quando pensou no corpo mutilado e torturado de Oliveira, Sharpe achou que Loup merecia essa bala. De modo que talvez essa noite, refletiu, pudesse levar seus fuzileiros a San Cristóbal e rezar por uma vingança particular no desfiladeiro ao alvorecer.

— Eu gostaria de sua ajuda — pediu a El Castrador, lisonjeando-o.

— Daqui a uma semana, *señor*, posso reunir uma tropa respeitável.

— Vamos essa noite.

— Essa noite? — O espanhol ficou consternado.

— Vi uma tourada uma vez em que o matador deu o golpe mortal no touro, aquele por cima do pescoço descendo entre as espáduas. O animal cambaleou, depois caiu de joelhos. O homem puxou a espada e se virou com os braços erguidos em triunfo. Você pode adivinhar o que aconteceu.

El Castrador assentiu.

— O touro se levantou?

— Uma chifrada na cintura do homem — confirmou Sharpe. — Bom, eu sou o touro, *señor*. De modo que essa noite, quando ele achar que estamos fracos demais para nos mexermos, marcharemos.

— Mas só para vigiar — disse o guerrilheiro cautelosamente. Ele havia sido chamuscado por Loup vezes demais para se arriscar a uma luta.

— Para vigiar — mentiu Sharpe. — Só para vigiar.

O fuzileiro foi sincero com Harper. Levou o amigo ao alto da torre da casa da guarda, de onde os dois olharam por cima do vale ao leste, na direção do terreno enevoado onde se escondia a aldeia de San Cristóbal.

— Honestamente, não sei por que vou — confessou. — Não temos ordens de ir e nem tenho certeza se podemos fazer alguma coisa quando chegarmos lá. Mas há um motivo para ir.

Sharpe fez uma pausa, subitamente sem graça. O fuzileiro achava difícil articular seus pensamentos mais profundos, talvez porque o ato expusesse uma vulnerabilidade. Poucos eram bons nisso, e ele desejava dizer que um soldado era tão bom quanto sua última batalha, e a última batalha de Sharpe tinha sido um desastre que deixara o forte de San Isidro enfumaçado e ensanguentado. E havia um número suficiente de idiotas no exército que ficariam felizes porque o homem que havia ascendido do posto mais baixo recebera o que merecia. E tudo isso significava que Sharpe devia golpear Loup de volta, caso contrário perderia sua reputação como soldado sortudo e vitorioso.

Harper rompeu o silêncio com a sugestão:

— O senhor precisa dar uma surra violenta em Loup?

— Não tenho homens suficientes para isso. Os fuzileiros irão comigo, mas não posso ordenar que os homens de Donaju partam a San Cristóbal. A ideia é provavelmente uma perda de tempo, Pat, mas há uma chance, meia chance, de que eu ponha o desgraçado caolho na mira de meu fuzil.

— O senhor ficaria surpreso — declarou Harper. — Há um bom número de homens da Real Compañía Irlandesa que adoraria nos acompanhar. Não sei quanto aos oficiais, mas o sargento Noonan irá, e o tal de Rourke, e tem um sacana maluco chamado Leon O'Reilly que só quer matar franceses, e há mais um monte igual a ele. Eles têm algo a provar, veja bem. Que não são tão covardes quanto Kiely.

Sharpe sorriu, então deu de ombros.

— Provavelmente isso é apenas perda de tempo, Pat — repetiu.

— E que outra coisa o senhor planeja fazer essa noite?

— Nada, absolutamente nada.

Mas ele sabia que, se marchasse para outra derrota, arriscaria tudo que já havia conquistado, mas também sabia que não ir, por menor que fosse a perspectiva de vingança, era aceitar a surra que Loup tinha administrado, e Sharpe era orgulhoso demais para aceitar isso. Provavelmente não obteria nada marchando até San Cristóbal, porém precisava fazê-lo.

Marcharam depois do anoitecer. Donaju insistiu em ir e cinquenta de seus homens o seguiram. Um número maior teria marchado, no entanto Sharpe queria que a maioria da Real Compañía Irlandesa ficasse para vigiar as famílias e a bagagem. Tudo e todos que permaneceram no forte de San Isidro foram levados para a casa da guarda, para o caso de Loup voltar com o objetivo de acabar com o trabalho da véspera.

— O que seria um tremendo azar meu — comentou Sharpe. — Eu marchando para atirar nele e ele marchando para me capar. — Seus fuzileiros foram à frente, como batedores, para o caso de os franceses estarem retornando ao San Isidro.

— O que fazemos se os encontrarmos? — perguntou Donaju.

— Nós nos escondemos. Setenta de nós não podem vencer mil deles, principalmente em terreno aberto. — Uma emboscada poderia funcionar essa noite, mas não um tiroteio em terreno aberto, plano e iluminado pela lua contra um inimigo avassalador. — E odeio lutar à noite. Fui capturado numa maldita luta noturna na Índia. Estávamos tropeçando nos tufos de capim no escuro, sem que ninguém soubesse o que estava fazendo, a não ser os indianos, e eles sabiam muito bem. Disparavam foguetes contra nós. Aquelas porcarias não tinham utilidade como armas, mas à noite o fogo nos cegava, e a próxima coisa que vi foram vinte sacanas enormes apontando baionetas caladas contra mim.

— Onde foi isso? — perguntou Donaju.

— Seringapatam.

— Que negócios você tinha na Índia? — indagou Donaju, numa desaprovação evidente.

— Os mesmos que tenho aqui — respondeu Sharpe rapidamente. — Matar os inimigos do rei.

El Castrador quis saber o que eles estavam falando, por isso Donaju traduziu. O guerrilheiro sofria porque Sharpe tinha se recusado a deixar que alguém montasse, por isso o cavalo de El Castrador, assim como os dos oficiais da unidade irlandesa, estava sendo puxado no final da coluna. Sharpe insistira na precaução porque homens em cavalos podiam se afastar da linha de marcha, e a visão de um homem montado no alto de um morro poderia servir facilmente para alertar uma patrulha francesa. Do mesmo modo, Sharpe havia insistido em que ninguém andasse com um mosquete carregado, para evitar que algum tropeção acionasse um fecho e disparasse um tiro que seria ouvido bem longe na noite parada, quase sem vento.

A marcha não era difícil. A primeira hora foi a pior, porque precisavam subir o morro íngreme do outro lado do forte de San Isidro, mas depois de passar pelo cume o caminho se mantinha razoavelmente plano. Era uma estrada de carroceiros, coberta de capim, larga e fácil de marchar no ar fresco da noite. A rota serpenteava preguiçosa entre afloramentos rochosos onde piquetes inimigos poderiam estar ocultos. Normalmente,

Sharpe faria o reconhecimento desses locais perigosos, mas naquela noite pressionava seus batedores adiante. Estava num humor perigoso e fatalista. Talvez, pensou, aquela marcha imprudente fosse resultado da derrota, uma espécie de reação chocada em que um homem golpeava de forma desmedida, e aquela expedição insensata sob a meia-lua era sem dúvida às cegas, porque Sharpe sabia, no fundo da alma, que o negócio inacabado entre ele e o brigadeiro Loup quase certamente permaneceria sem resolução. Ninguém poderia ter esperança de marchar à noite em direção a uma aldeia fortificada que não havia passado por um reconhecimento e depois montar uma emboscada. As chances eram de que a pequena expedição vigiasse a aldeia de longe, Sharpe concluiria que nada poderia ser feito contra seus muros ou no desfiladeiro próximo e ao alvorecer os guardas e os fuzileiros marchariam de volta ao San Isidro sem nada além de pés doloridos e uma noite desperdiçada.

Passava pouco da meia-noite quando a coluna chegou ao morro baixo acima do vale de San Cristóbal. Sharpe descansou os homens atrás da crista enquanto subia até o alto com El Castrador, Donaju e Harper. Os quatro se deitaram nas rochas e observaram.

A pedra cinzenta da aldeia estava quase branca pelo luar que lançava sombras nítidas da intricada teia de muros de pedra que marcavam os campos ao redor do pequeno povoado. A torre da igreja, caiada de branco, parecia reluzir, tão clara era a noite e tão brilhante a meia-lua que pendia sobre os morros reluzentes. Sharpe apontou sua luneta para a torre e, apesar de ver com nitidez o desarrumado ninho de uma cegonha em cima e a claridade da lua refletindo-se num sino suspenso na abertura em arco da torre, não viu sentinelas. Mas não esperaria necessariamente ver um piquete, porque qualquer um que estivesse vigiando numa noite longa e fria num lugar alto e vulnerável provavelmente se encolheria abrigando-se num canto da torre.

San Cristóbal parecia ter sido uma aldeia agradável antes que a brigada de Loup chegasse para expulsar os habitantes e destruir seu meio de vida. Os fortes muros dos campos foram construídos para manter presos os touros de combate, e esses animais haviam pagado pela igreja e pelas casas que mostravam um toque de prosperidade na lente da luneta de Sharpe. Em Fuentes de Oñoro, o povoado minúsculo onde ele tinha conhecido El Castrador, as cabanas eram quase todas baixas e praticamente sem janelas, no entanto algumas casas de San Cristóbal possuíam dois andares e quase todas as paredes voltadas para fora tinham janelas, e até mesmo, num caso, uma pequena sacada. O fuzileiro supôs que haveria piquetes em metade daquelas janelas.

Ele acompanhou com a luneta a linha da estrada de carroceiros até ver que, onde uma trilha saía da estrada para se tornar a rua principal da aldeia, um muro de pedra tinha sido construído entre duas casas. Havia uma abertura no muro, mas Sharpe conseguia identificar o contorno sombreado de um segundo muro atrás do primeiro. Fez um movimento em zigue-zague com a mão enquanto olhava para El Castrador.

— É o portão, *señor*?

— *Sí*. Três muros! — El Castrador exagerou o gesto de zigue-zague para mostrar como era complicada a entrada em forma de labirinto. Um labirinto assim retardaria qualquer atacante enquanto os homens de Loup dispararam tiros de mosquete das janelas altas.

— Como eles levam os cavalos para dentro? — perguntou Donaju em espanhol.

— Pelo outro lado — respondeu El Castrador. — Tem um portão. Muito forte. E o desfiladeiro, *señor*, fica do outro lado da aldeia. Onde a estrada sobe nos morros, está vendo? Deveríamos ir até lá?

— Meu Deus, não! — exclamou Sharpe. Sua esperança no desfiladeiro de El Castrador havia se desfeito no instante em que ele viu onde o lugar ficava. O desfiladeiro poderia ser o local perfeito para um ataque surpresa, porém ficava muito longe, e Sharpe soube que não teria chance de alcançá-lo antes do amanhecer. Lá se iam suas esperanças de uma emboscada.

Virou a luneta de volta para a aldeia, bem a tempo de ver movimento. Ele ficou tenso, depois viu que era meramente um sopro de fumaça vindo de uma chaminé no meio da aldeia. A fumaça estivera lá o tempo inteiro, mas alguém devia ter jogado madeira no fogo ou então tentado reviver as brasas com um fole, provocando a súbita rajada.

— Estão todos enfiados na cama — comentou Donaju. — Em segurança.

Sharpe deslizou a luneta acima dos telhados.

— Não há bandeira — declarou finalmente. — Ele costuma içar uma bandeira? — perguntou a El Castrador.

O grandalhão deu de ombros.

— Às vezes sim, às vezes não. — Obviamente não sabia a resposta.

Sharpe fechou a luneta.

— Ponha uma dúzia de homens de guarda, Donaju — ordenou. — E diga ao restante para dormir um pouco. Pat? Mande Latimer e uns dois rapazes até aquele morro. — Ele indicou um afloramento rochoso que daria uma visão melhor do território ao redor. — E você e o resto dos fuzileiros venham comigo.

Harper fez uma pausa como se quisesse perguntar os detalhes do que planejavam fazer, porém decidiu que a obediência silenciosa era o melhor caminho, deslizando para trás do topo do morro. Donaju franziu a testa.

— Não posso ir com você?

— Alguém precisa assumir o comando, se eu morrer. Portanto fique de vigia, continue aqui até as três da manhã, e, se não tiver notícias minhas até lá, vá para casa.

— E o que você planeja fazer lá embaixo? — quis saber Donaju, indicando a aldeia.

— A coisa não cheira bem. Não posso explicar, mas não cheira bem. Por isso vou só dar uma olhada. Nada mais, Donaju, só olhar.

O capitão Donaju continuou infeliz por ser excluído da patrulha do fuzileiro, mas não queria contrariar os planos dele. Afinal de contas, Sharpe era um guerreiro, e Donaju tinha apenas uma noite de experiência em batalha.

— O que eu digo aos ingleses se você morrer? — perguntou em tom de censura.

— Que tirem minhas botas antes de me enterrar. Não quero bolhas durante toda a eternidade. — Em seguida Sharpe se virou e viu Harper guiando um grupo de fuzileiros morro acima. — Pronto, Pat?

— Sim, senhor.

BERNARD CORNWELL

— Você fica aqui — indicou Sharpe a El Castrador, não exatamente como uma determinação mas também não como uma ordem direta.

— Vou esperar aqui, *señor*. — O tom do guerrilheiro traía que ele não tinha vontade de chegar mais perto do covil do lobo.

Sharpe levou seus homens para o sul, por trás do cume do morro, até que um trecho de rochas partidas oferecesse uma área de sombra que os levou em segurança ao muro de pedras mais próximo. Moviam-se depressa, apesar de precisarem ficar agachados, porque as sombras dos muros ofereciam caminhos negros invisíveis para alguém que observasse da aldeia. Na metade do vale Sharpe parou e fez um reconhecimento cauteloso com a luneta. Agora podia ver que todas as janelas baixas foram bloqueadas com pedras, deixando apenas as de cima, que eram inacessíveis, livres para os vigias. Também podia observar os alicerces de casas demolidas do lado de fora do perímetro defensivo da aldeia, de modo que nenhum atacante se abrigasse perto de San Cristóbal. Loup havia tomado a precaução adicional de derrubar os muros de pedras sem argamassa que ficavam ao alcance dos mosquetes da aldeia. Sharpe poderia se aproximar até uns sessenta ou setenta passos, mas depois disso ficaria tão evidente quanto uma mosca-varejeira numa parede caiada.

— O desgraçado não quer se arriscar — declarou Harper.

— Você poderia culpá-lo? — retrucou Sharpe. — Eu derrubaria alguns muros para impedir que El Castrador treinasse sua técnica em mim.

— Então o que vamos fazer?

— Ainda não sei.

E não sabia mesmo. Havia chegado à fortaleza inimiga, ao alcance de tiros de fuzil, e não sentia nenhum arrepio de medo. Na verdade, não sentia apreensão nenhuma. Talvez, pensou, Loup não estivesse ali. Ou talvez, mais preocupante, os instintos de Sharpe estivessem desregulados. Talvez Loup fosse um titereiro e estivesse atraindo Sharpe cada vez para mais perto, enganando a vítima com um fatal sentimento de segurança.

— Tem alguém aí — comentou Harper, prevendo os pensamentos de Sharpe. — Caso contrário não haveria fumaça.

— O mais sensato a fazer é darmos o fora daqui e irmos para a cama.

— O mais sensato a fazer — disse Harper — é sair da porcaria do exército e morrer na cama.

— Mas não foi por isso que nos alistamos, não é?

— Fale pelo senhor. Eu só entrei para conseguir uma refeição decente. — Harper escorvou o fuzil, depois preparou de modo semelhante a arma de sete canos. — Ser morto não fazia parte do plano.

— Eu entrei para não ser pendurado em um cadafalso. — Sharpe escorvou o fuzil, depois olhou de novo os muros enluarados da aldeia. — Maldição, vou chegar mais perto.

Era como uma brincadeira de criança, tentando ver até que ponto podiam se aproximar de uma vítima sem que seus movimentos fossem vistos; e, de repente, na cabeça de Sharpe, o povoado assumia uma ameaça infantil, quase como se fosse um castelo mal-assombrado, porém adormecido, que deveria ser abordado com enorme furtividade para não despertar e destruí-lo. Porém, por que se incomodar em correr o risco da destruição?, perguntou-se. E não obteve nenhuma resposta, só que não havia chegado tão perto da fortaleza daquele que se transformara em seu pior inimigo para dar meia-volta e se afastar ignominiosamente.

— Vigiem as janelas — ordenou a seus homens, depois se esgueirou pela base do muro que fazia sombra até que finalmente as pedras acabaram e só havia uma pilha de rochas caídas, onde tinha existido uma parede.

Mas pelo menos as pedras ofereciam um trecho de sombras emaranhadas. Sharpe olhou a confusão de rochas, imaginando se as sombras seriam suficientes para esconder um homem, então olhou para a aldeia. Nada se mexia, a não ser a névoa da fumaça de lenha empurrada pelo vento fraco da noite.

— Volte, senhor! — chamou Harper, baixinho.

Mas em vez disso Sharpe respirou fundo, deitou-se e se esgueirou ao luar. Deslizava como uma cobra entre as pedras, tão devagar que confiava que nenhum vigia detectaria sua forma em movimento no meio dos retalhos de sombras. Seu cinto e o uniforme cheio de laçadas se prendiam nas pedras de tempos em tempos, mas ele se soltava e rastejava alguns palmos antes de se imobilizar e prestar atenção de novo. Antecipava o som revelador de um mosquete sendo engatilhado, o pesado estalo duplo que pressagiaria um tiro estrondoso. Não ouviu nada a não ser o som fraco do vento. Nem mesmo um cão latia.

Aproximou-se mais e mais, até que finalmente as pedras amontoadas terminaram e havia apenas o terreno aberto e enluarado entre ele e a parede alta da casa mais próxima. Olhou para a janela e não viu nada. Não sentia cheiro de nada, a não ser o odor forte dos montes de esterco no vilarejo. Nenhum cheiro de tabaco, de feridas de selas, nenhum fedor de uniformes sujos. Havia uma leve lembrança de fumaça de lenha adoçando o fedor de esterco, mas afora isso nenhuma sugestão de presença humana na aldeia. Dois morcegos voaram perto da parede, com as asas pontudas tremulando pretas contra a cal. Agora que estava próximo do povoado, Sharpe podia ver os sinais de abandono. A cal das paredes estava se desgastando, telhas de ardósia escorregavam dos telhados e as molduras das janelas tinham sido arrancadas para serem usadas como lenha. Os franceses expulsaram os habitantes de San Cristóbal e transformaram o lugar numa aldeia fantasma. O coração de Sharpe batia forte, ecoando nos ouvidos, enquanto ele se esforçava para conseguir alguma pista do que haveria por trás das paredes brancas e silenciosas. O fuzileiro engatilhou o fuzil e os estalos soaram altos demais na noite, mas ninguém gritou da aldeia, interpelando.

— Dane-se. — Ele não tinha pretendido pensar em voz alta, mas havia feito isso, e enquanto falava se levantou.

Quase podia sentir Harper respirando nervoso, cem passos atrás. Levantou-se e esperou. Ninguém falou, ninguém gritou, ninguém interpelou e ninguém atirou. Sentiu-se suspenso entre a vida e a morte, quase como se toda a terra girando tivesse se tornado frágil como uma bola de vidro soprado que pudesse ser despedaçada com um único ruído alto.

Ele caminhou na direção da aldeia que ficava a apenas vinte passos de distância. Os ruídos mais altos na noite eram os sons de suas botas no capim e a respiração na garganta. Estendeu a mão e tocou a parede de pedra fria. Ninguém disparou e ninguém o confrontou, por isso Sharpe andou ao longo do limite de San Cristóbal, passou pelas janelas bloqueadas com pedras e pelas ruas fechadas por muros, até finalmente chegar à entrada parecida com um labirinto.

Parou a cinco passos do muro externo do portão. Passou a língua pelos lábios e olhou a abertura escura. Estaria sendo vigiado? Loup, como um feiticeiro numa torre, estaria atraindo-o? Os franceses estariam prendendo o fôlego e mal acreditando na sorte enquanto sua vítima vinha até eles, passo a passo, lentamente? A noite iria explodir num horror nítido? Em tiros e matança, derrota e dor? O pensamento quase levou Sharpe a se afastar da aldeia, porém seu orgulho o impediu de recuar, suficientemente monstruoso para fazê-lo dar mais um passo para perto da passagem labiríntica.

Então outro passo, e outro, e de repente estava ali, na abertura do portão, e nada se movia. Nem uma respiração se agitava. À frente dele estava o segundo muro, vazio, com sua abertura sedutora à esquerda. Sharpe deslizou para o interior da passagem, agora isolado do luar e da visão de seus fuzileiros. Estava no labirinto, na armadilha de Loup, e deslizou pela passagem estreita entre os muros, com o fuzil apontado e o dedo no gatilho.

Chegou à abertura e viu um terceiro muro vazio adiante, por isso atravessou a última passagem estreita que levava à direita, e assim à última abertura no último muro. Seus pés rasparam em pedra, a respiração trovejou. Havia luar atrás do terceiro muro, porém dentro do labirinto estava escuro e frio. Ele mantinha as costas comprimidas contra a parede do meio e sentia um conforto estranho com a sensação sólida da pedra. Deslizou de lado outra vez, tentou ignorar as marteladas do coração, depois respirou fundo, abaixou-se sobre um dos joelhos e se lançou de lado num único movimento, de modo a estar ajoelhado na última passagem para a aldeia de Loup, com o fuzil apontando para a rua calçada de pedras, na direção da igreja pintada de cal.

E diante dele não havia nada.

Ninguém gritou em triunfo, ninguém deu um riso de desprezo, ninguém ordenou sua captura.

Sharpe soltou um longo suspiro. Era uma noite fria, porém o suor escorria por seu rosto e ardia nos olhos. Ele estremeceu, depois baixou o cano do fuzil.

E começaram os latidos.

CAPÍTULO VI

— Ele é louco, Hogan — comentou Wellington. — Totalmente louco. Varrido. Deveria ser trancado no hospício de Bedlam, onde poderíamos pagar 6 pence para ir zombar dele. Já esteve no Bedlam?

— Uma vez, milorde, só uma.

A montaria de Hogan estava cansada e irritadiça, porque o irlandês havia cavalgado muito para encontrar o general e se sentia meio confuso com a recepção abrupta. Além disso, Hogan estava com o humor descortês de alguém que acordara cedo demais, porém de algum modo conseguiu reagir ao cumprimento zombeteiro de Wellington de modo semelhante.

— Minha irmã queria ver os lunáticos, milorde, mas pelo que me lembre só pagamos 2 pence cada.

— Eles deviam trancar Erskine — disse Wellington, carrancudo — e cobrar 2 pence de cada pessoa do populacho para vê-lo. Mesmo assim, até mesmo ele deveria ser capaz de fazer esse trabalho, não é? Só precisa manter o lugar cercado, e não capturá-lo.

Wellington inspecionava as fortes defesas ao redor da cidade de Almeida, ocupada pelos franceses. De vez em quando um canhão disparava da cidade-fortaleza e o som seco e duro do disparo ecoava no terreno ondulado, alguns segundos depois de a própria bala ter ricocheteado num jato de orvalho da manhã e rolado inofensiva para os campos ou para a floresta. Wellington, assessorado por uma dúzia de ajudantes e mensageiros e iluminado nitidamente pelos raios longos e inclinados do sol recém-nascido,

A BATALHA DE SHARPE

era um belo alvo para os artilheiros franceses, no entanto o lorde ignorava os esforços inimigos. Em vez disso, quase zombando da mira deles, parava sempre que o terreno oferecia oportunidade de observar a cidade, que possuía uma aparência peculiar, com o topo plano, desde que a catedral e o castelo no alto da colina de Almeida explodiram numa enorme erupção de pólvora armazenada. Essa explosão havia forçado os defensores ingleses e portugueses a entregar a cidade-fortaleza aos franceses, que por sua vez estavam agora cercados por tropas britânicas sob o comando de Sir William Erskine. Os homens de Erskine tinham ordens de conter a guarnição e não capturá-la. De fato, nenhum dos canhões de Erskine possuía tamanho suficiente para causar qualquer impressão nas enormes fortificações em forma de estrela.

— Quantos patifes estão aqui, Hogan? — perguntou Wellington, ignorando o fato de que Hogan não teria cavalgado intensamente pelo campo, tão cedo, sem trazer alguma notícia importante.

— Acreditamos que sejam 1.500 homens, senhor.

— Munição?

— Suficiente.

— E quanta comida eles têm?

— Minhas fontes falam de três semanas com meia ração, o que provavelmente significa que podem resistir um mês. Os franceses parecem capazes de subsistir com quase nada, senhor. Posso sugerir que nos desloquemos antes que um artilheiro acerte a pontaria? E posso pedir a atenção do lorde para outro assunto?

Wellington não se moveu.

— Estou reivindicando toda a atenção dos artilheiros — declarou o general de mau humor — como um modo de encorajá-los a melhorar a mira. Assim, Hogan, eles podem me livrar de Erskine. — O general Erskine estava geralmente bêbado, perpetuamente meio cego e supostamente louco. — Pelo menos foi o que a Guarda Montada me confessou — disse Wellington, esperando que Hogan seguisse sua linha de pensamento errática. — Escrevi a eles, Hogan, e reclamei porque me deram Erskine. Sabe qual foi a resposta? — Wellington havia contado essa história a Hogan pelo menos uma dezena de vezes nos últimos três meses, porém o irlandês sabia como o general gostava de contá-la, de modo que cedeu ao chefe.

— Infelizmente a resposta me escapa da lembrança no momento, meu milorde.

— Eles escreveram, Hogan, e estou citando literalmente: "Sem dúvida às vezes ele é um pouco louco, porém em seus intervalos de lucidez é um sujeito de inteligência incomum, mas de fato parecia um pouco desvairado quando embarcou." — Wellington deu sua grande gargalhada-relincho. — Então Masséna tentará suprir a guarnição?

Pelo tom do general, Hogan entendeu que Wellington sabia a resposta tão bem quanto ele, por isso, sensatamente, não disse nada. De qualquer modo a resposta era óbvia, visto que tanto Hogan quanto Wellington sabiam que o marechal Masséna não teria deixado 1.500 homens em Almeida só para que eles pudessem ser obrigados a passar fome até se render, e com isso ficar o restante da guerra em algum inóspito campo de prisioneiros em Dartmoor. Almeida havia recebido uma guarnição com um objetivo, e Hogan, como seu chefe, suspeitava que o objetivo estivesse quase concretizado.

Um fio de fumaça branca marcou o ponto onde um canhão havia disparado da muralha. A bala se apresentou a Hogan como uma linha vertical e escura que saltou ao céu, sinal certo de que o tiro vinha diretamente na direção do observador. Agora tudo dependia de o artilheiro ter avaliado corretamente a elevação. Meia volta a mais no parafuso de elevação da arma e a bala cairia antes do alvo, uma volta a menos e ela passaria ressoando acima.

Caiu 100 metros antes, depois ricocheteou passando por cima da cabeça de Wellington e rasgou um bosque de carvalhos. Folhas se espalharam enquanto a bala atirava galhos para um lado e para o outro.

— Os canhões deles estão frios demais, milorde — disse Hogan agitado —, e vão se aquecer logo.

Wellington deu um risinho.

— Você valoriza sua vida, não é? Bom, vamos indo.

O lorde estalou a língua e seu cavalo começou a descer obedientemente a encosta, passando por uma bateria de canhões britânicos protegida do inimigo por uma trincheira encimada por sacos cheios de terra. Muitos artilheiros estavam despidos da cintura para cima, alguns dormiam, e nenhum pareceu notar o comandante do exército que passava. Outro general poderia ficar aborrecido com o jeito casual da bateria, mas o olhar rápido de Wellington notou a boa condição dos canhões, por isso meramente assentiu para o comandante da bateria antes de acenar para que seus ajudantes se afastassem do alcance da audição.

— Então quais são suas novidades, Hogan?

— Novidades demais, milorde, e nenhuma boa. — Hogan tirou o chapéu e abanou o rosto. — O marechal Bessières se juntou a Masséna. Trouxe um bocado de cavalaria e artilharia, mas nenhuma infantaria, pelo que pudemos ver.

— Seus guerrilheiros? — Wellington indagava sobre a fonte da informação trazida por Hogan.

— Isso, milorde. Eles seguiram a marcha de Bessières.

Hogan pegou sua caixa de rapé e se serviu de uma pitada restauradora enquanto Wellington digeria a notícia. Bessières comandava o exército francês no norte da Espanha, uma força dedicada totalmente a lutar contra os guerrilheiros, e a notícia de que ele havia trazido tropas para reforçar o marechal Masséna sugeria que os franceses estavam se preparando para tentar liberar o cerco de Almeida.

Wellington cavalgou em silêncio por alguns metros. Seu caminho o levou por uma encosta suave até uma crista coberta de capim que oferecia outra visão da fortaleza inimiga. Ele pegou uma luneta e fez uma longa inspeção das muralhas amplas e baixas e dos tetos despedaçados pela artilharia. Hogan imaginou os artilheiros girando os canhões para o novo alvo. Wellington resmungou, depois fechou a luneta.

— Então Masséna vem trazer novos suprimentos para esses patifes, não é? E se o marechal for bem-sucedido, Hogan, eles terão o suficiente para permanecer aí até o inferno esfriar, a não ser que invadamos o local primeiro, e essa invasão vai demorar até o meio do verão, pelo menos, e não posso invadir Almeida e Ciudad Rodrigo ao mesmo tempo, por isso Masséna simplesmente precisará ser impedido. Vai vir baixo, garanto. — Essa última observação se referia a um canhão que tinha acabado de disparar da muralha. A fumaça partiu com força por cima do fosso enquanto Hogan tentava enxergar o projétil. A bala sólida chegou um segundo antes do som do canhão. Ricocheteou na encosta abaixo do grupo do general e passou por cima da cabeça dele, chocando-se contra uma oliveira. Wellington virou o cavalo para longe. — Mas você sabe o que vai significar se eu tentar parar Masséna na frente de Almeida, Hogan?

— O Côa, milorde.

— Exato.

Se o exército britânico e português lutasse contra os franceses perto de Almeida, teria o rio Côa, fundo e rápido, às costas, e se Masséna tivesse sucesso em cercar o flanco direito de Wellington, algo que certamente tentaria fazer, o exército ficaria com uma estrada, apenas uma estrada, por onde se retirar caso sofresse uma derrota. E essa única estrada passava por uma ponte alta e estreita sobre o desfiladeiro do Côa, que não poderia ser cruzado de outro modo; e, se o exército derrotado, com todos os seus canhões, bagagens, mulheres, cavalos de carga e feridos tentasse cruzar essa ponte estreita, seria o caos. E nesse caos os cavalos pesados do imperador mergulhariam com seus soldados usando espadas, e assim um belo exército britânico que tinha expulsado os franceses de Portugal morreria na fronteira da Espanha e haveria uma nova ponte no Sena, em Paris, que teria o estranho nome de Pont Castello Bom, em comemoração ao local onde André Masséna, marechal da França, teria destruído o exército de lorde Wellington.

— Portanto teremos de derrotar o marechal Masséna, não é? — disse Wellington a si mesmo, depois se virou para Hogan. — Quando ele virá, Hogan?

— Em breve, milorde, muito em breve. Os depósitos em Ciudad Rodrigo não permitirão outra coisa. — Com a chegada dos homens de Bessières, agora os franceses tinham bocas demais para alimentar com os suprimentos de Ciudad Rodrigo, o que significava que precisariam marchar logo, para não passar fome.

— E quantos Masséna tem agora?

— Ele consegue colocar 50 mil homens no campo, senhor.

— E eu não posso colocar 40 mil contra eles — comentou Wellington com amargura. — Um dia, Hogan, Londres acreditará que podemos vencer essa guerra e vai nos mandar algumas tropas que não sejam loucas, cegas ou bêbadas, mas até lá...? — Ele deixou a pergunta sem resposta. — Mais algum daqueles malditos jornais falsos?

Hogan não ficou surpreso com a súbita mudança de assunto. Os jornais descrevendo as atrocidades fictícias na Irlanda se destinavam a irritar os soldados irlandeses no exército britânico. O ardil havia fracassado, mas por pouco, e Hogan e Wellington temiam que a próxima tentativa fosse mais bem-sucedida. E, se essa tentativa acontecesse às vésperas de Masséna atravessar a fronteira para levar suprimentos a Almeida, poderia ser desastrosa.

— Nenhum, senhor. Por enquanto.

— Mas você afastou a Real Compañía Irlandesa da fronteira?

— Eles devem chegar a Vilar Formoso essa manhã, senhor.

Wellington fez uma expressão de desagrado.

— E nesse ponto você vai informar ao capitão Sharpe sobre os problemas dele? — O general não esperou a resposta. — Ele atirou nos dois prisioneiros, Hogan?

— Suspeito que sim, milorde — respondeu Hogan, em tom pesado.

O general Valverde havia informado sobre a execução dos homens de Loup ao quartel-general britânico, não como um protesto por esse feito, e sim como prova de que o ataque de Loup ao forte de San Isidro tinha sido provocado pela irresponsabilidade do capitão Sharpe. Valverde estava se arvorando de alta moralidade e proclamando em altos brados que vidas espanholas e portuguesas não poderiam ser confiadas ao comando britânico. Os portugueses provavelmente não se preocupariam muito com as alegações de Valverde, mas a *junta* em Cádis estaria ansiosa por qualquer munição que pudesse usar contra seus aliados britânicos. Valverde já estava fazendo uma litania de outras reclamações, dizendo que os soldados britânicos deixaram de saudar quando os Santíssimos Sacramentos foram carregados pelas ruas e que os oficiais britânicos maçons ofenderam as sensibilidades católicas desfilando explicitamente com suas vestimentas de gala, mas agora tinha uma alegação mais amarga e feroz: que os britânicos lutariam até a última gota do sangue de seus aliados, e o massacre de San Isidro era sua prova.

— Maldito Sharpe! — exclamou Wellington.

Maldito Valverde, pensou Hogan. Porém a Inglaterra precisava mais da boa vontade espanhola que de um fuzileiro patife.

— Não falei com Sharpe, milorde, mas suspeito que ele tenha matado os dois homens. Ouvi dizer que foi o de sempre: os homens de Loup haviam estuprado as mulheres de uma aldeia. — Hogan deu de ombros, como se sugerisse que agora esse tipo de horror era comum.

— Pode ser o de sempre, mas não justifica a execução de prisioneiros — comentou Wellington acidamente. — Minha experiência, Hogan, diz que se um homem é promovido de baixo ele geralmente passa a beber, mas não no caso do Sr. Sharpe. Não. Promovi o sargento Sharpe e ele passou a travar guerras particulares por minhas costas! Loup não atacou o forte de San Isidro para destruir Oliveira ou Kiely, Hogan, e sim para encontrar Sharpe, o que torna a perda dos caçadores culpa de Sharpe!

— Não sabemos se foi assim.

— Mas os espanhóis vão deduzir isso, Hogan, e proclamar a todos os ventos, o que para nós torna difícil, tremendamente difícil, culpar Runciman. Eles dirão que estamos escondendo o verdadeiro culpado e que somos arbitrários com a vida dos aliados.

— Podemos dizer que as alegações contra o capitão Sharpe são maliciosas e falsas, milorde.

— Eu achei que ele as havia admitido — retrucou Wellington, com rispidez. — Ele não alardeou a Oliveira que tinha executado os dois patifes?

— Pelo que sei, sim, senhor, mas nenhum oficial de Oliveira sobreviveu para testemunhar isso.

— Então quem pode testemunhar?

Hogan deu de ombros.

— Kiely e a prostituta dele, Runciman e o padre. — Hogan tentou fazer com que a lista parecesse trivial, depois balançou a cabeça. — Infelizmente são testemunhas demais, milorde. Para não mencionar o próprio Loup. Valverde poderia muito bem tentar obter uma reclamação formal dos franceses e teríamos dificuldade em ignorar um documento assim.

— Então Sharpe tem de ser sacrificado?

— Temo que sim.

— Maldição, Hogan! O que diabos estava acontecendo entre Sharpe e Loup?

— Eu gostaria de saber, milorde.

— Você não deveria saber? — perguntou o general, com raiva.

Hogan acalmou seu cavalo cansado.

— Eu não estive à toa, milorde — retrucou com uma leve irritação. — Não sei tudo que aconteceu entre Sharpe e Loup, mas o que parece estar acontecendo é um esforço combinado para semear a discórdia nesse exército. Há um novo homem que veio do sul, de Paris, um homem chamado Ducos, que parece ser mais esperto que os patifes normais. Ele está por trás dessa trama de jornais falsos. E suponho que haja mais jornais desses a caminho, destinados a chegar aqui pouco antes dos franceses.

— Então os intercepte!

— Eu posso e vou interceptá-los — afirmou Hogan, confiante. — Sabemos que é a prostituta do Kiely que os traz do outro lado da fronteira, mas nosso problema é encontrar o homem que os distribui em nosso exército, e ele é o verdadeiro perito, milorde. Um de nossos correspondentes em Paris alerta que os franceses têm um novo agente em Portugal, um homem de quem eles esperam grandes feitos. Eu gostaria tremendamente de encontrá-lo antes que ele concretize esses atos. Espero que a prostituta nos leve a ele.

— Você tem certeza com relação à mulher?

— Absoluta — reforçou Hogan firmemente. Suas fontes em Madri eram taxativas, no entanto ele sabia que era melhor não mencionar os nomes em voz alta. — Infelizmente não sabemos quem é esse novo homem em Portugal, mas com o tempo, milorde, e com algum descuido por parte da prostituta do Kiely, vamos encontrá-lo.

Wellington resmungou. Um ribombo no céu anunciou a passagem de uma bala de canhão francesa, mas o general nem ergueu os olhos para ver onde ela cairia.

— Maldita confusão, Hogan, e maldito Kiely e seus malditos homens, e maldito Sharpe também. Runciman está pronto para o sacrifício?

— Ele está em Vilar Formoso, milorde.

O general assentiu.

— Então apronte Sharpe também. Ponha-o em serviços administrativos, Hogan, e o alerte de que sua conduta estará sujeita a um tribunal de inquérito. Depois informe ao general Valverde que estamos cuidando do assunto. Você sabe o que dizer. — Wellington pegou um relógio de bolso e abriu a tampa. Uma expressão de nojo surgiu em seu rosto fino. — Acredito que, como estou aqui, preciso visitar Erskine. Ou você acha que o maluco ainda está na cama?

— Tenho certeza de que os ajudantes de Sir William já terão informado sobre sua presença, milorde, e não creio que ele se sentirá lisonjeado se o senhor o ignorar.

— Mais sensível que uma virgem num alojamento. E igualmente louco. O homem perfeito para conduzir o tribunal de inquérito de Sharpe e Runciman. Vejamos se Sir William está experimentando um intervalo de lucidez, Hogan, e se consegue entender que veredicto é exigido dele. Devemos sacrificar um bom oficial e um mau oficial para afastar as mandíbulas de Valverde. Maldição, Hogan, maldição, mas momentos de desespero exigem atos desesperados. Pobre Sharpe. — O lorde olhou de volta para a cidade de Almeida, depois levou seu séquito em direção ao quartel-general das forças sitiantes.

Enquanto isso, Hogan se preocupava com a ponte estreita em Castello Bom, com Sharpe e, mais ainda, com um inimigo misterioso que tinha vindo a Portugal semear a discórdia.

A casa com fumaça na chaminé ficava onde a rua se abria numa pequena praça diante da igreja, e os latidos tiveram início lá. Sharpe, que começava a se levantar, agachou imediatamente de volta nas sombras enquanto um portão ao lado da casa se abria, rangendo.

Então os cães correram para fora. Tinham ficado presos por tempo demais, por isso corriam em júbilo para um lado e para o outro da rua deserta. Uma figura uniformizada levou um cavalo e uma mula para fora, em seguida deu as costas a Sharpe, evidentemente planejando sair de San Cristóbal pelo portão no outro lado da aldeia. Um dos cães pulou animado para a mula e ganhou um palavrão e um chute.

O xingamento soou claramente na rua. Era uma voz feminina, a voz de doña Juanita de Elia, que agora pôs o pé no estribo do cavalo selado, mas o cão voltou para incomodar a mula outra vez, exatamente quando a mulher tentava montar. A mula, carregada com um par de cestos pesados, zurrou e se afastou do cachorro, fazendo a rédea se soltar da mão de Juanita, e então, amedrontada pelos cães agitados, trotou na direção de Sharpe.

Juanita de Elia xingou de novo. Seu chapéu bicorne emplumado havia caído no meio da confusão, por isso os cabelos compridos e pretos começaram a se soltar dos grampos. Ela os puxou de qualquer jeito para o lugar enquanto corria atrás da mula amedrontada que havia parado a poucos passos do esconderijo de Sharpe. Os cães correram na outra direção, batizando os degraus da igreja no entusiasmo por serem liberados do confinamento do pátio.

— Venha, sua filha da mãe — disse Juanita à mula, em espanhol. Usava o elegante uniforme da Real Compañía Irlandesa.

Ela se inclinou para pegar a rédea da mula e Sharpe saiu ao luar.

— Eu nunca soube se doña é um título ou não — começou ele. — Eu digo "bom dia, milady"? Ou apenas bom dia? — E parou a três passos dela.

Juanita levou alguns segundos para recuperar a pose. Empertigou-se, olhou para o fuzil nas mãos de Sharpe, depois para seu cavalo, a trinta passos dali. Havia deixado uma carabina no coldre da sela, mas sabia que não tinha chance de chegar à arma. Estava com uma espada curta à cintura e sua mão foi até o cabo, mas parou quando Sharpe ergueu o cano do fuzil.

— Você não mataria uma mulher, capitão Sharpe — disse ela, com frieza.

— No escuro, milady? Com a senhora usando uniforme? Acho que ninguém iria me culpar.

Juanita observou Sharpe cuidadosamente, tentando avaliar a veracidade da ameaça. Então lhe ocorreu um meio de se salvar e ela sorriu antes de dar um breve assobio desafinado. Seus cães pararam e empinaram as orelhas.

— Vou mandar os cães para cima de você, capitão.

— Porque é só isso que lhe resta aqui, não é? Loup foi embora. Para onde?

Juanita continuou sorrindo.

— Já vi minhas cadelas derrubarem um cervo enorme, capitão, transformando-o em carne morta em dois minutos. A primeira a alcançá-lo vai para sua garganta, e ela vai mantê-lo no chão enquanto as outras se alimentam de você.

Sharpe devolveu o sorriso e em seguida ergueu a voz.

— Pat! Traga-os!

— Maldição! — exclamou Juanita, depois assobiou de novo e os cães começaram a vir pela rua. Ao mesmo tempo ela se virou e correu para o cavalo, porém foi atrapalhada pelas esporas nas pesadas botas de montaria e Sharpe a agarrou por trás. Passou o braço esquerdo em torno da cintura de Juanita e segurou seu corpo à frente, como um escudo, enquanto recuava contra a parede mais próxima.

— Para a garganta de quem eles vão saltar, milady? — perguntou Sharpe. Os cabelos desgrenhados de Juanita estavam no rosto dele. Cheiravam a água de rosas.

Ela o chutou, tentou lhe dar uma cotovelada, mas ele era forte demais. O cão mais rápido chegou correndo na direção deles e Sharpe baixou o fuzil com a mão direita e puxou o gatilho. O som do tiro soou brutalmente alto na rua confinada. A mira de Sharpe havia sido atrapalhada pelos esforços de Juanita, mas a bala acertou o animal na anca e o mandou girando e ganindo para o chão, justo quando Harper chegou trazendo os fuzileiros pelo labirinto da entrada. O surgimento súbito do irlandês confundiu os cães. Eles diminuíram a velocidade, depois ganiram reunindo-se em volta da cadela ferida.

— Acabe com o sofrimento do pobre animal, Pat — pediu Sharpe. — Harris? Volte ao capitão Donaju, transmita meus cumprimentos e diga para ele trazer seus homens para a aldeia. Cooper? Pegue o cavalo da dama. Perkins? Pegue a espada da dama.

Harper entrou no meio dos cães, desembainhou seu sabre-baioneta e se curvou para a cadela que sangrava e latia.

— Fique quieta, sua chata — disse gentilmente, depois cortou uma vez. — Pobre coitada — comentou, enquanto se aprumava com a baioneta pingando sangue. — Deus salve a Irlanda, senhor, mas olhe o que o senhor encontrou. A bela dama de lorde Kiely.

— Traidor! — exclamou Juanita a Harper, depois cuspiu nele. — Traidor! Você deveria estar lutando contra os ingleses.

— Ah, minha dama — respondeu Harper enquanto limpava a lâmina na aba de seu casaco verde. — Uma hora dessas a senhora e eu poderíamos desfrutar de uma longa conversa sobre quem deveria estar lutando do lado de quem, mas nesse momento estou ocupado com a guerra que já tenho.

Perkins retirou cuidadosamente a curta espada do cinto de Juanita, depois Sharpe a soltou.

— Peço desculpas por agarrá-la, madame — disse muito formalmente.

Juanita ignorou o pedido de desculpas. Ficou empertigada e rígida, mantendo a dignidade diante dos fuzileiros estrangeiros. Dan Hagman tirava a mula do canto da rua onde ela havia se refugiado.

— Traga-a, Dan — pediu Sharpe, depois caminhou em direção a casa de onde Juanita havia saído. Harper a acompanhou, fazendo-a seguir Sharpe para dentro do pátio.

A casa devia ser uma das maiores da aldeia, porque o portão abria para um pátio espaçoso que possuía estábulos dos dois lados e um poço coberto feito de forma elaborada no centro. A porta da cozinha estava aberta e Sharpe entrou, abaixando a cabeça, e descobriu o fogo ainda em brasas e o resto de uma refeição na mesa. Encontrou alguns tocos de vela, acendeu-os com o fogo e os colocou de volta na mesa, no meio da confusão de pratos e taças. Ao menos seis pessoas haviam comido à mesa, sugerindo que Loup e seus homens saíram muito recentemente.

— Olhe o resto da aldeia, Pat — ordenou Sharpe. — Leve meia dúzia de homens e vá com cuidado. Acho que todos foram embora, mas nunca se sabe.

— Vou tomar cuidado, senhor, sem dúvida. — Harper levou os fuzileiros para fora da cozinha, deixando Sharpe a sós com Juanita.

BERNARD CORNWELL

Sharpe indicou uma cadeira.

— Vamos conversar, milady.

Juanita caminhou com dignidade lenta até o outro lado da mesa, pôs a mão no encosto da cadeira e, de repente, saltou e correu para uma porta do outro lado do cômodo.

— Vá para o inferno! — exclamou ao partir.

Sharpe foi atrapalhado pela mobília, de modo que quando chegou à porta ela já estava na metade de um lance de escada escuro. Correu atrás. Juanita virou à direita no alto da escada, correu passando por uma porta e a fechou. O fuzileiro a chutou uma fração de segundo antes de a porta se trancar e se jogou pela abertura, vendo, ao luar, que Juanita estava esparramada numa cama. Lutava para tirar um objeto de uma valise largada e, enquanto Sharpe atravessava o quarto, ela se virou com uma pistola na mão. Ele se jogou contra Juanita, batendo a mão esquerda na pistola no instante em que ela puxava o gatilho. A bala acertou o teto enquanto Sharpe caía em cima da mulher, que ofegou com o impacto, depois tentou arranhar seus olhos com a mão livre.

Sharpe rolou de cima de Juanita, levantou-se e se encostou na janela. Ofegava. Seu pulso esquerdo doía pelo impacto contra a pistola. O luar passava por ele prateando a névoa da fumaça da pistola e iluminando a cama, que não passava de um estrado cheio de colchões de palha onde um amontoado de peles servia como coberta. Juanita meio se sentou, olhou-o furiosa, depois pareceu perceber que seu desafio havia chegado ao fim. Soltou um suspiro descontente e desmoronou de volta nas peles.

No pátio, Dan Hagman tinha ouvido o tiro de pistola, então subiu correndo a escada e entrou no quarto com o fuzil apontado. Olhou da mulher deitada na cama para Sharpe.

— O senhor está bem?

— Foi só um desentendimento, Dan. Ninguém se machucou.

Hagman olhou de volta para Juanita.

— Essa aí é esquentada, senhor — comentou, admirado. — Provavelmente precisa de uma surra.

— Eu cuido dela, Dan. Tire aqueles cestos da mula. Vejamos o que a esquentadinha estava levando, certo?

Hagman desceu de volta. Sharpe massageou o pulso e olhou o quarto ao redor. Era um cômodo com o pé-direito alto, lambris de madeira escura, grossas traves no teto, uma lareira e um pesado armário de roupas de cama num canto. Obviamente era o quarto de um homem abastado, o quarto que um oficial comandante, aquartelando os homens num pequeno povoado, naturalmente ocuparia.

— É uma cama grande, milady, grande demais para uma pessoa só — comentou Sharpe. — Essas são peles de lobo?

Juanita não respondeu.

Sharpe suspirou.

— A senhora e Loup, hein? Estou certo?

Ela o encarou com olhos sombrios e ressentidos, mas continuou recusando-se a falar.

— E todos aqueles dias em que a senhora ia caçar sozinha, estava vindo aqui, para ver Loup.

De novo Juanita se recusou a falar. O luar colocava seu rosto nas sombras.

— E a senhora abriu o portão do forte de San Isidro para Loup, não foi? — continuou Sharpe. — Foi por isso que ele não atacou a casa da guarda. Queria garantir que nenhum mal lhe acontecesse durante o combate. Isso é bom num homem, não é? Cuidar da mulher. Veja bem, ele não devia gostar de pensar na senhora com lorde Kiely. Ou Loup não é do tipo ciumento?

— Em geral, Kiely estava bêbado demais — declarou ela em voz baixa.

— Encontrou a língua, foi? Então agora pode me dizer o que estava fazendo aqui.

— Vá para o inferno, capitão.

O som de botas lá fora fez Sharpe se virar para a janela, vendo que os homens da Real Compañía Irlandesa haviam chegado à rua embaixo.

— Donaju! — gritou ele. — Para a cozinha, aqui! — E se virou de novo para a cama. — Temos companhia, senhora, portanto vamos ser sociáveis. — Sharpe esperou que ela se levantasse, depois balançou a cabeça quan-

BERNARD CORNWELL

do Juanita se recusou teimosamente a se mexer. — Não vou deixá-la sozinha, senhora, de modo que pode descer com os próprios pés ou irei carregá-la.

Ela se levantou, ajeitou o uniforme e tentou arrumar os cabelos. Então, seguida por Sharpe, desceu para a cozinha iluminada por velas onde El Castrador, Donaju e o primeiro-sargento Noonan estavam parados junto à mesa. Eles olharam boquiabertos para Juanita, em seguida olharam para Sharpe, que não se sentiu inclinado a oferecer uma explicação imediata para a presença da dama.

— Loup foi embora — avisou Sharpe a Donaju. — O sargento Harper está se certificando de que o lugar está vazio, então por que você não põe seus rapazes para cuidar das defesas? Só para o caso do brigadeiro Loup decidir retornar.

Donaju olhou para Juanita, em seguida se virou para Noonan.

— Sargento? Você ouviu a ordem. Cumpra.

Noonan saiu. El Castrador observava Hagman tirar os cestos da mula. Juanita tinha ido até o que restara do fogo, onde se esquentava. Donaju dirigiu seu rosto para ela, depois lançou um olhar inquisitivo a Sharpe.

— Doña Juanita é uma mulher que representa muitos papéis — explicou Sharpe. — É noiva de lorde Kiely, amante do general Loup e agente dos franceses.

A cabeça de Juanita se levantou ao ouvir a última frase, porém não fez qualquer esforço para contradizer Sharpe. Donaju a encarou como se não estivesse querendo acreditar no que tinha ouvido. Depois se virou de novo para Sharpe, franzindo a testa.

— Ela e Loup?

— O ninho de amor dos dois fica lá em cima. Pelo amor de Deus, vá olhar, se não acredita em mim. A dama aqui deixou Loup entrar no forte ontem à noite. A dama, Donaju, é uma traidora desgraçada.

— Folhas de hinos, senhor — interrompeu Hagman em tom perplexo. — Mas muito estranhos. Já vi coisas assim numa igreja em minha terra, o senhor sabe, para os músicos, mas não desse jeito. — O velho caçador havia tirado o material dos cestos, revelando uma grande pilha de manuscritos pautados e com letras e músicas.

— São muito antigos. — Donaju ainda estava atordoado com as revelações sobre Juanita, mas agora foi examinar os papéis tirados por Hagman. — Está vendo, Sharpe? Só quatro linhas nas pautas, em vez de cinco. Podem ter duzentos ou trezentos anos. Palavras em latim. Vejamos. — Ele franziu a testa enquanto fazia uma tradução mental. — "Povos, aplaudi com as mãos, aclamai a Deus com vozes alegres." Acho que é dos salmos.

— Ela não estava carregando salmos de volta para nossas linhas — disse Sharpe, em seguida tirou os manuscritos do topo da pilha e começou a folheá-los. Demorou apenas alguns segundos para descobrir jornais escondidos embaixo deles. — Isso, Donaju. — Sharpe ergueu os jornais. — Era isso que ela estava carregando.

A única reação de Juanita à descoberta foi começar a roer uma unha. Olhou para a porta da cozinha, mas Harper tinha voltado para dentro da casa e agora o pátio estava cheio com os homens dele.

— O lugar está vazio, senhor. O desgraçado foi embora — informou Harper. — E saiu numa tremenda pressa, senhor, porque isto aqui ainda está cheio de material saqueado. Alguma coisa fez com que ele saísse correndo. — Harper assentiu respeitosamente para o capitão Donaju. — Seus rapazes estão cuidando das defesas, senhor.

— Dessa vez não são jornais americanos — expôs Sharpe —, e sim ingleses. Aprenderam a lição da última vez, não foi? Se fizer um jornal antigo demais ninguém acredita nas histórias, mas essas datas são da semana passada. — Ele lançou os jornais na mesa, um por um. — O *Morning Chronicle*, o *Weekly Dispatch*, o *Salisbury Journal*, o *Staffordshire Advertiser*... Alguém andou ocupado, milady. Quem? Alguém em Paris? É onde esses jornais foram impressos?

Juanita não disse nada.

Sharpe tirou outro jornal da pilha.

— Provavelmente foi impresso há três semanas em Paris e trazido para cá bem a tempo. Afinal de contas, ninguém ficaria pasmo ao ver um *Shrewsbury Chronicle* de duas semanas atrás em Portugal, não é? Um navio rápido poderia facilmente tê-lo trazido, e não haverá soldados alistados recentemente para desmentir as histórias. E o que estão dizendo sobre nós

BERNARD CORNWELL

dessa vez? — Ele folheou o jornal, inclinando-o para as velas enquanto virava as páginas. — Aprendiz aprisionado por jogar futebol no domingo? Bem feito para o sacaninha por tentar se divertir, mas não creio que essa história amotinaria as tropas, embora algo aqui deva ser capaz disso.

— Encontrei uma coisa — avisou Donaju, baixinho. Ele estava examinando o *Morning Chronicle*, e agora dobrava o papel e o entregava a Sharpe. — Uma matéria sobre a Divisão Irlandesa.

— Não existe uma Divisão Irlandesa — comentou Sharpe, pegando o jornal. Encontrou a matéria que havia atraído a atenção de Donaju e leu em voz alta: — "Distúrbios recentes nas tropas hibérnicas do exército a serviço em Portugal" — disse Sharpe, sem graça porque lia devagar e sem muita certeza — "persuadiram o governo a adotar uma política nova e" — ele teve dificuldade com a palavra seguinte — "paliativa. Quando a temporada atual de campanha terminar, os regimentos irlandeses do exército serão transformados em uma divisão que será posicionada nas guarnições das ilhas do Caribe. O erário proibiu a despesa do transporte de esposas, duvidando de que muitas mulheres descritas como tal tenham se beneficiado da bênção do Todo-Poderoso para sua união. E, nos trópicos, sem dúvida, as cabeças quentes irlandesas encontrarão um clima mais de seu agrado."

— O mesmo relato está aqui. — Donaju mostrou outro jornal, então ofereceu rapidamente uma explicação a El Castrador sobre o que estava acontecendo na cozinha enfumaçada.

O guerrilheiro olhou furioso para Juanita quando sua traição foi revelada.

— Traidora! — Ele cuspiu. — Sua mãe era uma puta — xingou, pelo que Sharpe conseguiu acompanhar as palavras rápidas e furiosas em espanhol — e seu pai, um bode. Você recebeu tudo, mas luta pelos inimigos da Espanha, enquanto nós, que não temos nada, lutamos para salvar nosso país. — Ele cuspiu de novo e passou a mão em sua pequena faca com cabo de osso. Juanita se enrijeceu diante do ataque verbal, mas não disse nada. Seus olhos escuros se viraram para Sharpe, que havia acabado de encontrar outra versão do anúncio de que todos os regimentos irlandeses seriam transferidos para as Índias Ocidentais.

— É uma mentira inteligente — admitiu Sharpe, olhando para Juanita. — Muito inteligente.

Donaju franziu o cenho.

— Por que é inteligente? — Ele tinha feito a pergunta a Patrick Harper. — Os irlandeses não gostariam de ficar todos numa mesma divisão?

— Tenho certeza de que gostariam, senhor, mas não no Caribe e não sem as mulheres, que Deus nos ajude.

— Metade dos homens estaria morta de febre amarela três meses depois de chegar às ilhas — explicou Sharpe. — E a outra metade estaria quase morta em seis meses. Ser postado no Caribe, Donaju, é uma sentença de morte. — Ele olhou para Juanita. — E de quem foi a ideia, milady?

Ela não respondeu, só roeu a unha. El Castrador gritou com Juanita censurando sua teimosia e soltou a faquinha do cinto. Donaju ficou pálido diante da torrente de palavrões e tentou conter a raiva do grandalhão.

— Bom, a história não é verdadeira — interrompeu Sharpe. — Para começar, não seríamos idiotas a ponto de tirar os soldados irlandeses do exército. Quem mais venceria as batalhas?

Harper e Donaju sorriram. Sharpe sentiu uma exaltação silenciosa, porque, se essa descoberta não justificasse o fato de ter descumprido as ordens e ido a San Cristóbal, nada o faria. Fez uma pilha com os jornais e olhou para Donaju.

— Por que não envia alguém de volta ao quartel-general? Encontre o major Hogan e diga a ele o que há aqui e pergunte o que devemos fazer.

— Eu mesmo vou — prontificou-se Donaju. — Mas o que você vai fazer?

— Primeiro tenho umas coisas para resolver aqui — respondeu Sharpe, olhando Juanita. — Por exemplo, descobrir onde Loup está e por que ele partiu com tanta pressa.

Juanita se eriçou.

— Não tenho nada a dizer, capitão.

— Então talvez diga a ele. — Sharpe virou a cabeça para El Castrador.

Juanita lançou um olhar temeroso ao guerrilheiro, depois voltou para Sharpe.

— Quando os oficiais britânicos deixaram de ser cavalheiros, capitão?

— Quando começamos a vencer batalhas, senhora. Então, quem vai ser? Eu ou ele?

Donaju parecia a ponto de protestar diante do comportamento de Sharpe, então viu o rosto sério do fuzileiro e pensou melhor.

— Vou levar um jornal para Hogan — avisou baixinho, depois dobrou o falso *Morning Chronicle*, pôs na bolsa e saiu do cômodo. Harper foi com ele e fechou a porta da cozinha com firmeza, depois de sair.

— Não se preocupe, senhor — disse Harper a Donaju, assim que chegaram ao pátio. — Vou cuidar da dama agora.

— Vai?

— Vou cavar uma sepultura bela e funda, senhor, e enterrar a bruxa de cabeça para baixo para que, quanto mais ela lutar, mais afunde. Tenha uma viagem em segurança de volta às linhas, senhor.

Donaju empalideceu, então foi encontrar seu cavalo enquanto Harper gritava para Perkins arranjar água, fazer uma fogueira e preparar uma boa caneca de chá forte para a manhã.

— Você está encrencado, Richard — comentou Hogan quando finalmente encontrou Sharpe. Era o início da tarde do dia que havia começado com a aproximação furtiva de Sharpe à fortaleza abandonada por Loup. — Você está encrencado. Andou atirando em prisioneiros. Meu Deus, homem, não me importa que você atire em cada prisioneiro desgraçado daqui até Paris, mas por que diabos precisou contar a alguém?

A única reação de Sharpe foi se virar de seu ponto de observação no meio das pedras e balançar a mão indicando que Hogan deveria ficar abaixado.

— Não sabe qual é a primeira regra da vida, Richard? — resmungou Hogan enquanto amarrava o cavalo a uma pedra.

— Nunca ser descoberto, senhor.

— Então por que diabos não ficou com a maldita boca fechada? — Hogan subiu até o ponto de observação de Sharpe e se deitou ao lado dele. — E o que você descobriu?

— O inimigo, senhor.

Sharpe estava 8 quilômetros atrás de San Cristóbal, 8 quilômetros mais para dentro da Espanha, guiado até lá por El Castrador, que havia cavalgado de volta a San Cristóbal com a notícia que trouxera Hogan àquele morro acima da estrada principal indo para o oeste de Ciudad Rodrigo. Sharpe tinha alcançado o topo do morro no cavalo de doña Juanita, agora amarrado em segurança fora do campo de visão de quem olhasse da estrada, e havia muitas pessoas que poderiam tê-lo feito, pois Sharpe observava um exército.

— Os franceses saíram, senhor. Estão marchando, e os sacanas são milhares.

Hogan pegou sua luneta. Olhou para a estrada por um longo tempo, depois deixou um suspiro escapar.

— Meu Deus! — exclamou ele. — Meu Deus do céu.

Porque um exército inteiro marchava. Infantaria e dragões, artilheiros e hussardos, lanceiros e granadeiros, *voltigeurs* e engenheiros; uma trilha de homens parecendo negra à luz que se esvaía, mas aqui e ali, na longa coluna, o sol agonizante refletia em escarlate no flanco de um canhão sendo arrastado por parelhas de bois ou cavalos. A poeira densa subia em nuvens das rodas dos canhões, das carroças e das carruagens que permaneciam na estrada propriamente dita, enquanto a infantaria marchava em colunas nos campos dos dois lados. A cavalaria estava nos flancos mais externos, longas filas de homens portando lanças com pontas de aço, capacetes reluzentes com crinas balançando, os cascos dos cavalos deixando longas marcas no capim primaveril do vale.

— Santo Deus — repetiu Hogan.

— Loup está lá embaixo — indicou Sharpe. — Eu o vi. É por isso que ele saiu de San Cristóbal. Foi convocado para se juntar ao exército, está vendo?

— Maldição! — explodiu Hogan. — Por que você não conseguiu esquecer Loup? É culpa de Loup você estar encrencado! Por que, em nome de Deus, você não conseguiu ficar de boca fechada com relação àqueles dois idiotas que matou? Agora o desgraçado do Valverde está dizendo que os portugueses perderam um ótimo regimento porque você mexeu no ninho de vespas, e que nenhum espanhol são jamais pode confiar um soldado a oficiais britânicos. O que significa, seu idiota maldito, que vamos ter de colocá-lo diante do tribunal de inquérito. Temos de sacrificar você junto de Runciman.

Sharpe encarou o major.

— Eu?

— Claro! Pelo amor de Deus, Richard! Você não faz a mínima ideia do que é a política? Os espanhóis não querem Wellington como *generalisimo*! Eles consideram essa nomeação um insulto a seu país e estão procurando munição para defender a causa. Munição como um fuzileiro desgraçado travando uma guerra particular às custas de um ótimo regimento de caçadores portugueses cujo destino servirá como exemplo do que pode acontecer com qualquer unidade espanhola posta sob o comando do par. — Ele fez uma pausa para olhar pela luneta, depois rabiscou uma anotação no punho da camisa. — Maldição, Richard, teríamos um belo e calmo tribunal de inquérito, íamos colocar toda a culpa em Runciman e depois esquecer o que aconteceu em San Isidro. Agora você atrapalhou tudo. Por acaso anotou o que viu aqui?

— Anotei, senhor.

Sharpe ainda tentava aceitar a ideia de que toda a sua carreira estava subitamente correndo risco. Tudo parecia monstruosamente injusto, porém ele guardou o ressentimento enquanto entregava a Hogan uma folha rígida e dobrada das antigas partituras que esconderam os jornais falsos. No verso da partitura, Sharpe havia escrito a lápis uma contagem das unidades que tinha visto marchar abaixo. Era uma lista espantosa de batalhões, esquadrões e baterias, todos indo para Almeida e todos esperando encontrar e trucidar o pequeno exército britânico que tentara impedi-los de suprir a fortaleza.

— Então amanhã eles chegarão a nossas posições — declarou Hogan. — Amanhã, Richard, nós lutamos. E o motivo é aquele. — Hogan tinha visto algo novo na coluna e apontou para longe, no oeste. Sharpe demorou um momento para mirar a luneta, então viu a enorme coluna de carros de boi que seguiam as tropas francesas para o oeste. — Os suprimentos para

Almeida, toda comida e munição que a guarnição deseja, o suficiente para mantê-la na fortaleza durante o verão inteiro enquanto fazemos o cerco. E, se eles puderem nos manter na frente de Almeida durante todo o verão, nunca vamos atravessar a fronteira, e só Deus sabe quantos franceses vão atacar na próxima primavera. — Ele fechou a luneta de novo. — E, por falar na primavera, Richard, você gostaria de me dizer exatamente o que fez com doña Juanita? O capitão Donaju disse que a deixou com você e seu amigo que adora uma faca.

Sharpe enrubesceu.

— Mandei-a para casa, senhor.

Houve um momento de silêncio.

— Fez o quê?

— Mandei-a de volta para os comedores de lesma, senhor.

Hogan balançou a cabeça, incrédulo.

— Você deixou uma agente inimiga voltar para os franceses? Está completamente maluco, Richard?

— Ela estava perturbada, senhor. Disse que se eu a levasse de volta ao exército ela seria presa pelas autoridades espanholas e julgada pela *junta* em Cádis, senhor, e provavelmente seria posta diante de um pelotão de fuzilamento. Nunca fui de lutar contra mulheres, senhor. E sabemos quem ela é, não sabemos? Portanto, ela não pode causar nenhum mal agora.

Hogan fechou os olhos e pousou a cabeça no antebraço.

— Santo Deus, em Vossa infinita misericórdia, salve a alma desse pobre desgraçado, porque certamente Wellington não vai salvar. Não ocorreu a você, Richard, que eu gostaria de falar com a dama?

— Ocorreu, senhor. Mas ela estava apavorada. E não queria que eu a deixasse sozinha com El Castrador. Eu só estava sendo cavalheiro, senhor.

— Achei que você não aprovava as guerras travadas com cavalheirismo. E o que você fez? Deu um tapa na bundinha dela, enxugou as lágrimas da donzela, depois lhe deu um beijo sincero e a enviou para Loup, para que ela contasse que você está em San Cristóbal?

— Eu a soltei uns 3 quilômetros atrás — Sharpe balançou a cabeça para noroeste — e fiz com que ela viajasse a pé, senhor, sem botas. Achei que isso a retardaria. E ela falou comigo antes de ir embora, senhor. Está tudo escrito, se o senhor conseguir entender minha letra. Ela diz que distribuía os jornais, senhor. Ela levava tudo para os acampamentos irlandeses.

— A única coisa que doña Juanita podia distribuir, Richard, é sífilis. Pelo amor de Deus! Você se deixou enganar por aquela puta. Meu Deus, Richard, eu já sabia que era ela que estava trazendo os jornais. Ela era uma garota de recados. O verdadeiro vilão é outra pessoa, e eu esperava segui-la até ele. Agora você estragou isso. Jesus! — Hogan parou para conter a raiva, depois balançou a cabeça, cansado. — Mas pelo menos ela deixou a porcaria da sua casaca.

Sharpe franziu o cenho, perplexo.

— Minha casaca, senhor?

— Lembra-se do que eu disse, Richard? Lady Juanita coleciona os uniformes de todos os homens com quem dorme. O guarda-roupa dela deve ser enorme, mas fico feliz por ela não pendurar um casaco verde de fuzileiro junto de todos os outros.

— Não, senhor — disse Sharpe, e ficou ruborizado num vermelho mais profundo ainda. — Desculpe.

— Você não tem jeito — comentou Hogan enquanto recuava para trás do topo do morro. — É um idiota com as mulheres, sempre foi. Se nós dermos uma surra em Masséna a dama não poderá causar muito mal, e, se não dermos, a guerra provavelmente estará perdida de qualquer modo. Vamos tirar vocês daqui. Você está de serviço administrativo até sua crucificação. — Ele recuou do alto do morro e guardou a luneta numa bolsa presa ao cinto. — Vou fazer o máximo que puder por você, só Deus sabe por que, mas sua melhor oração, Richard, e odeio dizer isso, é para perdermos essa batalha. Porque, se isso acontecer, o desastre vai ser tão grande que ninguém terá tempo nem energia para se lembrar de sua idiotice.

Estava escuro quando chegaram a San Cristóbal. Donaju havia retornado ao vilarejo com Hogan, e agora levava seus cinquenta homens da Real Compañía Irlandesa de volta para as linhas britânicas.

— Vi lorde Kiely no quartel-general — avisou a Sharpe.

— O que você contou a ele?

— Que a amante dele era uma *afrancesada* e estava dormindo com Loup. — O tom de Donaju era firme. — E disse que ele era um idiota.

— O que ele falou?

Donaju deu de ombros.

— O que você acha? Ele é um aristocrata, possui orgulho. Disse para eu ir para o inferno.

— E amanhã talvez todos façamos exatamente isso.

Porque no dia seguinte os franceses atacariam e ele veria de novo aquelas colunas azuis avançando ao som dos tambores e sob as águias, e ouviria o som das baterias francesas e seus disparos, capazes de rachar o crânio. Estremeceu ao pensar. Depois se virou para observar seus fuzileiros marchando.

— Perkins! — gritou de repente. — Venha cá!

Perkins havia tentado se esconder do lado oposto da coluna, mas agora, sem graça, veio parar diante de Sharpe. Harper o acompanhou.

— Não foi culpa dele, senhor — argumentou Harper apressadamente.

— Cale a boca — reagiu Sharpe, e olhou para Perkins. — Onde está seu casaco verde, Perkins?

— Foi roubado, senhor. — Perkins estava usando camisa, botas e uma calça, por cima da qual seu equipamento estava preso com um cinto. — Eu me molhei quando estava carregando água para os rapazes, senhor, por isso o pendurei para secar. Ele foi roubado, senhor.

— Aquela dama não estava muito longe de onde Perkins pendurou, senhor — acrescentou Harper.

— Por que ela roubaria uma casaca de fuzileiro? — perguntou Sharpe, mas sentiu o começo de um rubor. Ficou feliz por estar escuro.

— Por que alguém iria querer a casaca de Perkins, senhor? — indagou Harper. — Era um negócio puído, era mesmo, e pequeno demais para servir na maioria dos homens. Mas concordo que foi roubada, senhor, e não acho que Perkins deveria pagar por isso. A culpa não foi dele.

— Vá andando, Perkins — ordenou Sharpe.

— Sim, senhor. Obrigado, senhor.

Harper olhou o rapaz correr de volta para seu lugar na fila.

— E por que Lady Juanita roubaria uma casaca? Isso me deixa confuso, senhor, deixa sim, porque não creio que tenha sido outra pessoa que a levou.

— Ela não roubou — retrucou Sharpe. — A prostituta mentirosa ganhou por merecimento. Agora continue andando. Ainda temos um longo caminho, Pat.

Porém Sharpe não sabia mais se a estrada levaria a algum lugar bom, porque ele era um bode expiatório e enfrentaria as conclusões de uma corte de inquérito previamente decididas. E no escuro, seguindo seus homens para o oeste, estremeceu.

Havia apenas duas sentinelas junto à porta da casa que servia de quartel-general para Wellington. Outros generais poderiam concluir que sua dignidade exigia toda uma companhia de soldados, ou mesmo todo um batalhão, mas Wellington nunca desejou mais que dois homens. Eles estavam ali apenas para manter longe as crianças da cidade e controlar os pedintes mais importunos que acreditavam que o general podia resolver seus problemas com um rabisco de sua pena. Mercadores vinham em busca de contratos para suprir o exército com carne estragada ou peças de linho guardadas por tempo demais em armazéns infestados de traças; oficiais vinham em busca de reparação por desfeitas imaginárias; padres chegavam para reclamar que os soldados britânicos protestantes zombavam da santa Igreja; e no meio dessas distrações o general tentava resolver seus próprios problemas: a falta de ferramentas para trincheiras, a escassez de canhões pesados que poderiam minar as defesas de uma fortaleza e a tarefa sempre premente de convencer um ministério nervoso em Londres de que sua campanha não estava condenada.

Assim, lorde Kiely não era um visitante bem-vindo depois do costumeiro jantar cedo com lombo de cordeiro ao molho avinagrado. E não ajudava o fato de que Kiely obviamente havia se fortalecido com conhaque para esse confronto com Wellington que, no início da carreira, tinha decidido que o excesso de indulgência pelo álcool prejudicava as capacidades de um soldado. "É melhor que um homem nesse exército permaneça sóbrio", gostava de dizer de si mesmo, e agora, sentado atrás de uma mesa na peça que servia de escritório, sala e quarto, olhou carrancudo para o vermelho e agitado Kiely, que chegara com um pedido urgente. Urgente para Kiely e para mais ninguém.

Velas ardiam na mesa coberta de mapas. Um mensageiro tinha vindo de Hogan, informando que os franceses marchavam na estrada do sul que passava por Fuentes de Oñoro. Essa notícia não era inesperada, mas significava que os planos do general seriam submetidos ao teste do fogo de canhões e saraivadas de mosquetes.

— Estou ocupado, Kiely — avisou Wellington, em tom gélido.

— Só peço que minha unidade tenha permissão de assumir a linha de frente na batalha — declarou Kiely, com a dignidade cautelosa de alguém que sabe que o álcool poderia engrolar suas palavras.

— Não — respondeu Wellington. O ajudante do general, parado junto à janela, sinalizou para a porta, porém Kiely ignorou o convite para sair.

— Fomos rejeitados, senhor — argumentou ele, de modo pouco sensato. — Viemos aqui a pedido de meu soberano em sinal de boa-fé, esperando ser empregados adequadamente, e em vez disso o senhor nos ignorou, negou-nos suprimentos...

— Não! — O volume da palavra foi tal que as sentinelas no degrau da frente da casa visivelmente levaram um susto. Então se entreolharam e riram. O general possuía um temperamento difícil, visto raramente. Porém, quando Wellington optava por liberar toda a fúria de sua personalidade, era espantoso.

O general encarou o visitante. Sua voz baixou para um tom de conversa, no entanto ainda transbordava desprezo.

— O senhor veio aqui malpreparado, indesejado, sem verbas, e esperava que eu fornecesse os meios de vida e os apetrechos para seus homens, e em troca, senhor, ofereceu-me insolência e, pior, traição. O senhor não veio a pedido de Sua Majestade, e sim porque o inimigo desejava que viesse, e agora é meu desejo que o senhor vá embora. E deve ir com honra, senhor, porque é impensável mandarmos de volta as tropas pessoais do rei Fernando em qualquer outra condição, mas essa honra, senhor, foi merecida às custas de outros homens. Suas tropas, senhor, servirão em batalha, porque não haverá oportunidade de retirá-las antes da chegada dos franceses, mas servirão como guardas de meu parque de munição. O senhor pode optar por comandá-las ou ficar de mau humor em sua tenda. Tenha um bom dia, milorde.

— Milorde? — disse o ajudante a Kiely, cheio de tato, indo em direção à porta.

Mas lorde Kiely estava insensível ao tato.

— Insolência? — Ele golpeou com a palavra. — Meu Deus, eu comando a guarda do rei Fernando e...

— E o rei Fernando, senhor, é um prisioneiro! — exclamou Wellington rispidamente. — O que não sugere a eficiência de sua guarda. O senhor veio aqui com sua prostituta adúltera, alardeando-a como uma cadela emplumada, e a prostituta, senhor, é uma traidora! A prostituta, senhor, esteve esforçando-se ao máximo para destruir esse exército, e a única providência que salvou os homens de suas artimanhas foi o fato de que a capacidade dela, graças a Deus, não é maior que a sua! Seu pedido está negado, bom dia.

Wellington olhou para seus papéis. Kiely tinha outras reclamações a fazer, a principal era o modo com que havia sido maltratado e insultado pelo capitão Sharpe, mas agora era insultado por Wellington também. Lorde Kiely estava juntando as últimas reservas de coragem para protestar contra esse tratamento quando o ajudante segurou seu cotovelo com firmeza e o puxou para a porta, então Kiely se viu sem força para resistir.

— O lorde não deseja um copo de d'água? — perguntou o ajudante, solícito, enquanto guiava o furioso Kiely para o corredor, onde um grupo de oficiais curiosos olhou com pena para o sujeito em desgraça. O lorde empurrou a mão do ajudante, pegou seu chapéu e sua espada na mesa e saiu com passos pesados pela porta da frente, sem dizer mais nada. Ignorou as duas sentinelas quando estas apresentaram armas.

— O Narigão dispensou esse bem depressa — comentou uma das sentinelas, depois ficou de novo em posição de sentido quando Edward Pakenham, o ajudante general, subia os degraus.

Kiely não pareceu perceber o cumprimento animado de Pakenham. Em vez disso, andou pela rua numa fúria cega, passando por longas fileiras de canhões que percorriam lentamente os caminhos estreitos da cidade, mas sem ver nem entender nada, a não ser que havia fracassado. Assim como fracassava em tudo, disse a si mesmo, porém nenhum fracasso era culpa sua. As cartas não vieram favoráveis a ele, e era assim que tinha perdido a pequena fortuna deixada por sua mãe, depois de ter esbanjado a riqueza com a porcaria da Igreja e os rebeldes irlandeses que sempre conseguiam acabar nas prisões inglesas, e o mesmo azar explicava por que não conseguira conquistar a mão de pelo menos duas herdeiras madrilenas que preferiram se casar com espanhóis de sangue, e não com um nobre sem país. A autopiedade de Kiely crescia com a lembrança dessas rejeições. Em Madri ele era um cidadão de segunda classe por não poder traçar sua linhagem até algum cavaleiro medieval sanguinário que havia lutado contra os mouros, enquanto nesse exército, decidiu, era um pária por ser irlandês.

Mas o pior de todos os insultos era a traição de Juanita. Juanita, a mulher selvagem, sem convenções, inteligente e sedutora, com quem Kiely imaginou casar. Ela possuía dinheiro, tinha sangue nobre e outros homens olhavam com inveja para ele quando Juanita estava a seu lado. Mas o tempo inteiro, supôs, ela estivera enganando-o. Havia se entregado a Loup. Tinha se aconchegado nos braços de Loup. Kiely presumia que ela contara a ele todos os seus segredos, e imaginou as gargalhadas dos dois enrolados na cama, e de novo a raiva e a piedade cresceram dentro dele. Havia lágrimas em seus olhos enquanto percebia que seria motivo de risos em toda Madri e em todo esse exército.

Entrou numa igreja. Não porque quisesse rezar, mas porque não conseguiu pensar em outro local para ir. Não podia enfrentar a volta a seus aposentos na casa ocupada pelo general Valverde, onde todos iriam olhá-lo e sussurrar dizendo que era corno.

A igreja estava apinhada de mulheres de xales escuros esperando para se confessar. Falanges de velas reluziam diante de estátuas, altares e quadros. As pequenas luzes brilhavam nas colunas douradas e na enorme cruz de prata sobre o altar-mor que ainda tinha seu frontal branco da páscoa.

Kiely foi até os degraus do altar. Sua espada bateu ruidosamente no mármore quando ele se ajoelhou e olhou para a cruz. Também estava sendo crucificado, disse a si mesmo, e por homens inferiores que não entendiam seus objetivos nobres. Pegou um frasco no bolso e o levou aos lábios, tragando o forte conhaque espanhol como se aquilo fosse salvar sua vida.

— Você está bem, filho? — Um padre tinha vindo pisando leve até o lado de Kiely.

— Vá embora — rosnou Kiely.

— O chapéu, filho — disse o padre, nervoso. — Essa é a casa de Deus.

Kiely tirou o chapéu emplumado da cabeça.

— Vá embora — repetiu.

— Deus o proteja — desejou o padre, e voltou para as sombras.

As mulheres que esperavam a confissão olharam nervosas para o oficial com o belo uniforme e se perguntaram se ele estaria rezando pela vitória sobre os franceses que se aproximavam. Todos sabiam que o inimigo de casacas azuis vinha de novo, e os proprietários das casas estavam enterrando seus bens de valor nos quintais, para o caso de os temidos veteranos de Masséna derrotarem os britânicos e voltarem para saquear a cidade.

Kiely acabou com o conhaque. Sua cabeça girava com o álcool, a vergonha e a raiva. Atrás da cruz de prata, num nicho acima do altar-mor, havia uma estátua de Nossa Senhora. Ela usava um diadema de estrelas e segurava lírios nas mãos. Fazia muito tempo que Kiely havia visto uma imagem assim. Sua mãe adorava essas coisas. Ela o obrigava a se confessar e a receber o sacramento, censurando-o por fracassar com ela. Sua mãe costumava rezar à Virgem, reivindicando um relacionamento especial com Nossa Senhora como se fosse outra mulher desapontada que tinha conhecido a tristeza de mãe.

— Puta! — exclamou Kiely em voz alta, olhando a estátua de manto azul. — Puta!

Ele odiava a mãe assim como odiava a Igreja. Juanita havia compartilhado o desprezo de Kiely pela Igreja, mas Juanita era amante de outro homem. Talvez sempre tivesse sido amante de outro homem. Ela havia se deitado com Loup e Deus sabia com quantos homens mais, enquanto o tempo inteiro Kiely planejava torná-la condessa e lhe mostrar a beleza de todas as grandes capitais da Europa. Lágrimas escorreram por seu rosto enquanto pensava na traição e se lembrava da humilhação nas mãos do capitão Sharpe. Essa última lembrança o fez ficar furioso.

— Puta! — gritou para a Virgem Maria. Levantou-se e jogou o frasco vazio na estátua atrás do altar. — Cadela puta! — gritou enquanto o frasco ricocheteava inofensivo no manto azul da Virgem.

As mulheres gritaram. O padre correu para o lorde, depois parou aterrorizado porque Kiely havia sacado a pistola do coldre. O estalo do cão da arma ecoou alto na igreja enorme enquanto Kiely puxava para trás o pesado percussor.

— Puta! — Kiely cuspiu a palavra para a estátua. — Cadela mentirosa, puta, ladra, duas caras, cadela leprosa! — Lágrimas escorriam pelas bochechas enquanto ele apontava a pistola.

— Não! — implorou o padre enquanto a igreja era tomada pelos berros das mulheres. — Por favor! Não! Pense na Virgem abençoada, por favor!

Kiely se virou para o padre.

— Você a chama de virgem, não é? Acha que ela seria virgem depois que as legiões atravessaram a Galileia? — Ele gargalhou como um louco, depois se virou para a estátua. — Sua cadela imunda, puta!

— Não! — gritou o padre em desespero.

Kiely puxou o gatilho.

A bala pesada atravessou seu palato e, ao sair, arrancou um pedaço do crânio do tamanho da palma da mão. Sangue e miolos saltaram até o diadema de estrelas da Virgem, mas nenhuma gota atingiu Nossa Senhora. Em vez disso, espirrou nos degraus do santuário, depois escorreu pela nave. O corpo inerte de Kiely caiu para trás, a cabeça num horror de sangue, cérebro e osso.

Os gritos na igreja morreram lentamente, substituídos pelo trovejar de rodas na rua enquanto mais canhões eram arrastados para o leste.

Na direção dos franceses. Que vinham reivindicar Portugal e derrotar os insolentes britânicos numa ponte estreita sobre o Côa.

SEGUNDA PARTE

CAPÍTULO VII

A Real Compañía Irlandesa estava acampada no platô a noroeste de Fuentes de Oñoro. A aldeia ficava sobre a estrada do sul, que ia de Ciudad Rodrigo a Almeida, e durante a noite o exército de Wellington havia se aproximado do povoado que agora ameaçava virar um campo de batalha. A névoa do amanhecer escondia o terreno a leste, onde o exército francês se preparava, enquanto no planalto as forças de Wellington eram um caos de soldados, cavalos e carroças obscurecidos pela fumaça. Canhões estavam posicionados na crista leste do planalto, com os canos apontando para o riacho Dos Casas, que marcava a linha avançada do exército.

Donaju encontrou Sharpe semicerrando os olhos, mirando para um lado na direção de um caco de espelho, numa tentativa de cortar os próprios cabelos. Os lados e a frente eram bem fáceis de aparar, a dificuldade estava sempre atrás.

— Exatamente como os soldados na retaguarda — comentou Sharpe.

— Ouviu falar de Kiely? — Subitamente no comando da Real Compañía Irlandesa, Donaju ignorou o comentário de Sharpe.

Sharpe deu um corte, franziu a testa e tentou consertar o dano cortando de novo, mas só piorou as coisas.

— Ouvi dizer que estourou a cabeça.

Donaju se encolheu diante da rudeza de Sharpe, mas não protestou.

— Não acredito que ele faria uma coisa dessas.

— Orgulho demais e bom senso de menos. Para mim isso parece com a maioria dos aristocratas. Essa maldita tesoura está cega.

Donaju franziu o cenho.

— Por que você não tem um criado?

— Não posso pagar. Além disso, sempre cuidei de mim mesmo.

— E corta o próprio cabelo?

— Tem uma garota bonita, uma das esposas do batalhão, que geralmente corta — respondeu Sharpe. Mas Sally Clayton, como o restante do South Essex, estava longe. O South Essex estava reduzido demais pela guerra para servir na linha de frente, e agora fazia serviço de guarda nos depósitos portugueses do exército, e assim seria poupado da batalha do marechal Masséna para recuperar Almeida e cortar a retirada inglesa atravessando o Côa.

— O padre Sarsfield vai enterrar Kiely amanhã.

— Talvez o padre enterre um bocado de nós amanhã — acrescentou Sharpe. — Se é que vão nos enterrar. Já viu um campo de batalha um ano depois da luta? É igual a um cemitério. Crânios espalhados feito pedregulhos e ossos roídos por raposas em toda parte. Dane-se isso! — exclamou com violência enquanto dava um último corte desanimado no cabelo.

— Kiely nem pode ser enterrado no cemitério de uma igreja. — Donaju não queria pensar em campos de batalha naquela manhã agourenta. — Porque foi suicídio.

— Não existem muitos soldados que recebem uma sepultura adequada, por isso eu não lamentaria por Kiely. Teremos sorte se algum de nós receber um buraco decente, quanto mais uma pedra em cima. Dan! — gritou para Hagman.

— Senhor?

— Esta maldita tesoura está cega.

— Afiei ontem à noite, senhor — falou Hagman estoicamente. — É como meu pai sempre dizia, senhor, só um mau trabalhador culpa as ferramentas.

Sharpe jogou a tesoura para Hagman, depois espanou os fios de cabelo na camisa.

— Vocês estão melhor sem Kiely — declarou a Donaju.

— Para vigiar o parque de munições? — perguntou Donaju, amargo. — Seria melhor se ficássemos em Madri.

— Para sermos vistos como traidores? — perguntou Sharpe enquanto vestia a casaca. — Escute, Donaju, você está vivo e Kiely não. Você tem uma boa companhia para comandar. E daí, se vai vigiar a munição? Acha que isso não é importante? O que acontece se os franceses atravessarem as forças?

Donaju não parecia animado com as opiniões de Sharpe.

— Estamos órfãos — declarou repleto de autopiedade. — Ninguém se importa com o que acontecer conosco.

— Por que você quer que alguém se importe? — perguntou Sharpe rudemente. — Você é um soldado, Donaju, não uma criança. Eles lhe deram uma espada e uma arma para cuidar de si mesmo, não para que outros cuidem de você. Mas, por acaso, eles se importam. Importam-se o bastante para mandar todos vocês a Cádis, e eu me importo o suficiente para dizer que você tem duas opções. Pode ir para Cádis chicoteado com seus homens sabendo que foram açoitados ou pode voltar com o orgulho intacto. Isso é com você, mas eu sei qual escolheria.

Era a primeira vez que Donaju ouvia falar na transferência da Real Compañía Irlandesa para Cádis, e franziu a testa enquanto tentava deduzir se Sharpe falava sério.

— Você tem certeza com relação a Cádis?

— Claro que tenho. O general Valverde andou mexendo os pauzinhos. Ele acha que vocês não deveriam estar aqui, de modo que agora vão se juntar ao resto do exército espanhol.

Donaju digeriu a notícia durante alguns segundos, depois assentiu.

— Bom — começou com entusiasmo. — Eles deveriam ter nos mandado para lá desde o início. — Em seguida tomou um gole de chá e fez uma careta por causa do gosto. — O que vai acontecer com você agora?

— Recebi a ordem de ficar com você até que alguém me diga para ir a outro lugar. — Sharpe não queria admitir que iria enfrentar um tribunal de inquérito, não por sentir vergonha de sua conduta, mas porque não queria simpatias alheias. O tribunal era uma batalha que ele teria de enfrentar quando chegasse a hora.

— Você vai vigiar a munição? — Donaju pareceu surpreso.

— Alguém tem de fazer isso. Mas não se preocupe, Donaju, eles vão me afastar de você antes de vocês irem para Cádis. Valverde não me quer lá.

— E o que vamos fazer hoje? — perguntou Donaju, nervoso.

— Hoje cumprimos com nosso dever. E há 50 mil comedores de lesma cumprindo com o dever deles, e em algum lugar em cima daquele morro, Donaju, o dever deles e o nosso vão se chocar de maneira sangrenta.

— Não vai ser bom — comentou Donaju, não exatamente como uma afirmativa, e também não exatamente como um pensamento em voz alta.

Sharpe percebeu o nervosismo. Donaju nunca estivera numa grande batalha, e qualquer homem, por mais corajoso que fosse, tinha o direito de ficar nervoso com essa perspectiva.

— Não vai ser bom — concordou Sharpe. — O barulho é o pior, isso e a névoa da pólvora, mas se lembre sempre de uma coisa: é igualmente ruim para os franceses. E vou lhe dizer outra coisa. Não sei por que, e talvez seja apenas minha imaginação, mas parece que os franceses sempre se dobram antes de nós. Quando você acha que não consegue aguentar mais um minuto, conte até dez. Ao chegar ao seis a porcaria dos comedores de lesma terão dado as costas e fugido. Agora cuidado, aí vem encrenca.

A encrenca surgiu com a aproximação de um major magro, de óculos, usando a casaca azul da Artilharia Real. Carregava diversos papéis que ficavam caindo enquanto ele tentava encontrar uma folha específica. As folhas errantes eram recolhidas por dois nervosos soldados com casacas vermelhas, um dos quais estava com o braço numa tipoia suja enquanto o outro se esforçava com uma muleta. O major acenou para Sharpe e Donaju, assim soltando outro monte de papéis.

— O negócio — começou o major sem qualquer tentativa de se apresentar — é que as divisões têm os parques de munição próprios. Um ou outro, eu disse, decidam-se! Mas não! As divisões serão independentes! O que nos deixa, vocês entendem, com a reserva central. Eles chamam assim, embora raramente fique no centro e, claro, pela própria natureza da situação, nós nunca somos informados sobre o estoque das próprias divisões. Eles exigem mais, nós cedemos, e de repente não existe mais nada. É um problema. Vamos esperar e rezar que os franceses funcionem de modo pior. Isso é chá? — O major, que tinha um forte sotaque escocês, olhou esperançoso para a caneca na mão de Donaju.

— É, senhor — respondeu Donaju. — Mas está horrível.

— Deixe-me provar, por favor. Obrigado. Pegue esse papel, Magog, a batalha desse dia pode depender dele. Gog e Magog — apresentou os dois soldados rasos. — Gog é o sem braço, Magog o sem perna, e os dois patifes são galeses. Juntos são um galês e meio, e nós três, ou dois e meio, para ser exato, representamos todo o complemento de pessoal da reserva central. — O major sorriu de repente. — Alexander Tarrant — apresentou-se. — Major da artilharia, mas emprestado ao estado-maior do intendente-geral. Penso em mim como assistente do assistente do assistente do intendente-geral, e vocês, suspeito, são os novos assistentes do assistente do assistente do assistente do intendente-geral. Foram rebaixados, por Deus! Será que as carreiras deles jamais se recuperarão? Esse chá está delicioso, apesar de tépido. Você deve ser o capitão Sharpe, não é?

— Sim, senhor.

— É uma honra, Sharpe, por minha alma, é uma honra. — Tarrant estendeu a mão, assim liberando uma cascata de papéis. — Ouvi falar sobre o pássaro bicudo, Sharpe, e confesso que fiquei tremendamente comovido. — Sharpe demorou um segundo para perceber que Tarrant estava falando da águia que ele havia capturado em Talavera, mas, antes que pudesse responder, o major já estava falando de novo. — E você deve ser Donaju, da guarda real, não é? Por minha alma, Gog, estamos com companhias importantes! Vocês terão de se comportar com bons modos hoje!

— Soldado Hughes, senhor — apresentou-se Gog a Sharpe. — E esse é meu irmão. — Ele indicou Magog com um braço.

— Os irmãos Hughes foram feridos em serviço seu país e reduzidos a minha servidão — explicou Tarrant. — Até agora, Sharpe, eles foram a única guarda da munição. Gog chutaria os intrusos e Magog sacudiria a muleta para eles. Assim que se recuperarem, claro, eles voltarão ao serviço e eu receberei mais aleijados para proteger a pólvora e as balas. Só que hoje, Donaju, temos seus ótimos rapazes. Examinemos seus deveres!

Os deveres não eram nem um pouco árduos. A reserva central era apenas isso, um lugar onde as divisões, brigadas ou mesmo os batalhões pressionados poderiam buscar mais munição. Uma coleção variada de cocheiros do Comboio Real de Diligências aumentada por muleteiros e carroceiros recrutados na população local estava disponível para entregar os cartuchos da infantaria enquanto a artilharia geralmente fornecia seu próprio transporte. A dificuldade do trabalho, segundo Tarrant, era descobrir quais pedidos eram frívolos e quais eram desesperados.

— Gosto de manter os suprimentos intactos até estarmos perto do fim de um combate — disse o escocês. — Qualquer um que requisite munição nas primeiras horas já está derrotado ou apenas com medo. Esses papéis se propõem a descrever as reservas das divisões, mas só Deus sabe se eles são precisos. — Tarrant empurrou os papéis para Sharpe, depois os puxou de volta, para Sharpe não sujá-los. — Por fim, claro, sempre há o problema de garantir que a munição chegue ao destino. Os cocheiros podem ser... — ele parou, procurando uma palavra — covardes! — exclamou finalmente, depois franziu o cenho diante da severidade do julgamento. — Nem todos, claro, e alguns são maravilhosamente corajosos, mas a qualidade não é consistente. Talvez, senhores, quando a luta ficar sangrenta, eu possa contar com seus homens para fortalecer a coragem dos cocheiros, certo? — Ele fez essa indagação com nervosismo, como se em parte esperasse que Sharpe ou Donaju recusasse. Quando nenhum dos dois falou, Tarrant sorriu. — Ótimo! Bem, Sharpe, talvez você goste de examinar a paisagem, não? Não podemos despachar a munição sem saber para onde ela vai.

A oferta deu liberdade temporária a Sharpe. Ele sabia que, junto de Donaju, havia sido posto de lado como uma inconveniência, e que Tarrant não precisava de nenhum deles, mas mesmo assim uma batalha precisava ser travada e, quanto mais o fuzileiro entendesse do campo de batalha, melhor.

— Porque, se as coisas ficarem feias, Pat — disse a Harper enquanto os dois andavam até a linha de canhões no alto do platô enevoado —, vamos estar bem no meio. — Os dois carregavam suas armas, mas deixaram as mochilas e as casacas com as carroças de munição.

— Ainda parece estranho não ter nada de verdade para fazer — comentou Harper.

— Os malditos comedores de lesma podem arranjar trabalho para nós — respondeu Sharpe azedamente.

Os dois estavam na linha de canhões britânicos virados para o leste, para o sol nascente, que fazia a névoa reluzir acima do riacho Dos Casas. A água corria para o sul ao longo do sopé do morro alto, de cume plano, onde Sharpe e Harper estavam, e que barrava as rotas francesas até Almeida. Os franceses poderiam ter se suicidado atacando diretamente por cima do riacho e tentando subir a escarpa íngreme do morro até encarar os canhões britânicos, mas, não acontecendo essa autodestruição improvável, só havia duas outras rotas para a sitiada guarnição de Almeida. Uma ia pelo norte, em volta do morro, mas essa estrada era barrada pelas ruínas ainda formidáveis do forte Concepción, de modo que Wellington havia decidido que Masséna tentaria a estrada do sul, que passava por Fuentes de Oñoro.

A aldeia ficava no ponto em que o morro descia até uma planície ampla e pantanosa sobre a qual a névoa da manhã se desfazia e se esvaía. A estrada que vinha de Ciudad Rodrigo corria branca e reta por esse terreno plano até atravessar por um vau o riacho Dos Casas. Após passar pelo riacho a estrada subia o morro entre as casas da aldeia até chegar ao planalto onde se bifurcava em dois caminhos. Um levava a Almeida, cerca de 18 quilômetros a noroeste, e o outro a Castello Bom, com sua ponte terrivelmente estreita que atravessa o profundo desfiladeiro do rio Côa. Se os franceses quisessem alcançar qualquer uma das estradas e liberar a cidade sitiada, forçando os casacas-vermelhas a retornar para o gargalo da ponte estreita, precisavam primeiro lutar subindo as ruas íngremes da aldeia de Fuentes de Oñoro, guarnecida por uma mistura de casacas-vermelhas e casacos-verdes.

A encosta e a aldeia exigiam que o inimigo lutasse subindo o morro, no entanto havia uma segunda opção, muito mais convidativa, aberta aos franceses. Uma segunda estrada corria para o oeste pela planície ao sul da aldeia. Esse segundo caminho passava por um terreno plano e levava aos vaus que atravessavam o rio Côa mais ao sul. Essas áreas eram os únicos locais por onde Wellington poderia ter esperanças de recuar seus canhões, carroças e feridos caso fosse obrigado a se retirar para Portugal. Se os franceses ameaçassem flanquear Fuentes de Oñoro fazendo uma curva pela planície ao sul, Wellington teria de descer do platô para defender a rota de escape. Caso optasse por não descer do terreno alto, precisaria abandonar as únicas rotas que ofereciam uma travessia segura do rio Côa. Essa decisão de permitir que os franceses cortassem pelas estradas ao sul levaria o exército de Wellington à vitória ou à aniquilação completa. Era uma escolha que Sharpe não gostaria de fazer.

— Deus salve a Irlanda! — exclamou Harper de repente. — Mas o senhor poderia ver aquilo?

Sharpe estava olhando para o sul, na direção das convidativas campinas planas que ofereciam uma rota fácil ao redor do flanco de Fuentes de Oñoro, porém agora observava o leste, onde estava Harper.

E onde a névoa era mais tênue — revelando um bosque longo e escuro de carvalhos, e fora desse bosque, onde a estrada branca saía das árvores escuras — um exército surgia. Os homens de Masséna deviam ter acampado no lado oposto das árvores e a fumaça das fogueiras matinais havia se misturado à névoa, parecendo brumas, mas agora, num silêncio sombrio e ameaçador, o exército francês emergia na planície que se alargava ao redor da aldeia.

Alguns artilheiros britânicos saltaram para as conteiras dos canhões e começaram a girá-los, apontando os canos para o lugar onde a estrada saía das árvores, porém um coronel artilheiro trotou ao longo da linha e gritou para as equipes não atirarem.

— Deixem que eles cheguem mais perto! Não atirem! Vejamos onde colocam as baterias! Não desperdicem a pólvora. Bom dia, John! Está um belo dia outra vez! — gritou o coronel para um conhecido, então tocou o chapéu cumprimentando os dois fuzileiros desconhecidos. — Vocês, rapazes, terão bastante trabalho hoje, sem dúvida.

— Você também, coronel — respondeu Sharpe.

O coronel esporeou afastando-se e Sharpe se virou de novo para o leste. Pegou a luneta e se apoiou numa roda de canhão para firmar o longo tubo do instrumento.

A infantaria francesa entrava em formação junto à linha das árvores, pouco atrás de suas baterias de artilharia. As parelhas de bois e cavalos dos canhões estavam sendo levadas de volta para o abrigo dos carvalhos, enquanto esquadrões de artilheiros levantavam os canos enormes e pesados, tirando-os dos buracos dos munhões usados durante o transporte, e os moviam para os buracos dianteiros, de luta, onde outros soldados usavam martelos para prender as travas sobre os munhões recém-colocados. Outros artilheiros empilhavam munição perto dos canhões: atarracados cilindros de balas sólidas e redondas já presas a suas sacolas de pólvora.

— Parece bala sólida — comentou Harper com Sharpe. — Eles vão mirar na aldeia.

Os artilheiros britânicos perto de Sharpe se preparavam. Os depósitos prontos dos canhões possuíam uma mistura de balas sólidas e lanternetas. As balas sólidas eram bolas de ferro maciço que mergulhavam de forma cruel através de uma infantaria que avançasse, ao passo que a lanterneta era a arma secreta da Inglaterra: o único projétil de artilharia que nenhuma outra nação havia aprendido a fazer. Era uma bola de ferro oca cheia de balas de mosquete apertadas em volta de uma pequena carga de pólvora que era acesa por um pavio. Quando a pólvora explodia, despedaçava o invólucro externo e espalhava as balas de mosquete num leque mortal. Se a lanterneta fosse bem-empregada, explodiria pouco acima e à frente da infantaria que avançava, e o segredo desse horror estava no pavio do projétil. As mechas eram tubos de madeira ou junco cheios de pólvora e marcados em tamanhos, cada pequena divisão representando meio segundo de tempo de queima. Os pavios eram cortados para o tempo desejado, depois enfiados dentro da lanterneta e acesos pelo próprio disparo do canhão, no entanto um pavio que ficasse longo demais deixaria a bala passar ressoando em segurança por cima da cabeça dos inimigos, ao passo que se fosse cortado curto demais explodiria prematuramente. Os sargentos de artilharia estavam cortando os pavios em diversos tamanhos, depois colocando a munição em pilhas que representavam os diferentes alcances. As primeiras balas possuíam pavios com mais de meia polegada de comprimento, que adiariam a explosão até que a bala tivesse percorrido 1.100 metros, ao passo que os mais curtos eram cotocos minúsculos medindo pouco mais de meio centímetro que acenderiam a carga a 650 metros. Assim que a infantaria inimiga estivesse a essa distância, os artilheiros passariam a usar somente balas sólidas; depois disso, quando os franceses tivessem chegado a menos de 350 metros, usariam metralha: cilindros de estanho atulhados de balas de mosquete que se espalhavam já no cano, quando o estanho fino era despedaçado pela carga de pólvora do canhão.

Essas armas iriam disparar encosta abaixo e por cima do riacho, de modo que a infantaria francesa estaria exposta a projéteis sólidos ou de metralha durante toda a aproximação. Agora essa infantaria estava se formando em colunas. Sharpe tentou contar as águias, mas havia tantos estandartes e tanto movimento entre o inimigo que era difícil fazer uma avaliação precisa.

— Pelo menos uma dúzia de batalhões.

— E onde estão os outros? — perguntou Harper.

— Só Deus sabe.

Durante seu reconhecimento com Hogan na noite anterior, Sharpe havia estimado que os franceses estariam marchando para Almeida com pelo menos oitenta batalhões de infantaria, mas só podia ver uma fração dessa hoste formando as colunas de ataque na borda da floresta distante.

— Doze mil homens? — supôs.

Os restos da névoa evaporaram da aldeia quando os franceses abriram fogo. A salva inicial foi entrecortada, enquanto os capitães de artilharia disparavam alternadamente, para poder observar a queda dos tiros e fazer ajustes na mira. A primeira bala inimiga caiu muito antes do alvo, depois ricocheteou por cima das poucas casas e dos quintais murados na margem mais distante até mergulhar num telhado na metade da encosta da aldeia. O som do canhão chegou após o estrondo de telhas caindo e caibros se partindo. A segunda bala se chocou numa macieira na margem leste do riacho e espalhou uma pequena chuva de flores brancas antes de ricochetear na água. Porém as balas seguintes foram bem-miradas e acertaram as casas da aldeia. Os artilheiros britânicos murmuraram aprovando, com má vontade, a capacidade dos inimigos.

— Imagino quem serão os pobres-diabos que estão sustentando a aldeia — disse Harper.

— Vamos descobrir.

— Honestamente, não estou tão curioso assim, senhor — protestou Harper, mas seguiu Sharpe pelo alto do planalto.

O terreno elevado terminava pouco acima da aldeia, onde o platô se dobrava num ângulo reto seguindo para oeste, em direção às montanhas. No local do plissamento, diretamente acima da aldeia, havia dois pequenos morros rochosos, num dos quais ficava a igreja da aldeia com seu desalinhado ninho de cegonha empoleirado de forma precária na torre do sino. O cemitério da aldeia ocupava a encosta voltada para o leste, entre a igreja e Fuentes de Oñoro, e havia fuzileiros agachados atrás das sepulturas e das lápides inclinadas, assim como outros estavam agachados entre os afloramentos do segundo morro rochoso. Entre as duas elevações, numa depressão com capim baixo de primavera onde crescia ambrósia amarela e onde a estrada para Almeida chegava ao terreno elevado, depois de ziguezaguear subindo ao lado do cemitério, um grupo de oficiais do estado-maior estava montado em seus cavalos observando o canhoneio francês que havia começado a nublar a paisagem distante com uma nuvem de fumaça suja que estremecia cada vez que uma bala passava através dela. As balas de canhão se chocavam sem remorsos na aldeia, esmagando telhados de barro e de palha, lascando caibros e derrubando paredes. O som dos disparos era um martelar palpável no ar quente da primavera, mas ali, no terreno elevado acima de Fuentes de Oñoro, era quase como se a batalha pela aldeia estivesse muito distante.

Sharpe levou Harper num longo desvio por trás dos oficiais do estado-maior.

— O Narigão está lá — explicou a Harper —, e não preciso dele fazendo carranca para mim.

— Estamos na lista negra dele, não é?

— Mais que isso, Pat. Vou enfrentar a porcaria de um tribunal de inquérito. — Sharpe não estava disposto a confessar a verdade a Donaju, porém Harper era um amigo, por isso lhe contou a história, e a amargura de sua situação não pôde ser contida. — O que eu deveria ter feito, Pat? Deixar aqueles desgraçados estupradores viver?

— O que o tribunal vai fazer com o senhor?

— Só Deus sabe. Na pior das hipóteses? Me levar à corte marcial e me expulsar do exército. Na melhor? Me rebaixar a tenente. Mas isso seria meu fim. Eles iriam me transformar em almoxarife de novo, depois me colocar encarregado de listas malditas em alguma porcaria de depósito onde posso beber até morrer.

— Mas eles precisam provar que o senhor atirou naqueles sacanas! Deus salve a Irlanda, mas nenhum de nós vai dizer uma palavra. Ora, eu mataria quem falasse algo!

— Mas há outros, Pat. Runciman e Sarsfield.

— Eles não vão dizer nada, senhor.

— Pode ser tarde demais. O maldito general Valverde sabe, e é só isso que importa. Ele enfiou a faca em mim e não posso fazer nada.

— Eu poderia atirar no filho da mãe.

— Você não vai pegá-lo sozinho. — Sharpe havia sonhado em atirar em Valverde, mas duvidava que teria a oportunidade. — E Hogan diz que a porcaria do Loup pode até fazer uma reclamação oficial!

— Não é justo, senhor.

— Não, Pat, não é, mas isso ainda não aconteceu, e Loup pode encontrar uma bala de canhão hoje. Mas não diga uma palavra a ninguém, Pat. Não quero metade do exército discutindo isso.

— Vou ficar quieto, senhor — prometeu Harper, mas não podia imaginar a notícia não circulando pelo exército, nem podia imaginar como alguém pensaria que a justiça seria feita sacrificando um oficial por atirar em dois filhos da mãe franceses.

Ele seguiu Sharpe passando entre duas carroças estacionadas e uma brigada de infantaria sentada no chão. Sharpe reconheceu o debrum verde-claro do 24º, um regimento de Warwickshire, e depois deles estavam os Highlanders do 79º com kilts e boinas. Os gaiteiros dos Highlanders tocavam uma música agitada com a batucada dos tambores, tentando rivalizar com os estrondos percussivos mais profundos da canhonada francesa. Sharpe supôs que os dois batalhões formavam a reserva destinada a descer até as ruas de Fuentes de Oñoro caso os franceses parecessem prestes a capturar a aldeia. Um terceiro batalhão se juntava à brigada de reserva enquanto Sharpe se virava para o som de telhas quebrando e pedra rachando.

— Certo, aqui embaixo — indicou Sharpe.

Ele havia encontrado uma trilha que passava junto ao muro sul do cemitério. O caminho era próximo de um precipício, provavelmente feito por cabras, e os dois precisaram usar as mãos para se firmar na íngreme parte superior da encosta, depois desceram correndo os últimos metros até a precária cobertura de um beco onde foram recebidos pelo surgimento súbito de um casaca-vermelha nervoso que virou a esquina com um mosquete apontado.

— Não atire, garoto! — gritou Sharpe. — Qualquer um que descer por aqui provavelmente está do seu lado, e, se não estiver, você está com problemas.

— Desculpe, senhor — respondeu o rapaz, depois se abaixou quando um pedaço de telha passou assobiando acima. — Eles estão um pouco animados, senhor.

— A hora de se preocupar, garoto, é quando eles pararem de atirar, porque significa que a infantaria está vindo. Quem comanda aqui?

— Não sei, senhor. A não ser que seja o sargento Patterson.

— Duvido, garoto, mas mesmo assim, obrigado.

Sharpe correu do fim do beco, virou numa rua lateral, desviou-se à direita entrando em outra viela, pulou descendo um íngreme lance de escada de pedra coberto de telhas quebradas, chegando à rua principal que descia o morro numa série de curvas bruscas. Uma bala sólida acertou o centro da rua assim que ele se abaixou ao lado de um monte de esterco. A bala escavou um trecho de pedra e terra, depois ricocheteou acertando um curral com cobertura de junco enquanto outra bala sólida despedaçava algumas traves de telhado do outro lado da rua. Mais balas acertaram com estrondo quando os artilheiros franceses tiveram um súbito ímpeto de energia. Sharpe e Harper buscaram proteção temporária num abrigo que tinha as marcas desbotadas de giz de oficiais acantonados dos dois exércitos; uma das marcas era 5/4/60, querendo dizer que cinco homens da companhia número quatro do 60º Regimento de Fuzileiros estiveram na cabana minúscula. Pouco acima havia uma legenda dizendo que sete franceses — a marca possuía o estranho risco transversal no número 7 — do 82º da Linha já estiveram postados na casa que agora carecia de um teto. A poeira pairava como névoa no que havia sido a sala, onde uma cortina de aniagem rasgada flutuava solitária numa janela. Os habitantes da aldeia e seus pertences foram levados em carroças do exército para a cidade de Frenada, próxima de Fuentes de Oñoro, mas inevitavelmente algumas posses dos aldeões tinham sido deixadas para trás. Uma porta possuía como barricada um berço de criança, e outra tinha um par de bancos como plataforma de tiro. Uma mistura de fuzileiros e casacas-vermelhas guarnecia a cidade, abrigados do canhoneio agachando-se atrás das paredes mais grossas das casas desertas. As paredes de pedra não conseguiam suportar todas as balas francesas, e Sharpe já havia passado por três mortos colocados na rua e visto meia dúzia de feridos voltando lentamente na direção do morro.

— De que unidade vocês são? — perguntou a um sargento abrigado atrás do berço do outro lado da rua.

— Terceira Divisão de Companhias Ligeiras, senhor! — gritou o sargento de volta.

— E a 1ª Divisão! — acrescentou outra voz. — Não esqueça a 1ª Divisão!

Parecia que o exército havia recolhido a nata de duas divisões, seus escaramuçadores, e posto em Fuentes de Oñoro. Eles eram os homens mais inteligentes, treinados para lutar com independência, e essa aldeia não era lugar para homens que só seriam capazes de ficar na linha de batalha disparando saraivadas. Esse seria um lugar para atiradores de elite e combates de rua, um local onde os homens estariam separados de seus oficiais e obrigados a lutar sem receber ordens.

— Quem está encarregado de todos vocês? — perguntou Sharpe ao sargento.

— O coronel Williams, do 60º, senhor. Ali adiante, na estalagem.

— Obrigado! — Sharpe e Harper se esgueiraram pela lateral da rua. Uma bala sólida trovejou acima até mergulhar num telhado. Um grito soou e logo foi interrompido. A estalagem era a mesma taverna onde Sharpe havia conhecido El Castrador e onde agora, no mesmo jardim com a videira meio decepada, encontrou o coronel Williams e seu pequeno estado-maior.

— Sharpe, não é? Veio nos ajudar? — Williams era um afável galês do 60º Regimento de Fuzileiros. — Não conheço você — disse a Harper.

— Sargento Harper, senhor.

— Você parece um sujeito bom para se ter num aperto, sargento. Está tremendamente barulhento hoje, hein? — acrescentou Williams numa leve reclamação da canhonada. Estava de pé num banco que lhe dava uma visão por cima do muro do jardim e dos telhados das casas mais baixas. — E o que traz você aqui, Sharpe?

— Só estou me certificando para saber onde entregar munição, senhor.

Williams lançou um olhar arregalado, parecendo uma coruja.

— Puseram você para pegar e carregar? Acho que você não vai encontrar muito trabalho aqui. Meus rapazes estão bem-supridos. Oitenta balas por homem, dois mil homens, e um número equivalente de cartuchos armazenados na igreja. Meu Deus! — Essa última imprecação foi provocada por uma bala sólida que devia ter passado a 60 centímetros da cabeça do coronel, obrigando-o a se abaixar. Ela se chocou numa casa, houve um trovejar de pedras caindo e depois, subitamente, silêncio.

Sharpe ficou tenso. O silêncio era irritante, depois do estrondo dos canhões e do trovejar dos impactos destrutivos das balas sólidas. Talvez fosse apenas uma pausa estranha, pensou, como o silêncio súbito e coincidente capaz de baixar sobre uma sala com pessoas conversando animadas no momento em que, segundo diziam, um anjo passava. E talvez um anjo tivesse passado por cima da fumaça de pólvora e todos os canhões franceses tivessem se encontrado momentaneamente sem carga. Sharpe quase se pegou rezando para os disparos recomeçarem, porém o silêncio se estendeu e se estendeu, ameaçando ser substituído por algo muito pior que um canhoneio. Em algum lugar na aldeia um homem tossiu e um fecho de mosquete estalou. Um cavalo relinchou no morro onde as gaitas de fole tocavam. Na rua, uma bala de canhão francesa rolou suavemente morro abaixo, depois se alojou contra uma trave caída.

— Suspeito que teremos companhia em breve, senhores — anunciou Williams. Em seguida desceu do banco e espanou a poeira branca de seu casaco verde desbotado. — Logo, logo. Daqui não dá para ver nada. Fumaça de pólvora, veja bem. Pior que névoa. — Ele estava falando para preencher o silêncio agourento. — É descer ao riacho, imagino. Não que possamos contê-los lá, não há buracos suficientes nos muros pelos quais atirar, mas assim que eles chegarem à aldeia vão achar a vida um pouco difícil. Pelo menos é o que espero. — Ele assentiu afável para Sharpe, então saiu pela porta. Seus ajudantes correram atrás dele.

— Não vamos ficar aqui, não é, senhor? — perguntou Harper.

— Seria bom ver o que está acontecendo. Não temos nada melhor para fazer. Você está carregado?

— Só o fuzil.

— Eu prepararia a arma de sete canos — sugeriu Sharpe. — Só para garantir.

Ele começou a carregar o fuzil no instante em que os canhões britânicos em cima do morro abriram fogo. A fumaça saltava a 18 metros do topo e o barulho golpeava a aldeia ferida enquanto as balas ressoavam acima, em direção aos batalhões franceses que avançavam.

Sharpe subiu no banco e viu as escuras colunas de infantaria emergindo da fumaça dos canhões franceses. A primeira lanterneta explodiu acima e à frente das colunas, cada explosão sujando o ar com uma mancha de fumaça branco-acinzentada riscada de fogo. Balas sólidas penetravam nas fileiras compactas, mas nenhum projétil parecia fazer a mínima diferença. As colunas continuavam avançando: doze mil homens sob suas águias, impelidos pelos tambores através do terreno plano em direção à artilharia que martelava, aos mosquetes que esperavam e aos fuzis preparados do outro lado do riacho. Sharpe olhou à esquerda e à direita, mas não viu nenhum outro inimigo, a não ser um punhado de dragões de casacos verdes patrulhando os campos ao sul.

— Eles estão vindo diretamente, sem delongas. Um ataque para cima da aldeia, Pat. Por enquanto nada de dar a volta pelo entorno. Parecem achar que podem passar direto por aqui. Deve haver mais brigadas atrás, e eles vão mandá-las uma a uma até chegarem à igreja. Depois disso é morro abaixo até o Atlântico, de modo que, se não impedirmos aqui, não vamos impedi-los em lugar nenhum.

— Bom, como o senhor diz, não temos nada melhor para fazer.

Harper terminou de carregar sua arma de sete canos, depois pegou um pequeno boneco de pano que havia sido largado embaixo do banco do jardim. O boneco tinha o tronco vermelho, no qual uma mãe havia costurado um cinturão diagonal para imitar o uniforme da infantaria britânica. Harper encostou o boneco num nicho da parede.

— Você fica de guarda agora — disse ao montinho de trapos.

Sharpe puxou a espada até a metade da bainha e testou o gume

— Não mandei amolar. — Antes da batalha ele gostava de ordenar que a grande lâmina fosse afiada por um armeiro profissional da cavalaria, mas não tinha havido tempo. Esperava que isso não fosse um mau presságio.

— Então só vamos precisar matar os filhos da mãe a pancada — declarou Harper, depois fez o sinal da cruz antes de enfiar a mão no bolso e garantir que seu pé de coelho estava no lugar certo. Olhou de volta para o boneco de pano e foi subitamente dominado por uma certeza de que seu destino dependia de o boneco sobreviver no nicho da parede. — Cuide-se, agora — disse ao boneco, depois cutucou o destino apertando um pedaço de pedra na frente do nicho para tentar aprisionar o pequeno brinquedo de trapos.

Um estalo parecido com o rasgar de um tecido de algodão anunciou que os escaramuçadores britânicos haviam aberto fogo. Os *voltigeurs* franceses vinham avançando cem passos à frente de suas colunas, mas agora foram parados pelos disparos dos fuzileiros escondidos no meio dos quintais e das choupanas na outra margem do rio. Durante alguns minutos, o fogo de escaramuça gaguejou alto, em seguida os *voltigeurs*, em maior número, ameaçaram cercar os escaramuçadores britânicos, e os assobios dos oficiais e dos sargentos soaram agudos para chamar os casacos-verdes de volta pelos quintais. Dois fuzileiros mancavam, um terceiro era carregado por dois colegas, mas a maioria atravessou o riacho incólume e espirrando água para depois subir o labirinto de casebres e becos.

Os *voltigeurs* franceses se agacharam atrás dos muros dos quintais do outro lado do riacho e começaram a trocar tiros com os defensores da aldeia. O curso d'água ficou enevoado com um diáfano véu de fumaça de pólvora que pairava seguindo para o sul, ao vento fraco do dia. Sharpe e Harper, ainda esperando na estalagem, podiam ouvir os tambores franceses tocando o *pas de charge*, o ritmo que havia impelido os veteranos de Napoleão por metade da Europa derrubando os inimigos como pinos de boliche. De repente os tambores pararam e os dois britânicos instintivamente murmuraram as palavras junto dos 12 mil franceses:

— *Vive l'Empereur*. — Os dois gargalharam quando os tambores recomeçaram a tocar.

Os canhões no alto do morro abandonaram os disparos com lanternetas e mandaram balas sólidas contra as colunas. Agora que as principais formações do inimigo estavam quase nos quintais a leste da aldeia, Sharpe conseguia ver os danos provocados pelas balas de ferro rasgando soldados rasos, lançando homens como trapos ensanguentados antes de ricochetear numa névoa manchada de sangue para se chocar contra mais fileiras de homens. Outra vez os projéteis rasgavam as fileiras compactas. No entanto, novamente, de forma teimosa, impossíveis de serem contidos, os franceses cerravam fileiras e continuavam avançando. Os tambores tocavam, as águias resplandeciam ao sol, brilhantes como as baionetas nos mosquetes das primeiras filas.

Os tambores pararam de novo.

— *Vive l'Empereur!* — gritou a massa de franceses, mas dessa vez estenderam a última sílaba num grito longo que os sustentava enquanto eram liberados para o ataque. As colunas não podiam marchar em ordem cerrada através do labirinto de quintais murados na margem leste da aldeia, assim a infantaria teve rédeas soltas e recebeu ordem de atacar desordenadamente através de canteiros de verduras e pequenos pomares, atravessando o rio e chegando ao fogo dos defensores sob o comando do coronel Williams.

— Que Deus nos ajude! — exclamou Harper num espanto, enquanto o ataque francês engolfava a margem oposta como uma onda escura. O inimigo gritava comemorando enquanto corria, passando por cima dos muros baixos e pisoteando as plantações da primavera, espadanando no riacho raso.

— Fogo! — gritou uma voz, então mosquetes e fuzis estalaram nas casas cheias de buracos abertos para os disparos.

Um francês caiu, com o sangue denso na água. Outro tombou na pequena ponte de pedras e foi empurrado, sem cerimônia, pelos homens que se apinhavam atrás. Sharpe e Harper dispararam do quintal da estalagem, as balas girando por cima dos telhados mais baixos, mergulhando na massa de atacantes que agora se abrigava da artilharia na encosta junto à aldeia.

Os primeiros atacantes franceses irromperam contra os muros do lado leste da aldeia. Baionetas se chocavam contra baionetas. Sharpe viu um francês aparecer no topo de um muro, depois pular num quintal escondido. Mais franceses o seguiram pulando o muro.

— A espada, Pat — advertiu Sharpe, e desembainhou a espada enquanto Harper prendia o sabre-baioneta em seu fuzil.

Os dois passaram abaixados pelo portão do quintal, correram através da rua principal e tiveram o progresso bloqueado por uma fileira dupla de casacas-vermelhas que esperavam com mosquetes carregados e baionetas caladas. Vinte metros adiante na rua havia outros casacas-vermelhas disparando por cima de uma barricada improvisada feita com janelas, portas, galhos de árvores e um par de carroças. A barricada tremia com o ataque dos franceses do outro lado, e a intervalos de alguns segundos um mosquete era enfiado através do emaranhado e disparava fogo, fumaça e uma bala contra os defensores.

— Preparar para abrir fileiras! — gritou o tenente da infantaria. Ele parecia ter uns 18 anos, mas sua voz com sotaque do sudoeste da Inglaterra era bem firme. Assentiu cumprimentando Sharpe, depois olhou de volta para a barricada. — Firmes agora, rapazes, firmes!

Sharpe sabia que por enquanto não precisaria da espada, por isso a embainhou e recarregou o fuzil. Mordeu o cartucho para tirar a bala, depois a segurou na boca enquanto puxava um clique do percussor do fuzil até ficar meio engatilhado. Sentia o gosto acre, salgado na boca ao derramar uma pitada da pólvora do cartucho na caçoleta do fecho. Segurou o restante do cartucho enquanto puxava o rastilho totalmente para fechar a tampa da caçoleta, então, com o fuzil assim escorvado, deixou a coronha de latão baixar até o chão. Derramou o resto da pólvora do cartucho no cano, enfiou o cartucho de papel encerado vazio em cima da pólvora para servir de bucha, em seguida curvou a cabeça para cuspir a bala na arma. Puxou a vareta com a mão esquerda, virou-a de modo que a cabeça rombuda estivesse voltada para baixo e a enfiou com força no cano. Tirou-a, virou-a de novo e a deixou cair nos anéis de suporte, depois ergueu o fuzil com a mão esquerda, pegou-o por baixo do fecho com a direita e puxou o percussor de volta até ouvir um segundo clique, de modo que a arma estivesse totalmente engatilhada e pronta para disparar. Havia demorado 12 segundos e não tinha pensado nem sequer uma vez no que estava fazendo, nem mesmo olhara a arma enquanto a carregava. Essa manobra era a habilidade básica de sua profissão, a habilidade necessária para ser ensinada aos novos recrutas e então treinada e treinada até se tornar uma segunda natureza. Quando era um jovem recruta, com apenas 16 anos, Sharpe sonhava que carregava mosquetes. Tinha sido obrigado a fazer isso de novo e de novo até ficar rígido de tédio com os exercícios e estar a ponto de cuspir nos sargentos por obrigá-lo a repetir mais uma vez, até que, num dia úmido em Flandres, descobrira-se fazendo isso de verdade, e subitamente se atrapalhou com o cartucho, perdeu a vareta e se esqueceu de escorvar o mosquete. De algum modo, sobreviveu àquela batalha, depois treinou de novo até ser capaz de fazer isso sem pensar. Era a mesma habilidade que havia se esforçado para implementar na Real Compañía Irlandesa durante a infeliz estada no forte de San Isidro.

Agora, enquanto olhava os defensores recuar para longe da barricada que caía, flagrou-se imaginando quantas vezes havia carregado uma arma. Porém não tinha tempo para tentar adivinhar, porque os defensores da barricada estavam correndo de volta rua acima, e o rugido de vitória dos franceses crescia enquanto eles desmantelavam as últimas partes do obstáculo.

— Abrir fileiras! — gritou o tenente, e as duas fileiras de homens se abriram a partir do centro para deixar os defensores da barricada passarem numa torrente. Pelo menos três corpos com casacas vermelhas foram deixados na rua. Um ferido caiu e se arrastou até uma porta, então um capitão de rosto vermelho com costeletas grisalhas correu pela abertura e gritou para os homens cerrarem fileiras.

As fileiras se fecharam de novo.

— Fila da frente, de joelhos! — berrou o tenente quando suas duas fileiras estavam de novo organizadas na rua. — Esperem! — gritou, e dessa vez sua voz falhou com o nervosismo. — Esperem! — gritou de novo com mais firmeza.

O tenente desembainhou a espada e deu dois golpes hesitantes com a lâmina. Engoliu em seco vendo os franceses finalmente irromperem em meio ao entulho e atacarem morro acima com baionetas caladas.

— Fogo! — gritou o tenente, e 24 mosquetes espocaram em uníssono, sufocando a rua com fumaça. Em algum lugar um homem gritava. Sharpe disparou seu fuzil e escutou o som nítido de uma bala acertando um cano de mosquete. — Fila da frente, de pé! — gritou o tenente. — Acelerado! Avançar!

A fumaça se dissipou mostrando meia dúzia de corpos com casacas azuis caídos nas pedras e na terra da rua. Chumaços de bucha queimando tremeluziam como chamas de velas. O inimigo recuou depressa da ameaça das baionetas, porém então outra massa de uniformes azuis apareceu na extremidade inferior da aldeia.

— Estou pronto, Pollard! — exclamou uma voz atrás de Sharpe, e o tenente, ao ouvi-la, parou seus homens.

— Para trás, rapazes! — gritou ele, e as duas fileiras, não podendo avançar contra a nova massa inimiga, recuou morro acima. Os novos atacantes possuíam mosquetes carregados e alguns pararam para mirar. Então Harper disparou os sete canos de sua arma, depois acompanhou Sharpe morro acima conforme a fumaça da enorme arma se espalhava entre as casas.

    O capitão com costeletas grisalhas havia formado uma nova linha de defesa que se abriu para deixar os homens do tenente passarem. O tenente colocou seus comandados em formação de duas fileiras, alguns passos atrás dos homens do capitão, e gritou para os casacas-vermelhas recarregarem as armas. Sharpe recarregou o fuzil junto deles. Harper, sabendo que não teria tempo de recarregar a arma de sete canos, pendurou-a às costas e cuspiu uma bala em seu fuzil.

    Os tambores continuavam tocando o *pas de charge*, enquanto no morro atrás de Sharpe as gaitas de fole rivalizavam com sua música feroz. Os canhões no cimo continuavam disparando, presumivelmente lançando lanternetas contra a distante artilharia francesa. A pequena aldeia fedia a fumaça de pólvora, reverberava com disparos de mosquetes e ecoava com os gritos de homens apavorados.

    — Fogo! — ordenou o capitão, e seus homens lançaram uma saraivada rua abaixo. Foi respondida por uma saraivada francesa. O inimigo tinha decidido usar seu poder de fogo em vez de tentar correr contra os defensores. Era uma batalha que o capitão sabia que deveria perder. — Perto de mim, Pollard! — gritou, e o jovem tenente levou seus homens para se juntar às tropas do capitão.

    — Fogo! — gritou Pollard, depois emitiu um som parecido com um miado, que foi abafado momentaneamente pelo estrondo dos mosquetes de seus homens. O tenente cambaleou para trás, com sangue surgindo nos debruns brancos de sua casaca elegante. Ele vacilou de novo e largou a espada, que bateu ruidosa na soleira de uma porta.

    — Leve-o para trás, Pat — ordenou Sharpe. — Me encontre no alto do cemitério.

    Harper levantou o tenente como se fosse uma criança e correu subindo a rua. Os casacas-vermelhas estavam recarregando os mosquetes, as varetas subindo e descendo acima das barretinas escuras. Sharpe esperou a fumaça se dissipar e procurou algum oficial inimigo. Viu um homem de bigode carregando uma espada, mirou, disparou e pensou ter visto o sujeito se retorcer para trás, mas a fumaça obscureceu sua visão, então um grande jorro de franceses subiu correndo a rua.

— Baionetas! — gritou o capitão.

Um casaca-vermelha recuou. Sharpe encostou a mão na cintura do sujeito e o empurrou com força de volta para a fileira. Pendurou o fuzil no ombro e desembainhou a espada de novo. A ofensiva francesa parou diante das fileiras intactas com suas feias lâminas de aço, porém o capitão sabia que tinha menos armas e menos homens.

— Passo atrás! — ordenou. — Devagar e firmes! Devagar e firmes! Se estiverem carregados, rapazes, atirem contra eles.

Uma dúzia de mosquetes disparou, mas pelo menos o dobro de franceses devolveu a saraivada e as fileiras do capitão pareceram estremecer quando as balas acertaram. Agora Sharpe servia como sargento, mantendo as fileiras no lugar, por trás, mas também estava olhando para cima da rua, onde uma mistura de casacas-vermelhas e casacos-verdes recuava aleatoriamente saindo de um beco. A retirada desordenada sugeria que os franceses não vinham muito atrás, e em alguns instantes, admitiu Sharpe, a pequena companhia do capitão poderia ficar isolada.

— Capitão! — gritou, depois apontou com a espada quando obteve a atenção desejada.

— Para trás, rapazes, para trás!

O capitão percebeu imediatamente o perigo. Seus homens se viraram e correram rua acima. Alguns estavam ajudando os companheiros, uns poucos corriam a toda velocidade para encontrar segurança, porém a maioria permaneceu junta, para se unir ao número maior de soldados britânicos que entravam em formação no pequeno espaço calçado de pedras no centro da aldeia. Williams havia mantido três companhias de reserva nas casas mais seguras na extremidade de cima da aldeia, e agora esses homens desceram para conter a maré francesa.

Os franceses irromperam do beco no instante em que a companhia passava pela interseção. Um casaca-vermelha caiu ferido por uma baioneta, em seguida o capitão deu um golpe ensandecido com sua espada, que abriu o rosto do francês. Um grande sargento francês girou o cabo do mosquete contra o capitão, mas Sharpe estocou no rosto do inimigo com sua espada e apesar de o golpe sair desequilibrado e fraco serviu para conter o sargento enquanto o capitão se afastava. O francês impeliu a baioneta contra Sharpe, o golpe foi aparado, então Sharpe contra-atacou com a espada baixa e com força, girando a lâmina para não se prender na carne do inimigo. Soltou-a da barriga do francês e voltou a subir o morro, um passo, dois, atento a mais ataques, depois a mão de alguém o puxou para as fileiras britânicas reorganizadas no espaço aberto.

— Fogo! — gritou alguém, e os ouvidos de Sharpe tiniram com o ruído ensurdecedor de mosquetes espocando compactos ao redor de sua cabeça.

— Quero aquele beco liberado! — gritou a voz do coronel Williams. — Vá, Wentworth! Leve seus homens abaixados. Não deixe que eles fiquem de pé!

Um grupo de casacas-vermelhas atacou. Havia mosquetes franceses disparando das janelas das casas, e alguns homens irromperam pelas portas para expulsar os comedores de lesma. Mais inimigos subiram pela rua principal. Vinham em pequenos grupos, parando para atirar, depois correndo para a praça onde a batalha era caótica e desesperada. Um punhado de casacas-vermelhas foi dominado por um grupo de franceses que saiu de um beco lateral e houve gritos enquanto as baionetas inimigas subiam e desciam. Um garoto conseguiu escapar de algum modo do massacre e correu pelas pedras do calçamento.

— Onde está seu mosquete, Sanders? — gritou um sargento.

O garoto xingou, virou-se para procurar sua arma caída e levou um tiro na boca aberta. Empolgados pela vitória sobre o pequeno grupo, os franceses passaram por cima do cadáver para atacar a massa maior de homens que tentavam sustentar a entrada do beco recapturado. Foram recebidos por baionetas. O choque de aço contra aço e de aço contra madeira era mais sonoro que os disparos dos mosquetes, pois agora poucos homens tinham tempo de recarregá-los, por isso usavam as lâminas ou os cabos das armas, em vez de balas. Os dois lados ficaram a poucos metros um do outro, e de vez em quando um grupo corajoso reunia ânimo para atacar as fileiras inimigas. Então as vozes cresciam até gritos roucos e o choque de aço recomeçava. Um desses ataques foi comandado por um alto oficial francês de cabeça descoberta, que empurrou dois casacas-vermelhas de lado com golpes rápidos de sua espada, depois estocou contra um oficial britânico que manuseava desajeitadamente a pistola. O oficial de casaca vermelha recuou, expondo o francês a Sharpe. O alto francês fintou para a esquerda e conseguiu afastar a espada do fuzileiro, depois reverteu o golpe e já trincava os dentes para a estocada mortal. Porém Sharpe não lutava segundo as regras de algum mestre de esgrima parisiense e chutou o sujeito entre as pernas, depois baixou o pesado punho de ferro da espada contra a cabeça dele. Empurrou com o pé o homem para fora das fileiras e deu um golpe, com a espada pesada, num soldado francês que tentava arrancar um mosquete com baioneta da mão de um casaca-vermelha. O gume da lâmina, cego, serviu mais como porrete que como espada, porém o francês recuou girando, com as mãos na cabeça.

— Avançar! — gritou uma voz, e a improvisada linha britânica avançou pela rua.

O inimigo recuou para longe da reserva de Williams, que agora ameaçava retomar toda a parte inferior da aldeia, mas então uma mudança do vento afastou um trecho de poeira e fumaça, revelando a Sharpe toda uma nova onda de atacantes franceses enxameando quintais e muros na margem leste do riacho.

— Sharpe! — gritou o coronel Williams. — Você está ocupado?

O fuzileiro abriu caminho de volta através da densa fileira de casacas-vermelhas.

— Senhor?

— Eu agradeceria tremendamente se você encontrasse Spencer no alto do morro e dissesse que seria bom termos alguns reforços.

— Imediatamente, senhor.

— Perdi alguns ajudantes, veja só — começou a explicar Williams, mas Sharpe já havia partido para realizar a tarefa. — Bom homem! — gritou o coronel para ele, então se virou de volta para o combate que havia se degenerado numa série de confrontos sangrentos e desesperados nos confins assassinos de becos e quintais. Era uma luta que Williams temia perder, porque os franceses envolveram as próprias reservas e uma nova massa de infantaria com casacas azuis chegava com força agora na aldeia.

Sharpe passou correndo por homens feridos que se arrastavam morro acima. A aldeia estava nublada com poeira e fumaça, por isso ele errou a direção uma vez, parando num beco sem saída feito de muros de pedra. Recuou, encontrou a rua certa de novo e emergiu na encosta acima da aldeia, onde um grupo de feridos esperava ajuda. Estavam fracos demais para subir a encosta e alguns gritaram enquanto o fuzileiro passava correndo.

Ele os ignorou. Em vez disso, subiu a trilha de cabras junto ao cemitério. Um grupo de oficiais preocupados estava ao lado da igreja e Sharpe gritou para eles, perguntando se algum sabia onde estava o general Spencer.

— Tenho uma mensagem!

— O que é? — gritou um homem de volta. — Sou ajudante dele!

— Williams quer reforços. Há comedores de lesma demais!

O oficial se virou e correu para a brigada que esperava atrás do topo do morro enquanto Sharpe parava para recuperar o fôlego. Sua espada estava empunhada, a lâmina pegajosa de sangue. Ele limpou o aço na beira do casaco, depois deu um pulo, alarmado, quando uma bala acertou a parede de pedra a seu lado. Virou-se e viu a nuvem de fumaça de um mosquete entre algumas traves na borda superior da aldeia e percebeu que os franceses tomaram aquelas casas e agora tentavam cortar a retirada dos defensores ainda dentro de Fuentes de Oñoro. Os fuzileiros no cemitério abriram fogo, derrubando qualquer inimigo idiota a ponto de se mostrar numa janela ou numa porta por tempo demais.

Sharpe embainhou a espada limpa e passou por cima do muro, agachando-se ao lado de uma lápide de granito na qual havia sido cinzelada uma cruz grosseira. Carregou o fuzil, depois mirou no teto quebrado onde tinha visto a fumaça do mosquete. A pederneira havia se entortado no cão e ele soltou o parafuso, ajustou o pedaço de couro que prendia a pederneira, então a apertou. Puxou o percussor para trás. Estava com uma tremenda sede, destino usual de qualquer um que estivesse mordendo cartuchos de pólvora salgada. O ar estava insuportável com o fedor de fumaça.

Um mosquete apareceu entre os caibros e, um segundo depois, surgiu a cabeça de um homem. Sharpe disparou primeiro, mas a fumaça do fuzil escondeu o destino da bala. Harper deslizou pela encosta do cemitério, parando ao lado de Sharpe.

— Nossa! — exclamou o irlandês. — Meu Deus.

— Lá embaixo está feio. — Sharpe apontou com a cabeça na direção da aldeia. Escorvou o fuzil, depois levantou a arma para carregar o cano. Tinha deixado a vareta apoiada convenientemente na sepultura.

— Tem mais desgraçados passando pelo rio — comentou Harper. Em seguida mordeu uma bala e foi obrigado a ficar em silêncio até poder cuspi-la no fuzil. — Aquele pobre tenente. Morreu.

— Foi um ferimento no peito — disse Sharpe, socando a bala e a carga no cano. — Não são muitos que sobrevivem a tiros no peito.

— Fiquei com o pobre coitado. Ele disse que a mãe é viúva. Ela vendeu a prataria da família para comprar o uniforme e a espada dele, depois falou que ele seria o melhor soldado que existe.

— Ele era bom. Manteve a coragem. — Sharpe engatilhou o fuzil.

— Eu disse isso a ele. Fiz uma oração. Pobre coitado. E era a primeira batalha dele. — Harper puxou o gatilho. — Peguei você, seu filho da mãe — declarou, e imediatamente pescou um novo cartucho na bolsa enquanto puxava o percussor até a metade. Mais defensores britânicos emergiam do meio das casas, obrigados a sair da aldeia pela simples força dos números franceses. — Eles deveriam enviar mais alguns homens lá para baixo — indicou Harper.

— Eles vêm. — Sharpe apoiou o cano do fuzil na lápide e procurou um alvo.

— Mas estão demorando.

Dessa vez Harper não cuspiu a bala no fuzil, mas primeiro a enrolou no pequeno retalho de couro engordurado que se prenderia aos sulcos do cano fazendo a bala girar ao ser disparada. Demorava mais para carregar assim, porém isso tornava o fuzil Baker mais preciso. O irlandês grunhiu, forçando a bala embrulhada pelo cano sujo com os depósitos de pólvora.

— Tem um pouco de água fervendo atrás da igreja — avisou Harper, indicando a Sharpe aonde deveria ir se precisasse limpar a pólvora do cano do fuzil.

— Eu mijo dentro, se for preciso.

— Se o senhor tiver algum mijo. Estou seco feito um graveto. Nossa, seu filho da mãe. — Isso foi dirigido a um francês barbudo que havia aparecido entre duas casas espancando um casaco-verde com um machado de sapador. Sharpe, com o fuzil já carregado, mirou através do súbito esguicho de sangue do fuzileiro agonizante e puxou o gatilho, mas pelo menos uma dúzia de outros casacos-verdes no cemitério tinha visto o incidente e o francês barbudo pareceu estremecer enquanto as balas o acertavam. — Isso vai ensinar a ele — rosnou Harper, e pousou o fuzil na pedra. — Onde diabos estão os reforços?

— Eles demoram para serem preparados.

— Vamos perder uma porcaria de batalha só porque eles querem fileiras retas? — perguntou Harper, com desprezo. Em seguida procurou um alvo. — Anda, alguém, apareça!

Mais homens de Williams recuavam para fora da aldeia. Tentaram formar fileiras no terreno irregular ao pé do cemitério, porém ao abandonar as casas cederam as paredes de pedra aos franceses, que podiam se esconder enquanto carregavam, disparavam e se encolhiam de novo nos esconderijos. Alguns britânicos ainda lutavam no interior de Fuentes de Oñoro, mas a fumaça de mosquetes indicava que a luta deles havia se reduzido a um pequeno grupo de casas bem no alto da rua principal. Mais um empurrão dos franceses, pensou Sharpe, e a aldeia estaria perdida, então haveria uma luta feroz através do cemitério, numa disputa pelo domínio da igreja e do afloramento rochoso. Se perdessem aqueles dois pontos, pensou ele, a batalha estava acabada.

O som dos tambores franceses aumentou até um novo fervor. Havia franceses saindo das casas para formar pequenos esquadrões que tentavam flanquear os britânicos em retirada. Os fuzileiros no cemitério disparavam contra as investidas ousadas, mas havia inimigos demais e fuzileiros de menos. Um dos feridos tentou se arrastar para longe dos franceses que avançavam e recebeu uma baioneta nas costas. Dois franceses saquearam o uniforme dele, procurando o pequeno tesouro de moedas que a maioria dos soldados escondia. Sharpe atirou contra os saqueadores, depois virou o fuzil para os franceses que ameaçavam buscar cobertura atrás do muro de baixo do cemitério. Carregou e atirou, carregou e atirou até que o ombro direito parecesse um enorme hematoma socado contra os ossos pelos coices brutais do fuzil. De repente, abençoadamente, houve um trinar de gaitas de fole e uma torrente de homens com kilts se derramou pelo alto do morro, entre a igreja e as pedras, para descer pela rua principal que entrava na aldeia.

— Olhe os filhos da mãe! — exclamou Harper com orgulho. — Vão dar uma bela surra nos comedores de lesma.

Os Warwicks surgiram à direita de Sharpe e, como os escoceses, simplesmente se espalharam pela extremidade e desceram a encosta mais íngreme em direção a Fuentes de Oñoro. Os primeiros atacantes franceses pararam um segundo para avaliar o peso do contra-ataque, depois voltaram correndo para a proteção das casas. Os Highlanders já estavam na aldeia, onde seus gritos de guerra ecoavam entre as paredes, então os Warwicks invadiram os becos do lado oeste, penetrando fundo no emaranhado de casas.

Sharpe sentiu a tensão se esvair. Estava com sede, estava dolorido, estava cansado e com o ombro agonizando.

— Meu Deus! E nem era uma luta nossa.

A sede era insuportável e ele havia deixado o cantil com as carroças de munição, mas estava cansado e desanimado demais para procurar água. Olhou a aldeia destroçada, notando como a fumaça de pólvora marcava o avanço britânico de volta à beira do riacho, mas sentiu pouca empolgação. Parecia que todas as suas esperanças estancaram. Estava diante da desgraça. Pior, tinha uma sensação de fracasso. Havia ousado esperar que conseguiria transformar a Real Compañía Irlandesa em soldados, mas sabia, olhando a fumaça de pólvora e as casas arrebentadas, que os irlandeses precisavam de mais um mês de treinamento e muito mais boa vontade do que Wellington jamais estivera preparado para lhes dar. Sharpe havia fracassado com eles, assim como havia fracassado com Hogan, e os dois fracassos corroíam seu espírito. Então percebeu que estava sentindo pena de si mesmo, assim como Donaju sentira autopiedade na névoa da manhã.

— Meu Deus! — exclamou enojado consigo mesmo.

— Senhor? — perguntou Harper.

— Deixa para lá. — Sharpe sentia a aproximação da desgraça e a mordida do arrependimento. Era capitão provisório e supunha que agora jamais chegaria a major. — Danem-se todos eles, Pat — declarou e se levantou cansado. — Vamos encontrar algo para beber.

Na aldeia embaixo, um casaca-vermelha agonizante havia encontrado o boneco de pano de Harper enfiado no nicho da parede e o colocou na boca para se impedir de gritar de dor. Agora morreu e seu sangue brotou da goela, de modo que o pequeno boneco danificado caiu numa poça vermelha. Os franceses recuaram para o outro lado do riacho, onde se protegeram atrás de muros de quintais para abrir fogo contra os Highlanders e os Warwicks que caçavam os últimos grupos de sobreviventes franceses encurralados na aldeia. Uma desconsolada fila de prisioneiros franceses subiu com dificuldade a encosta sob uma guarda mista de fuzileiros e Highlanders. O coronel Williams havia sido ferido no contra-ataque e foi carregado por seus fuzileiros até a igreja, transformada em hospital. O ninho de cegonha na torre do sino continuava como um emaranhado de gravetos, mas os pássaros adultos foram expulsos pelo barulho e pela fumaça da batalha, deixando os filhotes para passar fome. O som dos mosquetes estalou sobre o riacho durante um tempo, em seguida morreu enquanto os dois lados avaliavam o primeiro ataque.

Mas, ambos sabiam, não seria o último.

CAPÍTULO VIII

Os franceses não atacaram de novo. Ficaram na margem leste do riacho, enquanto atrás deles, na distante linha de carvalhos que atravessava a estrada branca e reta, o restante de seu exército se posicionava lentamente, de modo que ao anoitecer toda a força de Masséna estava acampada e a fumaça de suas fogueiras se misturava, criando uma nuvem cinza que se escurecia até um negrume infernal enquanto o sol descia atrás do morro dos ingleses. O combate na aldeia havia parado, mas a artilharia manteve uma batalha esporádica até o anoitecer. Os britânicos levaram a melhor. Seus canhões estavam colocados logo atrás do topo do platô, de modo que os franceses só conseguiam mirar na própria linha do horizonte, e a maioria dos disparos era alta demais e ribombava impotente por cima da infantaria britânica escondida pela crista. Tiros baixos demais meramente batiam na encosta demasiadamente íngreme para que a bala sólida ricocheteasse até os alvos. Os artilheiros britânicos, por outro lado, possuíam uma visão clara das baterias inimigas, e uma a uma suas lanternetas com pavio longo silenciavam a artilharia francesa ou convenciam os inimigos a arrastar seus canhões de volta para a cobertura das árvores.

O último canhão disparou enquanto o sol se punha. O eco duro e seco ressoou e foi sumindo na planície sombreada conforme a fumaça do cano da arma se enrolava e pairava ao vento. Pequenos focos de incêndio tremeluziam nas ruínas da aldeia, as chamas brilhando tenebrosas em paredes e traves quebradas. As ruas estavam atulhadas de mortos e dignas de pena, com feridos que gritavam pedindo ajuda no meio da noite. Atrás da igreja, para onde as baixas mais sortudas foram evacuadas com segurança, mulheres sondavam maridos, irmãos procuravam irmãos e amigos procuravam amigos. Grupos de enterro procuravam trechos no chão das encostas rochosas enquanto oficiais leiloavam as posses de seus colegas **mortos** e se perguntavam quanto tempo se passaria até seus próprios pertences serem entregues de modo semelhante por preços ridículos. No planalto, os soldados cozinhavam a carne de bois recém-abatidos em seus caldeirões de **folha de flandres** e cantavam canções sentimentais sobre florestas verdejantes e moças.

Os exércitos dormiram com as armas carregadas e a postos. Piquetes vigiavam a escuridão enquanto os grandes canhões esfriavam. Ratos corriam pelas pedras caídas de Fuentes de Oñoro e mordiam homens mortos. Poucos vivos dormiam bem. Os guardas de infantaria britânicos foram infeccionados pelo metodismo e alguns se reuniram para um encontro de oração à meia-noite, até que um oficial do Coldstream rosnou para eles darem um maldito descanso a Deus e a si mesmos. Outros homens rondavam no escuro procurando mortos e feridos, em busca de saques. De vez em quando, um ferido gritava protestando, uma baioneta brilhava rapidamente à luz das estrelas e um jorro de sangue penetrava no chão enquanto o uniforme do recém-falecido era revistado em busca de moedas.

Finalmente o major Tarrant tinha ouvido falar da iminente provação de Sharpe no tribunal de inquérito. Era impossível não descobrir isso, visto que uma sucessão de oficiais veio ao parque de munição para prestar condolências a Sharpe e reclamar que um exército capaz de perseguir um homem por matar o inimigo devia ser comandado por idiotas e administrado por imbecis. Tarrant também não entendeu a decisão de Wellington.

— Certamente os dois homens mereciam morrer, não? Concordo que não passaram pelo processo legal devido, mas mesmo assim alguém pode duvidar da culpa deles? — O capitão Donaju, que compartilhava o jantar tardio de Tarrant com Sharpe, assentiu concordando.

— Não é por causa da morte dos dois homens, senhor — explicou Sharpe —, e sim pela porcaria da política. Dei aos espanhóis um motivo para desconfiar de nós.

— Nenhum espanhol morreu! — protestou Tarrant.

— Sim, senhor, mas um número muito grande de portugueses morreu, por isso o general Valverde está afirmando que não somos confiáveis com soldados de outras nações.

— Isso é ruim demais! — exclamou Tarrant com raiva. — E o que vai acontecer com você?

Sharpe deu de ombros.

— Haverá um tribunal de inquérito, vou ser culpado e levado à corte marcial. O pior que podem fazer comigo, senhor, é tirar meu posto.

O capitão Donaju franziu a testa.

— E se eu falar com o general Valverde?

Sharpe balançou a cabeça.

— E arruinar sua carreira também? Obrigado, mas não. Isso na verdade está relacionado a quem deve se tornar o *generalisimo* da Espanha. Achamos que deve ser o Narigão, mas Valverde não concorda.

— Sem dúvida por querer o cargo! — comentou Tarrant, com desprezo. — É ruim demais, Sharpe, ruim demais.

O escocês franziu o cenho olhando o prato de fígado e rim que Gog e Magog prepararam para seu jantar. Tradicionalmente os oficiais recebiam os miúdos do gado recém-abatido, privilégio que Tarrant teria dispensado com prazer. Jogou um pedaço de rim particularmente nauseante para um dos muitos cães que acompanhavam o exército, depois balançou a cabeça.

— Existe alguma chance de você evitar esse ridículo tribunal de inquérito? — perguntou a Sharpe.

O fuzileiro pensou na observação sarcástica de Hogan, de que sua única esperança estava numa vitória francesa que obliterasse todas as lembranças do que havia acontecido no San Isidro. Essa parecia uma solução dúbia, mas havia outra, muito débil, na qual Sharpe estivera pensando o dia inteiro.

— Diga — pediu Tarrant, sentindo que o fuzileiro hesitava em responder.

Sharpe fez uma careta.

— Sabe-se que o Narigão perdoa homens por bom comportamento. Havia um sujeito no 83º que foi apanhado roubando dinheiro de uma caixa dos pobres em Guarda e foi condenado à forca por isso, mas sua companhia lutou tão bem em Talavera que o Narigão o perdoou.

Donaju fez um gesto com a faca na direção da aldeia que ficava além da linha do horizonte ao leste.

— Foi por isso que você lutou o dia todo?

Sharpe meneou a cabeça.

— Só estávamos lá por acaso — retrucou sem dar importância.

— Mas você tomou uma águia, Sharpe! — protestou Tarrant. — Que coragem a mais você precisa demonstrar?

— Muita, senhor. — Sharpe se encolheu quando sentiu uma pontada de dor em seu ombro ferido. — Não sou rico, senhor, não posso comprar um posto de capitão, quanto mais de major, por isso tenho de sobreviver através do mérito. E um soldado só é tão bom quanto sua última batalha, senhor, e minha última batalha foi no San Isidro. Preciso apagar isso.

Donaju franziu a testa.

— Foi minha única batalha — comentou baixinho, somente para si mesmo.

Tarrant zombou do pessimismo de Sharpe.

— Está dizendo, Sharpe, que você precisa realizar algum ato ridículo de heroísmo para sobreviver?

— Sim, senhor. Exatamente isso. Portanto, se tiver alguma tarefa horrenda amanhã, eu a quero.

— Santo Deus, homem. — Tarrant estava consternado. — Santo Deus! Mandar você para a morte? Não posso fazer isso!

Sharpe sorriu.

— O que o senhor estava fazendo há 17 anos?

Tarrant pensou durante um ou dois segundos.

— Em 1794? Vejamos... — Ele contou nos dedos durante mais alguns segundos. — Ainda estava na escola. Decifrando Horácio numa sala em penumbra atrás dos muros do Castelo de Stirling e apanhando cada vez que cometia um erro.

— Eu estava lutando contra os franceses, senhor. E venho lutando com um sacana ou outro desde então, portanto não se preocupe comigo.

— Mesmo assim, Sharpe, mesmo assim. — Tarrant franziu o cenho e balançou a cabeça. — Gosta de rim?

— Adoro, senhor.

— É todo seu. — Tarrant entregou o prato a Sharpe. — Junte suas forças, Sharpe. Parece que você vai precisar. — Ele girou para observar o brilho vermelho que iluminava a noite acima das fogueiras dos acampamentos franceses. — A não ser que eles não ataquem — comentou esperançoso.

— Os desgraçados não vão embora, senhor, a não ser que os expulsemos. Hoje foi só uma escaramuça. A verdadeira batalha ainda não começou, de modo que os comedores de lesma vão voltar, senhor. Eles vão voltar.

Dormiram perto das carroças de munição. Sharpe acordou uma vez quando uma chuva fraca sibilou nas brasas da fogueira, depois dormiu de novo até uma hora antes do alvorecer. Acordou e viu uma névoa fraca agarrando-se ao platô e turvando as formas acinzentadas dos soldados que cuidavam das fogueiras. Dividiu um pote de água de barbear com o major Tarrant, depois vestiu o casaco, pegou as armas e foi para oeste em busca de um regimento de cavalaria. Encontrou um acampamento de hussardos da Legião Alemã do Rei e trocou meia garrafa de rum por um gume na espada. O armeiro alemão se curvou sobre a roda enquanto as fagulhas voavam, e, quando terminou, o gume da pesada espada de cavalaria de Sharpe brilhava à luz fraca do amanhecer. Sharpe enfiou a lâmina cuidadosamente na bainha e andou devagar de volta às silhuetas lúgubres do estacionamento das carroças.

O sol nasceu através de uma nuvem da fumaça das fogueiras onde os franceses cozinhavam. O inimigo na margem leste do riacho recebeu o novo dia com um estardalhaço de tiros de mosquete que chacoalhou em meio às casas de Fuentes de Oñoro, mas morreu quando nenhum disparo foi respondido. No alto do morro britânico, os artilheiros cortavam novos pavios e empilhavam lanternetas, porém nenhuma infantaria francesa avançou a partir das árvores distantes para se beneficiar do trabalho deles.

Uma grande força de cavalaria francesa cavalgou para o sul atravessando a planície pantanosa, onde eles eram vigiados por cavaleiros da Legião Alemã do Rei. No entanto, à medida que o sol ascendia mais e os últimos bolsões de névoa evaporavam nos campos baixos, ficou evidente para os britânicos que Masséna não planejava um ataque imediato.

Duas horas depois do alvorecer, um *voltigeur* francês na margem leste do rio gritou um cumprimento hesitante para a sentinela inglesa que ele sabia estar escondida atrás de um muro quebrado na margem oeste. Não podia ver o soldado britânico, mas dava para perceber a névoa azul da fumaça de seu cachimbo.

— Goddam! — gritou ele, o apelido que os franceses usavam para todos os soldados britânicos. — Goddam!

— Crapaud? — respondeu o inglês com o tratamento dado pelos ingleses aos franceses.

Um par de mãos vazias apareceu sobre o muro do francês. Ninguém atirou e, um instante depois, um rosto ansioso, de bigode, apareceu. O francês mostrou um charuto e fez mímica de que precisava acendê-lo.

O piquete casaco-verde emergiu do esconderijo igualmente com cautela, mas, quando nenhum inimigo disparou, foi até a ponte de pedras que havia perdido uma das lajes na luta do dia anterior. Estendeu o cachimbo de barro por cima da abertura.

— Venha, francês.

O *voltigeur* foi até a ponte e se inclinou para pegar o cachimbo, que usou para acender o charuto. Depois devolveu o cachimbo com um pequeno pedaço de salsicha com alho. Os dois fumaram com camaradagem, desfrutando o sol de primavera. Outros *voltigeurs* se espreguiçavam e se levantavam, assim como os casacos-verdes relaxavam em suas posições. Alguns homens tiravam as botas e balançavam os pés no riacho.

Dentro de Fuentes de Oñoro propriamente dita os britânicos lutavam para remover os mortos e feridos dos becos atulhados. Homens enrolavam tiras de pano sobre a boca e o nariz para arrastar os corpos, pretos de sangue e inchados pelo calor, para longe das pilhas onde a luta havia sido mais feroz. Outros homens pegavam água no riacho para aliviar a sede dos feridos. No meio da manhã, a trégua sobre o riacho era oficial e uma companhia de soldados de infantaria francesa desarmados chegou para carregar suas baixas de volta pela ponte de pedra, remendada com uma tábua tirada do moinho d'água na margem britânica. Ambulâncias francesas esperavam no vau para levar seus homens até os cirurgiões. Os veículos foram construídos especialmente para carregar feridos e possuíam molas tão luxuosas quanto as de qualquer carruagem urbana grandiosa. O exército britânico preferia usar carroças de fazenda que sacudiam terrivelmente os feridos.

Um major francês estava sentado tomando vinho e jogando xadrez com um capitão dos casacos-verdes no quintal da estalagem. Do lado de fora dela, um grupo de trabalho conduzia um carro de boi com mortos que seriam levados até o alto do morro e enterrados numa vala comum. Os jogadores de xadrez franziram os olhos quando uma gargalhada rouca soou alta e o capitão britânico, irritado porque o riso não parava, foi ao portão e pediu rispidamente uma explicação ao sargento.

— Foi Mallory, senhor — disse o sargento, apontando para um fuzileiro britânico envergonhado que era motivo de diversão de franceses e britânicos. — O idiota caiu no sono, senhor, e os franceses o estavam colocando junto dos mortos.

O major francês tomou uma torre do inglês e comentou que uma vez quase havia enterrado um homem vivo.

— Já estávamos jogando terra na sepultura quando ele espirrou. Foi na Itália. Agora ele é sargento.

O capitão fuzileiro podia estar perdendo o jogo de xadrez, mas estava decidido a não ser superado nas histórias.

— Conheci dois homens que sobreviveram a enforcamentos na Inglaterra — observou. — Foram tirados do patíbulo cedo demais e os corpos foram vendidos a cirurgiões. Os doutores pagam 5 guinéus por cadáver, pelo que me disseram, para demonstrar as malditas técnicas deles aos aprendizes. Dizem que os cadáveres revivem com mais frequência do que a gente imagina. Sempre há uma agitação tremenda em volta dos cadafalsos enquanto a família do homem tenta tirar o corpo antes que os médicos ponham as mãos malignas neles, e não parece haver ninguém com autoridade para garantir que o patife esteja morto de verdade antes de ser desamarrado. — Ele moveu um bispo. — Acho que as autoridades estão recebendo subornos.

— A guilhotina não comete esse tipo de erro — observou o major, avançando um peão. — Morte pela ciência. Muito rápida e garantida. Acredito que seja um xeque-mate.

— Maldição! — exclamou o inglês. — É mesmo.

O major francês guardou o tabuleiro e as peças. Seus peões eram balas de mosquete, metade pintada com cal e metade sem pintura, as peças nobres eram esculpidas em madeira e o tabuleiro era um quadrado de lona pintada que ele usou para enrolar as peças com cuidado.

— Parece que nossa vida foi poupada hoje — disse olhando o sol que já havia passado do meridiano. — Talvez lutemos amanhã, não é?

No topo do morro os britânicos olhavam as tropas francesas marchando para o sul. Estava claro que agora Masséna tentaria ultrapassar o flanco direito britânico, por isso Wellington ordenou que a 7ª Divisão se posicionasse ao sul, reforçando um grande contingente de guerrilheiros espanhóis que bloqueava as estradas de que os franceses precisariam para avançar a artilharia, como parte da manobra de flanco. Agora o exército de Wellington estava dividido em duas partes; a maior, no platô atrás de Fuentes de Oñoro, bloqueava a ida para Almeida, e a menor estava 4 quilômetros ao sul, sobre a estrada pela qual os britânicos precisariam recuar se fossem derrotados. Masséna encostou uma luneta no único olho para espiar a pequena divisão britânica transferida para o sul. Ficou esperando que ela parasse antes de deixar o alcance protetor da artilharia no planalto, no entanto as tropas continuaram marchando e marchando.

— Ele fez besteira — comentou a um ajudante enquanto a 7ª Divisão finalmente marchava para longe do alcance da forte artilharia britânica. Masséna fechou a luneta. — Monsieur Wellington fez besteira.

André Masséna havia começado sua carreira como soldado nas fileiras do exército de Luís XVI e agora era marechal da França, duque de Rivoli e príncipe de Essling. Os homens o chamavam de "Vossa Majestade", mas um dia ele havia sido um rato do cais, meio morto de fome, na cidadezinha de Nice. Também já possuíra dois olhos, mas o imperador havia atirado num de seus globos oculares num acidente de caça. Napoleão jamais admitiria a responsabilidade, mas o marechal Masséna também jamais sonharia em culpar seu amado imperador pela perda do olho, pois devia seu status real e seu alto posto militar a Napoleão, que havia reconhecido as habilidades de soldado do rato do cais. Essas habilidades tornaram André Masséna famoso dentro do império e temido fora dele. Ele havia pisoteado a Itália, obtendo uma vitória atrás da outra, tinha esmagado os russos na fronteira da Suíça e enfiado a derrota sangrenta pela goela dos austríacos diante de Marengo. O marechal André Masséna, duque de Rivoli e príncipe de Essling, não era um soldado bonito, mas, por Deus, sabia lutar, e era por isso que, aos 52 anos, havia sido mandado para consertar os desastres ocorridos com os exércitos do imperador na Espanha e em Portugal.

Agora o rato do cais transformado em príncipe olhava incrédulo enquanto a abertura entre as duas partes do exército britânico aumentava ainda mais. Durante alguns segundos até brincou com a ideia de que talvez os 4 ou 5 mil soldados de infantaria com casacas vermelhas marchando para o sul fossem os regimentos irlandeses que o major Ducos havia prometido que iriam se amotinar antes da batalha, mas Masséna jamais tinha depositado muita esperança no estratagema do major, e o fato de aqueles nove batalhões levarem as bandeiras desfraldadas enquanto marchavam sugeria que não estavam em revolta. Em vez disso, milagrosamente, parecia que os britânicos estavam oferecendo-os como sacrifício, isolando-os na planície sul, onde ficariam longe de qualquer ajuda. Masséna viu os regimentos inimigos finalmente pararem pouco antes de uma aldeia distante, ao sul. Segundo seu mapa, a aldeia se chamava Nave de Haver, e ficava a 8 quilômetros de Fuentes de Oñoro.

— Wellington está tentando nos enganar? — perguntou a um ajudante.

O ajudante estava tão incrédulo quanto o chefe.

— Talvez ele acredite que pode nos vencer sem se ater às regras — sugeriu.

— Então de manhã vamos lhe ensinar as regras da guerra. Eu esperava mais desse inglês! Amanhã à noite, Jean, as prostitutas dele serão nossas. Wellington tem prostitutas?

— Não sei, Vossa Majestade.

— Então descubra. E garanta que eu possa fazer a escolha antes que algum granadeiro imundo passe gonorreia para ela, ouviu?

— Sim, Vossa Majestade — acatou o ajudante. A paixão do chefe por mulheres era tão cansativa quanto seu apetite pela vitória era inspirador, e no dia seguinte, pelo jeito, os dois apetites seriam satisfeitos.

No meio da tarde estava claro que os franceses não viriam nesse dia. Os piquetes foram dobrados e cada batalhão mantinha pelo menos três companhias armadas, porém as outras eram liberadas para tarefas mais usuais. Cabeças de gado foram trazidas ao platô e abatidas para a refeição da noite, pão foi trazido de Vilar Formoso e a ração de rum foi distribuída.

O capitão Donaju pediu e obteve a permissão de Tarrant para levar vinte homens ao enterro de lorde Kiely, que acontecia 6 quilômetros atrás de Fuentes de Oñoro. Hogan também insistiu que Sharpe comparecesse, e Harper também quis ir. Sharpe se sentia incomodado na presença de Hogan, especialmente porque o irlandês não parecia perceber de forma alguma sua amargura com relação ao tribunal de inquérito.

— Convidei Runciman — disse Hogan a Sharpe enquanto caminhavam pela estrada poeirenta a oeste de Vilar Formoso —, mas ele não quis vir. Pobre homem.

— Ele está mal, não é? — perguntou Sharpe.

— Abalado — respondeu Hogan, insensível. — Vive dizendo que nada foi culpa dele. Parece não perceber que essa não é a questão.

— E não é? O ponto é que o senhor prefere manter o desgraçado do Valverde feliz.

Hogan balançou a cabeça.

— Eu adoraria enterrar Valverde, e de preferência vivo, mas o que desejo de verdade é que Wellington se torne o *generalisimo*.

— E vai me sacrificar para isso?

— Claro! Todo soldado sabe que é preciso perder alguns homens valiosos se quiser obter um grande prêmio. Além disso, o que importa se você perder seu posto? Simplesmente vai embora, juntar-se a Teresa e se tornar um guerrilheiro famoso: El Fusilero! — Hogan deu um sorriso alegre, depois se virou para Harper. — Sargento? Poderia me fazer um grande favor e me dar um momento de privacidade com o capitão Sharpe?

Obediente, Harper caminhou mais à frente, tentando entreouvir a conversa dos dois oficiais, mas Hogan manteve a voz baixa e as exclamações de surpresa de Sharpe não lhe deram nenhuma pista. E ele não teve chance de perguntar a Sharpe antes que os três oficiais britânicos virassem uma esquina e vissem os criados de lorde Kiely e os vinte homens do capitão Donaju parados sem jeito junto a uma sepultura cavada recentemente num pomar ao lado de um cemitério. O padre Sarsfield pagara aos coveiros da aldeia para fazer o buraco a pouco mais de 1 metro do terreno consagrado porque, ainda que as leis da Igreja insistissem em que os pecados de lorde Kiely devessem impedi-lo de ser enterrado em solo sagrado, mesmo assim Sarsfield colocaria o corpo o mais próximo possível, para que no Dia do Juízo final a alma do irlandês exilado não fosse totalmente isolada da companhia cristã.

O corpo tinha sido costurado numa mortalha de lona branca suja. Quatro homens da Real Compañía Irlandesa baixaram o cadáver na cova funda, em seguida Hogan, Sharpe e Harper tiraram os chapéus enquanto o padre Sarsfield realizava as orações em latim e depois falava em inglês aos vinte guardas. Lorde Kiely, disse o sacerdote, havia sofrido do pecado do orgulho, e esse orgulho não o deixara suportar o desapontamento. Mas todos os irlandeses, continuou Sarsfield, deviam aprender a viver com o desapontamento porque este era dado a sua descendência com tanta certeza quanto as fagulhas voavam para cima. Porém a reação adequada ao desapontamento não era abandonar a esperança e rejeitar o dom da Vida concedido por Deus, e sim manter a esperança reluzindo.

— Eu e vocês não temos lar — disse aos soturnos guardas —, mas um dia todos herdaremos nosso lar terreno, e, se ele não for dado a nós, o será a nossos filhos ou aos filhos de nossos filhos. — O padre ficou em silêncio e olhou para a sepultura. — E vocês não devem se preocupar com o suicídio do lorde — continuou finalmente. — O suicídio é pecado, mas às vezes a vida é tão insuportável que devemos nos arriscar ao pecado para não encararmos o horror. Wolfe Tone fez essa escolha há trinta anos.

A menção ao rebelde patriota irlandês fez um ou dois guardas olharem para Sharpe, depois se voltarem para o sacerdote, que continuou em sua voz suave e persuasiva, contando como Wolfe Tone havia sido preso numa masmorra inglesa e como, para não enfrentar o cadafalso inimigo, tinha cortado a própria garganta com um canivete.

— Os motivos de lorde Kiely podiam não ser tão puros quanto os de Tone — comentou Sarsfield —, mas não sabemos que tristeza o levou a seu pecado, e em nossa ignorância devemos portanto rezar por sua alma e perdoá-lo.

Havia lágrimas nos olhos do padre enquanto pegava o pequeno frasco de água benta na sacola pendurada a tiracolo e salpicava as gotas na sepultura solitária. Fez a bênção em latim, depois recuou enquanto os guardas erguiam os mosquetes para disparar uma saraivada por cima da cova aberta. Pássaros se assustaram voando das árvores do pomar, então circularam e voltaram enquanto a fumaça se dissipava no meio dos galhos.

Hogan assumiu assim que os tiros foram disparados. Insistiu que ainda havia algum perigo de um ataque francês ao crepúsculo e que os soldados deveriam retornar ao topo do morro.

— Irei em seguida — avisou a Sharpe, e ordenou que os criados de Kiely voltassem aos aposentos do lorde.

Os soldados e os serviçais saíram, com o som das botas afastando-se no ar do fim da tarde. Estava abafado no pomar onde os dois coveiros esperavam pacientes o sinal para encher a sepultura ao lado da qual Hogan se encontrava agora, com o chapéu na mão, observando o corpo amortalhado.

— Durante muito tempo — disse ele ao padre Sarsfield — carreguei uma caixa de comprimidos com um pouco de terra da Irlanda no interior, de modo que, se eu morresse, descansaria com um pouquinho da Irlanda por toda a eternidade. Parece que a perdi, padre, o que é uma pena, porque gostaria de ter salpicado um pouquinho do solo da Irlanda na sepultura de lorde Kiely.

— É um pensamento generoso, major — comentou Sarsfield.

Hogan olhou para a mortalha de Kiely.

— Pobre homem. Ouvi dizer que ele esperava se casar com Lady Juanita, não é?

— Eles falavam sobre isso — respondeu Sarsfield de forma seca, com o tom sugerindo a desaprovação ao casamento.

— Sem dúvida a dama está de luto — declarou Hogan, em seguida recolocou o chapéu. — Ou talvez não esteja, não é? Ouvi dizer que ela retornou para os franceses. O capitão Sharpe a deixou ir. Esse homem é um idiota com as mulheres, mas Lady Juanita pode facilmente fazer um homem de idiota. Fez isso com o pobre Kiely, aqui, não foi? — Hogan parou enquanto um espirro se aproximava e explodia. — Deus me abençoe — disse, secando o nariz e os olhos com um enorme lenço vermelho. — E que mulher terrível ela era — continuou. — Dizendo que iria se casar com Kiely, e o tempo inteiro cometendo adultério e fornicação com o brigadeiro Guy Loup. Hoje em dia a fornicação é um mero pecado venial?

— A fornicação, major, é um pecado mortal. — Sarsfield sorriu.

— E suspeito que o senhor saiba muito bem.

— Gritando ao céu por vingança, é? — Hogan devolveu o sorriso, depois olhou de volta para a sepultura. Abelhas zumbiam nas flores do pomar acima da cabeça de Hogan. — Mas e quanto a fornicar com o inimigo, padre? Não é um pecado pior ainda?

Sarsfield pegou o escapulário pendurado no pescoço, beijou-o e dobrou cuidadosamente o pedaço de pano.

— Por que está tão preocupado com a alma de doña Juanita, major?

Hogan continuava olhando a mortalha áspera do defunto.

— Eu preferiria me preocupar com a pobre alma dele. O senhor acha que foi a descoberta de que a dama estava trepando com um francês que o matou?

Sarsfield se encolheu diante da grosseria de Hogan.

— Se ele descobriu isso, major, o fato não poderia ter aumentado sua felicidade. Mas Kiely não era um homem que conhecia muita felicidade, e rejeitou a mão da Igreja.

— E o que a Igreja poderia ter feito? Mudar a natureza da prostituta? E não me diga que doña Juanita de Elia não é espiã, padre, porque sei que ela é, e o senhor também sabe.

— Sei? — Sarsfield franziu a testa, perplexo.

— Sabe, padre, sabe, e que Deus o perdoe por isso. Juanita é uma prostituta e uma espiã, e melhor prostituta que espiã. Mas era a única pessoa disponível para o senhor, não era? Sem dúvida o senhor preferiria alguém menos espalhafatoso, mas que opção havia? Ou foi o major Ducos que escolheu? Porém foi uma escolha ruim, muito ruim. Juanita fracassou com o senhor, padre. Nós a descobrimos quando ela estava tentando lhe trazer um bocado dessas coisas. — Hogan enfiou a mão na aba da casaca e pegou os jornais falsos que Sharpe havia descoberto em San Cristóbal. — Estavam escondidos em folhas de música sacra, padre, e fiquei pensando: por que eles fariam isso? Por que música de Igreja? Por que não outros jornais? Mas, claro, se ela fosse parada e fizessem uma busca superficial, quem acharia estranho ela estar levando uma pilha de salmos para um homem de Deus?

Sarsfield olhou para o jornal mas não o pegou.

— Acho que o sofrimento talvez tenha perturbado sua mente.

Hogan gargalhou.

— Sofrimento por Kiely? Nem um pouco, padre. O que poderia ter me perturbado é todo o trabalho que estou tendo nos últimos dias. Andei lendo minha correspondência, padre, e ela vem de todo tipo de lugar estranho. Cartas de Madri, cartas de Paris, algumas até de Londres. Gostaria de ouvir o que descobri?

O padre Sarsfield remexia no escapulário, dobrando e desdobrando a tira de pano bordado.

— Se o senhor insiste — disse com cautela.

Hogan sorriu.

— Ah, insisto, padre. Porque estive pensando nesse Ducos e em como todos dizem que é esperto, mas o que realmente me preocupa é que ele colocou outro sujeito esperto por trás de nossas linhas, e andei forçando a mente tentando descobrir quem seria esse novo espertinho. E também estava imaginando, veja bem, por que os primeiros jornais a chegar aos regimentos irlandeses seriam supostamente da Filadélfia. É uma escolha muito estranha. Está me acompanhando?

— Continue — respondeu Sarsfield. O escapulário havia se soltado e ele o estava dobrando meticulosamente outra vez.

— Nunca estive na Filadélfia — declarou Hogan —, mas ouvi dizer que é uma bela cidade. Gostaria de uma pitada de rapé, padre?

Sarsfield não respondeu. Apenas encarou Hogan e continuou a dobrar o pano.

— Por que Filadélfia? — indagou Hogan. — Então me lembrei! Na verdade, não me lembrei; um homem de Londres me enviou um lembrete. Eles se recordam dessas coisas em Londres. Eles têm tudo escrito num livro grande, e uma das coisas escritas naquele livro grande é que foi na Filadélfia que Wolfe Tone recebeu sua carta de apresentação ao governo francês. E foi lá também que ele conheceu um sacerdote passional chamado padre Mallon. Mallon era mais soldado que sacerdote, e fazia o máximo para reunir um regimento de voluntários para lutar contra os ingleses, mas não estava tendo muito sucesso, por isso apostou tudo em Tone. Tone era protestante, não era? E nunca gostou muito dos padres, mas gostou bastante de Mallon porque era um patriota irlandês antes de ser padre. E acho que Mallon se tornou amigo de Tone também, porque ficou com Tone a cada passo do caminho depois daquele primeiro encontro na Filadélfia. Foi a Paris com Tone, reuniu os voluntários com Tone, depois viajou para a Irlanda com Tone. Navegou até Lough Swilly. Isso foi em 1798, padre, para o caso de o senhor ter esquecido, e desde aquele dia ninguém viu Mallon. O pobre Tone foi capturado e os casacas-vermelhas percorreram toda a Irlanda procurando o padre Mallon, mas ninguém viu nem sentiu o cheiro do sujeito. Tem certeza de que não quer uma pitada de rapé? É Irish Blackguard, difícil de conseguir.

— Eu preferiria um charuto, se o senhor tiver — disse Sarsfield calmamente.

— Não tenho, padre, mas o senhor deveria experimentar o rapé um dia desses. É um ótimo medicamento contra a febre, pelo menos minha mãe sempre dizia. Mas onde eu estava? Ah, sim, com o pobre padre Mallon fugindo dos ingleses. Acredito que ele voltou à França, e acho que de lá foi enviado à Espanha. Os franceses não poderiam usá-lo contra os ingleses, pelo menos até os ingleses terem esquecido os acontecimentos de 1798, mas Mallon deve ter sido útil na Espanha. Suspeito que tenha conhecido a velha Lady Kiely em Madri. Ouvi dizer que ela era uma bruxa velha e feroz! Vivia para a Igreja e para a Irlanda, mesmo tendo visto demais uma e sem nunca tendo visto a outra. O senhor acha que Mallon usou o patronato dela para espionar os espanhóis para Bonaparte? Suspeito que sim, porém depois os franceses tomaram o trono da Espanha e alguém devia estar imaginando onde o padre Mallon poderia ser empregado de modo mais útil, e desconfio que o padre Mallon tenha implorado a seus senhores franceses para ser usado contra o verdadeiro inimigo. Afinal de contas, quem, entre os ingleses, iria se lembrar do padre Mallon de 1798? Agora os cabelos dele estariam brancos, ele seria um homem mudado. Talvez tivesse ganhado peso, como eu. — Hogan deu um tapinha na barriga e sorriu.

O padre Sarsfield olhou com a testa franzida para o escapulário. Parecia surpreso por ainda estar usando a vestimenta, por isso a guardou com cuidado na sacola pendurada no ombro. Depois, com cuidado igual, ergueu uma pequena pistola.

— O padre Mallon podia ser um homem mudado — disse enquanto abria o rastilho para verificar se a arma estava escorvada —, mas eu gostaria de pensar que, se ainda estivesse vivo, ele seria um patriota.

— Imagino que seja — respondeu Hogan, aparentemente sem se preocupar com a pistola. — Um homem como Mallon? A lealdade dele não mudaria tanto quanto os cabelos e a barriga.

Sarsfield franziu o cenho para Hogan.

— E o senhor não é patriota, major?

— Gosto de pensar que sim.

— Mas luta pela Inglaterra.

BERNARD CORNWELL

Hogan deu de ombros. A pistola do padre estava carregada e escorvada, mas por enquanto pendia frouxa na mão de Sarsfield. Hogan havia feito um jogo com o padre, um jogo que esperava ganhar, mas essa prova de sua vitória não lhe dava nenhum prazer. Na verdade, à medida que a percepção de seu triunfo se assentava, o humor de Hogan ficou ainda mais soturno.

— Eu me preocupo com alianças. Sem dúvida. Às vezes fico acordado à noite, pensando se estou certo em achar que o melhor para a Irlanda é fazer parte da Grã-Bretanha, mas de uma coisa eu sei, padre, e é que não quero ser governado por Bonaparte. Talvez eu não seja um homem tão corajoso quanto Wolfe Tone, no entanto eu não concordava com as ideias dele. O senhor concorda, padre, e o saúdo por isso, mas não é esse o motivo pelo qual o senhor tem de morrer. O motivo pelo qual o senhor terá de morrer, padre, não é por lutar pela Irlanda, e sim por lutar por Napoleão. A distinção é fatal.

Sarsfield sorriu.

— *Eu* tenho de morrer? — questionou com um ar de diversão terrível. Em seguida, engatilhou a pistola e a ergueu na direção da cabeça de Hogan.

O som do tiro ressoou no pomar. Os dois coveiros saltaram aterrorizados enquanto a fumaça subia da cerca viva onde o matador estivera escondido a apenas vinte passos do local em que Hogan e Sarsfield estavam parados. Agora o padre estava caído no monte de terra escavada onde seu corpo se sacudiu duas vezes e então, com um suspiro, ficou imóvel.

Sharpe se levantou de trás da cerca e foi até a sepultura. Viu que sua bala havia ido diretamente ao ponto onde havia mirado, através do coração do morto. Olhou para o padre, notando como o sangue parecia escuro no pano da batina. Uma mosca já havia pousado nele.

— Eu gostava dele — comentou com Hogan.

— Isso é permitido, Richard. — O major estava perturbado e pálido, tão pálido que por um momento parecia a ponto de vomitar. — Uma das maiores autoridades da humanidade prescreve que devemos amar os inimigos, e Ele não disse nada sobre eles pararem de ser inimigos só porque nós os amamos. Nem consigo me lembrar de nenhuma prescrição específica nas Sagradas Escrituras contra atirar no coração de nossos inimigos. — Hogan parou, e subitamente toda a sua irreverência usual pareceu se esvair. — Eu também gostava dele — limitou-se a declarar simplesmente.

— Mas ele ia atirar no senhor.

Enquanto conversava em particular com Sharpe a caminho do enterro, Hogan havia alertado o fuzileiro do que poderia acontecer, e Sharpe, mesmo não acreditando na previsão, tinha visto a coisa se desenrolar e desempenhara seu papel.

— Ele merecia uma morte melhor — disse Hogan, depois empurrou o cadáver com o pé, jogando-o na sepultura. O corpo do padre caiu desajeitadamente, parecendo estar sentado no cadáver amortalhado de Kiely. Hogan jogou o falso jornal sobre o corpo, depois pegou uma caixinha redonda no bolso. — Atirar em Sarsfield não lhe garante nenhum favor, Richard — comentou sério enquanto tirava a tampa da caixa. — Digamos apenas que agora eu o perdoo por ter deixado Juanita partir. Esse dano foi contido. Mas talvez você ainda tenha de ser sacrificado pela felicidade da Espanha.

— Sim, senhor — respondeu Sharpe, magoado.

Hogan captou o ressentimento na voz do fuzileiro.

— Claro que a vida não é justa, Richard. Pergunte a ele. — E indicou o padre morto com a cabeça, de cabelos brancos, e salpicou o conteúdo de sua caixinha na batina desbotada e ensanguentada do padre.

— O que é isso? — quis saber Sharpe.

— Apenas terra, Richard, terra. Nada importante. — Hogan jogou a caixa de comprimidos vazia sobre os dois cadáveres, depois chamou os coveiros. — Ele era francês — disse a eles em português, certo de que essa explicação faria com que simpatizassem com o assassinato que tinham acabado de testemunhar. Deu uma moeda a cada um, depois olhou a sepultura dupla ser enchida de terra.

Hogan voltou com Sharpe na direção de Fuentes de Oñoro.

— Onde Patrick está? — perguntou o major.

— Mandei que ele esperasse em Vilar Formoso.

— Numa estalagem?

— É. Onde conheci Runciman.

— Bom. Preciso me embebedar, Richard. — Hogan parecia abatido, quase como se fosse cair no choro. — Uma testemunha a menos de sua confissão no San Isidro, Richard.

— Não foi por isso que fiz a coisa, major — protestou Sharpe.

— Você não fez nada, Richard, absolutamente nada. — Hogan falava com ferocidade. — O que aconteceu naquele pomar nunca aconteceu. Você não viu nada, não ouviu nada, não fez nada. O padre Sarsfield está vivo, Deus sabe onde, e seu desaparecimento irá se tornar um mistério jamais explicado. Ou talvez a verdade seja que o padre Sarsfield nunca existiu, Richard, e nesse caso você não pode tê-lo matado, certo? Portanto não diga mais nada sobre isso, nem uma palavra. — Ele fungou, depois olhou o céu azul da tarde, sem manchas de fumaça de canhão. — Os franceses nos deram um dia de paz, Richard, portanto vamos comemorar ficando totalmente bêbados. E amanhã vamos lutar, e que Deus ajude a nós dois, pecadores.

O sol desceu por trás de camadas de nuvem no oeste, de modo que o céu parecia manchado de glória. Durante um tempo as sombras dos canhões britânicos se estendiam monstruosas sobre a planície, esticando-se na direção dos carvalhos e do exército francês, e foi então, nos momentos agonizantes de luz plena, que Sharpe apoiou sua luneta no cano frio de um canhão de nove libras e a apontou por cima do terreno baixo até ver os soldados inimigos em volta das fogueiras usadas para cozinhar. Não era a primeira vez, naquele dia, que examinava as linhas inimigas através do instrumento. Durante toda a manhã havia caminhado inquieto entre o parque de munição e a linha dos canhões, onde havia olhado fixamente para o inimigo, e agora, voltando de Vilar Formoso com a barriga azeda e a cabeça densa de vinho em excesso, observava de novo as fileiras de Masséna.

— Eles não virão agora — declarou um tenente artilheiro, pensando que o capitão fuzileiro temia um ataque ao crepúsculo. — Os comedores de lesma não gostam de lutar à noite.

— É — concordou Sharpe —, eles não virão agora. — Mas continuou com o olho na luneta enquanto a virava lentamente ao longo da linha sombreada de árvores, fogueiras e homens. E então, subitamente, parou o movimento.

Porque tinha visto os uniformes cinza. Loup estava lá, afinal de contas, e sua brigada fazia parte do exército de Masséna que havia passado o dia inteiro preparando-se para o ataque que certamente viria junto do retorno do sol.

Sharpe olhou seu inimigo, depois se empertigou junto ao cano do canhão e fechou a luneta. Sua cabeça girava com os efeitos do vinho, mas ele não estava bêbado a ponto de não sentir um tremor de medo ao pensar no que viria por aqueles campos marcados pelos canhões, quando o sol brilhasse de novo sobre a Espanha.

Amanhã.

CAPÍTULO IX

Os cavaleiros saíram da névoa como criaturas de um pesadelo. Os franceses montavam grandes cavalos que galoparam através do terreno pantanoso fazendo a água explodir a cada passo. Então os primeiros esquadrões chegaram ao terreno mais alto ao redor da aldeia de Nave de Haver, onde os guerrilheiros espanhóis tinham acampado, e o som dos cascos da cavalaria francesa se transformou num trovão que fez até mesmo a terra tremer. Uma trombeta instigava os cavaleiros. Alvorecia, e o sol era um disco de prata baixo na névoa que velava os campos do leste, de onde a morte irrompia.

As sentinelas espanholas dispararam uma saraivada apressada, depois recuaram diante dos números avassaladores do inimigo. Alguns guerrilheiros dormiam após montar guarda durante a noite e acordaram somente para sair cambaleando das casas requisitadas e morrer com espadas cortando e pontas de lança mergulhando. A brigada de guerrilheiros tinha sido posta em Nave de Haver para vigiar o flanco sul dos aliados, e ninguém havia esperado que ela tivesse de enfrentar um ataque francês total, mas agora a pesada cavalaria avançava pelos becos e impelia os grandes cavalos por quintais e pomares junto ao amontoado de casas que ficava tão longe, ao sul de Fuentes de Oñoro. O comandante guerrilheiro gritou para seus homens recuarem, no entanto os franceses golpeavam os defensores enquanto estes tentavam num frenesi alcançar seus cavalos amedrontados. Alguns homens se recusaram a recuar e correram para o inimigo com todo o ódio passional de *guerrillero*. Sangue foi derramado nas ruas e espirrado nas paredes das casas. Uma rua foi bloqueada quando um espanhol atirou no cavalo de um dragão e o animal caiu sacudindo-se nas pedras do calçamento. O espanhol cravou a baioneta no cavaleiro, depois foi lançado para trás quando um segundo cavalo, incapaz de parar a carga, tropeçou e tombou sobre os cadáveres ensanguentados. Uma confusão de espanhóis caiu sobre o segundo cavalo e seu cavaleiro. Facas e espadas golpearam, em seguida mais guerrilheiros passaram sobre os animais agonizantes e ensanguentados para disparar uma saraivada contra os cavaleiros encurralados pela carnificina. Mais franceses caíram das selas, então uma tropa de lanceiros entrou na rua por trás dos defensores espanhóis e as pontas das lanças desceram ao nível da cintura dos homens, enquanto os cavalos eram esporeados. Os espanhóis, encurralados entre dragões e lanceiros, tentaram lutar, mas agora era a vez de os franceses serem os matadores. Uns poucos guerrilheiros escaparam através das casas, mas apenas para descobrir que as ruas atrás das portas dos fundos também estavam cheias de cavaleiros enlouquecidos pelo sangue e com uniformes reluzentes, sendo instigados à matança pelas notas frenéticas e jubilosas das trombetas.

Muitos dos defensores espanhóis de Nave de Haver fugiram para a névoa a oeste da aldeia, onde foram perseguidos por couraceiros usando capacetes altos com crinas pretas e reluzentes peitorais de aço. As grandes espadas baixavam como cutelos de açougueiro; um golpe daqueles podia aleijar um cavalo ou esmagar o crânio de um homem. Ao norte e ao sul dos couraceiros, tropas de *chasseurs à cheval*, com montarias leves, iam a toda velocidade cortar a fuga dos espanhóis, como se estivessem numa corrida de obstáculos. Soltavam gritos de caçada. Os *chasseurs* carregavam sabres leves e curvos, que abriam ferimentos cruéis na cabeça e nos ombros dos inimigos. Espanhóis sem cavalos recuavam em agonia pela campina e eram alcançados por cavaleiros treinando seus golpes de espada ou de lança. Dragões a pé caçavam entre as casas e os currais de Nave de Haver, encontrando os sobreviventes um a um e atirando neles com carabinas ou pistolas. Um grupo de espanhóis se refugiou na igreja, porém os dragões com capacetes de cobre abriram caminho pela porta paroquial no fundo da sacristia e caíram com espadas sobre os defensores. Era a manhã de domingo e o padre havia esperado rezar uma missa pelas tropas espanholas, mas agora morria junto de sua congregação enquanto os franceses saqueavam a pequena igreja coberta de sangue em busca da prataria e dos castiçais.

Um grupo de trabalho francês tirou os corpos da rua principal da aldeia, de modo que a artilharia pudesse avançar. Demorou meia hora antes que os canhões conseguissem passar trovejando e chacoalhando entre as casas sujas de sangue. Os primeiros canhões eram os leves e móveis da artilharia montada; peças de seis libras arrastadas por cavalos conduzidos por artilheiros resplandecentes em uniformes dourados e azuis. Canhões maiores vinham atrás, mas a artilharia montada comandaria o ataque contra a próxima aldeia rio acima, onde a 7ª Divisão Britânica havia assumido posição. Colunas de infantaria vinham atrás da artilharia montada, batalhão após batalhão, marchando sob suas águias douradas. A névoa se dissipava para mostrar uma aldeia fumegando com as fogueiras usadas para cozinhar abandonadas e fedendo a sangue, onde os dragões vitoriosos montavam de novo para se juntar à perseguição. Alguns soldados de infantaria tentaram marchar através da aldeia, porém os oficiais os obrigaram a rodear o flanco sul de Nave de Haver, para que nenhum batalhão fosse retardado pelos saques. Os primeiros ajudantes galoparam de volta ao quartel-general de Masséna para dizer que Nave de Haver havia caído e que a aldeia de Poço Velho, menos de 3 quilômetros rio acima, já estava sob fogo de artilharia. Uma segunda divisão de infantaria marchava para ajudar os homens que já rodeavam o flanco sul do inimigo e agora marchavam para o norte, em direção à estrada que levava de Fuentes de Oñoro ao vau do rio Côa.

Diante de Fuentes de Oñoro propriamente dita, as principais baterias de canhões franceses abriram fogo. Os canhões foram arrastados para a linha das árvores e protegidos grosseiramente com troncos derrubados para dar às equipes alguma proteção contra a artilharia britânica no morro. Os franceses disparavam obuses comuns, balas de ferro cheias de pólvora e com pavio, que explodiam numa nuvem de fumaça despedaçando o invólucro na linha do horizonte do platô, enquanto os morteiros de cano curto lançavam obuses nas ruas despedaçadas de Fuentes de Oñoro, enchendo a aldeia com o fedor de pólvora queimada e o chacoalhar de ferro explodido. Durante a noite uma bateria mista, de canhões de quatro e seis libras, havia sido levada para os quintais e casas da margem leste, e esses canhões abriram fogo com balas sólidas que se chocavam ferozmente nas paredes dos defensores. Os *voltigeurs* nos quintais disparavam contra os buracos nas paredes, por onde os britânicos atiravam, e comemoravam sempre que uma bala sólida derrubava um teto quebrado sobre um cômodo cheio de casacas-vermelhas agachados. Um obus incendiou um pouco de palha caída e as chamas estalaram, espalhando uma fumaça densa sobre a parte superior da aldeia, onde fuzileiros se abrigavam atrás das lápides do cemitério. Obuses franceses se enterravam no chão do cemitério, revirando jazigos e levantando a terra em volta das sepulturas, fazendo parecer que um rebanho de porcos monstruosos estivera revirando o solo em busca dos mortos enterrados como se fossem trufas.

Os canhões britânicos respondiam atirando esporadicamente. Guardavam o grosso da munição para o momento em que as colunas francesas se lançassem através da planície em direção à aldeia, embora de vez em quando uma lanterneta explodisse junto à linha das árvores para fazer os artilheiros franceses se abaixarem e xingarem. Uma a uma, a mira dos canhões franceses foi movida do topo do morro para a aldeia em chamas, onde a fumaça que se espalhava era prova dos estragos causados. Atrás do topo os batalhões de casacas-vermelhas ouviam a canhonada e rezavam para que não tivessem de descer ao inferno de fogo e fumaça. Alguns capelães erguiam a voz acima do som dos canhões lendo a Oração da Manhã aos batalhões que esperavam. Havia um conforto nas palavras antigas, ainda que alguns sargentos gritassem com os homens para se comportarem quando estes riram da frase da epístola do dia, que instigava a congregação a se abster das luxúrias da carne. Então eles rezaram pela majestade do rei, pela família real, pelo clero, e só então alguns capelães acrescentaram uma prece para que Deus preservasse a vida de Seus soldados nesse domingo na fronteira da Espanha.

Onde, 5 quilômetros ao sul de Fuentes de Oñoro, os couraceiros, os *chasseurs*, os lanceiros e os dragões eram recebidos por uma força de dragões britânicos e hussardos alemães. Os cavaleiros se chocaram numa confusão súbita e sangrenta. A cavalaria aliada possuía um número menor de homens, mas estava adequadamente formada e lutava contra um continente inimigo desgastado devido à empolgação da perseguição. Os franceses hesitaram, então recuaram, mas nos dois flancos do esquadrão aliado outros cavaleiros franceses correram adiante até onde dois batalhões de infantaria, um britânico e um português, esperavam atrás dos muros e cercas de Poço Velho. As cavalarias britânica e alemã, temendo serem cercadas, correram para longe do perigo enquanto a empolgada cavalaria francesa o ignorava e atacava os defensores da aldeia.

— Fogo! — gritou um coronel dos caçadores portugueses, e a fumaça saltou dos muros dos quintais.

Cavalos relincharam e caíram, enquanto homens eram lançados para trás, derrubados das selas, e as balas de mosquetes e fuzis atravessavam direto os peitorais de aço dos couraceiros. Houve um toque frenético de trombeta e os cavalos franceses pararam, deram meia-volta e cavalgaram para se reorganizar, deixando para trás uma maré de animais lutando para se levantar e homens sangrando. Mais cavaleiros franceses vinham se juntar ao ataque; guardas imperiais montados em grandes cavalos e carregando carabinas e espadas, e atrás da cavalaria a primeira artilharia a pé preparava os canhões na campina e abria fogo acrescentando seus projéteis mais pesados aos canhões de seis libras da artilharia montada. As primeiras balas de 12 libras caíram antes do alvo, mas as próximas se chocaram contra os defensores de Poço Velho e abriram grandes buracos nos muros protetores. A cavalaria francesa navia ido para o lado, com o objetivo de reorganizar as fileiras e abrir um caminho para a infantaria, que agora surgia atrás dos canhões. Os batalhões de infantaria entraram em formação com duas colunas de ataque que iriam se mover como avalanches humanas contra a fina linha dos defensores de Poço Velho. Os meninos franceses esticavam as peles de seus tambores, enquanto atrás da aldeia os sete batalhões remanescentes da 7ª Divisão Britânica esperavam para o ataque que os instrumentos inspirariam. A artilharia montada guardava os flancos da artilharia, porém os franceses estavam trazendo ainda mais cavalos e mais canhões contra os defensores isolados. As cavalarias britânica e alemã, que foram impelidas para o oeste, agora trotavam num círculo amplo para se juntar outra vez à sitiada 7ª Divisão.

Escaramuçadores franceses corriam à frente da coluna que atacava. Espadanaram atravessando um córrego, passaram pela linha de artilharia e correram até onde cavalos mortos e homens agonizantes marcavam o limite do primeiro ataque da cavalaria. Lá eles se dividiram em pares para abrir fogo. Escaramuçadores britânicos e portugueses os receberam, e os estalos de mosquetes e fuzis atravessaram os campos pantanosos até onde Wellington olhava ansioso para o sul. Abaixo dele a aldeia de Fuentes de Oñoro era uma confusão enfumaçada, golpeada por um canhoneio contínuo, mas seu olhar estava sempre voltado para o sul, para onde havia mandado sua 7ª Divisão para além do alcance protetor dos canhões britânicos no platô.

Wellington havia cometido um erro e sabia disso. Seu exército estava dividido em dois e o inimigo ameaçava dominar a menor das duas partes. Mensageiros traziam notícias sobre uma força espanhola derrotada, depois sobre números cada vez maiores de soldados da infantaria francesa atravessando o riacho em Nave de Haver para se juntar ao ataque contra os nove batalhões da 7ª Divisão. Pelo menos duas divisões francesas seguiram para o sul para esse ataque, e cada uma delas era mais forte que a recém-formada e ainda fraca 7ª Divisão, que não somente sofria o ataque da infantaria como também parecia golpeada por todo cavaleiro francês na Espanha.

Oficiais da infantaria francesa instigavam as colunas, e os tambores respondiam batendo o *pas de charge* com um frenesi de energia. O ataque francês havia atravessado Nave de Haver, afastando a cavalaria aliada, e agora precisava manter o ímpeto se quisesse aniquilar a ala direita de Wellington. Então o ataque vitorioso poderia se lançar à retaguarda da força principal do lorde britânico enquanto o restante do exército francês golpeava suas abaladas defesas em Fuentes de Oñoro.

Os *voltigeurs* fizeram os escaramuçadores aliados, em menor número, recuar; estes correram de volta para se juntar à linha principal de defesa que era rasgada e retalhada pela metralha francesa. Feridos se arrastavam de volta para as ruelas de Poço Velho, onde tentavam encontrar algum abrigo da terrível tempestade de metralha. Cavalarianos franceses esperavam nos flancos da aldeia, com espadas e lanças para golpear os fugitivos abalados que logo deveriam recuar do ataque das colunas.

— *Vive l'Empereur!* — gritavam os atacantes.

A névoa havia se esvaído, substituída por um sol claro que se refletia em milhares de baionetas. Ele brilhava nos olhos dos defensores, uma grande claridade ofuscante da qual surgiam as enormes sombras escuras das colunas francesas pisoteando os campos ao som de tambores, gritos animados e do trovão de pés em marcha. Os *voltigeurs* começaram a disparar contra a linha principal de britânicos e portugueses. Os sargentos gritavam para as fileiras cerrarem, depois olhavam nervosos para a cavalaria inimiga aguardando para atacar pelos flancos.

Os batalhões portugueses e britânicos se encolheram enquanto mortos e feridos deixavam as fileiras.

— Fogo! — ordenou o coronel britânico, e seus homens começaram a disparar saraivadas que faziam a fumaça ondular ao longo das linhas à medida que as companhias atiravam, uma de cada vez.

O batalhão português acompanhou as saraivadas, de modo que toda a face leste da aldeia relampejava chamas. Homens nas primeiras filas das colunas francesas caíam, levando-as a se dividir, de modo que as fileiras pudessem passar dando a volta nos feridos e mortos, depois se fechavam de novo enquanto os franceses continuavam chegando com gritos animados. As saraivadas britânicas e portuguesas iam irregulares, pois os oficiais deixavam os homens disparar assim que as armas estivessem carregadas. A fumaça corria densa escondendo as aldeias. Um canhão leve francês foi posicionado no flanco norte da aldeia e mandou uma bala sólida contra as fileiras de caçadores. Os tambores interromperam o *pas de charge* e as colunas soltaram seu grande grito de guerra — *Vive l'Empereur!* —, e então os tambores recomeçaram, batendo cada vez mais rápido enquanto as colunas atravessavam as frágeis hortas nos arredores da aldeia. Outra bala sólida veio do norte, cobrindo com sangue uma empena de telhado.

— Recuar! Recuar!

Os dois batalhões não tinham esperança de sustentar o local, e assim, quase esmagados pelos inimigos, os casacas-vermelhas e os portugueses correram de volta pela aldeia. Era um lugar pobre, com uma igreja minúscula, não maior que uma capela. As companhias de granadeiros dos dois batalhões formaram fileiras ao lado da igreja. Varetas rasparam o interior dos canos. Agora os franceses estavam na aldeia, as colunas separando-se enquanto a infantaria encontrava seus próprios caminhos através de becos e quintais. A cavalaria se aproximava dos flancos da aldeia, procurando fileiras partidas para atacar e dizimar. Os primeiros franceses chegaram ao campo de visão da igreja, um oficial português deu a ordem de atirar e as duas companhias lançaram uma saraivada que sufocou a rua estreita com franceses mortos e feridos.

— Para trás! Para trás! — gritou o oficial português. — Cuidado com os flancos!

Uma bala sólida lascou parte do teto da igreja, provocando uma chuva de cacos de telha sobre os granadeiros em retirada. A infantaria francesa surgiu num beco e se dividiu para fazer uma grosseira linha de fogo que derrubou dois caçadores e um casaca-vermelha. Agora a maior parte dos dois batalhões estava fora da aldeia e recuando em direção aos outros sete batalhões em formação de quadrado para deter a cavalaria francesa que circulava. Essa cavalaria temia ser impedida de dominar a presa, e alguns cavaleiros atacaram a guarnição de Poço Velho que se retirava.

— Juntem-se! Juntem-se! — gritou um oficial de casaca vermelha ao ver um esquadrão de couraceiros dar a volta para atacar seus homens. Sua companhia se encolheu formando o quadrado, um amontoado de homens que representava um obstáculo de tamanho suficiente para impedir o ataque de cavalos. — Não atirem! Deixem os desgraçados chegarem perto!

— Deixe-o! — berrou um sargento quando um homem saiu correndo do quadrado para ajudar um colega ferido.

— Juntos! Juntos! — gritou outro capitão e seus homens formaram um quadrado às pressas. — Fogo!

Talvez um terço dos homens estivesse com as armas carregadas, e estes deram uma saraivada irregular que fez um cavalo relinchar empinando. O cavaleiro caiu, batendo pesadamente na terra com todo o peso do peitoral e da armadura das costas puxando-o para baixo. Outro cavaleiro passou livre por entre as balas de mosquetes e galopou como louco ao longo da face do quadrado grosseiro. Um casaca-vermelha tentou golpear o francês com a baioneta, mas o cavaleiro se inclinou para longe da sela e gritou em triunfo enquanto passava a espada pelo rosto do soldado.

— Smithers, seu idiota! Seu idiota desgraçado! — gritou o capitão enquanto o casaca-vermelha cegado gritava e apertava o rosto que havia se tornado uma máscara de sangue.

— Para trás! Para trás! — gritou o coronel português aos seus homens.

A infantaria francesa tinha avançado pela aldeia e estava formando uma coluna de ataque na extremidade norte. Um canhão britânico leve disparou contra eles e a bala sólida quicou no chão e subiu, chocando-se contra as casas de Poço Velho.

— *Vive l'Empereur!* — berrou um coronel francês, e os tambores começaram a soar o temido *pas de charge* que iria impelir adiante a infantaria do imperador.

Os dois batalhões aliados marchavam à frente em grupos pelos campos, perseguidos pela infantaria que avançava e atormentados pelos cavaleiros. Um pequeno grupo foi alcançado por lanceiros, outro entrou em pânico e correu na direção dos quadrados que esperavam, sendo caçados por dragões que usavam as espadas como lanças, cravando-as nas costas dos casacas-vermelhas. As duas maiores massas de cavaleiros eram as que buscavam as equipes das bandeiras, esperando o primeiro sinal de pânico que abriria a infantaria agrupada para uma ofensiva trovejante. As bandeiras dos dois batalhões eram atrativos para a glória, troféus que tornariam os captores famosos por toda a França. Os dois grupos de bandeiras estavam cercados por baionetas e eram defendidos por sargentos que carregavam espontões, as lanças compridas e pesadas destinadas a matar qualquer cavalo ou homem que ousasse tentar capturar os troféus de seda com franjas.

— Agrupar! Agrupar! — gritou o coronel inglês a seus homens. — Firmes, rapazes, firmes!

E seus homens abriram caminho teimosamente para o oeste enquanto a cavalaria fingia ataques que poderiam provocar uma saraivada. Assim que fosse disparada, a carga verdadeira seria liderada por lanceiros que poderiam alcançar além das baionetas e dos mosquetes descarregados da infantaria para matar as fileiras externas de defensores.

— Não atirem, rapazes, não atirem! — berrava o coronel.

Seus homens passaram perto de um dos afloramentos rochosos que se projetavam na planície, e durante alguns segundos os casacas-vermelhas pareciam se agarrar ao pedaço minúsculo de terreno elevado como se a pedra coberta de líquen oferecesse um refúgio seguro, então oficiais e sargentos os moveram para o próximo trecho de capim aberto. Esse terreno era o paraíso para os cavaleiros, uma área de matança perfeita para um cavalariano.

Os dragões tiraram as carabinas dos coldres para atirar contra as equipes das bandeiras. Outros cavaleiros disparavam com pistolas. Trilhas de sangue seguiam os casacas-vermelhas e caçadores em marcha. A apressada infantaria francesa gritava para seus próprios cavaleiros abrirem uma linha de fogo, de modo que uma saraivada de mosquetes pudesse despedaçar as desafiadoras equipes das bandeiras, no entanto os cavaleiros não cederiam a glória de capturar um estandarte inimigo a qualquer soldado a pé, por isso circulavam ao redor das bandeiras e bloqueavam o fogo de infantaria que poderia ter dominado os soldados aliados em retirada. Atiradores de elite britânicos e portugueses escolhiam os alvos, disparavam e recarregavam andando. Os dois batalhões haviam perdido toda a ordem; não havia mais fileiras, apenas grupos de homens desesperados que sabiam que a salvação estava em se manterem juntos enquanto recuavam para a segurança duvidosa dos batalhões restantes da 7ª Divisão, que ainda esperavam formando quadrados e olhavam perplexos o turbilhão de cavalaria e fumaça de canhões chegando cada vez mais perto.

— Fogo! — gritou uma voz num desses batalhões, e a face de um quadrado irrompeu com fumaça para despedaçar uma empolgada tropa de *chasseurs* brandindo sabres.

A infantaria que recuava tinha chegado perto dos outros batalhões e os cavaleiros viram a primeira chance de fama prestes a escapar. Alguns couraceiros enrolaram com força as correias de pulso das espadas, gritando encorajamentos uns para os outros, depois esporearam seus grandes cavalos a galope enquanto uma trombeta dava o toque de atacar. Cavalgavam joelho a joelho, uma falange de aço e carne de cavalo, destinada a despedaçar a coluna mais próxima dos defensores de bandeiras transformando-a em frangalhos ensanguentados que poderiam ser abatidos como gado. Isso era uma loteria: cinquenta cavaleiros contra duzentos homens apavorados. Se os cavaleiros rompessem o quadrado compacto, um dos couraceiros sobreviventes voltaria ao marechal Masséna com uma bandeira do rei e outro carregaria os restos marcados de balas da bandeira amarela do 85º, e ambos seriam famosos.

— Fileira da frente, de joelhos! — gritou o coronel do 85º.

— Apontar! Esperem! — gritou um capitão. — Não sejam ansiosos! Esperem!

Os casacas-vermelhas eram de Buckinghamshire. Alguns foram recrutados nas fazendas dos Chilterns e dos povoados do vale de Aylesbury, ao passo que a maioria tinha vindo dos ruidosos pardieiros e das prisões pestilentas de Londres, que se esparramavam na extremidade sul do condado. Agora suas bocas estavam secas devido à pólvora salgada dos cartuchos que eles morderam durante toda a manhã, e sua batalha havia se encolhido até um trecho aterrorizante de terra estrangeira cercada por um inimigo vitorioso, feroz, gritando. Pelo que os homens do 85º sabiam, podiam ser os últimos soldados britânicos vivos, e agora enfrentavam a cavalaria do imperador que os atacava com homens usando capacetes com crinas, segurando espadas pesadas, e atrás dos couraceiros vinha uma massa confusa de lanceiros, dragões e *chasseurs* decididos a despedaçar os restos do quadrado formado pelas equipes das bandeiras. Um francês soltou um grito de guerra enquanto batia as esporas com força nos flancos do cavalo e, quando pareceu que os casacas-vermelhas retardaram demais a saraivada, o coronel gritou a palavra:

— Fogo!

Cavalos tropeçaram numa agonia sangrenta. Uma montaria e seu cavaleiro, atingidos por uma saraivada, continuaram avançando, transformados instantaneamente dos matadores mais espalhafatosos da guerra em apenas carne vestida com exagero, mas ainda assim a carne poderia despedaçar a face de um quadrado com o simples peso morto. A primeira fila da carga de cavalaria caiu espalhando o sangue agonizante no capim. Cavaleiros gritavam esmagados por seus próprios animais que rolavam. Os cavaleiros que vinham atrás não puderam evitar a carnificina e a segunda fileira acertou com força os restos espasmódicos da primeira, e os animais relinchavam quando suas patas se quebravam e eles tropeçavam escorregando até parar a apenas alguns metros da fumaça dos casacas-vermelhas.

O restante do ataque foi bloqueado pelo horror adiante, e com isso se dividiu em duas torrentes de cavaleiros que galoparam sem eficácia pelas laterais do quadrado. Casacas-vermelhas disparavam enquanto a cavalaria passava, e então a carga se foi e o coronel dizia para seus homens se moverem em direção ao oeste.

— Firmes, rapazes, firmes! — gritou ele.

Um homem correu e arrancou um capacete com crina de cavalo do cadáver de um francês, então correu de volta para o quadrado. Outra saraivada partiu dos batalhões que esperavam em formação de quadrado e de repente os fugitivos abalados e coagidos da defesa de Poço Velho estavam de volta ao meio da 7ª Divisão. Entraram em formação no centro da divisão, onde uma estrada larga ia para o sudoeste entre valas fundas. Era o caminho que levava até os seguros vaus do Côa, a estrada que ia para casa, a estrada para a segurança, mas tudo que restava para guardá-la eram nove quadrados de infantaria, uma bateria de canhões leves e a cavalaria que havia sobrevivido à luta ao sul de Poço Velho.

Os dois batalhões de Poço Velho formaram quadrados. Sofreram nas ruas da aldeia e no capim primaveril das campinas fora dela, mas suas bandeiras continuavam tremulando: quatro bandeiras brilhantes no meio de uma divisão onde havia 18 delas, ao passo que ao redor circulava a cavalaria do império, e ao norte marchavam duas divisões inteiras dos soldados de infantaria de Napoleão. Os dois batalhões atacados chegaram à segurança, mas parecia que esta teria vida curta, porque eles só sobreviveram para se juntar a uma divisão que estava certamente condenada. Agora 16 mil franceses ameaçavam 4.500 portugueses e britânicos.

Os cavaleiros franceses se afastaram do fogo dos mosquetes para refazer as fileiras irregulares depois da carga da manhã. A infantaria francesa parou para reorganizar seu novo ataque, enquanto do leste, do outro lado do riacho, vinham novos disparos de artilharia francesa destinados a fazer uma carnificina nos nove quadrados que esperavam.

Passavam duas horas do alvorecer. E nas campinas ao sul de Fuentes de Oñoro, longe de qualquer ajuda, um exército parecia estar morrendo. Enquanto os franceses continuavam marchando.

— Ele tem uma opção — observou o marechal Masséna a Ducos.

O marechal não queria de fato estar conversando com um mero major naquela manhã de seu triunfo, mas Ducos era um sujeito incômodo com uma influência inexplicável sobre o imperador. Por isso André Masséna, marechal da França, duque de Rivoli e príncipe de Essling, encontrou tempo depois do desjejum para garantir que Ducos entendesse as oportunidades do dia e, mais importante, a quem pertenceriam os louros.

Ducos havia cavalgado desde Ciudad Rodrigo para testemunhar a batalha. Oficialmente, o ataque de Masséna era meramente um esforço para levar suprimentos a Almeida, porém qualquer francês sabia que a aposta era muito mais alta que levar provisões a uma pequena guarnição encurralada atrás das linhas britânicas. O verdadeiro prêmio era a oportunidade de separar Wellington de sua base e depois destruir seu exército num glorioso dia de derramamento de sangue. Uma vitória assim acabaria com o desafio britânico na Espanha e em Portugal para sempre e traria em seguida uma quantidade de novos títulos para o rato do cais, que tinha entrado no exército real da França como soldado raso. Talvez Masséna ganhasse um trono. Quem poderia saber? O imperador havia redistribuído metade dos tronos da Europa transformando seus irmãos em reis, então por que o marechal Masséna, príncipe de Essling, não deveria se tornar rei de algum lugar? O trono de Lisboa precisava de um par de nádegas para ser esquentado, e Masséna achava que seu traseiro era tão bom para a tarefa quanto o de qualquer um dos irmãos de Napoleão. E para essa visão gloriosa se realizar só era necessária a vitória aqui em Fuentes de Oñoro, e agora essa vitória estava muito próxima. A batalha havia se iniciado como Masséna pretendera, e agora se encerraria como ele queria.

— O senhor estava dizendo, Vossa Majestade, que Wellington tem uma opção? — instigou Ducos o marechal que havia caído num devaneio momentâneo.

— Ele tem uma opção — confirmou Masséna. — Pode abandonar sua ala direita, o que significa que também abre mão de qualquer chance de retirada, e nesse caso quebraremos seu centro em Fuentes de Oñoro e caçaremos seu exército pelos morros durante a próxima semana. Ou pode abandonar Fuentes de Oñoro e tentar salvar a ala direita, caso em que lutaremos com ele até a morte na planície. Eu preferiria que ele me oferecesse uma luta na planície, mas ele não fará isso. Esse inglês só se sente seguro quando tem um morro para defender, por isso vai ficar em Fuentes de Oñoro e deixar sua ala direita ir para o inferno que criamos.

Ducos estava impressionado. Fazia muito tempo que não ouvia um oficial francês tão otimista na Espanha, e também fazia muito tempo que as águias não marchavam para a batalha com tamanha confiança e vivacidade. Masséna merecia aplausos, e Ducos ofereceu feliz os elogios que o marechal desejava, mas acrescentou um alerta.

— Esse inglês, Vossa Majestade, também é hábil em defender morros. Ele defendeu Fuentes de Oñoro na quinta-feira, não foi?

Masséna riu com desprezo do alerta. Ducos havia elaborado tramas ardilosas para solapar o moral britânico, mas elas eram apenas resultado de sua falta de fé nos soldados, assim como a presença do major Ducos na Espanha era resultado da falta de fé do imperador em seus marechais. Ducos precisava aprender que, quando um marechal da França punha a mente na vitória, ela era certa.

— Na quinta-feira, Ducos, fiz cócegas em Fuentes de Oñoro com algumas brigadas — explicou Masséna. — Mas hoje mandaremos três divisões inteiras. Três divisões grandes, Ducos, cheias de homens famintos pela vitória. Que chance você acha que aquela aldeia minúscula tem?

Ducos considerou a pergunta de seu jeito pedante de sempre. Podia ver Fuentes de Oñoro com clareza suficiente; a aldeia era um mero agrupamento de choupanas de camponeses sendo transformadas em pó pela artilharia francesa. Para além da poeira e da fumaça, o major via o cemitério e a igreja sofrida, onde a estrada subia até o platô. O morro era íngreme, com certeza, mas não muito alto, e na sexta-feira os atacantes expulsaram os defensores da aldeia e se alojaram em meio às pedras mais baixas do cemitério. Mais um ataque certamente levaria as águias para o outro lado da crista do morro, para a barriga macia do inimigo. E agora, longe das vistas desse inimigo, três divisões inteiras de infantaria francesa esperavam para atacar, e na esteira desse ataque Masséna planejava colocar a elite de seus regimentos, as compactas companhias de granadeiros com seus chapéus de pele de urso emplumados e sua reputação temível. A nata da França marcharia contra um exército abalado, com homens quase derrotados.

— Então, Ducos? — desafiou Masséna o veredicto do major.

— Devo parabenizar Vossa Majestade — respondeu Ducos.

— O que significa, imagino, que você aprova meu humilde plano? — perguntou Masséna com sarcasmo.

— Toda a França aprovará, Vossa Majestade, quando trouxer a vitória.

— Dane-se a vitória, desde que ela me traga as putas de Wellington. Estou cansado das atuais. Metade delas está com sífilis, a outra metade, grávida, e a gorda tem um ataque de fúria toda vez que a gente despe a cadela para cumprir com o dever.

— Wellington não tem prostitutas — retrucou Ducos em tom gélido. — Ele controla suas paixões.

O caolho Masséna explodiu numa gargalhada.

— Controla suas paixões! Meu Deus, Ducos, você seria capaz de transformar o sorriso em crime. Ele controla as paixões? Então é um idiota, e ainda por cima um idiota derrotado. — O marechal virou o cavalo para longe do major e estalou os dedos para um ajudante ali perto. — Solte as águias, Jean. Solte-as!

Os tambores tocaram o chamado e as três divisões acordaram para a ação. Homens engoliram restos de café, guardaram facas e pratos em mochilas, verificaram as bolsas de cartuchos e pegaram os mosquetes nas pilhas em forma de pirâmide. Passaram-se duas horas do alvorecer de um domingo, hora de cerrar os dentes para a batalha enquanto ao longo da linha do marechal, do sul na planície ao norte, onde a aldeia soltava fumaça sob a canhonada entorpecedora, os franceses sentiam cheiro de vitória.

— Por minha alma, Sharpe, isso é injusto. Injusto! Eu e você vamos ser julgados?

O coronel não havia conseguido resistir à atração de testemunhar o elevado drama do dia, por isso tinha ido ao platô, mas tomara o cuidado de não pisar muito perto do cimo do morro, que era ocasionalmente agitado por uma bala sólida francesa. Uma pira de fumaça marcava o ponto em que a aldeia suportava o bombardeio, enquanto mais ao sul, na planície, uma segunda mancha de fumaça de mosquetes revelava onde o ataque de flanco francês atravessava o terreno baixo.

— É perda de tempo reclamar da injustiça, general — argumentou Sharpe. — Só os ricos podem se dar ao luxo de pregar a justiça. O resto de nós pega o que pode e se esforça ao máximo para não sentir falta do que não pode pegar.

— Mesmo assim, Sharpe, é injusto! — exclamou Runciman, reprovando. O coronel estava pálido e infeliz. — É a desgraça, veja bem. Um homem vai para casa na Inglaterra e espera ser tratado com decência, mas em vez disso eu serei infamado. — Ele se abaixou enquanto uma bala de canhão francesa passava trovejando acima. — Eu tinha esperanças, Sharpe! Tinha esperanças!

— O Velocino de Ouro, general? A Ordem do Banho?

— Não somente isso, Sharpe, mas de um casamento. Existem damas com fortuna em Hampshire, você sabe. Não tenho ambição de ser solteiro a vida inteira, Sharpe. Minha querida mãe, que Deus a tenha, sempre disse que eu seria um bom marido, desde que a dama possuísse uma fortuna mediana. Não uma grande fortuna, não devemos ser pouco realistas, mas o suficiente para nos manter num conforto modesto. Um par de carruagens, estábulo decente, cozinheiras que conheçam o serviço, um pequeno campo de caça, uma leiteria, você conhece o tipo de lugar.

— Isso me deixa com saudades de casa, general.

O sarcasmo passou despercebido pela cabeça de Runciman.

— Mas agora, Sharpe, você pode imaginar alguma mulher de família decente aliando-se a um nome infame? — Ele pensou nisso por um momento, então balançou a cabeça lentamente, com desânimo. — Santo Deus! Posso ter de me casar com uma metodista!

— Isso ainda não aconteceu, general, e muito pode mudar hoje.

Runciman pareceu alarmado.

— Quer dizer que posso ser morto?

— Ou pode ganhar fama por bravura, senhor. O Narigão sempre perdoa um homem por boa conduta.

— Ah, santo Deus, não! Nossa, não. Por minha alma, Sharpe, não. Não sou esse tipo de pessoa. Nunca fui. Entrei para a vida de soldado porque meu pai não pôde encontrar um lugar diferente para mim! Ele comprou minha entrada para o Exército, você entende, porque dizia que era o melhor posto que eu poderia esperar da sociedade, mas não sou do tipo lutador. Nunca fui, Sharpe. — Runciman ouviu o som terrível do canhoneio golpeando Fuentes de Oñoro, um ruído tornado pior pelo som agudo dos mosquetes dos *voltigeurs* disparando por cima do riacho. — Não tenho orgulho disso, Sharpe, mas não acredito que eu seria capaz de suportar esse tipo de coisa. Não acredito que eu seria capaz.

— Não posso culpá-lo, senhor — declarou Sharpe, depois se virou quando o sargento Harper gritou atraindo sua atenção. — Pode me dar licença, general?

— Vá, Sharpe, vá.

— Trabalho, senhor — disse Harper, balançando a cabeça na direção do major Tarrant, que gesticulava para um carroceiro.

Tarrant se virou quando Sharpe se aproximou.

— A Divisão Ligeira recebeu ordem de ir para o sul, Sharpe, mas a reserva de munição dela está presa no norte. Vamos substituí-la. Você se incomodaria se seus fuzileiros a acompanhassem?

Sharpe não se incomodou. Instintivamente, queria ficar onde a batalha fosse mais feroz, o que ocorria em Fuentes de Oñoro, mas não poderia dizer isso a Tarrant.

— Não, senhor.

— Para o caso deles ficarem atolados, veja bem, e terem de passar o dia lutando com os franceses, por isso o general quer que eles tenham munição suficiente. Cartuchos de fuzis e mosquetes. A artilharia cuida de si mesma. Uma carroça deve bastar, mas precisa de escolta, Sharpe. A cavalaria francesa está animada lá embaixo.

— Podemos ajudar? — O capitão Donaju tinha ouvido a explicação rápida de Tarrant para a tarefa de Sharpe.

— Posso precisar de você mais tarde, capitão — respondeu Tarrant. — Tenho a sensação de que hoje vai ser bem animado. Nunca vi os comedores de lesma tão petulantes. Você já viu, Sharpe?

— Hoje eles estão bastante empolgados, major — concordou Sharpe. E olhou para o carroceiro. — Está pronto?

O carroceiro assentiu. Era um veículo de fazenda inglês, de quatro rodas, com laterais altas e inclinadas, ao qual estavam atrelados três baios de Cleveland em fila.

— Já tive quatro animais — observou o carroceiro enquanto Sharpe subia a seu lado. — Mas uma granada francesa acertou a Bess, assim agora estou só com três. — O cocheiro havia trançado tiras de lã vermelha e azul nas crinas dos cavalos e enfeitado as laterais da carroça com distintivos de chapéus descartados e ferraduras que ele tinha pregado nas tábuas. — O senhor sabe aonde vamos? — perguntou a Sharpe enquanto Harper ordenava que os fuzileiros subissem nas caixas de munição empilhadas na carroça.

— Atrás deles. — Sharpe apontou para a direita, onde o platô oferecia uma encosta mais suave que descia até o terreno baixo ao sul, para onde a Divisão Ligeira marchava sob suas bandeiras. Era a antiga divisão de Sharpe, composta por fuzileiros e infantaria ligeira, e ela se considerava a divisão de elite do exército. Agora marchava para salvar a 7ª Divisão de ser aniquilada.

A 1,5 quilômetro de distância, por cima do córrego Dos Casas e perto do celeiro arruinado que servia como seu quartel-general, o marechal André Masséna viu as novas tropas britânicas deixarem a proteção do planalto para seguir ao sul, na direção dos casacas-vermelhas e portugueses sitiados.

— Idiota — disse a si mesmo, depois mais alto, numa voz alegre. — Idiota!

— Vossa Majestade? — indagou um ajudante.

— A primeira regra da guerra, Jean — explicou o marechal —, é jamais reforçar o fracasso. E o que nosso inglês sem putas está fazendo? Mandando mais tropas para serem massacradas por nossa cavalaria! — O marechal levou a luneta de volta ao olho. Podia ver canhões e cavalarianos indo para o sul junto das novas tropas. — Ou ele está se retirando? — pensou em voz alta. — Talvez esteja se certificando de que pode voltar a Portugal. Onde está a brigada de Loup?

— Pouco ao norte daqui, Vossa Majestade — respondeu o ajudante.

— Com a puta dele, sem dúvida, não é? — perguntou Masséna com rancor. A presença espalhafatosa de Juanita de Elia com a Brigada Loup havia atraído a atenção e o ciúme de cada francês no exército.

— De fato, Vossa Majestade.

Masséna fechou a luneta. Não gostava de Loup. Reconhecia as ambições dele e sabia que o brigadeiro seria capaz de passar por cima de qualquer homem para alcançá-las. Loup queria ser marechal, como Masséna, até havia perdido um olho como ele, e agora desejava os títulos grandiosos com que o imperador recompensava os corajosos e os sortudos. Porém, o marechal não o ajudaria a alcançar esses objetivos. Um homem permanecia sendo marechal suprimindo os rivais, não os encorajando, por isso nesse dia o brigadeiro Loup receberia uma tarefa menor.

— Avise ao brigadeiro Loup que ele deve largar a puta espanhola e se preparar para acompanhar as carroças através de Fuentes de Oñoro quando nossos soldados tiverem aberto a estrada — ordenou Masséna ao ajudante. — Diga a ele que Wellington está alterando a posição para o sul e que a estrada para Almeida deve estar aberta ao meio-dia, e que o serviço da brigada dele será escoltar os suprimentos para Almeida enquanto o restante de nós acaba com o inimigo.

Masséna sorriu. Hoje era um dia de glória para os franceses, um dia para capturar uma boa quantidade de bandeiras inimigas e encharcar a margem do rio com o sangue dos ingleses. No entanto Loup não compartilharia nenhuma parte disso, havia decidido o marechal. O brigadeiro seria um guarda comum de bagagem enquanto Masséna e as águias faziam a Europa tremer de medo.

A 7ª Divisão recuou em direção a uma pequena elevação de terreno acima do riacho Dos Casas. Ia para o norte, mas virada para o sul, enquanto tentava bloquear o avanço da enorme força francesa que havia sido enviada ao redor do flanco do exército. À distância os homens podiam ver as duas divisões de infantaria inimiga reorganizando as fileiras em frente a Poço, mas o perigo imediato vinha do enorme número de cavalarianos franceses que esperavam fora do alcance efetivo dos mosquetes da 7ª Divisão. A equação enfrentada pelos nove batalhões aliados era bastante simples. Podiam formar quadrados, que garantiam que até mesmo os cavaleiros mais corajosos seriam trucidados se tentassem atacar a massa compacta de mosquetes e baionetas, porém a infantaria num quadrado ficava cruelmente vulnerável ao fogo de artilharia e de mosquetes. Assim que a 7ª Divisão se apertasse em quadrados, os franceses golpeariam as fileiras com tiros de canhão até portugueses e casacas-vermelhas serem retalhados, permitindo à cavalaria partir sem restrições para cima dos sobreviventes ensandecidos.

As cavalarias britânica e alemã chegaram primeiro ao resgate. Os cavaleiros aliados estavam em menor número e jamais poderiam ter esperança de derrotar a massa de franceses com crinas e peitorais, porém os hussardos e os dragões faziam uma investida após a outra, impedindo a cavalaria inimiga de incomodar a infantaria.

BERNARD CORNWELL

— Mantenham o controle! — gritava um major de infantaria para seu esquadrão. — Mantenham o controle!

Ele temia que seus homens perdessem o bom senso e fizessem uma carga insana para a glória, em vez de recuar depois de cada ataque curto, para se reorganizar e atacar de novo, por isso ficava encorajando-os a mostrar cautela e manter a disciplina. Os esquadrões se revezavam rechaçando a cavalaria francesa, um lutando enquanto os outros recuavam atrás da infantaria. Os cavalos sangravam, suavam e tremiam, mas repetidamente trotavam para as fileiras e esperavam que as esporas os lançassem de volta à luta. Os homens seguravam com força espadas e sabres e vigiavam o inimigo, que gritava insultos numa tentativa de atrair os britânicos e os alemães para um louco ataque a galope que abriria suas fileiras bem-organizadas e transformaria as cargas controladas num frenesi de espadas, lanças e sabres. Numa confusão assim, em maior número, os franceses poderiam vencer, mas os oficiais aliados mantinham seus homens sob controle.

— Deixe de ser ansioso! Segure-a, segure-a! — gritou um capitão para um cavalariano cuja égua começou a trotar cedo demais.

Os dragões eram a cavalaria pesada dos aliados. Eram homens grandes montados em cavalos grandes e carregavam espadas longas, pesadas e retas. Não faziam carga a galope; em vez disso, esperavam até o regimento inimigo ameaçar atacar, e então faziam o golpe contra a passo. Sargentos gritavam para que os homens sustentassem a linha, mantendo-se perto e contendo os cavalos, e só no último momento, quando o inimigo estivesse ao alcance de um disparo de pistola, um corneteiro dava o toque de atacar e os cavalos eram esporeados a galope enquanto os homens davam seus gritos de guerra conforme retalhavam os cavaleiros inimigos. As espadas grandes podiam fazer um serviço horrendo. Empurravam de lado os sabres mais leves dos *chasseurs* e forçavam os cavaleiros a se abaixar sobre o pescoço dos cavalos tentando evitar as lâminas de açougueiro. Aço se chocava contra aço, cavalos feridos relinchavam e empinavam, então a trombeta dava o toque de recuar e a cavalaria aliada parava de lutar e ia para longe. Uns poucos franceses iriam persegui-los, mas britânicos e alemães trabalhavam perto da própria infantaria, e qualquer francês que tentasse perseguir os batalhões portugueses e britânicos se tornava alvo fácil para uma companhia de mosquetes. Era um trabalho duro, disciplinado, inglório, e cada contra-ataque pagava um preço em homens e cavalos, porém a ameaça da cavalaria inimiga era contida, e por isso os nove batalhões de infantaria marchavam firmemente para o norte.

Os flancos da 7ª Divisão que recuavam eram protegidos pelo fogo da artilharia montada. Os artilheiros disparavam metralha capaz de transformar um cavalo e um homem num horror mutilado de carne, panos, couro, aço e sangue. Os canhões disparavam quatro ou cinco projéteis enquanto a infantaria recuava, depois as parelhas de cavalos eram instigadas rapidamente, a conteira do canhão era erguida sobre o pino do armão e os artilheiros montavam depressa nos cavalos e os chicoteavam numa corrida frenética antes que os vingativos cavalarianos pudessem alcançá-los. Assim que a equipe chegava à proteção dos mosquetes da infantaria, girava fazendo as rodas do canhão derrapar, lançando uma grande quantidade de lama ou poeira, e os artilheiros deslizavam de cima dos cavalos antes mesmo que estes parassem de correr. O canhão era solto, os cavalos e o armão eram levados para longe, e em segundos a próxima rodada de metralha partia berrando pelo campo para espantar outro esquadrão francês num banho de sangue.

A artilharia francesa concentrava seu fogo sobre a infantaria. Suas balas sólidas e seus obuses rasgavam as fileiras, lançando sangue a 3 metros de altura à medida que os projéteis mergulhavam no alvo.

— Cerrar! Cerrar! — gritavam os sargentos, rezando para que a excitável cavalaria inimiga atrapalhasse os próprios canhões e assim parasse o bombardeio, porém os cavalarianos estavam aprendendo a deixar os artilheiros e a infantaria francesa fazerem parte do serviço antes deles aproveitarem toda a glória. A cavalaria francesa ficou de lado para deixar os mosquetes e os canhões travarem a batalha e para descansar seus cavalos enquanto a infantaria portuguesa e britânica morria.

E morria mesmo. As balas sólidas açoitavam rasgando as colunas e o fogo de mosquete varria as fileiras deixando mais vagarosa a retirada, que já era de uma lentidão agonizante. Os nove batalhões que se encolhiam deixavam trilhas de capim esmagado e ensanguentado conforme se arrastavam para o norte, e o arrastar ameaçava se tornar uma parada completa quando tudo que restasse da divisão fossem nove bandos de sobreviventes agrupados em torno de suas preciosas bandeiras. A cavalaria francesa via o inimigo morrendo e estava contente em esperar o momento perfeito para golpear e dar o *coup de grâce*. Um grupo de *chasseurs* e couraceiros cavalgou em direção a uma pequena elevação no terreno, onde havia um longo bosque. O comandante da cavalaria achou que a área esconderia seus homens enquanto eles tentavam chegar à retaguarda dos batalhões agonizantes, e com isso lhe daria uma chance de lançar um ataque surpresa que poderia capturar meia dúzia de bandeiras numa carga gloriosa. Levou as duas tropas encosta acima, com os homens acompanhando-o, quando de repente a linha das árvores explodiu em fumaça de canhões. Não deveria haver tropas inimigas lá, mas a saraivada rasgou a cavalaria que avançava, criando um caos. O comandante couraceiro foi lançado para trás, caindo da anca do cavalo com o peitoral perfurado três vezes. Uma de suas botas ficou presa num estribo e ele gritou enquanto o cavalo aterrorizado e ferido o arrastava quicando no capim, deixando grandes manchas de sangue. Então seu pé se soltou e ele ficou se retorcendo na relva até morrer. Outros oito cavaleiros caíram. Alguns foram simplesmente removidos dos cavalos, e esses homens correram para encontrar alguma montaria incólume enquanto seus companheiros se viravam e esporeavam em busca da segurança.

Fuzileiros de casacos verdes correram do bosque para saquear os cavalarianos mortos e feridos. Os peitorais protuberantes na barriga usados pelos couraceiros eram valorizados como tigelas para barbear ou frigideiras, e até um peitoral furado por bala poderia ser remendado por um ferreiro amigo. Outros casacos-verdes apareceram na extremidade sul do bosque, e depois um batalhão de casacas-vermelhas surgiu atrás deles, e com estes chegou um esquadrão de cavalaria descansado e outra bateria de artilharia montada. Uma banda regimental tocava "Over the Hills and Far Away", à medida que mais casacas-vermelhas e casacos-verdes surgiam marchando.

A Divisão Ligeira havia chegado.

*

A carroça de munição chacoalhava pelos campos atrás da Divisão Ligeira, que marchava rapidamente. Um dos eixos do veículo guinchava como uma alma atormentada, um incômodo pelo qual o cocheiro pediu desculpas.

— Mas eu lubrifiquei — explicou-se a Sharpe —, e lubrifiquei de novo. Lubrifiquei com a melhor gordura de porco clarificada, mas esse guincho não some. Começou no dia em que nossa Bess foi morta, e acho que esse guincho é nossa Bess avisando que ainda está escoiceando em algum lugar.

Durante um tempo o cocheiro seguiu uma trilha de carroça, depois Sharpe e seus fuzileiros tiveram de descer e empurrá-la com os ombros para ajudá-lo a passar por um barranco e chegar a uma campina. Assim que estavam de novo em cima das caixas de munição, os casacos-verdes decidiram que a carroça era uma diligência e começaram a imitar o toque das trombetas de correio e a cantar as paradas:

— Red Lion! Ótimas cervejas, boa comida, trocamos os cavalos e partimos em 15 minutos! As damas terão suas conveniências atendidas no corredor atrás do salão.

O cocheiro já havia ouvido esse tipo de coisa e não demonstrou reação, porém Sharpe, depois de Harris ter berrado por dez minutos sobre mijar no corredor, virou-se e disse para todos calarem a boca. Em seguida os homens fingiram estar sofrendo com a bronca, e Sharpe teve uma súbita pontada de pesar pelas coisas das quais sentiria falta se perdesse o posto. À frente da carroça os fuzis e os mosquetes estalavam. Uma bala sólida francesa ocasional, disparada alta demais, chegava quicando pelos campos próximos, mas os três cavalos continuavam andando com tanta paciência quanto se tivessem sido atrelados a um arado, em vez de estar indo para a batalha. Apenas uma vez um inimigo ofereceu uma ameaça, com isso forçando o grupo de fuzileiros de Sharpe a descer da carroça e formar uma fileira ao lado da estrada. Uma tropa de cinquenta dragões com casacos verdes apareceu longe, a oeste, e seu comandante viu a carroça e virou os homens para o ataque. O cocheiro parou o veículo e esperava com uma faca a postos, para o caso de precisar cortar os arreios.

— A gente leva os cavalos — alertou a Sharpe — e deixa os franceses saquearem a carroça. Isso vai manter os sacanas ocupados enquanto fugimos. — Seus cavalos mastigaram o capim, contentes, enquanto Sharpe avaliava a distância até os dragões franceses cujos capacetes de cobre reluziam dourados ao sol.

Então, quando ele havia decidido que poderia ser obrigado a aceitar o conselho do cocheiro e se retirar, um esquadrão de cavalarianos de casacas azuis interveio. Os recém-chegados eram dragões ligeiros britânicos que atraíram os franceses para um combate em movimento, de espada contra sabre. O cocheiro guardou sua faca e estalou a língua, instigando os cavalos. Os fuzileiros subiram a bordo rapidamente enquanto a carroça chacoalhava em direção a uma linha de árvores que obscurecia a fonte da crescente fumaça de pólvora que branqueava o céu ao sul.

Então um estrondo de canhões pesados soou ao norte. Sharpe girou na boleia da carroça para ver que a extremidade do platô ocupado pelos britânicos estava densa de fumaça à medida que as baterias principais disparavam saraivadas trovejantes em direção ao leste.

— Os comedores de lesma estão atacando a aldeia de novo.

— Não é um bom lugar para lutar — observou Harper. — Fiquem felizes por estarmos aqui, rapazes.

— E rezem para os filhos da mãe não nos isolarem aqui — acrescentou soturno o sargento Latimer.

— A gente precisa morrer em algum lugar, não é, Sr. Sharpe? — gritou Perkins.

— Que seja em sua cama, Perkins, com Miranda a seu lado — respondeu Sharpe. — Você está cuidando da garota?

— Ela não está reclamando, Sr. Sharpe — respondeu Perkins, com isso provocando um coro de zombaria. Perkins ainda estava sem seu casaco verde e era sensível com relação à perda da peça de roupa com a característica braçadeira preta indicando que ele era um Homem Escolhido, um elogio dado somente aos melhores e mais confiáveis fuzileiros.

A carroça se sacudiu entrando numa trilha de fazenda cheia de sulcos fundos que levava ao sul, através das árvores, em direção às aldeias distantes dominadas pelos franceses. A 7ª Divisão marchava para o norte pelo bosque, voltando ao planalto, enquanto a recém-chegada Divisão Ligeira se posicionava atravessando a estrada mais larga que levava de volta a Portugal. Os batalhões em retirada marchavam lentamente, forçados ao passo de lesma pelo número de feridos, mas pelo menos marchavam sem ser derrotados, sob as bandeiras tremulantes.

O cocheiro puxou as rédeas parando os cavalos em meio às árvores onde a Divisão Ligeira havia estabelecido um depósito temporário. Dois cirurgiões espalharam suas facas e serras sobre lonas embaixo de azinheiros, enquanto uma banda regimental tocava a poucos metros dali. Sharpe ordenou que seus fuzileiros ficassem com a carroça enquanto ele buscava ordens.

A Divisão Ligeira estava arrumada em quadrados na planície entre as árvores e as aldeias enfumaçadas. A cavalaria francesa trotava diante das faces dos quadrados tentando provocar o desperdício de saraivadas a uma distância grande demais. Os cavalarianos britânicos estavam sendo mantidos na reserva, esperando que os cavalos franceses estivessem suficientemente perto. Seis canhões da artilharia montada disparavam contra os canhões franceses, enquanto grupos de fuzileiros ocupavam os afloramentos rochosos salpicados nos campos. O general Craufurd, o irascível comandante da Divisão Ligeira, havia trazido 3.500 homens para resgatar a 7ª Divisão, e agora esses 3.500 estavam diante de 4 mil cavalarianos e 12 mil soldados de infantaria franceses. Essa infantaria avançava em suas colunas de ataque a partir de Poço Velho.

— Sharpe? O que você está fazendo aqui? Achei que tinha nos abandonado, indo se juntar aos veadinhos da divisão de Picton. — O general de brigada Robert Craufurd, feroz e carrancudo, tinha visto Sharpe.

O fuzileiro explicou que tinha trazido uma carroça cheia de munição que agora esperava no meio das árvores.

— É perda de tempo trazer munição para nós — reagiu Craufurd. — Temos o suficiente. E o que você está fazendo entregando munição? Foi rebaixado, é? Ouvi dizer que você estava em desgraça.

— Estou em serviço administrativo, senhor.

Sharpe conhecia Craufurd desde a Índia e, como todos os outros escaramuçadores do exército britânico, tinha uma opinião dúbia sobre Black Bob, às vezes se ressentindo da disciplina dura e implacável do oficial mas também reconhecendo que, em Craufurd, o exército possuía um soldado quase tão talentoso quanto o próprio Wellington.

— Eles vão sacrificar você, Sharpe — declarou Craufurd com um prazer perverso. Não estava olhando para Sharpe; em vez disso, observava a grande horda de cavalaria francesa preparando-se para uma carga conjunta contra seus batalhões recém-chegados. — Você atirou em dois comedores de lesma, não foi?

— Sim, senhor.

— Não é de se espantar que esteja em desgraça — comentou Craufurd, depois deu uma gargalhada parecida com um latido. Seus ajudantes estavam montados num grupo compacto atrás do general. — Veio sozinho, Sharpe?

— Estou com meus casacos-verdes, senhor.

— E os patifes se lembram de como se luta?

— Acho que sim, senhor.

— Então faça uma escaramuça para mim. Essas são suas novas tarefas administrativas, Sr. Sharpe. Preciso manter a divisão a uma distância segura diante da infantaria francesa, o que significa que todos teremos de suportar as atenções dos canhões e dos cavalos deles, mas espero que meus fuzis atormentem os cavaleiros e matem os malditos canhoneiros, e você pode ajudá-los. — Craufurd se virou na sela. — Barratt? Distribua a munição e mande a carroça de volta com os feridos. Vá, Sharpe! E fique atento, não queremos abandonar você aqui sozinho.

Sharpe hesitou. Era arriscado fazer perguntas a Black Bob, um homem que esperava obediência imediata, no entanto as palavras do general o intrigaram.

— Então não vamos ficar aqui, senhor? Vamos voltar ao morro?

— Claro que vamos voltar! Por que você acha que marchamos até aqui? Só para cometer suicídio? Acha que voltei da licença só para dar aos malditos franceses um treino de tiro ao alvo? Ande logo com isso, Sharpe!

— Sim, senhor. — Ele correu de volta para buscar seus homens e sentiu uma súbita mistura de medo e esperança.

Porque lorde Wellington havia abandonado as estradas que levavam de volta a Portugal. Agora não poderia haver retirada em segurança nem um recuo firme passando pelos vaus do rio Côa, pois o lorde tinha cedido essas estradas ao inimigo. Agora britânicos e portugueses deveriam resistir e lutar, e se perdessem morreriam, com eles morrendo todas as esperanças de vitória na Espanha. Agora a derrota não significava somente que Almeida seria liberada, mas que o exército britânico e português seria aniquilado. Fuentes de Oñoro se tornara uma batalha de vida ou morte.

CAPÍTULO X

O primeiro ataque contra Fuentes de Oñoro no domingo foi feito pelos mesmos soldados de infantaria franceses que investiram dois dias antes e que, desde então, vinham ocupando os quintais e as casas na margem leste do riacho. Eles se reuniram em silêncio, usando os muros de pedra dos pomares e quintais para disfarçar as intenções e, sem uma saraivada de abertura ou mesmo sem se incomodar em lançar uma linha de escaramuça, a infantaria de casacos azuis passou como um enxame sobre os muros caídos e desceu para o riacho. Os defensores escoceses só tiveram tempo para uma saraivada, então os franceses estavam na aldeia, destruindo as barricadas ou passando por cima das paredes derrubadas pelos obuses que caíram no meio das casas nas duas horas desde o alvorecer. Os franceses impeliram os escoceses para o interior da aldeia onde um ataque encurralou duas companhias de Highlanders num beco sem saída. Os atacantes partiram em direção aos homens encurralados num frenesi, preenchendo os recantos estreitos do beco com uma tempestade de tiros de mosquetes. Alguns escoceses tentaram escapar derrubando a parede de uma casa, mas os franceses estavam esperando do outro lado e receberam o desmoronamento com mais saraivadas de mosquetes. Os Highlanders sobreviventes se protegeram com barricadas nas casas à beira do riacho, porém os franceses lançaram tiros nas janelas, nos buracos e nas portas, e trouxeram canhões leves para disparar através do curso d'água até que, finalmente, com todos os oficiais mortos ou feridos, os atordoados escoceses se renderam.

O ataque contra os Highlanders encurralados havia atraído homens do alto do morro, levando ao assalto principal, que empacou no centro da aldeia. Os Warwicks, de novo na reserva, desceram do platô para ajudar o resto dos escoceses e, juntos, pararam os franceses e depois os impeliram de volta ao riacho. A luta era travada a uma distância mortalmente pequena. Mosquetes chamejavam a pouco mais de um metro dos alvos, e quando estavam vazios os homens os usavam como porretes ou então estocavam com baionetas. Estavam roucos de tanto gritar e de respirar a poeira enfumaçada que enchia o ar nas ruas estreitas e sinuosas onde as sarjetas estavam cheias de sangue e os corpos se empilhavam, bloqueando cada porta e cada passagem. Os escoceses e os Warwicks combatiam descendo o morro, mas, sempre que tentavam empurrar os franceses para fora das últimas casas, os canhões recém-posicionados nos pomares abriam fogo com metralha, enchendo as ruas e os becos da parte baixa da aldeia com o ruído da saraivada da morte. Sangue escorria para o riacho. Os defensores da aldeia estavam surdos pelo eco dos mosquetes e pelos estrondos da artilharia na rua, mas não tanto a ponto de não ouvir a batida agourenta dos tambores se aproximando. Novas colunas francesas atravessavam a planície. Os canhões britânicos no alto do morro lançavam balas sólidas contra as fileiras que avançavam e explodiam lanternetas acima das cabeças, no entanto as colunas eram vastas e os canhões dos defensores eram poucos, e assim a grande massa de homens marchava penetrando nos quintais do lado leste, de onde, dando um grito extremamente alto, uma horda de homens com hirsutos chapéus de pele de urso atravessou o riacho e entrou na aldeia.

Esses novos atacantes eram granadeiros em massa: os maiores homens e os mais corajosos guerreiros que as divisões em ataque podiam enviar. Usavam bigodes, dragonas e chapéus de pele de urso emplumados como marca de seu status especial. Eles adentraram a aldeia com um rugido de triunfo proferido enquanto varriam as ruas com baionetas e tiros de mosquetes. Os exaustos Warwicks voltaram e os escoceses os acompanharam. Mais franceses atravessaram o riacho, uma torrente de casacas azuis que parecia interminável, seguindo os granadeiros de elite para dentro dos becos e através das casas. O combate na metade inferior da aldeia era mais complicado para os atacantes, porque, apesar do puro ímpeto levar o assalto para o coração de Fuentes de Oñoro, eles eram constantemente atrapalhados por mortos ou feridos. Granadeiros escorregavam nas pedras traiçoeiras devido ao sangue, mas o simples número forçava os atacantes à frente e agora os defensores eram muito poucos para impedi-los. Alguns casacas-vermelhas tentavam limpar as ruas com saraivadas de balas, porem os granadeiros passavam em enxames por becos dos fundos ou por cima de muros de quintais, flanqueando as companhias de casacas-vermelhas que só podiam voltar morro acima, através da poeira, dos cacos de telhas e da palha incendiada na parte superior da aldeia. Feridos gritavam de forma patética, implorando que os companheiros os carregassem até a segurança, mas agora o ataque vinha rápido demais e os escoceses e os ingleses estavam recuando bastante depressa. Abandonaram totalmente o vilarejo, fugindo das casas mais altas para encontrar refúgio no cemitério

Os primeiros granadeiros franceses partiram da aldeia em direção à igreja acima e foram recebidos por uma saraivada de mosquetes disparados por homens que esperavam atrás do muro do cemitério.

Os homens da frente tombaram, mas os de trás pularam por cima dos colegas agonizantes para atacar o muro do cemitério. Baionetas e canos de mosquetes golpeavam por cima da pedra, então os imensos soldados franceses se lançaram por cima do muro, até mesmo derrubando-o em alguns lugares para começar a caçar os sobreviventes através de sepulturas, lápides caídas e cruzes de madeira despedaçadas. Mais franceses vinham da aldeia para reforçar a investida, então um dilúvio de tiros de fuzis e mosquetes relampejou partindo dos afloramentos rochosos pouco acima da encosta, escorregadia devido ao sangue. Granadeiros caíram e rolaram morro abaixo. Uma segunda saraivada britânica atingiu as sepulturas reviradas pelos tiros de canhão, à medida que mais casacas-vermelhas chegavam para se alinhar no alto do morro e disparar ao lado da igreja e da depressão coberta de capim, de onde Wellington havia olhado, pasmo, a maré de primavera francesa subir quase até os cascos de seu cavalo.

E lá, por um tempo, o ataque empacou. Os franceses primeiro encheram a aldeia com mortos e feridos, depois a capturaram, e agora ocupavam também o cemitério. Seus soldados se agachavam atrás de sepulturas ou de pilhas de inimigos mortos. Estavam a poucos metros do cume do morro, a metros da vitória, e atrás deles, numa planície arrebentada por projéteis de canhão e atulhada de corpos de mortos e agonizantes, mais soldados franceses vinham ajudar os atacantes.

O dia só precisava de mais um empurrão, e então as águias da França voariam livres.

A Divisão Ligeira havia disposto seus batalhões em cerradas colunas de companhias. Cada companhia formava um retângulo com quatro fileiras de profundidade e cerca de 12 a 20 homens de largura, então as dez companhias de cada batalhão se formaram em coluna, de modo que, vistos do céu, cada batalhão parecia uma pilha de finos tijolos vermelhos. Então, uma a uma, as colunas dos batalhões deram as costas para o inimigo e começaram a marchar para o norte, em direção ao platô. A cavalaria francesa partiu imediatamente em perseguição e o ar ressoou com a cacofonia metálica à medida que uma trombeta depois da outra dava o toque de avançar.

— Formar quadrado na divisão da frente! — gritou o coronel do batalhão de casacas-vermelhas mais perto de Sharpe.

O major que comandava a primeira divisão de companhias do batalhão gritou para o primeiro tijolo parar e o segundo se posicionar ao lado, de modo que agora dois tijolos formavam uma longa muralha de homens com quatro fileiras de profundidade e quarenta de largura.

— Cerrar fileiras! — gritaram os sargentos conforme os homens arrastavam os pés aproximando-se e olhavam à direita para garantir que a fila estivesse reta como se desenhada com uma régua.

Enquanto as duas primeiras companhias ajeitavam as fileiras, o major gritava ordens para as companhias seguintes.

— Seções externas, girar! Seções de trás, aproximar-se das da frente!

As trombetas francesas ressoavam agudas e a terra vibrava com a massa de cascos, porém as vozes de sargentos e oficiais soavam frias acima da ameaça.

— Giro externo! Firmes, agora! Seções de trás perto das da frente!

As seis companhias do centro do batalhão agora se dividiram em quatro seções cada. Duas seções giravam como portas com dobradiças para a direita e duas para a esquerda. Os homens da parte interna de cada seção reduziam o passo, de 70 para 50 centímetros, enquanto os da parte externa aumentavam para 80, e assim as seções giravam para fora, começando a formar os dois lados do quadrado cuja parede de ancoragem era formada pelas duas primeiras companhias. Oficiais montados corriam para colocar seus cavalos no interior do quadrado que se formava rapidamente e que, na verdade, era um retângulo. A face norte tinha sido feita pelas duas companhias que iam à frente, agora os dois lados mais longos eram formados pelas seis companhias seguintes que giravam para fora e se cerravam depressa, enquanto as últimas companhias meramente preenchiam o quarto lado, antes vazio.

— Alto! Meia-volta à direita! — berrou o major que comandava a divisão de trás às duas últimas companhias.

— Preparar para receber cavalaria! — gritou o coronel, seguindo as regras, como se a visão dos compactos cavalos franceses não fosse um aviso suficiente.

A equipe das bandeiras estava ao lado dele, dois alferes adolescentes segurando os preciosos estandartes guardados por um esquadrão de homens escolhidos, comandados por sargentos duros, armados com espontões.

— Fileira de trás! Apresentar armas! — gritou o major. A fileira mais interna do quadrado não atiraria, servindo como reserva do batalhão. A cavalaria estava a cem passos e aproximando-se depressa, uma massa fervilhante de cavalos empolgados, espadas erguidas, trombetas, bandeiras e trovão.

— Fileira da frente, de joelhos! — gritou um capitão. A fileira da frente se abaixou e firmou no chão seus mosquetes com baionetas caladas para formar uma cerca contínua, feita de aço, ao redor de toda a formação.

— Preparar!

As duas fileiras internas engatilharam suas armas carregadas e miraram. Toda a manobra havia sido feita num passo firme, sem pressa, e a visão súbita dos mosquetes apontados e das baionetas firmadas convenceu os primeiros cavaleiros a se desviar do quadrado firme, sólido e silencioso. Uma infantaria em posição de quadrado era quase tão segura contra uma cavalaria quanto se estivesse aconchegada na cama, em casa, e o batalhão de casacas-vermelhas, ao formar um quadrado tão rápida e silenciosamente, tinha deixado impotente a carga francesa.

— Muito bem — declarou o sargento Latimer num elogio ao profissionalismo do batalhão. — Muito bem-feito. Igual à praça de armas em Shorncliffe.

— Canhão à direita, senhor — avisou Harper.

Os homens de Sharpe ocupavam um dos afloramentos rochosos que salpicavam a planície e davam aos fuzileiros proteção contra a cavalaria. Seu trabalho era atirar contra os cavalarianos e especialmente contra a artilharia montada francesa, que tentava se aproveitar dos quadrados britânicos. Os casacas-vermelhas neles ficavam a salvo da cavalaria, mas se tornavam terrivelmente vulneráveis a obuses e balas sólidas, porém os artilheiros eram igualmente vulneráveis à precisão dos fuzis Baker ingleses. Um canhão leve puxado a cavalo havia se posicionado a duzentos passos de Sharpe, e sua equipe estava apontando o cano para o quadrado recém-formado. Dois homens tiraram o baú de munição da conteira enquanto um terceiro punha carga dupla no canhão de boca preta, socando uma metralha em cima de uma bala sólida.

Dan Hagman disparou primeiro, e o homem que socava a carga girou, depois se segurou ao cabo do soquete que se projetava do canhão, como se fosse seu elo com a própria vida. Uma segunda bala ricocheteou no cano do canhão deixando um arranhão brilhante no bronze gasto. Outro artilheiro caiu, então um dos cavalos do canhão foi atingido, empinou e escoiceou o animal atrelado junto dele.

— Com calma — recomendou Sharpe. — Mirem, rapazes, mirem. Não desperdicem balas.

Mais três casacos-verdes dispararam e suas balas convenceram os artilheiros a se agachar atrás do canhão e do armão. Os artilheiros gritavam para alguns dragões vestidos de verde para arrancar os malditos fuzileiros de seu ninho rochoso.

— Alguém cuide daquele capitão dragão — pediu Sharpe.

— O quadrado está indo, senhor! — alertou Cooper enquanto Horrell e Cresacre disparavam contra o cavaleiro distante.

Sharpe se virou e viu que o quadrado de casacas-vermelhas estava se formando de novo em coluna para retomar a retirada. Não ousava se afastar demais da proteção dos mosquetes dos casacas-vermelhas. Seu perigo, como o de todos os pequenos grupos de fuzileiros que cobriam a retirada, era que seus homens fossem isolados pela cavalaria, e Sharpe duvidava de que os sofridos cavaleiros franceses estivessem dispostos a fazer prisioneiros nesse dia. Qualquer casaco-verde apanhado em terreno aberto seria provavelmente usado para treino de espada ou lança.

— Vão! — gritou, e seus homens saíram correndo do meio das pedras e partiram para a proteção do batalhão de casacas-vermelhas. Os dragões se viraram para persegui-los, então as primeiras fileiras de cavaleiros foram jogadas para o lado e se encheram de sangue quando uma explosão de metralha disparada por um canhão leve inglês as acertou. Sharpe viu um amontoado de árvores à esquerda da linha de marcha do batalhão de casacas-vermelhas e gritou para Harper levar os homens à proteção do pequeno bosque.

Assim que se encontraram em segurança no meio das árvores, os casacos-verdes recarregaram as armas e procuraram novos alvos. Para Sharpe, que havia servido numa dúzia de campos de batalha, a planície oferecia uma visão extraordinária: uma massa de cavalaria borbulhava e se derramava entre os batalhões que recuavam com firmeza, mas, apesar de todo o barulho que faziam e da empolgação, os cavaleiros não conseguiam nada. Os soldados de infantaria estavam firmes e silenciosos, realizando a complexa ordem-unida que treinaram por horas e horas e que agora estava salvando as vidas. Faziam isso sabendo que qualquer erro cometido por um comandante de batalhão seria fatal. Se uma coluna se atrasasse alguns segundos para formar o quadrado, os couraceiros furiosos passariam pela abertura com seus cavalos pesados e estripariam o quadrado imperfeito de dentro para fora. Um batalhão disciplinado seria transformado num instante em um bando de fugitivos em pânico que seria caçado por dragões ou chacinado por lanceiros. No entanto nenhum batalhão cometeu nenhum erro, por isso os franceses se frustravam com aquela soberba demonstração de habilidade militar.

  Os franceses continuavam buscando uma oportunidade. Sempre que um batalhão marchava numa coluna de companhias, com isso parecendo pronto para o ataque, uma súbita torrente de cavalos fluía pelo campo e as trombetas convocavam mais cavaleiros ainda para se juntar à carga trovejante, porém as colunas de casacas-vermelhas se partiam, giravam e marchavam até formar o quadrado, com a mesma precisão que teriam se estivessem exercitando ordem-unida na praça de guerra de seus alojamentos. As tropas marcavam o tempo por um instante enquanto o quadrado ficava completo, então a fileira externa se ajoelhava, toda a formação se eriçava de baionetas e os cavaleiros se afastavam numa fúria impotente. Uns poucos franceses impetuosos tentavam conseguir sangue e galopar perto demais do quadrado, sendo arrancados das selas, ou talvez um canhão leve britânico sangrasse toda uma tropa de dragões ou couraceiros com uma explosão de metralha, mas então a cavalaria galopava para fora do alcance e seus cavalos descansavam enquanto o quadrado de homens voltava a formar uma coluna e marchava estoicamente. Os cavaleiros os observavam se afastar até que outro toque de trombeta convocava todo o fluxo de homens montados para perseguir outra oportunidade longe, no campo, e de novo um batalhão se contraía formando quadrado e de novo os cavaleiros se afastavam com as lâminas sem tirar sangue.

  Como sempre, em toda parte, à frente, atrás e no meio dos batalhões que recuavam lentamente, grupos de casacos-verdes atiravam, incomodavam e matavam. Os artilheiros franceses ficaram relutantes em avançar enquanto os cavaleiros mais sóbrios tomavam o cuidado de evitar os pequenos ninhos de fuzileiros que picavam de modo tão maligno. Os franceses não possuíam fuzis, porque o imperador desprezava essas armas que considerava lentas demais para uso em batalha, porém eram elas que hoje faziam os soldados de Napoleão xingar.

  Os soldados do imperador também morriam. Os calmos batalhões de casacas-vermelhas não estavam deixando praticamente nenhum corpo para trás, mas a cavalaria era golpeada por tiros de fuzil e canhão. Cavalarianos sem montaria mancavam para o sul carregando selas, arreios e armas. Alguns cavalos sem cavaleiros permaneceram com seus regimentos, entrando em formação com as fileiras sempre que um esquadrão se reagrupava e avançando junto das outras montarias quando as trombetas impeliam o ataque do esquadrão. Muito atrás da cavalaria reunida as divisões de infantaria francesa se apressavam para se juntar à batalha, no entanto a Divisão Ligeira marchava mais depressa do que a infantaria francesa avançava. Quando um batalhão formava coluna para continuar a retirada, ia à velocidade de 108 passos por minuto — mais depressa que qualquer outra infantaria no mundo. O passo de marcha francês era mais curto que o britânico, e a velocidade era muito menor que a das tropas especialmente treinadas da Divisão Ligeira de Craufurd. E assim, apesar da necessidade de parar e formar quadrado para afastar a cavalaria, os homens de Craufurd continuavam mais rápido que a infantaria em perseguição, enquanto longe, ao norte da Divisão Ligeira, a principal linha britânica estava sendo refeita, de modo que agora a defesa de Wellington seguia a borda do platô, formando um ângulo reto com relação a Fuentes de Oñoro no canto. Agora só era necessário que a Divisão Ligeira chegasse em casa em segurança, e o exército estaria completo de novo, abrigado atrás de encostas e desafiando os franceses a atacar.

Sharpe levou seus homens por mais 400 metros até um trecho de rochas onde seus fuzileiros podiam se abrigar. Um par de canhões britânicos trabalhava perto das pedras, lançando balas sólidas e granadas contra uma nova bateria posicionada ao lado do bosque que Sharpe havia acabado de abandonar. O fluxo de cavalos começou a ficar mais denso nessa parte do campo à medida que a cavalaria buscava um batalhão vulnerável. Dois regimentos, um de casacas-vermelhas e outro de portugueses, recuavam para além da bateria, e os suados cavaleiros perseguiam as duas colunas. Por fim, o número de cavalos ficou tão grande que as colunas passaram a marchar em formação de quadrados.

— Os malditos estão em toda parte — rosnou Harper, disparando seu fuzil contra um oficial *chasseur*.

Os dois canhões britânicos mudaram a mira para disparar metralha contra a cavalaria, numa tentativa de expulsá-la para longe dos dois quadrados de infantaria. Os canhões escoiceavam nas conteiras, erguendo as rodas no ar. Os artilheiros limpavam o cano, socavam uma nova carga com metralha, furavam o saco de pólvora através do ouvido da arma, em seguida se encolhiam de lado, depois de encostar o bota-fogo aceso no pavio com pólvora. Os canhões estrondeavam, ensurdecedores, a fumaça saltava a 18 metros do cano e o capim ficava momentaneamente achatado enquanto o projétil passava acima. Um cavalo relinchou quando as balas de mosquete se espalharam e acertaram os alvos.

Um vaivém na massa de cavalos pressagiou outro movimento, mas, em vez de cavalgar de volta pelos campos para incomodar uma coluna em marcha, subitamente a cavalaria se virou para os dois canhões. Sangue pingava dos flancos dos animais enquanto os cavaleiros esporeavam freneticamente em direção aos artilheiros, desesperados, que agora pegavam as conteiras dos canhões, viravam as armas e soltavam os ganchos da conteira por cima dos pinos dos armões. As parelhas de cavalos foram posicionadas, os arreios presos e os artilheiros montaram nos canhões ou nos cavalos, porém a cavalaria francesa havia escolhido bem o momento, e os artilheiros ainda chicoteavam seus animais cansados quando os primeiros couraceiros caíram sobre a bateria.

Uma carga de dragões ligeiros britânicos salvou os canhões. Os cavaleiros com casacas azuis vieram do norte, os sabres baixando sobre capacetes enfeitados com crinas e espadas que tentavam aparar os golpes. Mais cavalarianos britânicos chegaram para flanquear os artilheiros que agora galopavam num frenesi para o norte. Os canhões pesados quicavam no terreno irregular, com os artilheiros agarrados às alças dos armões, os chicotes estalavam, e ao redor dos cavalos a galope e das rodas turvas as cavalarias se golpeavam mutuamente, correndo a toda velocidade. Um dragão inglês girou para fora da luta com o rosto transformado em uma máscara de sangue enquanto um couraceiro caía da sela, sendo mutilado pelos cascos das parelhas dos canhões, depois esmagado pelas rodas do armão reforçadas com aros de ferro. Então um estalar ondulante de mosquetes anunciou que o caos móvel de canhões, cavalos, homens com espadas e lanceiros havia chegado ao alcance da face do quadrado português, e a lograda cavalaria francesa girou e se afastou enquanto os dois canhões galopavam para a segurança. Um grito de comemoração pela fuga dos artilheiros brotou nos dois quadrados aliados, então os canhões giraram com uma erupção de capim e poeira para abrir fogo de novo contra os ex-perseguidores.

Os homens de Sharpe desceram das pedras para se juntar a outro batalhão de casacas-vermelhas. Marcharam em meio às companhias durante alguns minutos, depois se separaram para assumir posição num emaranhado de espinheiros e pedras. Um pequeno grupo de *chasseurs* usando casacos verdes, barretinas pretas com debruns prateados e carabinas penduradas em ganchos nos cintos diagonais brancos passou trotando perto. Os franceses não notaram o pequeno grupo de fuzileiros agachados em meio aos espinheiros. Constantemente tiravam as barretinas e enxugavam o suor do rosto com os punhos vermelhos e puídos das casacas. Os cavalos estavam brancos de suor. Um deles tinha uma pata coberta de sangue, mas de algum modo conseguia acompanhar os demais. O oficial parou sua tropa e um dos homens soltou a carabina, engatilhou a arma e apontou contra um canhão britânico que estava sendo tirado do armão a leste. Hagman cravou uma bala de fuzil na cabeça do oficial antes que ele pudesse puxar o gatilho, e subitamente os *chasseurs* estavam xingando e tentando esporear os cavalos para longe do alcance dos fuzis. Sharpe disparou, o som de seu fuzil se perdeu no estardalhaço de seus homens mandando uma saraivada contra a tropa inimiga. Meia dúzia de *chasseurs* galopou para fora do alcance, mas eles deixaram um número igual de corpos para trás.

— Permissão para saquear os desgraçados, senhor? — pediu Cooper.

— Vão, mas partes iguais — respondeu Sharpe, querendo dizer que qualquer saque encontrado seria dividido igualmente por todo o esquadrão.

Cooper e Harris foram roubar os mortos enquanto Harper e Finn carregavam cantis vazios até um riacho próximo. Encheram-nos enquanto Cooper e Harris abriam as costuras dos casacos verdes dos mortos, cortavam os bolsos dos coletes brancos, procuravam no interior dos forros das barretinas e tiravam as botas curtas com borlas brancas. Os dois fuzileiros voltaram com uma barretina francesa cheia até a metade com uma coleção variada de moedas francesas, portuguesas e espanholas.

— Pobres que nem camundongos de igreja — reclamou Harris enquanto dividia as moedas em pilhas. — O senhor vai querer uma parte?

— Claro que vai — disse Harper, distribuindo a água preciosa. Todos estavam sedentos. As bocas foram ressecadas e azedadas pela pólvora acre e salgada nos cartuchos, e agora eles bochechavam com a água e a cuspiam preta, antes de beber o resto.

Um som de estalos distantes fez Sharpe se virar. Agora a aldeia de Fuentes de Oñoro estava a 1,5 quilômetro de distância e o som parecia vir das ruas estreitas, sufocadas de morte, onde uma nuvem de fumaça subia ao céu. Mais fumaça de canhões surgia na extremidade do platô, evidência de que os franceses continuavam atacando vilarejo. Sharpe se virou de volta para olhar os cavalarianos cansados, com calor, que se espalhavam na planície. Ele procurava uniformes cinza e não via nenhum.

— Hora de voltar, senhor? — indagou Hagman, indicando que, se os fuzileiros não retornassem logo, seriam isolados do restante do exército.

— Vamos voltar. Corram até aquela coluna. — E apontou para alguns soldados de infantaria portugueses.

Correram, alcançando com facilidade os portugueses antes que uma desanimada perseguição por parte de *chasseurs* vingativos pudesse se aproximar, porém a pequena ofensiva deles atraiu vários outros cavaleiros, o bastante para fazer a coluna portuguesa se formar em quadrado. Sharpe e seus homens ficaram no quadrado e olharam enquanto a cavalaria passava ao redor do batalhão. O general de brigada Craufurd também havia se abrigado nesse quadrado, e agora, embaixo das bandeiras do batalhão, observava os franceses ao redor. Ele parecia um homem orgulhoso, e não era de espantar. Sua divisão, que havia disciplinado até se tornar a melhor de todo o exército, saía-se de modo magnífico. Estavam em menor número e cercados, porém ninguém havia entrado em pânico, nenhum batalhão tinha sido pego ainda em coluna e nenhum quadrado fora abalado pela proximidade do inimigo. A Divisão Ligeira havia salvado a 7ª Divisão, e agora se salvava com uma demonstração ofuscante de profissionalismo militar. A simples ordem-unida derrotava a verve francesa, e o ataque de Masséna, que tinha envolvido o flanco britânico com uma força avassaladora, havia ficado totalmente impotente.

— Você gosta disso, Sharpe? — gritou Craufurd de cima de seu cavalo.

— É maravilhoso, senhor, simplesmente maravilhoso. — O elogio de Sharpe era sincero.

— Eles são uns patifes — comentou Craufurd sobre seus homens —, mas os diabos sabem lutar, não é?

O orgulho era compreensível e chegou a levar irascível Craufurd a se abrir e ceder a uma conversa. E era até mesmo uma conversa amigável.

— Vou dar uma palavrinha a seu favor, Sharpe, porque um homem não deveria ser disciplinado por matar o inimigo, mas não creio que minha ajuda vá lhe servir de alguma coisa.

— Não vai, senhor?

— Valverde é um desgraçado incômodo. Ele não gosta dos ingleses e não quer que Wellington receba um chapéu de *generalisimo*. Valverde acredita que ele próprio seria um *generalisimo* melhor, mas a única vez que o desgraçado lutou contra os franceses ele mijou nas calças e perdeu três bons batalhões. Porém isso não tem a ver com capacidade militar, Sharpe, nas com política. Tem tudo a ver com a porcaria da política, e a única coisa que todo soldado deveria saber é não se meter com isso. Os políticos são uns desgraçados escorregadios, todos deveriam ser mortos. Absolutamente todos. Eu amarraria o bando inteiro desses filhos da mãe mentirosos em bocas de canhão e estouraria todos, estouraria todos! Fertilizaria um campo com os desgraçados, estercaria o mundo com eles. Eles e os advogados. — Pensar naquelas duas profissões tinha deixado Craufurd de mau humor. Ele franziu o cenho para Sharpe, depois deu um puxão nas rédeas para levar o cavalo de volta às bandeiras do batalhão. — Vou falar a seu favor, Sharpe.

— Obrigado, senhor.

— Isso não vai dar em nada — observou Craufurd peremptoriamente —, mas vou tentar. — Ele olhou a cavalaria francesa mais próxima afastando-se. — Acho que os desgraçados estão procurando outra vítima — gritou para o coronel do batalhão português. — Vamos marchar. Devemos estar de volta às linhas para o almoço. Bom dia, Sharpe.

Fazia um bom tempo que a 7ª Divisão tinha chegado à segurança do planalto, e agora os primeiros batalhões da Divisão Ligeira subiram a encosta sob a proteção da artilharia britânica. A cavalaria britânica e alemã, que havia atacado repetidamente para conter as hordas de cavaleiros franceses, agora andava com suas montarias cansadas e feridas morro acima, onde fuzileiros de boca seca, ombros machucados e canos de fuzis sujos de pólvora cambaleavam em direção à segurança. Os cavaleiros franceses apenas olhavam o inimigo marchar para longe e se perguntavam por que, em mais de 5 quilômetros de perseguição num campo feito por Deus para os cavalarianos, não conseguiram romper um único batalhão. Haviam sido capazes de pegar e matar um punhado de escaramuçadores casacas-vermelhas no terreno aberto na base do morro, porém a luta da manhã tinha custado a vida de dezenas de cavaleiros e cavalos.

As últimas colunas da Divisão Ligeira subiram o morro sob suas bandeiras, e bandas tocavam para receber o retorno do batalhão. O exército britânico, que estivera tão perigosamente dividido, agora se encontrava inteiro de novo, mas ainda estava isolado de casa e precisaria enfrentar o maior dos dois ataques franceses.

Porque em Fuentes de Oñoro, cujas ruas já estavam entupidas de sangue, uma ofensiva francesa inteiramente nova acompanhava os tambores.

O marechal Masséna estava irritado enquanto olhava as duas partes do exército inimigo se reunirem de novo. Santo Deus, ele havia enviado duas divisões de infantaria e toda a sua cavalaria, e ainda assim elas deixaram o inimigo escapar! Mas pelo menos todas as forças britânicas e portuguesas estavam agora isoladas do recuo através do rio Côa, de modo que, quando fossem derrotadas, todo o exército de Wellington deveria tentar buscar segurança nos morros ermos e nos desfiladeiros profundos da alta região de fronteira. Seria um massacre. A cavalaria, que tinha desperdiçado a manhã tão inutilmente, caçaria os sobreviventes através dos morros, e para começar essa perseguição ensandecida e assassina era necessário apenas que a infantaria de Masséna rompesse as últimas defesas acima de Fuentes de Oñoro.

    Agora os franceses controlavam a aldeia e o cemitério. Seus primeiros soldados estavam metros abaixo do cume do morro, coroado por casacas-vermelhas e portugueses que disparavam saraivadas que faziam o solo espirrar em meio às sepulturas e retiniam agudas contra as paredes do vilarejo. Os Highlanders sobreviventes recuaram para o topo, junto dos homens de Warwickshire, que suportaram o combate violento nas ruas e agora estavam acompanhados por caçadores portugueses, casacas-vermelhas dos condados ingleses, escaramuçadores dos vales de Gales e hanoverianos leais ao rei Jorge III; todos misturados, ombro a ombro, para sustentar o terreno elevado e afogar Fuentes de Oñoro em fumaça e chumbo. E na aldeia as ruas estavam apinhadas com a infantaria francesa que esperava a ordem de fazer o último ataque vitorioso, subindo e saindo das casas enfumaçadas, atravessando o muro partido do cemitério e depois o cimo do morro, penetrando na vulnerável retaguarda do inimigo. À esquerda do ataque estaria a igreja branca marcada de balas, em sua laje de pedra, e à direita estariam os pedregulhos acinzentados do morro onde espreitavam os fuzileiros britânicos, e entre esses dois marcos a estrada subia pela escorregadia rampa coberta de capim, por onde a infantaria de casacas azuis precisaria atacar para levar uma vitória à França.

    Agora Masséna tentava garantir a vitória enviando dez batalhões de infantaria descansados. Ele sabia que Wellington só poderia defender a encosta acima da aldeia trazendo homens que estavam guardando outras partes do morro. Se o marechal francês pudesse enfraquecer outra parte da encosta, abriria um caminho alternativo para o platô, mas para isso precisaria primeiro transformar a depressão coberta de capim acima do vilarejo num campo de morte. Os reforços franceses atravessaram a planície em duas grandes colunas, e seu surgimento provocou disparos de todos os canhões no morro. As balas sólidas rasgaram as fileiras enquanto granadas disparadas pelos morteiros de cano curto chiavam, deixando trilhas de fumaça em arco no céu antes de explodirem no coração das colunas.

Mas elas continuavam vindo. Os meninos batiam os tambores para instigá-las e as águias brilhavam acima, passando pelos mortos dos ataques anteriores. Para alguns franceses, eles pareciam estar andando em direção ao próprio portão do inferno, em direção a uma bocarra envolta em fumaça, cuspindo chamas e com o cheiro de três dias de morte. Ao norte e ao sul as campinas mostravam o frescor da primavera, mas às margens do riacho de Fuentes de Oñoro havia apenas árvores arrebentadas, casas queimadas, muros caídos, homens mortos, agonizando e gritando, e na extremidade do planalto acima da aldeia havia apenas fumaça e mais fumaça, à medida que canhões, fuzis e mosquetes golpeavam os homens que esperavam para fazer o enorme ataque.

A batalha havia se reduzido a esse local, os últimos metros da encosta acima de Fuentes de Oñoro. Era meio-dia, o sol estava feroz e as sombras curtas enquanto os novos batalhões rompiam fileiras para correr pelos quintais e descer a margem leste do riacho. Espadanaram a água e subiram correndo as ruas tomadas por corpos ensanguentados e homens que gemiam movendo-se lentamente. Os novos atacantes gritavam comemorando conforme corriam, encorajando a si mesmos e à infantaria francesa, que esperava para um último esforço supremo. Preencheram as vias, depois irromperam em torrentes enormes das entradas de becos e ruas no alto da aldeia. Havia tantos atacantes que as últimas colunas recém-chegadas ainda atravessavam o riacho quando as primeiras companhias passaram em bando sobre o muro do cemitério, indo em direção às saraivadas de balas. Homens caíam diante dos tiros aliados, porém outros vinham atrás, passando sobre mortos e agonizantes, esforçando-se por cima dos túmulos. Outros soldados corriam pela rua ao lado do cemitério. Todo um batalhão se desviou à direita para disparar contra os fuzileiros no afloramento rochoso, e seus tiros de mosquete suplantaram e empurraram os casacos-verdes para trás, afastando-os das pedras. Um francês subiu ao topo do afloramento, onde acenou com o chapéu antes de cair com uma bala de fuzil no pulmão. Mais franceses subiram nas pedras, de onde podiam olhar para o grande fluxo vitorioso dos companheiros que lutavam para subir os últimos centímetros sangrentos da encosta. Os atacantes passaram pelos franceses mortos nos ataques anteriores, subiram finalmente no capim intocado pelo sangue, e então chegaram ao local onde as buchas dos mosquetes aliados chamuscaram e queimaram o capim, e continuaram subindo, e seus oficiais e sargentos continuavam instigando-os, os meninos continuavam batendo os tambores no ritmo do ataque, para impelir essa enorme onda para cima, pela borda do platô. Os soldados de infantaria de Masséna estavam fazendo tudo que o marechal havia desejado. Subiam para o horror das saraivadas ondulantes e passavam por cima de seus próprios mortos, tantos que os sobreviventes pareciam mergulhados em sangue, e britânicos, portugueses e alemães eram forçados a recuar, passo a passo, à medida que mais homens ainda vinham da aldeia, comprimindo por trás para substituir os que caíam sob o fogo medonho das saraivadas.

Um grito de comemoração soou quando os primeiros franceses chegaram ao cume da encosta. Uma companhia inteira de *voltigeurs* havia corrido até a igreja para usar seu muro e seus alicerces de pedra como abrigo contra os mosquetes, e agora esses homens subiram os últimos metros e cravaram as baionetas em alguns casacas-vermelhas que defendiam a porta, em seguida irromperam dentro dela e encontraram o chão de pedra cheio de feridos. Médicos serravam braços despedaçados e pernas ensanguentadas enquanto os *voltigeurs* franceses corriam até as janelas e abriam fogo. Um deles foi atingido por uma bala de fuzil e deixou uma trilha de sangue na parede caiada, escorregando até o chão. Os outros *voltigeurs* se abaixavam ao recarregar as armas, mas, quando miravam pelos parapeitos das janelas, enxergavam longe, por cima do platô, até o cerne da posição de Wellington. Perto podiam ver as carroças do parque de munições, e um dos *voltigeurs* gargalhou ao fazer um oficial inglês correr para a segurança com um disparo que soltou uma lasca comprida na lateral de uma carroça. Os médicos gritaram em protesto à medida que o barulho e a fumaça dos mosquetes enchiam a igreja, porém o comandante *voltigeur* mandou que eles se calassem e continuassem trabalhando. Na rua no exterior da igreja um grande volume de atacantes franceses reforçava os heróis que haviam capturado o alto do morro e que agora ameaçavam romper o exército inimigo ao meio antes de o espalharem para as lâminas implacáveis da cavalaria frustrada.

Masséna viu seus casacas-azuis ganharem a linha do horizonte distante e sentiu um grande fardo ser tirado da alma. Às vezes, pensou, a parte mais difícil de ser general estava na necessidade de disfarçar o que pensava. Durante o dia inteiro havia fingido uma confiança que não sentia nem um pouco, porque o desgraçado do major Ducos estivera certo ao dizer que Wellington adorava defender um morro. Masséna tinha olhado o morro de Fuentes de Oñoro e se preocupara pensando que seus corajosos homens jamais atravessariam a extremidade até a bela colheita da vitória do outro lado. Agora eles passaram, a batalha estava vencida, e Masséna não tinha mais necessidade de esconder a ansiedade. Gargalhou, sorriu para os indivíduos a sua volta e aceitou um frasco de conhaque para brindar a vitória. E a vitória era doce, doce demais.

— Mande Loup — ordenou Masséna. — Diga a ele para limpar a rota pela aldeia. Não podemos enviar suprimentos pelas ruas entupidas de mortos. Diga a ele que a batalha está vencida, portanto pode levar a prostituta, se não é capaz de desamarrar os cordões do avental dela do pescoço. — E gargalhou de novo, porque de repente a vida era boa demais.

Havia dois batalhões a postos perto da igreja; um famoso e outro infame. O batalhão famoso era o 74º, todos eram Highlanders, conhecidos por sua firmeza na batalha. Os escoceses estavam ansiosos para se vingar das perdas sofridas por seu regimento irmão nas ruas sangrentas de Fuentes de Oñoro. Para ajudá-lo estava o 88º, o batalhão infame, considerado um dos mais incontroláveis do exército, embora ninguém jamais tivesse reclamado de sua capacidade em batalha. O 88º era um regimento chegado a arrumar brigas, seus homens sentiam tanto orgulho do recorde de lutas quanto de sua terra natal, o oeste ermo, descampado e lindo da Irlanda. Os homens do 88º eram os Connaught Rangers e agora, com os do 74º das montanhas escocesas, seriam enviados para salvar o exército de Wellington.

O controle dos franceses sobre o topo do morro era reforçado conforme mais homens chegavam ao alto da estrada. Não havia tempo para posicionar os escoceses e os irlandeses em linha, apenas para lançá-los à frente em colunas de seções bem no centro da linha inimiga.

— Baionetas, rapazes! — gritou um oficial, e então os dois batalhões correram adiante.

Gaitas de fole instigavam os escoceses e gritos loucos marcavam o avanço do Connaught. Os dois regimentos iam depressa, ansiosos para acabar com aquilo. A fina linha mista de infantaria aliada se dividiu para deixar que as colunas passassem, depois foi atrás enquanto as primeiras filas de irlandeses e escoceses se chocavam contra os franceses que investiam. Não havia tempo para tiros de mosquetes nem chance de os homens evitarem a luta corpo a corpo. Os franceses sabiam que a vitória era deles se pudessem derrotar esse último esforço inimigo, ao passo que escoceses e irlandeses sabiam que sua única chance de vitória dependia da expulsão dos franceses do alto do morro.

E assim eles golpearam. A maior parte das tropas de infantaria conteria o avanço a poucos passos de uma linha inimiga para derramar uma saraivada de tiros de mosquete, na esperança de que o inimigo recuasse em vez de aceitar o desafio e o horror da luta corporal, porém os Highlanders e os de Connaught não deram essa chance. As primeiras filas se chocaram contra os atacantes franceses e usaram suas baionetas. Davam gritos de guerra em gaélico e erse, arranhavam, cuspiam, batiam, chutavam e estocavam, e o tempo inteiro mais homens se comprimiam à medida que as fileiras de trás das colunas entravam na luta. Oficiais dos Highlanders golpeavam com suas pesadas espadas de dois gumes, e oficiais irlandeses estocavam com a espada de infantaria, mais leve. Sargentos cravavam espontões na massa de franceses, perfurando-os com a ponta de ferro, torcendo-a para soltá-la e impelindo-a de novo. Centímetro a centímetro o contra-ataque avançou. Esse era um combate que os escoceses conheciam bem, corpo a corpo e sentindo o cheiro do sangue do inimigo ao matá-lo, o tipo de luta pela qual os irlandeses eram temidos tanto em seu próprio exército quanto entre os inimigos. Eles faziam força para a frente, às vezes tão compactados com o inimigo que era o puro peso de homens, e não o gume das armas, que obtinha o progresso. Homens escorregavam e se esparramavam nos corpos que estavam na borda da depressão, porém o empuxo de homens atrás fazia os da frente continuar, e de súbito os franceses estavam recuando pelo morro íngreme e seu recuo relutante se transformou numa fuga, derramando-se em direção à segurança das casas.

Fuzileiros reocuparam o afloramento rochoso enquanto soldados portugueses caçavam e matavam os *voltigeurs* no interior da igreja. Irlandeses e escoceses lideravam o contra-ataque ensandecido, sangrento, tomado por gritos, descendo pelo cemitério, e por um momento pareceu que o morro, a batalha e o exército estavam salvos.

Então os franceses golpearam outra vez.

O brigadeiro Loup sabia que Masséna não lhe ofereceria a chance de fazer fama na batalha, mas isso não queria dizer que ele aceitaria a animosidade do marechal. Loup entendia a desconfiança de Masséna e não a questionava particularmente, porque acreditava que um soldado criava suas próprias oportunidades. A arte da promoção era esperar com paciência até surgir uma chance, depois se mover rápido como uma serpente dando o bote, e agora que sua brigada havia recebido a tarefa insignificante de limpar a estrada que passava através da aldeia de Fuentes de Oñoro e seguia adiante, o brigadeiro estaria atento a qualquer ocasião que lhe permitisse soltar seus homens treinados de forma soberba e duros na luta para uma tarefa mais adequada a suas capacidades.

Sua passagem pela planície foi plácida. O combate se agitava no topo da estrada acima da aldeia, porém os canhões britânicos não pareciam notar o avanço de uma única brigada pequena. Umas duas balas sólidas acertaram seus soldados de infantaria e uma lanterneta explodiu distante de seus dragões cinza, mas com exceção disso o avanço da Brigada Loup não era incomodado pelo inimigo. Os dois batalhões de infantaria da brigada marchavam em coluna dos dois lados da estradinha, os dragões os flanqueavam em dois esquadrões largos enquanto o próprio Loup, sob seu selvagem estandarte com as caudas de lobo, cavalgava no centro da formação. Juanita de Elia o acompanhava. Ela havia insistido em testemunhar os momentos finais da luta, e a garantia confiante do marechal Masséna, de que a batalha estava ganha, convenceu Loup de que era seguro para ela cavalgar pelo menos até a margem leste do riacho Dos Casas. A escassez do fogo de artilharia britânico parecia confirmar a confiança do marechal.

 Loup fez seus dragões apearem do lado de fora dos quintais da aldeia. Os cavalos foram amarrados num pomar que tinha sofrido com os ataques, onde permaneceriam enquanto os dragões limpavam a estrada a leste do riacho. Ali não havia muitas obstruções para frear o progresso das pesadas carroças de bagagem que levavam os suprimentos para Almeida, apenas um muro desmoronado e alguns cadáveres enegrecidos deixados pelos canhões britânicos. De modo que, assim que limparam a passagem, os dragões receberam a ordem de cruzar o vau e começar o serviço maior, no interior da aldeia propriamente dita. Loup ordenou que Juanita ficasse com os cavalos enquanto ele fazia seus dois batalhões de infantaria marcharem ao redor do flanco norte de Fuentes de Oñoro, para começar a limpar a rua principal a partir do topo do morro, descendo para encontrar os dragões que subiam a partir do riacho.

 — Não precisam ter cuidado com os feridos — avisou a seus homens. — Não somos nenhuma missão de resgate. Nosso serviço é limpar a rua, e não cuidar de feridos, por isso simplesmente deixem as baixas de lado até os médicos chegarem. Só limpem o caminho porque, quanto antes a estrada estiver livre, mais cedo poderemos colocar alguns canhões no morro para acabar com os ingleses desgraçados. Ao trabalho!

 Ele levou os homens ao redor da aldeia. Umas poucas balas de escaramuçadores vinham do terreno elevado para lembrar à infantaria vestida de cinza que essa ainda não era uma batalha vencida, e Loup, caminhando ansioso à frente dos homens, notou que o combate ainda estava muito próximo da borda do platô, então um alto grito de comemoração no topo anunciou que a batalha ainda poderia ser perdida.

Pois o grito marcou o momento em que uma falange de infantaria de casacas-vermelhas penetrou no ataque francês e o empurrou de volta pela extremidade. Agora, sob suas bandeiras resplandecentes, o contra-ataque britânico descia a encosta numa tempestade em direção à aldeia. *Voltigeurs* franceses abandonavam as rochas altas e fugiam morro abaixo para encontrar segurança atrás dos muros de pedra das construções do vilarejo. Um súbito pânico havia dominado os primeiros granadeiros franceses que cediam terreno aos vingativos casacas-vermelhas, no entanto Loup não sentiu nada mais que empolgação. Parecia que Deus estava atuando com um plano diferente do seguido pelo marechal André Masséna. A limpeza da rua poderia esperar, porque subitamente tinha chegado a oportunidade de Loup.

A providência havia posto sua brigada no flanco esquerdo do contra-ataque irlandês. Os casacas-vermelhas gritavam morro abaixo, enfiando baionetas e dando coronhadas nos inimigos, sem perceber os dois batalhões de infantaria descansados. Atrás dos irlandeses vinha uma massa desorganizada de infantaria aliada, todos sugados desordenadamente para essa nova batalha pelo controle das ruas ensanguentadas de Fuentes de Oñoro.

— Calar baionetas! — gritou Loup, e desembainhou sua espada reta, de dragão.

Então Masséna havia pensado em manter sua brigada distante da glória? Loup se virou e viu que seu estandarte pagão, de caudas de lobo penduradas na cruzeta de uma águia, estava erguido bem alto, e então, enquanto as tropas inglesas contra-atacavam avançando pelas ruas da aldeia, ordenou o avanço.

Como um redemoinho que sugava cada destroço para seu vórtice destruidor, mais uma vez a aldeia havia se tornado um local de matança corpo a corpo.

— *Vive l'Empereur!* — gritou Loup, e mergulhou na luta.

Sharpe tirou o casaco verde do fuzileiro morto. O sujeito havia sido um dos atiradores de elite posicionados no afloramento rochoso, mas tinha levado um tiro de um *voltigeur* no auge do ataque francês, e agora Sharpe soltou o casaco ensanguentado dos braços rígidos e desajeitados.

— Perkins! Aqui! — Ele jogou o casaco verde para o fuzileiro. — Mande sua garota encurtar as mangas.

— Sim, senhor.

— Ou faça isso você mesmo, Perkins — acrescentou Harper.

— Não sou bom com uma agulha, sargento.

— É o que Miranda diz também — interveio Harper, e os fuzileiros gargalharam.

Sharpe caminhou até as pedras acima da aldeia. Havia trazido seus fuzileiros incólumes de volta da tarefa com a Divisão Ligeira e descobriu que o major Tarrant não tinha novas ordens para ele. A batalha havia se tornado uma luta maligna pelo domínio da aldeia, do cemitério e da igreja acima, e os homens não estavam usando tanta munição quanto espadas, baionetas e coronhas de mosquetes. O capitão Donaju quisera permissão para se juntar aos homens que disparavam contra os franceses a partir do alto do morro, porém Tarrant estivera tão preocupado com a proximidade dos atacantes que ordenou que a Real Compañía Irlandesa ficasse perto das carroças de munição que ele estava mandando atrelar aos cavalos ou bois.

— Se tivermos de recuar — dissera ele a Sharpe —, vai ser o caos! Mas precisamos estar preparados.

A Real Compañía Irlandesa formou uma linha fina entre as carroças e o combate, mas então o ataque dos 74º Highlanders e os Connaught Rangers havia aliviado a urgência do major.

— Por minha alma, Sharpe, o trabalho está tenso — comentou o coronel Runciman.

Ele estivera pairando ao redor das carroças de munição, remexendo-se e preocupando-se, mas agora avançava para ter um vislumbre do tumulto na aldeia abaixo. Deu as rédeas de seu cavalo a um fuzileiro e espiou nervoso por cima da borda, vendo a luta. Era mesmo um trabalho tenso. A aldeia, fedendo e soltando fumaça das batalhas anteriores pelas ruas, era de novo um turbilhão de fumaça de mosquetes, gritos e sangue. O 74º e o 88º penetraram fundo no labirinto de casas, mas agora seu progresso era mais lento à medida que as defesas francesas se adensavam. Os morteiros franceses na outra margem do rio começaram a lançar obuses no cemitério e nas casas mais altas, aumentando a fumaça e o barulho. Runciman estremeceu diante da visão horrenda, depois recuou dois passos e tropeçou num *voltigeur* morto cujo corpo marcava o ponto mais profundo de avanço dos franceses. O coronel franziu a testa olhando o corpo.

— Por que eles são chamados de saltadores?

— Saltadores? — perguntou Sharpe, sem entender a pergunta.

— *Voltigeur*, Sharpe — explicou Runciman. — Significa saltador em francês.

Sharpe balançou a cabeça.

— Só Deus sabe, senhor.

— Porque eles pulam como pulgas quando a gente atira neles, senhor — sugeriu Harper. — Mas não se preocupe com esse aí, senhor. — Harper tinha visto a expressão preocupada no rosto de Runciman. — Esse aí é um bom *voltigeur*. Está morto.

Wellington não se encontrava muito longe de Sharpe e Runciman. O general estava montado no cavalo na depressão sangrenta do terreno onde a estrada cruzava a extremidade do morro entre a igreja e as pedras, e atrás dele não havia nada além da bagagem e do parque de munição do exército. Ao norte e ao oeste suas divisões guardavam o platô contra a ameaça francesa, mas ali, no centro, onde o inimigo praticamente havia atravessado, não restava nada. Não havia mais reservas e ele não tiraria outros defensores do topo, com isso abrindo uma porta para a vitória francesa. A batalha teria de ser vencida por seus escoceses e irlandeses, e até agora eles recompensavam sua fé retomando a aldeia, uma casa sangrenta após a outra e um curral queimado após o outro.

Então a infantaria cinza atacou pelo flanco.

Sharpe viu o estandarte das caudas de lobo na fumaça. Por um segundo ficou imobilizado. Queria fingir que não tinha notado. Queria uma desculpa, qualquer desculpa, para não descer aquela encosta medonha até uma aldeia que fedia tanto a morte que simplesmente o ar bastava para fazer a pessoa vomitar. Já havia lutado uma vez dentro de Fuentes de

Oñoro, e uma vez bastava, mas sua hesitação durou apenas um instante. Sabia que não existia desculpa. Seu inimigo tinha vindo a Fuentes de Oñoro reivindicar a vitória e Sharpe devia impedi-lo. Virou-se.

— Sargento Harper! Mande meus cumprimentos ao capitão Donaju e peça para ele formar coluna. Vá! Depressa! — Sharpe olhou para seus homens, seu punhado de bons homens do sangrento e combatente 95º. — Carreguem, rapazes. Hora de trabalhar.

— O que você vai fazer, Sharpe? — perguntou Runciman.

— Quer vencer nosso tribunal de inquérito, general?

Runciman o olhou boquiaberto, sem entender por que ele havia feito a pergunta.

— Bom, sim, claro — conseguiu dizer.

— Então vá até Wellington, general, e peça ao lorde permissão para comandar a Real Compañía Irlandesa em batalha.

Runciman ficou branco.

— Quer dizer...? — começou ele, mas não foi capaz de articular o horror. Observou a aldeia transformada num matadouro. — Quer dizer...? — recomeçou ele, depois sua boca se abriu, frouxa, com o simples pensamento de descer para aquele inferno fumegante.

— Eu peço, se o senhor não pedir — rosnou Sharpe. — Pelo amor de Deus, senhor! A coragem perdoa tudo! A coragem quer dizer que o senhor é um herói. A coragem lhe garante uma esposa. Agora, pelo amor de Deus! Faça isso! — gritou ele para Runciman, como se o coronel fosse um recruta.

Runciman pareceu espantado.

— Você vem comigo, Sharpe? — Estava tão apavorado com a ideia de se aproximar de Wellington quanto de ir na direção do inimigo.

— Venha! — chamou Sharpe rispidamente, e levou o aturdido Runciman na direção do grupo sombrio de oficiais do estado-maior que cercava Wellington. Hogan estava lá, olhando ansioso enquanto a maré da luta na aldeia se virava de novo contra os aliados. Os franceses subiam lentamente o morro, forçando os casacas-vermelhas e a infantaria portuguesa e alemã de volta para fora da aldeia, só que dessa vez não havia fileiras de mosquetes esperando na borda do morro para estourar o inimigo enquanto ele subisse a estrada e passasse por cima do cemitério revirado.

Runciman ficou para trás quando os dois chegaram aos oficiais, porém Sharpe abriu caminho entre os cavalos e arrastou o coronel relutante.

— Peça — mandou Sharpe.

Wellington ouviu a palavra e franziu a testa para os dois. O coronel Runciman hesitou, tirou o chapéu, tentou falar e só conseguiu gaguejar de forma incoerente.

— O general Runciman quer permissão, milorde — começou Sharpe friamente.

— ... Para levar os irlandeses à batalha — conseguiu terminar a frase Runciman num jorro quase incoerente. — Por favor, milorde!

Alguns oficiais do estado-maior sorriram ao pensar no intendente--geral de Diligências comandando tropas, mas Wellington se virou na sela e viu que a Real Compañía Irlandesa, com suas casacas vermelhas, estava formada em coluna. Parecia uma unidade pateticamente pequena, mas estava ali, formada, armada e evidentemente ansiosa. Não havia mais ninguém. O general olhou para Sharpe e ergueu uma sobrancelha. Sharpe assentiu.

— Vá em frente, Runciman — concedeu Wellington.

— Venha, senhor. — Sharpe puxou a manga do gordo para afastá-lo do general.

— Um momento! — A voz do general estava gelada. — Capitão Sharpe?

Sharpe se virou de volta.

— Milorde?

— O motivo, Sharpe, pelo qual não executamos prisioneiros inimigos, não importando o quanto o comportamento deles seja vil, é porque o inimigo vai devolver o favor a nossos homens, não importando o quanto a provocação deles seja pequena. — O general olhou Sharpe com uma expressão fria como um riacho no inverno. — Estou sendo claro, capitão Sharpe?

— Sim, senhor. Milorde.

Wellington assentiu ligeiramente.

— Vá.

Sharpe arrastou Runciman para longe.

— Venha, senhor!

— O que eu faço, Sharpe? — perguntou Runciman. — Pelo amor de Deus, o que eu faço? Não sou um combatente!

— Fique atrás, senhor, e deixe todo o resto comigo. — Sharpe desembainhou a longa espada. — Capitão Donaju!

— Capitão Sharpe? — Donaju estava pálido.

— O general Wellington requisita — gritou Sharpe suficientemente alto para que cada homem da Real Compañía Irlandesa o ouvisse — que a guarda pessoal do rei da Espanha desça à aldeia e mate cada maldito francês que encontrar. E os Connaught Rangers estão lá embaixo, capitão, e eles precisam de um pouco de ajuda irlandesa. O senhor está pronto?

Donaju desembainhou a espada.

— O senhor poderia fazer a honra de nos levar para baixo, capitão?

Sharpe chamou seus fuzileiros para as fileiras. Ali não haveria escaramuçadores, nada de matança delicada, à distância, mas apenas uma briga encharcada de sangue numa aldeia esquecida por Deus na beira da Espanha, onde o inimigo jurado de Sharpe tinha vindo para transformar a derrota em vitória.

— Calar baionetas! — gritou.

Por um ou dois segundos, Sharpe foi atacado pelo estranho pensamento de que era exatamente assim que lorde Kiely queria que seus homens lutassem. O lorde simplesmente quisera lançá-los numa batalha suicida, e esse lugar era ótimo para isso. Nenhum treinamento poderia preparar um soldado para essa batalha. Era um combate para eviscerar o inimigo, uma capacidade que nascia no coração de um homem ou que permanecia ausente pela vida inteira.

— Avançar! — gritou. — A passo acelerado! — E levou a pequena unidade pela estrada até o topo do morro, onde o solo estava revirado pelas balas sólidas do inimigo, depois passando pela extremidade e descendo. Em direção à fumaça, ao sangue e à matança.

CAPÍTULO XI

Havia corpos espalhados na parte de cima da encosta. Alguns estavam imóveis, outros ainda se mexiam lentamente com um resto de vida. Um escocês vomitou sangue, depois desmoronou por cima de uma sepultura tão revirada por obuses e balas sólidas que os ossos da pélvis e do pulso de um cadáver estavam no meio da terra. Um menino tocador de tambor francês estava sentado ao lado da estrada com as mãos segurando suas tripas arrancadas. As baquetas continuavam enfiadas no cinturão transversal. Ele olhou em silêncio enquanto Sharpe passava correndo, depois começou a chorar. Um casaco-verde estava morto desde um dos primeiros ataques. Uma baioneta francesa torta estava enfiada em suas costelas pouco acima da barriga distendida e preta, cheia de moscas. Um obus explodiu ao lado do corpo e pedaços do invólucro passaram assobiando junto à cabeça de Sharpe. Um dos guardas foi atingido e caiu, fazendo dois homens que vinham atrás tropeçar. Harper gritou para deixarem o soldado.

— Continuem correndo! — gritou asperamente. — Continuem correndo! Deixem o coitado cuidar de si mesmo! Venham!

Na metade do caminho até o vilarejo a estrada fazia uma curva fechada à direita. Nela Sharpe saiu da estrada, pulando um pequeno barranco até um trecho de mato baixo. Podia ver a Brigada Loup não muito longe. A infantaria cinza havia mergulhado na aldeia a partir do norte e agora ameaçava cortar o 88º em duas partes. O ataque de Loup tinha primeiro contido o ímpeto do contra-ataque britânico e depois o havia revertido, e à direita Sharpe podia ver casacas-vermelhas recuando para fora da aldeia, tentando encontrar abrigo atrás dos restos do muro do cemitério. Um enxame de franceses pressionava a partir das casas mais baixas, instigados a um último esforço corajoso pelo exemplo da brigada de Loup.

Mas agora a brigada de Loup ganhava um inimigo próprio, um inimigo pequeno, mas que tinha algo a provar. Sharpe levou a Real Compañía Irlandesa através do mato baixo, passando por uma minúscula horta de feijões ressecados, depois saltou por outro barranco baixo e correu a toda velocidade para o flanco do batalhão de infantaria cinza mais próximo.

— Matem! — gritou Sharpe. — Matem!

Era um grito de batalha horrendo, selvagem e adequado, porque a Real Compañía Irlandesa estava em menor número e, a não ser que caísse sobre o inimigo com uma ferocidade ardorosa, seria repelida e derrotada. Essa luta iria depender da selvageria.

— Matem os filhos da mãe! — gritou Sharpe.

O medo era enorme dentro dele, tornando sua voz áspera e desesperada. Sua barriga queimava de terror, mas ele havia aprendido muito antes que o inimigo sofria do mesmo temor e que ceder a ele era convidar o desastre. A chave para a sobrevivência nessa luta estava em chegar rápido sobre os inimigos, atravessar o espaço aberto onde os mosquetes deles poderiam matar, e com isso fazer seus homens penetrarem nas fileiras francesas, onde a luta se transformaria numa briga de rua.

Por isso gritava seu encorajamento medonho ao mesmo tempo que se perguntava se sua coragem falharia e o levaria a procurar abrigo atrás de um dos muros quebrados, enquanto avaliava o inimigo à frente. Havia um beco apinhado de franceses logo adiante, e à esquerda um muro baixo cercando um quintal. Alguns homens de Loup atravessaram um muro caído entrando no quintal, porém a maioria pressionava através do beco na direção de uma luta maior que se espalhava no centro da aldeia. Sharpe foi para o beco. Franceses se viraram e gritaram um alerta. Um homem disparou seu mosquete amortalhando a entrada do beco com fumaça branca, então Sharpe se chocou contra as últimas fileiras cinza e golpeou com a espada. O alívio do contato foi enorme, liberando uma energia terrível que ele usou na lâmina afiada. Homens chegavam dos dois lados, com baionetas. Gritavam e estocavam, soldados em quem o terror, de modo semelhante, transformava-se num frenesi bárbaro. Outros guardas tinham ido liberar o quintal, enquanto Donaju penetrava em outro beco mais abaixo na encosta.

Era um combate feroz, e se nos primeiros instantes os homens de Sharpe acharam mais fácil do que esperavam, era porque haviam atacado a retaguarda das fileiras de Loup, o local onde os homens menos entusiasmados por lutar como animais em ruas estreitas se refugiaram. Porém, quanto mais os soldados de Sharpe combatiam, mais perto chegavam dos melhores guerreiros de Loup, e mais difícil a luta se tornava. O fuzileiro viu um grande sargento bigodudo voltando por entre as fileiras e chamando os homens enquanto vinha. Ele gritava, batendo em homens, forçando os covardes a se virar e usar as baionetas contra os novos atacantes, mas então sua cabeça virou bruscamente para trás e foi cercada por uma breve névoa de gotas de sangue quando uma bala de fuzil o matou. Hagman e Cooper encontraram um telhado de onde atuariam como atiradores de elite.

Sharpe pisava em corpos, empurrava mosquetes para o lado, depois golpeava com a espada. Não havia espaço para movimentos de corte, apenas um espaço apertado no qual podia estocar, empurrar e torcer a lâmina. A única liderança exigida dele era ser visto lutando, e a Real Compañía Irlandesa o seguia de boa vontade. Era como se os homens tivessem sido tirados de uma coleira, e lutavam como demônios enquanto liberavam primeiro um beco e depois outro. Os franceses recuavam daquele ataque feroz, buscando um lugar mais fácil de defender. Donaju, com o rosto e o uniforme manchados de sangue, juntou-se de novo a Sharpe numa pequena praça triangular onde os dois becos se encontravam. Um francês estava caído num monte de esterco, outro bloqueava uma porta. Havia corpos enfiados nas sarjetas, empilhados dentro de casas e amontoados contra paredes. As pilhas de mortos mostravam a progressão da batalha, com escaramuçadores do primeiro dia cobertos por franceses, depois por Highlanders, em seguida por granadeiros franceses com seus enormes chapéus de pele de urso embaixo de mais casacas-vermelhas. Agora os uniformes cinza da brigada de Loup formavam uma nova camada superior. O fedor da morte era denso como névoa. Os sulcos na estrada de terra, nos pontos em que apareciam entre os cadáveres, estavam inundados de sangue. As ruas se encontravam empanzinadas de morte e engasgadas com homens que procuravam empanziná-las ainda mais.

Hagman e Cooper pularam de um telhado partido para outro.

— Filhos da mãe a sua esquerda, senhor! — gritou Cooper de seu ponto, indicando um beco que descia o morro de maneira sinuosa a partir da pequena praça triangular.

Os franceses recuaram o suficiente para permitir aos homens de Sharpe uma pausa durante a qual poderiam recarregar as armas ou então enrolar pedaços de pano sujo em mãos e braços cortados. Alguns bebiam sua ração de rum. Outros estavam totalmente bêbados, mas lutariam melhor ainda por causa disso, e Sharpe não se incomodou.

— Os filhos da mãe estão vindo, senhor! — berrou Cooper.

— Baionetas! — gritou Sharpe. — Agora venham!

O fuzileiro disse a última palavra enquanto levava os homens para o beco que mal teria 1,8 metro de largura, sem espaço para girar uma espada. A primeira curva estava a apenas 3 metros dali, e Sharpe a alcançou ao mesmo tempo que chegava uma torrente de franceses. Sharpe sentiu uma baioneta se prender em seu casaco, ouviu o pano rasgar, depois estava batendo com o punho de ferro de sua espada num rosto bigodudo. Lutava com um granadeiro que rosnava através dos lábios ensanguentados com dentes amarelos e podres enquanto tentava chutar sua genitália. Sharpe baixou a espada com força, porém o golpe foi aliviado pela pele negra e oleosa do chapéu de urso. O hálito do sujeito era fétido. O granadeiro havia largado o mosquete e tentava esganar Sharpe, mas o fuzileiro agarrou a parte superior da lâmina de sua espada com a mão esquerda, continuou segurando o punho com a direita e apertou a lâmina com força contra a garganta do francês. Empurrou a cabeça do granadeiro tão para trás que viu o branco dos olhos dele, e o sujeito continuava não largando sua garganta. Por isso Sharpe simplesmente deslizou a lâmina para a direita uma vez e seu mundo ficou vermelho enquanto a espada cortava a jugular do francês.

Passou por cima do corpo espasmódico do granadeiro agonizante. Guardas ensandecidos pelo rum cortavam com baionetas, batiam com coronhas de mosquetes, chutavam e gritavam contra um inimigo que não podia reproduzir essa ferocidade. O guarda Rourke havia quebrado seu mosquete e pegado um caibro de telhado enegrecido, e agora mandava a madeira pesada contra o rosto dos franceses. Os inimigos começaram a recuar. Um oficial da brigada de Loup tentou reuni-los, mas Hagman o acertou de cima de um telhado e o recuo relutante do inimigo se transformou numa debandada súbita. Um francês se refugiou numa casa onde perdeu a cabeça atirando de uma janela contra os guardas que avançavam. Uma grande quantidade de irlandeses invadiu a casa e matou cada fugitivo francês no interior.

— Deus salve a Irlanda! — Harper saltou no chão ao lado de Sharpe. — Nossa, que trabalho duro! — Ele ofegava. — Meu Deus, senhor, está encharcado de sangue.

— Não é meu, Pat.

Sharpe limpou o sangue dos olhos com a manga do casaco. Tinha chegado à esquina de uma rua que levava ao coração da aldeia. Um oficial francês estava caído morto no meio da rua, a boca aberta e cheia de moscas. Alguém já havia cortado seus bolsos, as costuras e as bolsas, descartando um grosseiro jogo de xadrez com um tabuleiro feito de lona pintada, peças de madeira esculpida e peões que eram balas de mosquete. Sharpe sentiu o cheiro do cadáver enquanto se agachava na esquina e tentava adivinhar o rumo da batalha através da confusão de ruídos e fumaça. Sentia que agora estava atrás do inimigo, e que se simplesmente atacasse à direita estaria ameaçando isolar a infantaria cinza de Loup dos granadeiros com chapéus de pele de urso, agora inextricavelmente misturados. Se o inimigo achasse que estava para ser cercado, provavelmente recuaria, e esse recuo poderia levar a toda uma retirada francesa. Poderia levar à vitória.

Harper espiou pela esquina.

— São milhares de filhos da mãe — declarou. Carregava um espontão que havia pegado de um sargento do morto Connaught. Havia quebrado 1,2 metro da lança para torná-la uma arma mais adequada ao serviço tenebroso de matar em espaço confinado. Olhou o oficial francês saqueado na rua. — Não tem dinheiro naquele jogo de xadrez — comentou sério. — O senhor se lembra daquele sargento em Busaco, que encontrou as peças de xadrez de prata? — Harper sopesou o espontão. — Mande-me um oficial rico morto, Deus, por favor.

— Ninguém vai ficar rico às minhas custas — disse Sharpe, sério, depois espiou pela esquina e viu uma barricada de granadeiros mortos bloqueando a rua, com uma massa de infantaria francesa esperando atrás. — Quem está carregado? — perguntou aos homens agachados perto. — Para a frente — ordenou à meia dúzia que ergueu as mãos. — Depressa, agora! Vamos virar a esquina. Esperem minha ordem, ajoelhem-se, disparem e depois ataquem feito o diabo. Pat? Traga o resto cinco passos atrás. — Sharpe comandava uma mistura vira-lata de fuzileiros, Connaught Rangers, Highlanders, guardas e caçadores. — Prontos, rapazes? — O fuzileiro riu para eles com o rosto sujo de sangue inimigo. — Então venham!

Gritou a última palavra enquanto levava os homens virando a esquina. Os franceses atrás da barricada receberam Sharpe disparando imediatamente. Devido ao pânico diante dos gritos medonhos dos atacantes, atiraram rápido e alto demais.

— Alto! De joelhos! — Sharpe ficou de pé no meio dos homens ajoelhados. — Apontar! — Harper já trazia a segunda carga para fora do beco. — Fogo!

A saraivada passou por cima dos granadeiros sem vida enquanto seus homens saltavam da fumaça e passavam por cima da quente pilha de mortos ensanguentados. Os franceses à frente recarregavam as armas desesperadamente, mas suas baionetas caladas atrapalhavam as varetas, e ainda estavam tentando fazê-lo quando a ofensiva de Sharpe os alcançou e a matança recomeçou. O braço de Sharpe que segurava a espada estava cansado, a garganta rouca de tanto gritar e os olhos ardendo com fumaça de pólvora, suor e sangue, mas não podia haver descanso. Ele cravou a lâmina, torceu-a, puxou-a, depois a cravou de novo. Um francês apontou o mosquete para Sharpe, puxou o gatilho e foi recompensado com uma falha quando a pólvora na caçoleta pegou fogo, mas não acionou a carga no interior do cano. O homem gritou ao ser atingido pela espada. Sharpe estava tão cansado da matança que segurava a grande espada com as duas mãos, a direita no punho e a esquerda na parte mais baixa da lâmina, de modo que pudesse enfiá-la com força na confusão de homens. O aperto de corpos era tão grande que havia ocasiões em que ele mal conseguia se mexer, por isso arranhava os rostos mais próximos, chutava, mordia e dava cabeçadas até que o maldito francês se movesse, caísse ou morresse, e ele pudesse passar por cima de outro corpo e avançar rosnando com a espada ensanguentada pingando.

Harper o alcançou. A ponta de aço afiada do espontão, com 30 centímetros de comprimento, possuía uma pequena cruzeta na base, para impedir que a arma fosse cravada fundo demais num cavalo ou num soldado inimigo, e o sargento estava repetidamente enterrando a lâmina até a cruzeta, depois chutando e torcendo para soltar a arma antes de enfiá-la de novo. Uma vez, quando um sargento francês tentou reunir um grupo de homens, Harper ergueu um soldado agonizante sobre a ponta da lança truncada e usou o corpo espasmódico como um aríete que sangrava e gritava ao ser impelido contra as fileiras inimigas. Um par de Connaught Rangers com rostos sujos de sangue havia se ligado a Harper, e os três entoavam seus gritos de guerra em irlandês.

Uma torrente de Highlanders saiu de um beco à direita de Sharpe. Ele sentiu uma mudança na batalha. Agora atacavam morro abaixo, e não se defendiam morro acima, com a infantaria cinza da brigada de Loup recuando junto do restante. O fuzileiro descolou a mão esquerda da parte de baixo da lâmina da espada e viu que havia cortado a palma. Um mosquete chamejou numa janela a sua esquerda e um guarda caiu girando, boquiaberto. O capitão Donaju comandou uma carga para o interior da casa sem telhado que ecoou com gritos enquanto os fugitivos franceses eram caçados através dos cômodos minúsculos, saindo pelo chiqueiro nos fundos. Um terrível rugido de triunfo soou à direita de Sharpe quando uma companhia de Connaught Rangers encurralou duas companhias de franceses num beco sem saída. Os irlandeses começaram a abrir um caminho sangrento até o fim do beco e nenhum oficial ousou tentar impedir a matança. No terreno coberto de capim ao norte de Poço Velho essa batalha tinha visto as manobras de ordem-unida mais delicadas salvarem a Divisão Ligeira, e agora testemunhava uma luta primitiva e ensandecida, saída do pesadelo mais abominável, que ainda poderia salvar todo o exército.

— À esquerda! — gritou Harper, e Sharpe se virou e viu vários franceses com uniformes cinza vindo por um beco.

Os guardas não precisavam mais de ordens para contra-atacar, simplesmente entraram num enxame dentro do beco e deram um grito agudo, louco, caindo sobre o inimigo. A Real Compañía Irlandesa havia sido tomada pelo júbilo sublime de uma luta vitoriosa e assassina. Um homem recebeu uma bala no peito e não notou, simplesmente continuou estocando e girando seu mosquete. Muito antes Donaju havia parado de tentar exercer o controle. Em vez disso, lutava como seus homens, rindo horrivelmente com o rosto medonho coberto de sangue, fumaça, suor e esforço.

— Viu Runciman? — perguntou Sharpe a ele.

— Não.

— Ele vai viver — comentou Sharpe. — Ele não é do tipo que morre em batalha.

— E nós somos?

— Só Deus sabe. — O fuzileiro estava descansando um momento no canto de uma parede. Sua respiração saía em grandes haustos. — Viu Loup? — perguntou a Harper.

— Nenhum sinal do desgraçado, senhor — respondeu Harper. — Mas estou guardando isso para ele. — O sargento tocou os sete canos da arma enorme, pendurada às costas.

— O filho da mãe é meu — avisou Sharpe.

Um grito de comemoração anunciou outro avanço em algum lugar da aldeia. Os franceses recuavam em toda parte e Sharpe sabia que essa era a hora de impedir o inimigo de se sustentar ou se reagrupar. Comandou um esquadrão de homens passando através de uma casa, por cima de dois cadáveres franceses e de um escocês morto até sair no quintal dos fundos. Abriu com um chute a porta do quintal e viu franceses a apenas alguns metros.

— Venham! — chamou enquanto corria para a rua e levava os homens contra os restos de uma barricada.

Mosquetes chamejaram e soltaram fumaça, algo bateu na coronha do fuzil de Sharpe, em seguida ele golpeava com a espada por cima da barricada e guardas empurravam de lado as carroças, os bancos e os fardos de palha queimando. Uma casa estava pegando fogo ali perto e a fumaça fez Sharpe tossir enquanto abria caminho a chutes pelos últimos obstáculos e aparava uma baioneta estocada por um sargento francês pequeno e magro. Harper espetou o sujeito com seu espontão. O riacho estava a apenas alguns metros. Um canhão francês disparou, explodindo metralha na estrada principal e espantando uma dúzia de escoceses. Em seguida, os artilheiros franceses foram atrapalhados quando diversos homens do próprio exército tentaram escapar do vingativo contra-ataque aliado fugindo de volta por cima do riacho Dos Casas.

Uma voz retumbante soou à direita de Sharpe e ele viu que era o próprio Loup tentando reunir o exército. O brigadeiro estava de pé nos restos da velha ponte de pedra, onde xingava os franceses que corriam e tentava virá-los de volta com sua espada. Harper tirou a arma de sete canos do ombro, porém Sharpe a empurrou para baixo.

— O desgraçado é meu, Pat.

Alguns casacas-vermelhas perseguiam os franceses através do riacho enquanto Sharpe corria para a ponte.

— Loup! Seu filho da mãe! Loup! — gritou ele. — Loup!

O brigadeiro se virou e viu o fuzileiro coberto de sangue correndo em sua direção. Loup saltou da ponte enquanto Sharpe espadanava o riacho. Os dois se encontraram no meio do caminho, com as coxas afundadas num poço formado por uma represa de corpos e manchado de sangue. As espadas se chocaram, Loup estocou, porém Sharpe aparou o golpe e tentou cortar o brigadeiro num movimento amplo, também aparado. O fuzileiro chutou o joelho de Loup, no entanto a água funda o atrapalhou, quase o derrubando, fazendo com que abrisse a guarda para um golpe num amplo arco da espada reta de Loup, mas Sharpe se recuperou no último instante e desviou a lâmina com o punho da espada, que ele mandou contra o olho cego do francês. O brigadeiro deu um passo rápido para trás, tropeçou, porém recuperou o equilíbrio desferindo outro golpe num arco maligno com a espada. A batalha maior ainda era travada, mas os dois lados os deixaram em paz. Os franceses iam para o chão nos muros e nos quintais da margem leste do riacho, onde seus primeiros ataques do dia começaram, ao passo que britânicos e portugueses caçavam os últimos inimigos na aldeia propriamente dita. Enquanto isso, no riacho, os dois homens enlouquecidos pela batalha usavam as espadas desajeitadas como porretes.

Era uma luta equilibrada. Loup era melhor espadachim, mas não tinha a altura nem o alcance de Sharpe, além de estar mais acostumado a lutar a cavalo que a pé. Os dois giravam, estocavam e aparavam numa paródia grotesca da bela arte da esgrima. Os movimentos eram retardados pelo riacho e pelo cansaço, ao passo que a *finesse* da luta de espadas era desperdiçada com as lâminas compridas e pesadas das armas de cavalaria. O som das duas lâminas se chocando lembrava uma oficina de ferreiro.

— Filho da mãe! — exclamou Sharpe, e tentou cortá-lo. — Filho da mãe — repetiu, e estocou.

Loup aparou a estocada.

— Isso é por meus dois homens assassinados — rosnou, e fez um movimento de cima para baixo, obrigando Sharpe a apará-lo desajeitadamente.

Loup cuspiu um insulto e estocou a espada contra o rosto de Sharpe, fazendo o fuzileiro cambalear para o lado. Sharpe devolveu a estocada e gritou em triunfo quando sua espada cortou o outro na altura do diafragma, mas só havia conseguido acertar a *sabretache*, que prendeu a ponta da lâmina enquanto o brigadeiro se movia para dar o golpe mortal. O fuzileiro também deu um passo à frente, reduzindo a distância para impedir o ataque, tentando acertá-lo com a cabeça quando chegou perto. O francês evitou a cabeçada e ergueu o joelho. Sharpe o acertou com a mão esquerda, depois soltou a espada e golpeou Loup com o cabo, ao mesmo tempo que a guarda da espada do brigadeiro o acertava na lateral esquerda da cabeça, provocando um ardor.

Os dois giraram separando-se. Encararam-se, porém não trocavam mais insultos porque precisavam de todas as forças para o combate. Mosquetes estalavam disparando por cima do riacho, mas ninguém interferia na rixa dos duelistas, reconhecendo que travavam uma batalha de honra que pertencia somente a eles. Um grupo de homens com uniformes cinza olhava da margem leste enquanto uma mistura de fuzileiros, guardas, Rangers e Highlanders torcia por Sharpe no lado oeste.

Sharpe pegou água com a mão esquerda e a jogou na boca. Passou a língua pelos lábios.

— Hora de acabar com você — disse com voz tonitruante e avançou.

Loup ergueu a espada quando Sharpe deu um golpe em arco, aparando o ataque e depois aparando de novo. O fuzileiro havia encontrado uma energia renovada e desesperada e dava um golpe após o outro contra o francês, movimentos amplos com a espada pesada que abaixavam a guarda de Loup, numa sucessão tão rápida que o francês não tinha tempo de se afastar e usar a própria espada num ataque. Recuava, dominado pela força de Sharpe, e golpe a golpe sua defesa se enfraquecia enquanto o fuzileiro, com os dentes trincados, continuava atacando. Um último golpe ressoou contra a espada erguida do brigadeiro, fazendo o francês tombar de joelhos na água. Sharpe soltou um grito de vitória enquanto levantava a espada para um último ataque terrível.

— Cuidado, senhor! — gritou Harper em desespero.

Sharpe olhou à esquerda e viu um dragão de uniforme cinza montado num cavalo cinza e com uma crina preta e reluzente descendo do capacete até a cintura. Segurava uma carabina de cano curto apontada para ele. Sharpe deu um passo para trás, interrompendo o golpe mortal, e viu que a cabeleira preta não era a crina de um capacete.

— Juanita! — gritou ele. Ela salvaria Loup, assim como tinha mantido lorde Kiely vivo, embora só tivesse livrado Kiely do perigo para preservar sua desculpa de estar por trás das linhas britânicas, ao passo que manteria Loup vivo por amor. — Juanita! — berrou Sharpe, apelando àquela única lembrança de um alvorecer cinzento numa cama cinza-lobo nas altas colinas.

Ela sorriu. Disparou. Virou-se para fugir, mas Harper estava na parte rasa do riacho com a arma de sete canos no ombro. Sua saraivada arrancou Juanita do cavalo numa profusão de sangue. O grito de morte que ela deu terminou antes que seu corpo batesse no chão.

Sharpe também estava caindo. Havia recebido um golpe terrível sob o ombro direito e a dor já saltava como fogo descendo pela mão subitamente sem forças. O fuzileiro cambaleou e tombou sobre um dos joelhos enquanto Loup se posicionava subitamente acima dele, com a espada erguida. A fumaça de uma casa em chamas passava sobre o riacho ao mesmo tempo que Loup dava seu grito de vitória e baixava a lâmina com força.

Sharpe agarrou o tornozelo direito do francês com a mão esquerda e puxou. Loup gritou ao cair. O fuzileiro rosnou e mergulhou para a frente, passando sob a espada que baixava, então agarrou a lâmina de sua própria espada com a mão esquerda coberta de sangue, de modo que segurava a lâmina de 1 metro com as duas mãos, como um cajado, que forçou contra o pescoço do inimigo. O sangue de seu ombro escorria para o riacho enquanto ele empurrava o brigadeiro embaixo d'água, impelia-o até o leito de cascalho do riacho e o prendia ali, com a espada. Sustentou o braço direito reto, apoiou a ponta do cabo da espada com a mão esquerda e trincou os dentes por causa da dor, usando todo o peso para manter o homem menor embaixo da corrente. Bolhas surgiram na água sanguinolenta e foram levadas para longe. Loup chutou e se sacudiu, porém Sharpe o segurou ali, ajoelhado no riacho de modo que somente sua cabeça e o ombro sangrando estavam acima d'água. Manteve a espada com força sobre a garganta do agonizante francês, para afogá-lo como se faz com um cão com raiva.

  Fuzis e mosquetes espocaram na margem oeste enquanto os homens de Sharpe expulsavam a infantaria de Loup da margem leste. Os soldados cinza tentavam resgatar o brigadeiro, mas Loup estava morrendo, engasgado com água e aço, esvaindo-se embaixo do riacho. Uma bala atingiu a água perto de Sharpe, porém ele ficou ali, ignorando a dor, apenas segurando a espada com força contra a garganta do inimigo. E lenta, lentamente, as últimas bolhas foram sumindo, e lenta, lentamente, a agitação sob Sharpe foi parando, e lenta, lentamente, Sharpe entendeu que havia acabado com a fera e que Loup, seu inimigo, estava morto, e lenta, lentamente, Sharpe se afastou do corpo, que flutuou na superfície enquanto ele cambaleava, sangrando e dolorido, de volta à margem oeste, onde Harper o alcançou e o levou rapidamente ao abrigo de uma parede lascada por balas.

  — Deus salve a Irlanda — comentou Harper enquanto tirava a espada molhada da mão de Sharpe. — Mas o que o senhor fez?

  — Venci, Pat, eu venci, maldição. — E, apesar da dor, ele riu. Porque era um soldado, e de fato havia vencido.

— Fique parado, homem, pelo amor de Deus.

  A voz do cirurgião estava engrolada e seu hálito fedia a conhaque. Ele fez uma careta enquanto manipulava a sonda enfiada fundo no ombro de

Sharpe. O cirurgião também segurava uma pequena pinça que enfiava e tirava constantemente do ferimento aberto, provocando pontadas de pura agonia.

— A porcaria da bala enfiou pedaços de seu uniforme — explicou ele. — Por que você não usa seda? Ela não se despedaça.

— Não posso pagar por seda — respondeu Sharpe.

O local fedia a sangue, pus, fezes e urina. Era noite e a igreja de Fuentes de Oñoro estava atulhada de feridos dos dois exércitos, deitados à luz enfumaçada das velas enquanto esperavam a vez com os cirurgiões, que estariam ocupados com ganchos, serras e facas durante a noite inteira.

— Só Deus sabe se você vai viver. — O médico tirou outro pedaço de lã ensanguentada do ferimento e o soltou das pontas da pinça passando-a no avental manchado. Em seguida, deu um arroto fétido temperado com conhaque em cima de Sharpe, depois balançou a cabeça, cansado. — O ferimento provavelmente vai infeccionar. Geralmente infecciona. Você vai feder feito uma latrina de leproso, seu braço vai cair e dentro de dez dias você vai estar morto. Antes disso, vai ter muita febre, depois vai falar besteiras como um lunático e suar feito um cavalo, mas vai ser um herói em casa. Claro que dói, homem. Pare de choramingar feito uma criança, pelo amor de Deus! Nunca suportei crianças choronas. E fique parado, homem!

Sharpe ficou sentado imóvel. A dor da sonda era insuportável, como ter um gancho de açougue incandescente cravado e torcido na junta do ombro. Ele fechou os olhos e tentou não ouvir o som áspero do instrumento do cirurgião raspando no osso enquanto procurava a bala de carabina.

— Peguei a filha da mãe. Fique parado. — O cirurgião encontrou um par de fórceps de ponta estreita e enfiou no ferimento atrás da sonda. — Você disse que foi uma mulher que fez isso, certo?

— Uma mulher — respondeu Sharpe, de olhos fechados.

Um prisioneiro da brigada de Loup tinha confirmado que Juanita havia mesmo avançado com os dragões. Ninguém na brigada pensara que os franceses seriam expulsos da aldeia e lançados de volta por cima do riacho, por isso ninguém dissera a Juanita sobre o perigo. Não que ela fosse ter ouvido. Era uma aventureira que adorava o cheiro de combate, e agora estava morta.

Assim como Loup. E com a morte deles havia morrido a última chance do general Valverde encontrar uma testemunha da confissão feita por Sharpe sobre ter matado os prisioneiros franceses, com isso ocasionando o fiasco no forte de San Isidro. Só restava uma testemunha viva, e ela tinha chegado durante o crepúsculo à igreja onde o fuzileiro estivera esperando o cirurgião.

— Eles me perguntaram — comentou Runciman com Sharpe, empolgado.

O coronel estivera na aldeia durante toda a luta e, apesar de ninguém afirmar que o ex-intendente-geral de Diligências havia assumido um papel de liderança na batalha, ninguém negava que o coronel Runciman estivera no local de maior perigo, onde não tinha se encolhido nem se afastado da luta.

— Quem perguntou o que, general? — respondeu Sharpe.

— Wellington e aquele maldito general espanhol. — Runciman tagarelava animado. — Perguntaram diretamente, na minha cara. Se você tinha admitido que matou os dois franceses. Foi o que me perguntaram.

Sharpe se encolheu quando um homem gritou sob a faca do cirurgião. Os braços e os pés amputados formavam uma pilha medonha ao lado do altar, que servia como mesa de operações.

— Eles perguntaram ao senhor — disse Sharpe. — E o senhor não mente.

— E não menti! — retrucou Runciman. — Eu disse que essa era uma pergunta absurda. Que nenhum cavalheiro faria uma coisa dessas e que você era um oficial, e portanto um cavalheiro, e que, com o maior respeito pelo lorde, eu achava a pergunta ofensiva. — Runciman borbulhou de júbilo. — E Wellington me apoiou! Disse a Valverde que não queria ouvir mais alegações sobre oficiais britânicos. E não haverá tribunal de inquérito, Sharpe! Nossa conduta hoje, pelo que me disseram, elimina qualquer necessidade de questionar os tristes acontecimentos no San Isidro. E isso está certíssimo!

Sharpe sorriu. Soubera que seria inocentado no instante em que Wellington, pouco antes do contra-ataque da Real Compañía Irlandesa na aldeia, o havia repreendido por atirar nos prisioneiros franceses. Porém a notícia empolgada de Runciman era uma boa confirmação.

— Parabéns, general. E agora?

— Vou para casa, eu acho. Para casa. Para casa. — Runciman sorriu ao pensar. — Talvez eu tenha alguma utilidade na milícia de Hampshire, não é? Sugeri isso a Wellington e ele teve a gentileza de concordar. Disse que a milícia precisava de homens com experiência marcial, homens de visão e com experiência de comando, e foi gentil ao sugerir que eu possuía essas três qualidades. Wellington é um homem muito gentil. Você nunca percebeu isso, Sharpe?

— Ele é muito gentil, senhor — confirmou Sharpe de forma seca, olhando os ordenanças segurarem um homem cuja perna tremia enquanto os cirurgiões a amputavam na altura da coxa.

— Portanto vou para a Inglaterra! — exclamou Runciman, deliciado. — A querida Inglaterra, toda aquela comida boa e a religião sensata! E você, Sharpe? Qual é seu futuro?

— Vou continuar matando os comedores de lesma, general. Só sirvo para isso. — Ele olhou o médico e viu que o sujeito havia quase terminado com o paciente anterior e se preparou para a dor que viria. — E a Real Compañía Irlandesa, general, o que vai acontecer com ela?

— Vai para Cádis. Mas eles irão como heróis, Sharpe. Uma batalha vencida! Almeida ainda cercada e Masséna encolhendo-se de volta a Ciudad Rodrigo. Dou minha palavra, Sharpe, agora todos nós somos heróis!

— Tenho certeza de que seu pai e sua mãe sempre disseram que um dia o senhor seria um herói, general.

Runciman balançou a cabeça.

— Não, Sharpe, eles nunca disseram isso. Eles tinham esperanças em mim, não nego, e não é de se espantar, porque só foram abençoados com um filho e eu fui essa bênção afortunada, e eles me deram grandes dons, Sharpe, grandes dons, mas acho que não o do heroísmo.

— Bom, o senhor é um herói, e a quem perguntar pode dizer que falei isso. — Sharpe estendeu o braço direito e, apesar da dor, apertou a mão de Runciman. Harper tinha acabado de aparecer à porta da igreja e segurava uma garrafa, para mostrar que havia algum consolo esperando para quando a bala de Sharpe fosse extraída. — Verei o senhor lá fora, senhor — avisou Sharpe a Runciman —, a não ser que queira assistir ao cirurgião extraindo a bala.

— Ah, santo Deus, não, Sharpe! Meus queridos pais nunca pensaram que eu teria estômago para estudar medicina, e acho que estavam certos. — Runciman havia empalidecido. — Deixarei que você sofra sozinho — avisou, e recuou rapidamente para longe com um lenço cobrindo a boca, para que as exalações funestas do hospital não lhe causassem uma doença.

Então o médico extraiu a bala do ferimento, antes de apertar um trapo sujo contra o ombro de Sharpe para estancar o sangramento.

— Nenhum osso quebrado — declarou com aparente frustração. — Mas há algumas lascas da costela que vão doer durante alguns dias. Talvez para sempre, se você viver. Quer ficar com a bala?

— Não, senhor.

— Nem como lembrança para mostrar às damas? — perguntou o médico, depois pegou um frasco de conhaque num bolso do avental rígido de sangue. Tomou um longo gole, em seguida usou um canto do avental coberto de sangue para limpar as pontas do fórceps. — Conheço um homem na artilharia que tem dezenas de balas engastadas em ouro e penduradas em correntes. Ele diz que cada uma delas se alojou perto do coração dele. Tem a cicatriz para provar, e presenteia uma bala a cada mulher com quem quer transar, e diz a cada prostituta idiota que sonhou com uma mulher igual a ela, quando achou que estava morrendo. Ele fala que isso funciona. É um canalha feio como um porco, mas diz que as mulheres mal conseguem esperar para baixar as calças dele. — O médico ofereceu a bala de novo a Sharpe. — Tem certeza de que não quer?

— Tenho.

O médico jogou a bala de lado.

— Vou enfaixar você. Mantenha a bandagem úmida se quiser viver e não me culpe se morrer. — Ele se afastou com um passo inseguro, chamando um ordenança para colocar a bandagem no ombro de Sharpe.

— Odeio a porcaria dos médicos — comentou Sharpe, juntando-se a Harper do lado de fora da igreja.

— Meu avô dizia a mesma coisa — acrescentou o irlandês enquanto oferecia a Sharpe a garrafa de conhaque capturada. — Ele só viu um médico em toda a vida, e uma semana depois estava morto. Veja bem, na época ele tinha 86 anos.

BERNARD CORNWELL

Sharpe sorriu.

— É o mesmo do bezerro que caiu do penhasco?

— É, e foi mugindo durante toda a queda. Igualzinho a quando o porco de Grogan caiu num poço. Acho que nós rimos durante uma semana, mas a porcaria do porco nem se arranhou! Só ficou molhado.

Sharpe sorriu.

— Um dia desses você precisa me contar isso, Pat

— Então o senhor vai ficar com a gente?

— Não haverá tribunal de inquérito. Runciman me contou.

— Nunca deveriam ter desejado um, para começo de conversa — comentou Harper com desprezo, depois pegou a garrafa com Sharpe e a virou na boca.

Os dois andaram por um acampamento manchado pela fumaça das fogueiras para cozinhar e assombrado pelos gritos dos feridos deixados no campo de batalha. Os berros foram desaparecendo conforme Sharpe e Harper se afastavam mais de Fuentes de Oñoro. Ao redor das fogueiras homens cantavam sobre os lares distantes. O canto era sentimental a ponto de deixar Sharpe com uma pontada de saudade, mesmo sabendo que seu lar não era a Inglaterra, e sim ali, no exército, e não conseguia se imaginar deixando-o. Era um soldado e marchava para onde ordenassem, matando os inimigos do rei ao chegar. Esse era seu trabalho e o exército era seu lar, e ele amava ambos, mesmo sabendo que teria de lutar feito um desgraçado nascido na sarjeta a cada passo das promoções que outros homens consideravam garantidas. E sabia também que jamais seria valorizado por seu nascimento, sua espirituosidade ou sua riqueza, só seria considerado tão bom quanto sua última luta, mas esse pensamento o fez sorrir. Porque a última batalha de Sharpe havia sido contra o melhor soldado da França, e Sharpe tinha afogado o filho da mãe como se fosse um rato. Sharpe havia vencido, Loup estava morto, e finalmente estava terminada a batalha de Sharpe.

NOTA HISTÓRICA

A guarda real da Espanha no período napoleônico consistia em quatro companhias: as companhias espanhola, americana, italiana e flamenga; mas infelizmente não existia nenhuma Real Compañía Irlandesa. Porém havia três regimentos irlandeses servindo na Espanha (de Irlanda, de Hibernia e de Ultonia), todos compostos de exilados irlandeses e seus descendentes. O exército britânico também possuía uma boa cota de irlandeses; alguns regimentos de condados ingleses na península tinham mais de um terço de irlandeses, e, se os franceses conseguissem deixar esses homens descontentes, o exército ficaria numa situação desesperadora.

E de qualquer modo o exército estava numa situação bastante desesperadora na primavera de 1811, não por causa de descontentamentos, mas simplesmente por causa dos números. O governo britânico ainda não havia percebido que em Wellington havia descoberto finalmente um general que sabia lutar, e continuava sovina com relação a lhe enviar tropas. Essa escassez era remediada em parte pelos ótimos batalhões portugueses sob o comando do lorde britânico. Algumas divisões, como a 7ª, possuíam mais soldados portugueses que britânicos, e todos os relatos da guerra elogiam as qualidades de luta desses aliados. O relacionamento com os espanhóis nunca foi tão fácil nem tão frutífero, mesmo depois que o general Alava ocupou o posto de oficial de ligação com Wellington. Alava se tornou amigo íntimo de Wellington e estava com ele no campo em Waterloo. Os espanhóis por fim nomearam Wellington como *generalisimo* de seus exércitos, mas esperaram até depois que Batalha de Salamanca, em 1812, expulsasse os franceses de Madri e da região central da Espanha.

Mas em 1811 os franceses ainda estavam muito perto de Portugal, que eles ocuparam duas vezes nos três anos anteriores. Ciudad Rodrigo e Badajoz impediam o progresso de Wellington para dentro da Espanha, e, até que essas duas fortalezas caíssem (no início de 1812), ninguém poderia ter certeza de que os franceses não tentariam invadir Portugal outra vez. Essa invasão ficou muito menos provável depois da Batalha de Fuentes de Oñoro, mas não seria impossível.

Fuentes de Oñoro jamais foi uma das batalhas "prediletas" de Wellington, das que ele conseguia se lembrar com algum prazer com relação a sua capacidade como general. Assaye, na Índia, é a batalha de que ele sentia mais orgulho, e Fuentes de Oñoro provavelmente é a da qual menos se orgulhava. Ele cometeu um de seus raros equívocos ao permitir que a 7ª Divisão marchasse até tão longe do restante do exército, mas foi salvo pelo desempenho brilhante da Divisão Ligeira sob o comando de Craufurd naquela manhã de domingo. Foi uma demonstração de capacidade militar que impressionou todas as testemunhas; a Divisão estava longe de qualquer ajuda, cercada, mas recuou em segurança e sofreu apenas um punhado de baixas. A luta na aldeia propriamente dita foi muito pior, pouco mais que uma briga sangrenta que deixou as ruas atulhadas de mortos e agonizantes, porém, no fim, apesar da coragem francesa e de seu único momento glorioso em que capturaram a igreja e o topo do morro, os britânicos e seus aliados sustentaram o platô e negaram a Masséna a estrada para Almeida. Frustrado, Masséna distribuiu entre seu próprio exército faminto as rações que ia levar para a guarnição de Almeida, depois marchou de volta para Ciudad Rodrigo.

Assim, apesar de seu erro, Wellington ficou com a vitória, azedada pela fuga da guarnição de Almeida. Ela estava sendo encurralada por Sir William Erskine que, infelizmente, não teve muitos "intervalos lúcidos". A carta da Guarda Montada descrevendo a loucura de Erskine é genuína e mostra um dos problemas de Wellington ao tentar travar uma guerra. Erskine não fez nada quando os franceses explodiram as defesas de Almeida e dormiu enquanto a guarnição escapava à noite. Todos os franceses deveriam ter sido feitos prisioneiros, mas em vez disso escaparam de um bloqueio frágil e foram reforçar os vastos exércitos na Espanha.

A maioria desses exércitos estava lutando contra *guerrilleros*, não contra soldados britânicos, e dentro de mais um ano alguns deles estariam lutando contra um inimigo mais terrível ainda: o inverno russo. No entanto, os britânicos também tinham suas dificuldades pela frente, dificuldades que Sharpe e Harper irão compartilhar, suportar e, às quais, felizmente, irão sobreviver.

A HISTÓRIA DE SHARPE

Frequentemente me perguntam de onde veio Sharpe; se eu o modelei a partir de alguma pessoa real cujas memórias encontrei ou se ele é baseado em algum amigo, mas a verdade é que ele é inteiramente fictício. Lembro-me de ter escrito uma antiga história a seu respeito, porém naquele tempo ele não se chamava Sharpe. Na época eu era produtor de televisão e gostava disso, mas sempre quis ser romancista, e desde que li Hornblower na infância tentei encontrar uma série de livros que fizesse pelo exército de Wellington o que C. S. Forester tinha feito pela marinha de Nelson. Ninguém escreveu a série, por isso, num dia úmido em Belfast, comecei. Não cheguei a lugar nenhum.

Então, em 1979, conheci Judy, uma americana. A flecha do Cupido me acertou com a precisão de uma bala de fuzil disparada por Daniel Hagman. Judy, por diversos bons motivos, não podia se mudar dos Estados Unidos, por isso decidi abandonar a televisão, desistir de Belfast e ir para a América. O problema era que o governo americano, em sua sabedoria, me recusou uma permissão de trabalho, por isso, levianamente, prometi a Judy que ganharia a vida como escritor, e a única coisa que eu queria escrever era a tal série de Hornblower como soldado. Por isso coloquei uma máquina de escrever numa mesa da cozinha em Nova Jersey e comecei de novo. Dessa vez, diferentemente da primeira tentativa em Belfast, a situação era mais desesperadora. Se Sharpe me falhasse ou, mais provavelmente, se eu falhasse com Sharpe, o caminho do amor verdadeiro bateria num gigantesco bloqueio rodoviário. O pouco dinheiro que eu possuía não iria durar muito, de modo que a velocidade era essencial, e *A águia de Sharpe* foi escrito depressa. O que eu sabia sobre meu herói? Que ele seria um fuzileiro, porque o fuzil só era usado pelas tropas de Wellington e isso lhe daria uma vantagem sobre o inimigo. Sabia que ele não poderia ficar com seu amado 95º Regimento de Fuzileiros porque eu estaria limitado a descrever apenas as ações do 95º, e queria a liberdade de tê-lo em todas as ações possíveis. Sabia que ele era um oficial que tinha subido a partir da base, porque isso lhe daria alguns problemas em seu próprio exército, mas afora isso não havia muita coisa. Eu o descrevi no início do livro como alto e de cabelos pretos, o que estava ótimo até Sean Bean aparecer. Depois disso tentei não mencionar de novo a cor dos cabelos. Dei a ele uma cicatriz na bochecha, mas jamais consigo lembrar qual bochecha tem a marca e suspeito que isso mude de livro para livro. O que não lhe dei foi um nome, porque estava procurando algo tão memorável e curioso como Horatio Hornblower. Dias se passaram, mais páginas se empilharam na cozinha, e ele continuava sendo chamado de tenente XXX. Fiz uma lista de nomes, nenhum funcionava, e isso começou a me incomodar, até a travar a escrita, por isso decidi dar um nome temporário a esse fuzileiro. Chamei-o de Richard Sharpe por causa do grande jogador de rúgbi da Cornualha e da Inglaterra, Richard Sharp, e achei que iria mudá-lo quando surgisse o nome certo. Mas, claro, o nome pegou. Em um ou dois dias eu já estava pensando nele como Sharpe, e assim continuou sendo.

  O nome de Patrick Harper foi mais fácil de dar. Eu tinha morado em Belfast nos anos anteriores a escrever Sharpe e havia adquirido um carinho pela Irlanda que jamais diminuiu. Eu tinha um amigo em Belfast chamado Charlie Harper, com um filho chamado Patrick. O problema era que a família Harper não gostava dos ingleses, e não tinha motivos para gostar, e me preocupei com a possibilidade de eles se ofenderem se eu desse o nome de seu filho a um soldado do exército britânico. Pedi a permissão deles, que foi dada de boa vontade, e assim Harper marchou com Sharpe desde então.

  O livro ficou pronto em cerca de seis meses, e eu não fazia ideia se ele era bom, mas descobri um agente literário em Londres que encontrou um editor. E assim *A águia de Sharpe* foi lançado em 1981. Nunca o reli, mas não faz muito tempo que um leitor me contou sua reação àquele primeiro livro de Sharpe. "Achei que seria como um outro livro qualquer", disse ele, "mas quando Sharpe matou Berry eu soube que era diferente. Outros heróis jamais teriam feito isso. Todos são oficiais e cavalheiros, mas não Sharpe." Assim, desde o início Sharpe era um patife. Berry era outro oficial britânico que conseguiu incomodar Sharpe, o que jamais é algo sensato a se fazer, talvez porque Sharpe seja tão alimentado pela raiva. É a raiva de uma infância infeliz, de um homem obrigado a lutar para obter cada vantagem que outros receberam, e essa raiva sempre impeliu Sharpe. Ela o torna muito diferente de Hornblower, que é muito justo e honrado. Sharpe é um patife, e perigoso, mas é um patife que está do nosso lado.

"Ele jamais poderia andar com aquela espada", disse-me um especialista após a publicação de *A águia de Sharpe*. "Aquela espada" era a espada padrão da Cavalaria Pesada de 1796, uma lâmina brutal, desequilibrada e ineficaz, mas eu gostava da ideia de Sharpe, um homem alto, carregar aquela arma de açougueiro. Gastei algum dinheiro do qual não poderia abrir mão comprando uma espada de cavalaria (o vendedor me garantiu que ela foi usada em Waterloo e gosto de achar que é verdade) e descobri que ela podia ser usada. Pendurei-a num cinto e ela ficou bem, de modo que estava ótimo, e a partir desse dia Sharpe carregou a espada.

A história do cerco de Badajoz em 1812 é uma das grandes narrativas da guerra. Era a história que eu realmente queria contar no primeiro livro de Sharpe, mas achei que talvez não tivesse capacidade para fazer isso como autor estreante, por isso comecei com Sharpe em 1809. A história de Badajoz, com todo o seu horror e heroísmo, vem no terceiro livro de Sharpe, *A companhia de Sharpe*. Esse livro também apresenta o maldoso sargento Obadiah Hakeswill. Não faço ideia de onde ele veio. Um dia eu estava andando de carro e o nome simplesmente saltou na minha cabeça. Hakeswill. É um nome maravilhosamente vilanesco, e ele se mostrou um vilão terrível. Mas por que o pescoço "obscenamente mutilado" de Hakeswill? Porque ele havia sobrevivido a um enforcamento judicial. Lembro-me de ter escrito isso e feito uma pausa. Será que alguém acreditaria? Será que eu estava esticando não somente o pescoço de Obadiah mas também a verossimilhança? Quase cortei isso, achando que receberia cartas cheias de escárnio, mas de algum modo pareceu absolutamente certo que Obadiah tivesse sido enforcado e sobrevivido, portanto deixei assim. Até que, dois meses depois, descobri que tantas pessoas sobreviveram a enforcamentos judiciais que o Royal College of Surgeons possuía um estatuto legal sobre o modo como esses sobreviventes deveriam ser tratados pelos membros da instituição. Os corpos dos criminosos enforcados eram vendidos aos cirurgiões para dissecação, e um número suficiente estava vivo ao chegar aos hospitais a ponto de tornar o estatuto necessário (eles eram ressuscitados e, na maioria, enviados para a Austrália). Longe de improvável, parecia que a história de Obadiah era quase um lugar-comum. Obadiah, tão maravilhosamente retratado por Pete Postlethwaite na série de TV, foi um daqueles personagens que saem de lugar nenhum para animar um livro, e outro foi Lucille, a francesa com quem Sharpe irá passar o resto da vida. De todas as coisas que Sharpe já fez, estabelecer-se na França foi a que mais me surpreendeu! Eu sabia que seu casamento com Jane Gibbons estava indo bem, porém presumi que ele encontraria outra mulher e iria se estabelecer no interior da Inglaterra. Sempre pretendi que Lucille fosse um prêmio de consolação para o amigo de Sharpe, William Frederickson, que havia suportado muita coisa por ele, mas nunca havia sido felizardo no amor. Pensei que Lucille Castineau seria perfeita para o "Doce William", mas, de maneira perversa, Sharpe se apaixonou por ela. Tentei impedir isso, mas, quando um personagem assume vida própria assim, há muito pouco que o escritor possa fazer, e desse modo Sharpe e Lucille se apaixonaram perdidamente, e o pobre Frederickson é ofendido e posto de lado.

  Fiquei atônito quando Sharpe foi morar na França, mas agora isso parece inevitável. Sharpe sempre foi um deslocado e jamais poderia ficar contente na Inglaterra depois da guerra. Mas, como soldado britânico vivendo no meio dos ex-inimigos, ele é tão feliz como quando era um soldado raso sobrevivendo no refeitório dos oficiais. Ele gosta de ser aquele que não se encaixa. E ama Lucille. Sorte de Sharpe, porém duvido que ele acreditasse que estava com sorte quando, do nada, o imperador escapou de Elba e Sharpe se viu lançado inesperadamente na campanha de Waterloo. O drama dessa campanha é tamanho que nenhuma trama ficcional pode se igualar. Não somente o drama do dia propriamente dito quando, até o último instante, parecia que os franceses venceriam, mas o drama humano dos dois maiores soldados da era encontrando-se finalmente num campo de batalha.

    Ninguém questionaria o lugar de Napoleão no panteão dos grandes líderes militares, no entanto, em meu entendimento, Wellington é um general muito maior no campo de batalha. Wellington, claro, jamais foi um "líder guerreiro" como Napoleão. Não jogava dados com nações. Atuava num nível mais modesto, como líder de um exército, e é notável que, diferentemente do imperador, jamais tenha sofrido uma derrota num campo de batalha. Ele possuía um grande talento militar, um olhar límpido, a mente decidida e uma percepção ampla do que seus homens eram capazes de fazer. Seus soldados gostavam dele. Não o amavam como os soldados franceses amavam Napoleão, porém o imperador era um político que sabia captar o afeto dos homens. Em troca eles o adoravam. Mas Wellington? Ele não queria ser adorado. Dizia que não tinha conversa fiada. Não sabia conversar com soldados comuns, na verdade era um esnobe desavergonhado, mas seus homens gostavam dele porque sabiam que não arriscava suas vidas sem necessidade. Na batalha, ele os protegia, em geral colocando-os numa encosta reversa onde estavam fora do campo de visão do inimigo, e os soldados de seu exército sabiam que ele não jogava fora suas vidas com leviandade. Depois de Austerlitz, um general francês lamentou o vasto número de franceses mortos no campo de batalha e recebeu um olhar de desprezo de Napoleão. "As mulheres de Paris podem substituir esses homens em uma noite", disse o imperador. Wellington jamais diria isso.

    Somente nos cercos Wellington perdia sua capacidade de manter as baixas no mínimo, mas ele nunca foi bom em sitiar fortalezas. Na batalha, porque sabia como era difícil substituir mortos e feridos, esforçava-se para manter os homens em segurança até o momento de expô-los. Uma vez lhe perguntaram qual era o maior elogio que já havia recebido, e ele disse que tinha visitado os feridos depois da batalha de Albuera. Foi uma batalha pavorosa em que os britânicos eram comandados pelo general Beresford e quase terminou em desastre. As baixas britânicas foram horrivelmente altas. "O inimigo foi derrotado", disse o comandante francês, "mas não ficou sabendo". A batalha foi vencida, porém a um preço medonho, e dois dias depois Wellington visitou os feridos. Como sempre ele ficou sem palavras quando teve de falar com os soldados comuns. Chegou a um cômodo grande no convento, onde dezenas de casacas-vermelhas estavam deitados, sentindo dor. Declarou que não sabia o que dizer, por isso pigarreou e, debilmente, falou que lamentava ver tantos deles ali. "Milorde", disse um cabo entre os feridos, "se o senhor tivesse sido vencido na batalha, não seríamos tantos aqui." De fato, foi um ótimo elogio.

Por trás de quase todos os livros da série está o relacionamento entre Wellington e Sharpe. Eles não são homens que instintivamente gostariam um do outro. O duque, como ele se tornou, é frio e taciturno. Não aprovava homens como Sharpe. Não gostava de ver oficiais promovidos a partir da base; "eles sempre passam a beber", dizia em tom superior. Sharpe, por outro lado, despreza homens como Wellington, que nasceram com os privilégios do posto, do dinheiro e dos contratos. Sharpe não pode pagar para subir a escada de promoções do Exército, mas foi assim que Wellington obteve suas primeiras promoções. Porém, os dois estão ligados inextricavelmente porque um dia Sharpe salvou a vida de Wellington. O general sabe que deveria ser agradecido, e é, de modo relutante. Sharpe, que deveria sentir aversão pelo general, em vez disso o admira. Sabe reconhecer um bom soldado. O nascimento e o privilégio não têm nada a ver com isso, a eficiência é tudo. Os dois jamais serão amigos, sempre serão distantes, mas precisam um do outro. Acho que até gostam um do outro, porém nenhum dos dois sabe como cobrir a distância para expressar esse apreço. E Sharpe está sempre fazendo coisas exageradamente dramáticas, que o duque desaprova. Ele gostava de oficiais constantes, discretos, que cumpriam silenciosamente o dever, e estava certo em aprovar esse tipo de homem. Sharpe não é nem um pouco silenciosamente obediente. Ele se destaca, mas mesmo assim é muito útil no campo de batalha.

Sempre achei que Waterloo marcaria o fim da série de Sharpe. Tinha escrito 11 romances, o mesmo número da série de Forester sobre Hornblower, e havia levado Sharpe de Talavera a Waterloo, e agora seu mundo estava em paz. Sharpe poderia retornar à Normandia e a Lucille, enquanto eu tentaria escrever outros livros. Sharpe estava encerrado.

*

As coisas se complicaram. Na verdade, tinham se complicado dois anos antes, quando uma empresa de produção de TV anunciou que desejava fazer uma série sobre Sharpe. Claro que fiquei deliciado, mesmo não acreditando que os filmes seriam feitos. Mas havia a chance de uma empresa de produção espanhola investir no projeto. O que os produtores precisavam, portanto, era de uma nova história situada no início da carreira de Sharpe, que incluísse um herói espanhol. Eu ainda não achava que o projeto chegaria a algum lugar, porém seria idiotice ignorar a chance de que pudesse chegar, por isso escrevi *Os fuzileiros de Sharpe*, tendo Blas Vivar como o espanhol que poderia gerar o cheque desejado. O livro foi publicado, no entanto não ouvi mais falar sobre nenhuma série de televisão e deduzi que os filmes propostos foram um clarão na caçoleta. Um clarão na caçoleta é quando uma pederneira de mosquete aciona a pólvora da caçoleta, mas não dispara a carga principal no cano. Porém, eu estava errado, os filmes seriam feitos, uma equipe estava na Ucrânia, atores estavam lá, e então, de modo igualmente súbito, tudo recomeçou. O ator que faria o papel de Sharpe teve um acidente pavoroso jogando futebol contra os figurantes ucranianos e não poderia trabalhar durante seis meses, e todo o projeto parecia condenado. De algum modo, eles o resgataram, mas agora precisavam de um novo ator para fazer Sharpe, e precisavam dele muito rápido. Não havia tempo para testes, e o único ator disponível era Sean Bean, que inesperadamente se viu num avião para Simferopol (conhecido por toda a equipe de filmagem como *Simply-Awful* — Simplesmente Medonho). Esse foi um acidente de sorte, porque não consigo imaginar nenhuma outra pessoa como Sharpe; ouço a voz de Sean quando escrevo Sharpe. É uma maravilhosa coincidência entre ator e personagem.

    Antes disso, tendo abandonado qualquer esperança de ver a série de televisão, eu havia começado os livros de Nathaniel Starbuck, a história de um jovem nortista que se vê lutando pela Confederação na Guerra Civil Americana. Eu estava gostando desses livros, mas assim que a filmagem de Sharpe começou ficou claro que eu deveria voltar a escrever livros sobre ele, e que isso implicava levar Sharpe de volta até a Índia.

*

A Índia sempre havia feito parte do passado de Sharpe. Mesmo no primeiro livro, *A águia de Sharpe*, ela é mencionada. Isso ajudava a explicar muito sobre Sharpe; como ele havia aprendido a ler e, de modo crucial, como tinha salvado a vida de Wellington e fora recompensado com uma patente. Portanto, a Índia havia sido útil para mim, mas eu nunca tivera intenção de contar as histórias lá ocorridas. Eu sabia muito pouco sobre o lugar, e as fontes sobre as campanhas indianas de Sir Arthur Wellesley (como Wellington se chamava na época) eram muito escassas comparadas com a vasta quantidade de escritos sobre suas campanhas peninsular e de Waterloo. Também tinha a convicção de que não poderia escrever de modo convincente sobre qualquer batalha a não ser que tivesse visitado o local, e eu nunca havia ido à Índia e era cauteloso com relação a isso porque imaginava que os campos de batalha tivessem mudado a ponto de não serem reconhecíveis. Mas por acaso esses campos de batalha indianos eram os locais menos alterados que já visitei. Seringapatam, onde se passa *O tigre de Sharpe*, era uma cidade considerável quando os ingleses a sitiaram em 1799. Eu suspeitava que teria de me revirar em becos ocultos para encontrar ao menos algo remanescente da cidade que Sharpe conhecia, mas descobri que Seringapatam tinha encolhido até virar um povoado, de modo que as fortificações impressionantes cercam uma vasta área de terreno vazio. É um lugar maravilhoso.

Uma das alegrias de escrever romances históricos é "explicar" os pequenos cantos inexplicáveis da história real. Um desses mistérios é o que causou a explosão terrível em Almeida, descrita em *O ouro de Sharpe*, e outra é como o sultão Tipu morreu em Seringapatam. Sabemos que ele levou um tiro na Comporta, um túnel que passava através das muralhas, porém o soldado britânico que o matou jamais foi descoberto. Ele seria recompensado, mas nunca revelou sua ação, provavelmente porque Tipu, ao morrer, estava coberto de joias. Esse soldado desconhecido ficou muito rico naquele dia e sem dúvida temeu que seu saque fosse confiscado. Assim, Sharpe toma seu lugar.

Sharpe começa *O tigre de Sharpe* como soldado e termina como sargento. Além disso, aprendeu a ler nas masmorras de Tipu, de modo que agora tem duas das qualificações necessárias para ser promovido. Essa promoção ocorre na segunda aventura na Índia, *O triunfo de Sharpe*, que conta a história extraordinária da batalha de Assaye, e no coração dessa batalha está outro desses pequenos mistérios. Sabemos que Sir Arthur Wellesley, enquanto galopava pelo campo de uma ponta de seu exército à outra, ficou na linha dos tiros inimigos. Seu cavalo, Diomed, havia sido ferido no peito por uma lança, o general escorregou da sela e foi cercado por seus inimigos maratas. Ele sobreviveu, mas sempre relutou em descrever exatamente o acontecido. Numa carreira notável pela proximidade constante com o perigo mortal e pelo fato de ter evitado todo tipo de ferimentos, a não ser os mais superficiais, essa sobrevivência foi o contato mais próximo do duque com a morte. Porém, o que aconteceu? Ele não quis dizer, no entanto eu precisava de um acontecimento que catapultasse Sharpe para o alojamento dos oficiais Esse evento precisava ser uma demonstração de bravura extraordinária, e a sobrevivência milagrosa de Wellesley me deu a oportunidade perfeita. Esse é o momento crucial de toda a carreira de Sharpe. Leva-o a ser percebido por Wellesley, torna-o um oficial e dá início a sua reputação.

Sharpe, claro, precisava retornar da Índia, e me ocorreu, um tanto maliciosamente, que essa viagem para casa deveria levá-lo inevitavelmente não muito longe do cabo de Trafalgar e, como sua última luta na Índia foi em 1804 e como a Batalha de Trafalgar foi travada em 1805, pareceu uma travessura irresistível de minha parte. Afinal de contas Hornblower jamais chegou a Trafalgar, mas por que Sharpe não deveria lutar lá? E lutou, um dos poucos homens (descobri outros dois) que estiveram presentes em Trafalgar e Waterloo.

Com frequência me perguntam quantos romances a mais serão escritos sobre Sharpe, e sempre respondo que são cinco. Disse isso quando havia apenas cinco romances publicados, de novo quando eram seis, e continuei dizendo. Digo cinco porque é uma resposta mais fácil que tentar dizer a verdadeira: não sei. Só sei que haverá mais histórias, e algumas, como a 21ª da série, irão me surpreender. Judy e eu fomos convidados a um casamento em Jerez de la Frontera, uma cidade não muito longe de Cádis, no sul da Espanha, e muito distante de qualquer lugar onde Wellington lutou. Mas perto de Cádis fica Barrosa, um pequeno balneário à beira-mar, e foi em Barrosa que os britânicos, sob o comando de Sir Thomas Graham, capturaram a primeira das muitas águias francesas que eles tomariam durante as guerras. Achei que seria interessante ver o campo de batalha, mesmo não tendo nada a ver com Sharpe ou Wellington, e assim, sob a influência de uma ressaca gigantesca (os casamentos na Espanha são espetaculares), fomos a Barrosa. Não resta quase nada do campo de batalha, mas fiquei no morro onde o batalhão improvisado do major Browne marchou para a morte certa e olhei para além das gruas de construção no terreno mais baixo, onde os irlandeses do major Gough tomaram a águia do 8º Regimento francês e pensei: Sharpe precisa estar aqui. Não fazia ideia de como levá-lo a Cádis, mas o pensamento em escrever sobre Barrosa era incrível, e assim nasceu *A fúria de Sharpe*.

Haverá mais livros sobre Sharpe (mais cinco, talvez?). Agora não sei que histórias eles contarão, mas sei que serão uma homenagem ao heroísmo do soldado britânico. Há uma ideia estranha (ouvi-a sendo divulgada por um professor na Radio Four, não faz muito tempo) de que o exército de Wellington era uma massa de escória humana nascida na sarjeta, comandada por aristocratas e disciplinada pela brutalidade. Isso é pura bobagem. Não é possível vencer guerras com um instrumento assim. Havia pouquíssimos aristocratas, a maioria dos oficiais era o que chamaríamos de classe média, e no fim da guerra muitos, como Sharpe, foram promovidos ascendendo de postos inferiores. O moral do exército era elevado e um livro de memória após o outro revela o respeito mútuo entre oficiais e soldados. Eles brincavam, sobreviviam, suportavam castigos terríveis, mas lutavam como demônios e venciam batalha após batalha. Sharpe é um deles. Sempre pensei nele como um patife, mas isso pode não ser ruim. Uma vez falei com um suboficial reformado que fazia um programa para adolescentes viciados em drogas, e ele me disse que "um soldado trava batalhas pelos que não podem lutar por si mesmos". Acho que é o resumo mais brilhante do objetivo de um soldado que já ouvi, e o usei nos livros de Sharpe mais de uma vez. Sharpe luta pelos que não podem lutar por si mesmos, e luta de modo sujo, motivo pelo qual é tão eficiente. Também é por isso que gosto dele, e um dia Sharpe e Harper marcharão de novo.

Bernard Cornwell

Este livro foi composto na tipologia New
Baskerville BT, em corpo 10,5/16, e impresso
em papel off-white no Sistema Cameron da
Divisão Gráfica da Distribuidora Record.